I0643202

1

Rohard Gerbert

Er,

die Toten

und das

Leben

Noch so ein Buch voller Verbrechen –
vor allem am Leser

Bibliografische Information der Deutschen Nationalbibliothek:
Die Deutsche Nationalbibliothek verzeichnet diese Publikation in
der Deutschen Nationalbibliografie; detaillierte bibliografische
Daten sind im Internet über dnb.d-nb.de abrufbar.

TWENTYSIX – Der Self-Publishing-Verlag
Eine Kooperation zwischen der Verlagsgruppe Random House
und BoD – Books on Demand

© 2018 Gerbert, Rohard

Herstellung und Verlag:
BoD – Books on Demand, Norderstedt

ISBN: 978-3-7407-3457-2

...für U. ...

Einige Vorbemerkungen

Das vorliegende Buch ist durch Print-on-Demand entstanden und wird nur an ausgesuchte charakterfeste Personen ausgehändigt. Menschen, von denen der Autor erwartet, dass sie genügend Pflichtbewusstsein oder selbstquälerische Veranlagung aufweisen, um die Lektüre bis zum letzten Satz durchzustehen.

Das Ganze ist zwar irgendwie ein Krimi, da recht viele Gewalttaten vorkommen, aber man kann das Buch nicht als Thriller bezeichnen – es wird sich niemand beim Lesen fürchten müssen.

Formal handelt es sich um vier abgeschlossene Geschichten, die jedoch inhaltlich miteinander verbunden sind. Aber der Autor hat noch allerlei hineingepackt, was nicht unbedingt die Handlung vorantreibt, Textfragmente etwa oder kurze Gedichte, Sachen (gerne auch geklaut), die er lustig fand – zum Beispiel zahlreiche seiner tausendfach an unschuldigen Opfern erprobten Sprüche und Witzchen aus den letzten Jahrzehnten.

Und nein: Er hat sich nicht in seiner Figur des „witzigen Willi" selbst porträtiert – ebenso wenig wie im Protagonisten Roddy oder in der Figur des „Gestörten". Und auch nicht in Kurt Erich oder Jacques oder Olli. Und gewiss nicht im „schleimigen Clemens" oder im „bösen Bo" oder gar in Klausi … Natürlich konnte der Autor nicht verhindern, dass sich gewisse Begebenheiten aus seiner eigenen Lebensgeschichte inspirierend auf die Gestaltung von Szenen und Figuren ausgewirkt haben. Aber es sollte nichts Autobiografisches werden, alle auftretenden Personen sind frei erfunden (mehr oder weniger).

Vorsicht: Dieses Buch enthält diverse Fehler unterschiedlicher Machart.

Er, die Toten und das Leben

Teil 1: Er und die Toten in der Firma
oder:
**Wo Hinterbacken tonangebend,
verdrängt der Furz den noblen Hauch**

**Teil 2: Er und die Toten kurz vor der
Glückseligkeit**
oder:
Menschen lügen, Steine fliegen

Teil 3: Er und der Tote vor der Klinik
oder:
**Der natürliche Feind des Menschen ist der
Arzt**

**Nachtrag: Klausi und seine Leichen – ein
Perspektivenwechsel**
oder:
Schicksalsknoten führen zu Toten

10

Teil 1: Er und die Toten in der Firma

oder:

Wo Hinterbacken tonangebend, verdrängt der Furz den noblen Hauch!

Prolog

„Meine letzten Tage gehörten unbestreitbar zu den schönsten meines Lebens. Ich lachte viel und brachte andere zum Lachen. Dann, an jenem Freitagabend, betrat ich den Balkon meiner Wohnung im siebten Stock eines hässlichen Hochhauses, kletterte auf die Brüstung und sprang in die Tiefe. In Höhe des dritten Stockes traf ich auf eine quer gespannte Stromleitung, die meinen Körper in zwei Teile zerriss. Ich war schon tot, als diese auf dem Pflaster aufschlugen …"

Er lächelte zufrieden. Was für ein fulminanter Abgang! Hoffentlich war noch kein anderer Autor auf diese brillante Idee gekommen. Allerdings (es war typisch für ihn, dass sich dieser Gedanke sofort dazwischendrängte): Ist es angesichts der vielen Milliarden von Menschen, die gerade leben oder bereits gelebt haben, nicht sehr unwahrscheinlich, dass es überhaupt noch wirklich neue Ideen gibt? Alles Denkbare ist doch gewiss schon einmal irgendwie gedacht worden. Wer weiß denn, ob das, was einem gerade durch den Kopf geht, nicht einzig und allein durch die unbewusste Erinnerung an etwas angestoßen wird, das einem bereits irgendwann begegnet ist? Ja, ist nicht die ganze eigene Gedankenwelt im Grunde ein Plagiat?

Er zwang sich, diese blöden und kontraproduktiven Grübeleien zu beenden, und wandte sich wieder seinem wunderbaren Text zu. Einen Moment überlegte er, ob er den zweiten Satz nicht abändern sollte: „Ich weinte viel und brachte andere zum Weinen." Er verwarf diesen Einfall, obwohl auch das irgendwie gepasst hätte. In geradezu euphorischer Stimmung stand er vom Schreibtisch auf, schaltete den PC aus und federte hinüber zu seinem Lieblingssessel. Er ließ sich hineinfallen, rekelte sich genießerisch und furzte geschmeidig in die Kissen. Es war Sonntagabend.

Montag

Die neue Arbeitswoche begann wie immer damit, dass er gegen drei Uhr in der Nacht aufwachte und sich (wie er es zu beschreiben pflegte) „augenblicklich scheiße fühlte". Nicht nur, dass er am gerade vergangenen Wochenende wieder viel zu wenig geschlafen hatte, nein, es packte ihn nun zudem die Angst, jetzt, wo er die restliche Nachtruhe so nötig brauchte, nicht mehr richtig einschlafen zu können – was natürlich haargenau so eintrat.

Nachdem er sich gefühlte drei Stunden (wahrscheinlich war es noch keine halbe) im Bett ruhelos von einer Seite auf die andere gewälzt hatte (leider alleine, denn er war seit langem wieder Single und hauste einsam in seinem kleinen Appartement), erwachte auch seine vorgefallene Bandscheibe zu neuem Leben und wünschte ihm mit dem gewohnten stechenden Schmerz einen guten Morgen. Er revanchierte sich mit einem Tablettengruß, für den das Material stets in Griffweite neben seiner Lagerstatt bereitlag, und der wiederum stimulierte seinen Magen zu lästiger Betriebsamkeit. Verdauungssäfte wurden reichlich produziert und auf den Weg nach oben geschickt. „Grausam schmeckt der Sodgebrannte auf der Zungenoberkante!", murmelte er seinen Sinnspruch für solche Situationen, um dann einen Notrülpser zu versuchen, der jedoch nicht recht gelingen wollte.

Passend zu seiner körperlichen Befindlichkeit hatten sich negative Gedanken eingestellt, waren hin und her gesprungen und mittlerweile bei der Firma angekommen – genauer gesagt bei Guntram Futtermittel, seinem obersten Vorgesetzten, der dummerweise zugleich Ziel seiner zutiefst empfundenen Geringschätzung war.

Das Leben war aber wirklich ungerecht: Er selbst war auch mit vierzig immer noch ein kleiner kaufmännischer Angestellter; irgendwie schien seine Karriere an ihm vorbei gezogen zu sein. Guntram Futtermittel aber war in all den Jahren, die er ihn kannte, stetig weiter aufgestiegen – ohne dass jemand hätte sagen können, wofür und weshalb. Man behauptete von Guntram, er sei Vorbild gewesen für den Spruch: „Das ist unser Chef – aber keine Angst, der tut nichts!", was sicherlich falsch war, denn Guntram Futtermittel tat stets das Entscheidende – zwar nicht für die Firma, aber für sich und sein persönliches Fortkommen. Intellektuell nicht gerade ein

Überflieger, hatte dieser Mensch jedoch die Gabe, Situationen für sich auszunutzen. Eigene Visionen entwickelte er keine; fremde Projekte hingegen – insbesondere solche, die von seinen Konkurrenten zu verantworten waren – pflegte er äußerst kritisch zu begleiten, auftretende Fehler nach Kräften aufzubauschen und den Hinweis darauf in möglichst vielen Gesprächen zu platzieren. Als Konkurrenten wurden hierbei betrachtet alle anderen Funktionsträger im Dunstkreis der Firma mit Ausnahme des jeweiligen Geschäftsführers und anderer Repräsentanten der Konzernzentrale.

Hätte Guntram ein wenig Selbstironie besessen, er hätte seine gewohnheitsmäßigen Attacken jeweils mit dem guten alten Marcus Porcius Cato, dem Großmeister der Machtpolitik, beginnen können: „Ceterum censeo …". Denn dies war Guntram Futtermittels Nummer eins seiner Goldenen Regeln des Managertums: „Behaupte ruhig etwas Falsches, aber sage es so oft und so lange, bis alle anderen die Tatsachen vergessen haben und deine Version als die einzig wahre gilt!" Die zweite Regel lautete schlicht: „Wer mich einmal ärgert, den ärgere ich dreimal!" – was Guntram selbst eigentlich nicht korrekt befolgte: Er rächte sich meist viel öfter.

Rief jemand im Büro: „Vorsicht, Gefahr im Anzug!", bedeutete das, dass Guntram im obligatorischen Businessdreiteiler mit schiefem Blick auf Feindfahrt um die Ecke kam. Zu Recht galt der als tückisch und selbstsüchtig; sein Hang dazu, Firmenbesitz als den seinen zu betrachten und Mitarbeiter für private Belange einzusetzen, mitunter tagelang und natürlich in der regulären Arbeitszeit, war sprichwörtlich. Alle bisherigen Geschäftsführer hatten indessen dagegen nie etwas unternommen, was in Guntram die Überzeugung hatte wachsen lassen, er komme mit allem durch.

Mit diesem Rüstzeug hatte Guntram Futtermittel inzwischen seinen beruflichen Zenit erreicht, war Senior General Manager, Herrscher über alles, was mit Finanzen und Personal zu tun hatte, kam direkt nach dem Geschäftsführer.

Er selbst aber, Roddy Dockter, Sachbearbeiter im Controlling, war somit im firmeninternen Gefüge der Macht nur Guntrams kleiner Mitarbeiter. Schon von Anfang an hatte dieser zu ihm ein seltsam ambivalentes Verhältnis entwickelt, hatte einerseits den Kontakt gesucht und andererseits die sich immer stärker entwickelnde hierarchische Distanz betont. Bereits die Nennung seines

Nachnamens schien Guntram zu irritieren; musste der ihn vorstellen, geschah dies meist mit den Worten: „Und das ist unser Herr Dockter – aber mit ‚ck' und hinten mit ‚e'! Oder haben Sie …" – an dieser Stelle pflegte sich Guntram ihm als Betroffenem zuzuwenden – „… inzwischen etwa heimlich während Ihrer Arbeitszeit promoviert?" Das sollte dann wie ein Scherz klingen. In Wirklichkeit hatte Guntram Futtermittel ihm bezeichnenderweise schon vor Jahren den Gebrauch des „Dr." als Namenskürzel hochoffiziell verboten. Außerdem wurde in der Firma gemunkelt, dass Guntram alles andere als unschuldig am Ausbleiben des beruflichen Erfolges „unseres Herrn Dockter" gewesen sei.

Irgendwie schlief er doch wieder ein.

Mit einem Mal war es Morgen. Er war mit Guntram in dessen Firmenwagen unterwegs. Es war eine unangenehme Situation: er am Steuer, den Mercedes durch das Chaos der überfüllten Autobahn jagend, daneben ein schlecht gelaunter Guntram, der vor sich hin brabbelte. Zu hören war Guntrams übliche Stammtischhetze gegen kinderlose Singles, deren Fortpflanzungsverweigerung doch gemeinschaftsschädlich sei. Er, Guntram, habe dagegen als Vater zweier Kinder seine Pflicht zur Reproduktion erfüllt, was ihn viel Geld und Ärger sowie den Spaß in der Ehe gekostet habe. „Die Gesellschaft sollte jemanden wie Sie, Herr Dockter, zu spürbaren Abgaben zwingen, die unsereinem zugutekommen müssten! Ich und meinesgleichen, wir als Elite sorgen für den Fortbestand unseres Volkes mit – darf man ja gar nicht aussprechen – hochwertigen Erbanlagen und müssen auch noch die Kosten tragen, während Sie, Herr Dockter, …" Guntrams Stimme klang ekelhaft bösartig „… sich nur amüsieren!"

Blöderweise fiel er auf diese Provokation herein und so entfuhr es ihm: „Auch der tasmanische Beutelteufel zeugt gerne immer mal wieder Nachwuchs, um seinen doch recht fragwürdigen Genbesatz weiter zu geben, ohne dass es den Teufel als solchen bisher evolutionsmäßig in puncto Umgangsformen und Körpergeruch nach vorne gebracht hätte!" Das nahm Guntram offenkundig persönlich – überraschenderweise schien ihm der Beutelteufel und dessen Habitus nicht ganz unbekannt zu sein. „Das geht zu weit, Herr Dockter, das wird Konsequenzen haben, hören Sie?!" Da fühlte er, wie eine ungeheure gnadenlose Wut sich blitzschnell seiner bemächtigte. Konsequenzen? Ja, dann aber sofort und ein für alle Mal!

Das Folgende lief ab wie ein Automatismus, wie tausendfach geübt. Vor ihnen auf der rechten Spur fuhr gerade ein Langholztransporter, er selbst hatte bereits vor dem Höhepunkt des Streites den Überholvorgang eingeleitet. Nun trat er auf das Gaspedal, dass die Maschine aufheulte, und gleichzeitig löste er mit flinkem Griff Guntrams Gurt, um dann die stark beschleunigte Limousine dergestalt in die überhängenden Stämme zu lenken, dass bei unversehrter Fahrerseite die Person auf dem Beifahrersitz zwangsläufig im wahrsten Sinne des Wortes wegradiert werden würde.

Doch bevor es wirklich krachte, wurde er aus seinem Traum gerissen.

Wie üblich hatten auch in dieser Nacht solche um Guntrams Aufstieg und Eigenschaften kreisenden Gedanken seinen Magen dazu veranlasst, immer neue Mengen Säure per Expresslieferung an den Rachenraum zu überstellen, wo nun eine Weiterverteilung an die benachbarten Körperöffnungen unmittelbar bevorstand. In letzter Sekunde konnte er diese unappetitliche Entwicklung abwenden; tapfer schluckte er alles wieder herunter, so wie er auch in der Firma so vieles runtergeschluckt hatte. Dabei war er eigentlich kein Duckmäuser – ganz im Gegensatz zu Guntram Futtermittel, der erkennbar bei jedem Geschäftsführerwechsel Höllenqualen der Angst durchlitt. Denn die Firma war Ableger eines „Global Player"; der neue Statthalter wurde von der Konzernmutter geschickt, von Übersee, von Japan – dort saß die Macht. Guntram schien zu wissen, dass er alles war durch diese Macht, dass er dieser ebenso fremden wie fernen Macht alles verdankte, was sein jetziges Leben ausmachte: seinen überraschenden Aufstieg, sein damit verbundenes Ansehen, den Respekt, den man ihm entgegen brachte, die Vergünstigungen, die er genoss, wenn er zum Beispiel privat bei einem Lieferanten der Firma einkaufte, und nicht zuletzt das viele Geld, das er zwar, wie ihm wohl durchaus bewusst war, nicht wirklich verdiente, aber dennoch jeden Monat überwiesen bekam; Guntram verehrte diese Macht und fürchtete sie.

Während er wie schon so oft Guntram charakterisierte, durchfuhr ihn ein plötzlicher Einfall: Guntram Futtermittel war ein zweiter Diederich Heßling, war der „Untertan", so wie ihn Heinrich Mann in seinem grandiosen Roman schon vor hundert Jahren beschrieben hatte! Ja, so war es – warum war ihm das bislang nicht aufgefallen? Und sollte sich damit nicht etwas anfangen lassen? Aber natürlich! Denn dadurch tat sich nun die einzigartige Möglichkeit auf, selbst ganz speziell Rache zu nehmen, subtil, aber dennoch vernichtend.

Er wusste, dass er in der Firma bestimmt nicht der Einzige war, der solche niederen Gelüste verspürte; selbst Mordabsichten waren wiederholt lauthals und nur notdürftig als Scherz getarnt geäußert worden. Da würde sich seine Methode gewiss als die elegantere erweisen: Er würde ein Buch über Guntram Futtermittel schreiben, quasi eine Fortsetzung des „Untertan", aber in der Gegenwart spielend mit dem realen Guntram in der Rolle von Diederich. Er würde sogar Heinrich Manns ersten Satz aufgreifen und genauso beginnen: „Guntram Futtermittel war ein weiches Kind, das am liebsten träumte, sich vor allem fürchtete und viel an den Ohren litt." Und dann würde er erbarmungslos aufzeigen, wie sich aus dem kindlichen bösartigen Angstbeißer der noch bösartigere erwachsene Angstbeißer entwickelte, der Guntram nun einmal war. Keine Frage, diese Art von Rache war nicht gerade neu; nur die wenigsten solcher literarischen Befreiungsschläge hatten bislang ein dankbares Publikum finden und überzeugen können. Doch das sollte ihn nicht davon abhalten, ein wortgewaltiges Fanal zu setzen gegen all die bösen Diederichs und Guntrams dieser Welt! Spontane Euphorie verjagte die Zweifel. Er hatte ja schon vor geraumer Zeit damit begonnen, kleine Texte zu verfassen – nun bekam das alles einen Sinn!

Mit diesen erlösenden Gedanken schlief er wieder ein, tief und fest wie lange nicht mehr, überhörte den Wecker und kam eine Dreiviertelstunde zu spät zur Arbeit.

Für einen Montagmorgen befremdend gut gelaunt betrat er sein Großraumbüro, eilte unter Absonderung der ortsüblichen Grußformeln an seinen Arbeitsplatz und begann sein Tagwerk. Bereits nach wenigen Minuten läutete das Telefon. Guntram Futtermittel verlangte nach ihm: „Ja, wo waren Sie denn? Ich habe ein kleines Problem, hören Sie?! Kommen Sie doch mal kurz zu mir hoch. Kommen Sie schnellstens – und schnellstens heißt: auf der Stelle und nicht mit Ihrer üblichen Verspätung!" Der Senior General Manager schien schlecht gelaunt zu sein; wahrscheinlich hatte die ihm vorgesetzte Gattin schon in der Frühe disziplinarisch auf ihn eingewirkt.

Natürlich sagte er sogleich zu – und natürlich verfluchte er sich sofort danach für sein Lakaientum, denn er hatte wirklich Wichtiges für den kurz bevorstehenden Monatsabschluss fertigzustellen. Guntram hingegen hatte ein „kleines Problem" – dieser hatte stets nur ein „kleines Problem", meistens ein privates, alle anderen hatten „massive Probleme".

Wenig später betrat er Guntram Futtermittels Büro. Wie immer galt sein erster Blick dessen Schreibtisch, und wie immer war die Ordnung fantastisch. Die Schriftstücke prangten in Reih' und Glied – da, wo es nötig war, mit Vierfünftel-Teilüberdeckung. Alles war an seinem Platz. Er wusste, dass dieses Stillleben am Ende eines jeden Arbeitstages abgeräumt und weggeschlossen und am Anfang des nächsten wieder neu dekoriert wurde. An der Wand hinter dem Schreibtisch hing prächtig drapiert ein Kodachi, ein historisches Samuraischwert. Jedem General Manager war vom Geschäftsführer unlängst in einer Feierstunde ein solches überreicht worden; diesem wiederum war das Seinige zuvor von höchster Stelle in der Zentrale in Japan verliehen worden. Alle waren angehalten, dieses Symbol der Macht in ihrem Büro zur Schau zu stellen.

„Ich habe ein kleines Problem, hören Sie?!", begann Guntram Futtermittel, zog ein Papier aus der Aktentasche und ging zu der repräsentativen Sitzgruppe in der Nähe des Fensters, wo er sonst Zeitung zu lesen pflegte – eine Verrichtung, die er bekanntermaßen mit großer Sorgfalt und Ausdauer erledigte. Heute jedoch hatte es Guntram eilig: „Setzen Sie sich!"

Es stellte sich heraus, dass Guntrams zweiter Sohn (mehr als zehn Jahre jünger als der Erstgeborene und vom Erzeuger gerne als „Betriebsunfall" bezeichnet) eine schwierige Hausaufgabe in Mathematik bekommen hatte, womit weder Junior noch Senior klarkamen, die aber am nächsten Tag abzugeben war. In seiner Not war Vater Futtermittel nun auf seinen Mitarbeiter im Rechnungswesen gekommen: „Sie können doch helfen, Herr Dockter – oder?!"

Er las die Aufgabenstellung auf dem Blatt und gab Guntram einige Hinweise. Dieser aber, jetzt ganz Manager, wollte keine Hinweise, er wollte Lösungen! Als die dann endlich vorlagen, empfahl es sich, den Mitarbeiter zu loben: „Sehen Sie, da haben Sie es ja doch noch hingekriegt – obwohl Sie am Anfang massive Probleme hatten!" Er wusste nicht, ob er lachen oder weinen sollte, nickte dankend und trat den geordneten Rückzug an. Beim Hinausgehen drehte er sich um und blickte zurück. Guntram war dabei, den Rechenweg zu studieren, und er konnte am Gesichtsausdruck feststellen, dass dieser nichts, aber auch gar nichts davon verstanden hatte. Völlig deprimiert kehrte er an seinen Arbeitsplatz zurück. An seinem Schreibtisch aber erwartete ihn sein treuer Apfel.

Was ihn außerdem erwartete, das war ein Berg von Arbeit. Seine Abteilung war in den letzten Jahren personell ziemlich geschrumpft, für die Anforderungen galt allerdings das Gegenteil. Sein direkter Vorgesetzter war seit seinem Eintritt in die Firma jeweils ein Japaner gewesen, dessen Tätigkeit sich weitgehend auf die Kommunikation mit der Konzernmutter beschränkte. Diese Stelle war zwar mittlerweile formal dem Senior General Manager G. Futtermittel untergeordnet, der sie innehabende Japaner aber im betrieblichen Ablauf Guntrams Kontrolle tatsächlich entzogen. Vielleicht war das sogar auf ausdrückliche Weisung des Geschäftsführers so – für die deutschen Mitarbeiter stand es allerdings außer Frage, dass sich Guntram auch sonst nie und nimmer getraut hätte, seinen diesbezüglichen Leitungsaufgaben nachzukommen. Wie oft hatte er sich von Guntram anhören müssen: „Herr Dockter, seien Sie still, hinterfragen Sie nichts, machen Sie immer, was der Mann will, der hat die Zentrale hinter sich!"

Aber er war eigentlich mit allen Japanern gut zurechtgekommen. Er schien in einer Zeit angefangen zu haben, als sich bei denen schon ein Wandel vollzogen hatte. Deutsche Mitarbeiter der ersten Stunde erzählten gerne und immer wieder die Geschichten von „ganz früher", als die japanischen Kollegen meist Junggesellen waren, die zum ersten Mal im Ausland eingesetzt wurden. „Die kamen im neuen Anzug, das waren drahtige Gestalten mit kurz geschnittenen Haaren. Wenn die am Arbeitsplatz einen Anruf vom Geschäftsführer bekamen, sprangen die sofort auf und nahmen Haltung an, als stünde der persönlich im Büro. Wenn die durch die Gänge schlurften, sah das aus, als liefen sie in der Loipe." Nach einem Jahr Kantinenessen und manchem abendlichen Bier gegen das Heimweh seien die Silhouetten schon weniger kantig gewesen, habe der Anzug schon strammer gesessen. Spätestens im Jahr darauf hätten die sich entweder neu eingekleidet oder mit der Gefahr gelebt, dass es bei einer unvorsichtigen Bewegung hinten in der Hose „ratsch" machte und man den Rest des Arbeitstages in einem geliehenen Kittel im Büro hocken musste, was gar nicht so selten geschehen sei. Aber heute, betonten die Firmenveteranen immer, sei eine ganz andere Generation von Japanern vor Ort: westlich geprägt, ja verweichlicht – solche, die sogar vor achtzehn Uhr Feierabend machen und bei Krankheit einen gelben Schein abgeben, statt Urlaub zu nehmen! Außerdem waren es viel weniger als früher, ein Umstand, der insbesondere vom SGM Futtermittel sehr begrüßt wurde.

Endlich war Mittagspause. Er reihte sich ein in die Karawane betriebsamer Menschen, die, einander unentwegt „Mahlzeit!" zurufend, der Kantine entgegen strebten. Am üblichen Tisch trafen sich die üblichen Kollegen und das seit Jahren. Auch Guntram Futtermittel gehörte zur Stammbesetzung, daneben weitere Manager sowie er selbst, Roddy Dockter, quasi als Vertreter der einfachen Büroarbeiter.

Aus unerfindlichem Grund war heute mal wieder Schmutzige-Witze-Tag. Das passierte alle paar Wochen. Einer fing unvermittelt an und dann gaben alle anderen nach und nach auch etwas Geeignetes zum Besten – jeder auf seine gewohnte Art. Auch bei Guntram Futtermittel war es immer das Gleiche: Sein Trick war, eine Zote nie als seine eigene Nummer vorzutragen, sondern er zitierte stets seinen Schwager, der ihm „neulich folgenden Witz erzählt" habe. Meistens ging es dabei um Schwänze. Die innige Verbindung zu seinem Schwager hinderte Guntram indessen nicht daran, diesen in schöner Regelmäßigkeit verbal in die Pfanne zu hauen: „Hab ich schon erzählt, dass mein Schwager, der Dr. Bodendecker, hier in der Stadt in der Uniklinik Oberarzt ist? Der Bursche kommt da aber seit Jahren nicht richtig weiter, zum Chefarzt reicht es wohl nicht …"

Unterbrochen wurden die Beiträge durch ein allgemeines „Hohohoho…", das auf seltsame Weise halblaut gebellt wurde. Das setzte in der Vorbereitungsphase der Pointe ein, um dann, nach Erreichen derselben, in eine Art Chorgebell zu münden, das aber sofort abgebrochen wurde, sobald sich am Nebentisch jemand neugierig umdrehte.

Eigentlich wollte er sich selbst nie daran beteiligen, konnte sich indessen nur selten dem Sog dieser Männerverschwörung entziehen. Ob jung oder alt, Manager oder Mitarbeiter: Alle Männer am Tisch (und es waren in einem solchen Moment immer ausnahmslos Männer am Tisch) fanden dann plötzlich zu einer Art postpubertärer Pimmelkumpanei. Man sah sich vielsagend an, gab mit kurzem Einzelgebell („Hohoho!") oder einem prägnanten Einwurf zu erkennen, dass man nicht nur verstanden, sondern auch selbst so seine einschlägigen Erfahrungen hatte. Insbesondere Guntram Futtermittel konnte es sich dann nicht verkneifen, Andeutungen über langjährige regelmäßige Puffbesuche zu machen – und das schon in damals noch jugendlichem Alter. Sofort anschließend pflegte Guntram dann zu betonen, dass seit seiner Familiengründung so etwas selbstredend für ihn kein Thema mehr sei. Einmal war ihm allerdings herausgerutscht, dass er hin und wieder von den Japanern dorthin mitgenommen werde, „aber nur als Vermittler".

Der Auftakt war diesmal vergleichsweise harmlos: „Warum gibt es auf dem Land soviel Inzucht? Ganz einfach: Was der Bauer nicht kennt, das fickt er nicht!" Und sofort als Zugabe: „Warum stellen die Bauern hier aus der Gegend im Puff immer am Anfang die Frage nach dem Kamasutra?" – „Welche Frage?" – „Hehhh! Kamasutra, orermussmasischerstwasche?" – „Hallo?" – „Kann man so dran, oder muss man sich erst waschen?" „Hohoho!" Bisher also zwei Klassiker, aber zumindest nicht die schlechtesten. Der Nächste bitte: Witz, Chorgebell, und so weiter, und so weiter … Während das Niveau immer tiefer sank, stieg der Stimmungspegel.

Wie erfrischend wäre es, wenn jetzt von einem der Nebentische einmal ein paar Frauen diese Chauvi-Kacke ein wenig aufmischen würden. Er stellte sich eine Szene vor wie aus einer Oper, eine Szene, in der sich zwei walkürenhafte Kolleginnen zu Ehrfurcht gebietender Größe aufrichten; sie zeigen auf Guntram, und sie beginnen zu singen mit unfassbar fetten Stimmen, ein Duett von Alt und Sopran, und sie singen auf eine wunderschöne Melodie immer wieder dieselben Verse:

> „Ich quetsche dir die Nudel
> und mache dich zum Pudel!
> Aahaahaahaaha-hahahaha!"

Leider geschah wie immer nichts dergleichen. Zu allem Überfluss war er jetzt dran. Schon beim letzten Mal war ihm dieses beknackte Ritual dermaßen auf die Nerven gegangen, dass er sich damals vorgenommen hatte, den anderen in Zukunft den Spaß daran zu verderben. Folglich hatte er sich in der Zwischenzeit einige wirklich blöde, humorfreie, aber hinreichend obszöne Sprüche überlegt, die er nun rasch hintereinander aufsagte: „Was singt der Volksmusikant beim Koitus Interruptus? – ‚Muss i denn, muss i denn ausm Mädele hinaus.'" Und weiter: „Wie spricht der trunksüchtige Sodomist? –

‚Erst sauf ich zehn, zwölf Bierchen, dann ficke ich ein Tierchen.'" Und noch ein Gedicht: „Blondine nach dem missglückten Oralsex: ‚Ich seh dich so verschwommen – du bist wohl grad gekommen.'" Zum Abschluss noch den Schlechtesten: „Was sind die letzten Worte eines deutschen Jünglings, seiner muslimischen Freundin beischlafend? ‚Grad lieg ich auf der Fatima, da ist auch schon ihr Vati da …' – peng!" Am Tisch herrschte Verunsicherung. War das jetzt als Witz ernst gemeint oder war das etwa Verarschung? Das im Anschluss vorgesehene Chorgebell fiel demzufolge mehr als verhalten aus. Allgemeines Stühlerücken im Saal, das jetzt einsetzte, zeigte nun sowieso das Ende der Mittagspause an. Er war froh, auch diese hier überstanden zu haben.

Nach der Arbeit fuhr er sofort nach Hause. Die literarische Entscheidung der vergangenen Nacht musste direkt in die künstlerische Tat umgesetzt werden: Guntram Futtermittel als Diederich Heßling, der „Senior General Manager" als der „Untertan". Wenn einige andere vom mittäglichen Kantinenstammtisch Guntrams Wirken auf dieser Welt am liebsten „ein Ende setzen" würden (gerne auch „eigenhändig", wie sie bisweilen auf Firmenevents nach Alkoholgenuss in ausgesuchter Runde sagten; nüchtern waren sie vorsichtiger, da sollten sich jeweils andere die Hände schmutzig machen) – alles nur Geschwätz! Er, Roddy Dockter, wollte jetzt endlich handeln!

Und er begann zu schreiben: Handlungsentwürfe, Gliederungen, … dann Textpassagen, Stichworte, … Aber es wollte nicht recht gelingen. Heinrich Mann ließ sich nun mal nicht kopieren. Zu kühn war der Griff nach den dichterischen Sternen. Da musste umgehend umdisponiert werden. Wenn es denn für das große Bildnis nicht reichte, dann würden es eben kleine Skizzen werden! Und so löschte er das bisher gespeicherte Material, zerriss seine Merkzettel und fing ganz neu an, wobei er sich vornahm, insbesondere der dunklen Seite seiner Seele freie Entfaltung zu gewähren. Wie von Geisterhand erzeugt, erschienen erste Sätze auf dem Bildschirm:

„Igor erwachte am linken Daumen lutschend. Er streckte sich, und dann, mit einem plötzlichen Schwung, schleuderte er den Finger weit von sich. Der mächtige Molosser grunzte missmutig. Langsam erhob sich das Tier und trottete in die Ecke seines Zwingers, wo die Überreste seines neuen Besitzers lagen, dem nicht nur er, sondern auch der Daumen gehört hatte …"

Ah, das tat richtig gut. Hastig schrieb er weiter:

„Was war geschehen? Erst gestern war Igor in sein neues Zuhause gekommen, hatte den Mann kennengelernt, dem er von Stund an dienen sollte. Kein anderer als Guntram Futtermittel suchte nämlich Schutz für sich und sein Anwesen. Dieser Hund sollte ihn gewährleisten. Igor stammte aus gutem Hause, hatte in der Hundeschule mehrere Klassen übersprungen, und (als einer der jüngsten überhaupt) die Schutzhundeprüfungen mit Bravour bestanden. Sein Verkäufer hatte ihn beschrieben als in sich ruhend und feinsinnig, dabei diszipliniert und geprägt von hohem Arbeitsethos. Kurz: Igor war ein aristokratischer Rassehund mit Manieren, ein ‚Original English Mastiff‘, kein Proletenbeißer – das alles stand zumindest in den Papieren. Nur der Name ‚Igor‘ hatte Guntram zuerst etwas stutzig gemacht; aber wenn man ihn ‚Aidschör‘ aussprach, klang das schon wieder richtig nobel. Der immens hohe Preis konnte nur bedeuten, dass es sich um eine Rarität handeln musste, um eine Premiummarke, eine Anschaffung also, die zu Guntrams Edel-Geländewagen passte. Und direkt neben dessen Edel-Carport hatte Guntram einen Edel-Zwinger errichten lassen, der jeden hergelaufenen Schäferhund samt Besitzer vor Neid erblassen lassen sollte.

Leider hatte sich ihre erste Begegnung gestern dann zunehmend unschön gestaltet. Guntram hatte Igor sofort in den Zwinger geführt. Als sie dann alleine waren, hatte er damit begonnen, Igors Ausbildung den letzten Schliff zu verleihen – leider in der Sprache und mit den Mitteln, die er auch in der Firma seinen Leuten gegenüber gebrauchte. ‚Aidschör‘ hingegen ‚was not amused‘ über all die unklaren und widersprüchlichen Kommandos, und als Guntram schließlich rief: ‚Das akzeptiere ich nicht‘, und Igor ‚massive Probleme‘ androhte, da war es mit dessen Contenance zu Ende. Sekundenschnell verwandelte er sich in ein mordgieriges Monster, ein Monster, das zudem einem Rottweiler-Doggen-Mischling erstaunlich ähnlich sah. Guntram jedoch sah sich nach wenigen Minuten gar nicht mehr ähnlich …“

Bis hierhin war ihm der Text quasi nur so zugeflogen. Literarische Rache hat bekanntlich den Vorteil, dass sie einerseits dem Ausübenden ungemein viel Genuss bereitet, andererseits kaum anstrengend ist und nicht schmutzig macht. Jetzt noch ein Wortspiel mit „Daumen“ und „Gaumen“, und die Sache wäre rund.

Dummerweise fiel ihm kein gutes ein. Trotzdem hochzufrieden vertagte er das Problem auf morgen und ging zu Bett.

Dienstag

Wie immer war er beim Aufstehen knapp dran. Als er endlich im Auto saß, wusste er, dass jetzt nichts mehr dazwischenkommen durfte – da war es angesagt, quasi Ideallinie zu fahren! Hurtig und unter großzügiger Auslegung der einschlägigen Verkehrsschilder näherte er sich der Firma. Doch dann, an der letzten Ampel, an der er in eine durch ein Feuchtgebiet führende Straße abbiegen musste, sah er frisch aufgestellte Schilder: „Gesperrt wegen Krötenwanderung"! Wäre er doch den anderen Weg gefahren! Jetzt hieß es umzukehren, in Eilmärschen zurück bis zur Gabelung und dann auf der Parallelstrecke weiter Richtung Firma. Doch so geschwind ging das nicht: Jede mögliche Ampel sprang auf „Rot", sobald er sich ihr näherte, jeder LKW, der in der Nähe gelauert hatte, warf sich vor ihm auf die Straße. Aus Rache hatte er inzwischen damit begonnen, Reim für Reim ein böses Gedicht über die Kröte als solche und ihr Liebesleben zu entwickeln, und als er mit zehnminütiger Verspätung auf dem Firmenparkplatz einschlug, war das Werk abgeschlossen. Auf dem Fußweg zum Hauptgebäude sagte er es sich noch einmal vor:

> „Kröterich und Kröte
> haben schwer was an der Tröte!
> Sie poppen gern auf Straßen –
> da, wo die Autos rasen.
> Ihr dummen geilen Tierchen,
> schon hört man Reifen knirschen!
> Das Platzen unter schwerem Pneu
> bringt euch die Krötentöne bei.
> Wo grad noch Krötengruppensex,
> da geht es nur noch plopp und ex!
> So mancher Krötenkoitus
> der endet da in Krötenmus.
> Das Unheil ist nicht mehr zu stoppen –
> was müsst ihr auch auf Straßen poppen!
> Und die Moral von der Geschicht:
> Dem keuchen Lurch passiert das nicht!"

Erschöpft von Fahrt und hochgeistiger schöpferischer Anstrengung erreichte er seinen Schreibtisch. Doch niemand erwartete ihn, zumindest nicht sein treuer Apfel, denn den hatte er gestern Nachmittag dann doch noch gegessen …

Der heutige Morgen war angefüllt mit Sitzungsterminen. Während er zu einer der Besprechungen eilte, wurde er im Gang von einem Kollegen, dem Leiter der Fertigungsplanung, angesprochen: „Sind Sie gleich auch beim Kick-off-Meeting für das neue Projekt dabei?" Bedeutende neue Projekte wurden immer durch ein so genanntes „Kick-off-Meeting" eingeläutet, bei dem Dutzende von Organigramm- (oder, wie er das nannte: „Onaniegramm"-) Leuten sowie Fach- und Hilfskräfte wie er selbst zusammenkamen, um in schicksalsschwangerer Atmosphäre über Sinn und Zweck des Ganzen aufgeklärt zu werden. Gleichzeitig wurden dann erste Aufgabenpakete verteilt, wobei er noch nie leer ausgegangen war. Deshalb beeilte er sich, den Kollegen zu verbessern: „Sie meinen das Kick-in-the-Ass-Meeting!" „Ach ja, so hieß das", pflichtete der ihm ohne nachzudenken bei und wollte gestresst entweichen. Er allerdings erkannte, dass er diese just gesäte Irrlehre unverzüglich im Keime ersticken musste, bevor sie unerwünschte Verbreitung fand („Der Dockter aus dem Controlling hat aber gesagt ..."). Mit Nachdruck wies er den Kollegen darauf hin, dass das nur ein Scherz gewesen sei, denn das US-englische umgangssprachliche „Ass" bedeute auf Deutsch nun mal „Arsch" ...

Der so Aufgeklärte lächelte pikiert und versuchte, seinerseits zu punkten: „Komisch ist er schon, der Termin heute, unser Geschäftsführer ist doch noch auf Dienstreise in Japan. Irgendwas tut sich da! Man hört ja allerhand in letzter Zeit. Heute ist ja nichts und niemand mehr sicher! Wer sagt denn, dass wir immer dasselbe bauen müssen?!" Was sollte denn das? Er hatte nichts Besonderes gehört! Und außerdem war er gar nicht eingeladen worden. Was für ein Projekt denn? Jetzt war er der Dumme. Man trennte sich ohne Abschiedsschmerz.

Der ganz normale Wahnsinn des restlichen Vormittages brachte ihn rasch auf andere Gedanken. Die Zeit verging im Wechselspiel von Sitzungen und Telefonaten, wobei Letztere durch die Bank mit einem „Alles klar, bis dann!" endeten, ohne dass jemals wirklich etwas klar gewesen wäre. Irgendwie erinnerte ihn das Treiben in der Firma an Alfred Wunsiedels Fabrik aus Heinrich Bölls feiner Satire „Es wird etwas geschehen. Eine handlungsstarke Geschichte", wobei sich die Realität in seinen Augen in subtiler Weise als noch aberwitziger darstellte.

Schon lange stellte er Überlegungen an, wie man sich gewissen Phänomenen und Verhaltensformen des Büroalltages mit wissenschaftlicher Betrachtungsweise nähern könne. Bisher war er über den Versuch einer Schematisierung und Typisierung nicht hinausgekommen.

Auf quantitativ erhöhte Aufgabenbelastung zum Beispiel schien der Büromensch reflexhaft mit erhöhter Mitteilungsbedürftigkeit zu reagieren, die sich in stundenlangen Telefonaten manifestierte, bei denen Art und Umfang der unzumutbaren Überbelastung detailliert kommuniziert wurden. Der daraus für den Rest des Arbeitstages resultierende noch höhere Zeitdruck erzeugte wiederum am Folgetag eine nochmalige Steigerung der Telefoniertätigkeit. Ergebnis: noch weniger Zeit für die anstehenden Aufgaben. Bei manchen Kollegen führte das zu einer verhängnisvollen Lawinenwirkung. Andere erkannten die Gefahr instinktiv und reagierten im Vorfeld mit Vermeidungsverhalten. Als hierbei gerne gewählte Strategie hatte er die „Arbeitsverweigerung durch Dummstellen" ausgemacht. Mehr Raffinesse zeigten diejenigen, die regelmäßig dann ihr Maximum an intellektueller Leistungsfähigkeit erreichten, wenn es darum ging, tausend Gründe dafür zu finden, warum man eine übertragene Aufgabe gerade jetzt besser doch nicht erledigte. Überaus hilfreich war zudem die Fähigkeit zur „selbstschützenden Amnesie": „Was, ich sollte das tun? Davon weiß ich nichts. Steht das denn im Protokoll?" Was immer sehr genau erinnert wurde, war der Umstand, dass sich für das Führen des Protokolls damals mal wieder niemand gefunden hatte. Unerreicht jedoch war die geradezu genialisch anmutende Einlassung eines für seine Faulheit berüchtigten Abteilungsleiters: „Sie wissen, ich bin immer für praktische Lösungen – und für mich ist es nun mal am praktischsten, wenn das hier jemand anders macht!"

Wenn Guntram Futtermittel bei einem Treffen dabei war, galten per se eigene Regeln; offizielle Protokolle etwa waren faktisch verboten, denn Guntram hasste schriftliche Beweise. Auch lenkte er die Gespräche gerne thematisch weg vom Detailproblem zu eher globalen Fragestellungen. Guntram sah sich eben mehr als Generalist denn als Experte. Hätte man ihn gefragt: „Wie komme ich von hier am besten nach Oberammergau?", er hätte mit dunkler, wissender Stimme geantwortet: „Fahren Sie auf der Straße, halten Sie sich an die Verkehrsregeln und folgen Sie der Karte!" So sprach der Manager in ihm, so sagte er nie etwas Falsches – aber leider auch nie etwas Hilfreiches. Insbesondere bei Sitzungen mit externen

Beratern war Guntrams Anwesenheit wenig beliebt, da der dann unbedingt seine Weltläufigkeit unter Beweis stellen wollte und zu ausschweifenden Erzählungen über seinen elitären Lebensstil neigte, welchen ganzheitlich auszuleben ihm gewissen Andeutungen zufolge aber von seiner Gattin verwehrt wurde.

Die heutige Mittagspause lockte wieder an den üblichen Tisch, und siehe: Alle waren sie erschienen – bis auf Guntram Futtermittel! Natürlich wurde dieser nebst seinen jüngsten Untaten sofort zum alleinigen Thema. Fast alle hatten etwas beizusteuern. Selbst Guntrams Adlatus, der Leiter der Einmannabteilung Budgetierung, der mit seinem Chef jahrelang nur als Duo aufgetreten war, erwies sich unter diesen Umständen mal wieder als scharfer Kritiker. Nach einigen Minuten hatten sich die Gemüter so erhitzt, dass die gewohnten Vorschläge zum Erreichen einer endgültigen Lösung zu hören waren: „Wenn wir alle zusammenlegen ...", „Die machen für Geld alles ..." und so weiter und so fort.

Doch urplötzlich kam der Redefluss zum Erliegen; Guntram Futtermittel war doch noch in der Kantine erschienen. Er stand am Eingang und wechselte mit einem dort tätigen Mitarbeiter einer Fremdfirma einige kurze, anscheinend unfreundliche Worte. Als er sich zum Gehen umdrehte, erschien ein breites Grinsen in seinem Gesicht – ganz offenkundig war er mit sich selbst wieder einmal sehr zufrieden. Kaum hatte Guntram jedoch bemerkt, dass man ihn beobachtete, da wurde seine Miene ernst und streng. Als er am Tisch angekommen war, setzte er sich mit den Worten: „Das akzeptiere ich nicht!" Nach kurzer Pause fügte er hinzu: „Dem Kerlchen zeig ich's!" Und dann noch einmal: „Das akzeptiere ich nicht!" Erklärend führte er dann aus, dass dieser Mensch ihn, Guntram Futtermittel, Senior General Manager, nicht gekannt und ihm den unabdingbaren Respekt verweigert habe – und er ihn deshalb in dieser seiner Firma nicht mehr sehen wolle, was er ihm auch direkt mitgeteilt habe. Unisono gaben ihm die anderen recht. Was störte sie ihr Geschwätz von eben!

Wie selbstverständlich übernahm Guntram nun die Gesprächsleitung. Es ging um seine wertvolle Modelleisenbahn, für die er ein spezielles Sammlerstück („... eine optimale Geldanlage, hören Sie?! ...") erwerben wollte. Allerdings müsse er sich das Budget dafür erst zu Hause genehmigen lassen. Es war bekannt, dass Frau Futtermittel daheim die Kassenführung innehatte. Guntram rächte sich dafür, indem er jetzt anschließend über die

Eigenheiten seiner Gattin herzog. Einmal in Stimmung ging er zum Thema: „Unser gehobenes Management in der Einzelkritik" über und schonte keinen – außer sich selbst. Die einzige dazugehörige Frau bedachte er wie immer mit einigen ausgesucht niederträchtigen Bemerkungen. Ganz offenkundig war es Guntrams persönliches Anliegen, sein Umfeld jeden Tag aufs Neue von der Gesäßhaftigkeit seines Wesens zu überzeugen, und dies war ihm bisher jeweils glänzend gelungen.

Gerade war Guntram in seinem Element, da läutete dessen Handy. Guntram griff danach, sah die Nummer im Display, rief: „Mist, der Tsatsiki aus Japan, was will der denn?", fand dann aber in seiner sofort einsetzenden Panik die richtigen Tasten nicht. Das Klingeln endete und Guntram hatte die Annahme versäumt! Dabei war „Tsatsiki" kein anderer als sein Geschäftsführer Tasaki! Die Macht hatte ihn gerufen und er hatte sich ihr scheinbar verweigert! In seiner Wut und Verzweiflung schmetterte er das Gerät auf den Tisch. Kleinteile schwirrten durch die Gegend. Während die anderen betreten vor sich hinstarrten, sprach Guntram mit zitternder Stimme: „Miese Qualität! Ich werde für unsere Firma den Anbieter wechseln!" Die Stimmung war danach irgendwie gedrückt, und man war froh, als man auseinandergehen konnte.

Für den Nachmittag stand ein Termin außer Haus auf dem Programm – laut seinem Oberchef Guntram „typisch für unseren Herrn Dockter, immer was Besonderes!" Sein alter Freund und Kumpel Jacques, seines Zeichens Lehrer an einer hiesigen Gesamtschule, hatte ihn gebeten, die ihm (also Jacques) anvertrauten halbwüchsigen Schutzbefohlenen im Rahmen einer aktuellen Themenwoche über Schönheit und Chancen des kaufmännischen Berufsstandes zu informieren, und er hatte leichtfertig zugesagt. Guntram Futtermittel, dem uneigennützige Eigeninitiative wesensfremd und die von Mitarbeitern daher verdächtig war, hatte nur sehr widerstrebend die Erlaubnis erteilt. Als er sich nun abmeldete, konnte es sich dieser nicht verkneifen, einige hämische Bemerkungen über die „Lustreise" zu machen, um ihm wenn möglich noch den Spaß daran zu verderben. „Guntram, Guntram", dachte er, während er innerlich vor Wut bebte, „wenn du aufgeblasener Sack zu allen so bist, ..." – und er wusste, dass das der Fall war – „... dann wundert es mich wirklich, dass dir noch keiner die Luft rausgelassen hat!"

An der Schule angekommen, erwartete ihn eine andere, völlig neuartige Welt. Es war gerade Pause und in Schulhof und Fluren präsentierte sich ihm ein wundersam bunt gemischtes Völkchen. Es schien, als sei heute gleichzeitig Halloween, Karneval sowie das große „Intergalaktische Treffen humanoider Lebensformen". Dabei war die „Verkleidung" der Mädchen, insbesondere der älteren Jahrgangsstufen, ebenso fantasievoll wie textilarm. Nicht wenige wirkten wie Mitte zwanzig, was eigentlich nur drei Gründe haben konnte. Erstens: Sie sahen erheblich älter aus, als sie wirklich waren. Zweitens: Sie waren gerade in der Endphase ihrer G8mal2 Schullaufbahn. Oder drittens: Es waren gar keine Schülerinnen, sondern aufsichtführende Lehrerinnen. Wie auch immer, es war ein Outfit, das sehr wohl geeignet war, einem männlichen Wesen ein erhebliches Maß an Körperbeherrschung in Bezug auf die vordere Leibesmitte abzuverlangen. „Jetzt bloß nicht übel auf-phallen!", geistreichelte er. Dazu herrschte ein infernalisches Lärmen und Brüllen. Der größte Teil der von männlicher Seite so kommunizierten Vokabeln war – wie kaum anders zu erwarten – durchaus einschlägigen Charakters, und die Liste der ihm bisher bekannten Synonyme für das Ausüben sexueller Handlungen wurde in kürzester Zeit umfassend erweitert. Er war sich sicher, hätte er irgendeinen dieser Schreihälse gefragt, ob er denn wisse, was Liebe ist, die Antwort wäre gewesen: „Liebe, äh, also ficken, ja also ficken ist wie wichsen, nur viel anstrengender!"

Unter solchen kulturpessimistischen Überlegungen erreichte er den ihm genannten Unterrichtsraum. Jacques war bereits vor Ort. Sie begrüßten sich, während die anwesenden Schüler sowohl den Lehrer als auch den Festredner ignorierten. Trotzdem begann er rasch mit seiner PowerPoint-Präsentation. Es zeichnete sich eine Dreiteilung des Publikums ab. Ein Drittel verfolgte (zwar sichtlich genervt, aber immerhin) seine lichtvollen Ausführungen, ein Drittel war anderweitig beschäftigt, und der Rest war schlichtweg gegangen oder nie da gewesen. Die im Anschluss geplante Diskussions- und Fragerunde sah dann so aus, dass sich jetzt auch das erste Drittel anderweitig beschäftigte.

Aus irgendeiner Ecke ertönte sogar Musik: „Underneath Your Clothes" von Shakira. Als es hieß: „Underneath your clothes / There's an endless story / There's the man I chose / There's my territory", versuchte er automatisch, simultan zu übersetzen: „Unter deinen Kleidern, da ist eine unendliche Geschichte, da ist der Mann, den ich auserwählte, da ist mein Territorium". Der Aberwitz seines

Ergebnisses ließ ihn an seinen Fähigkeiten als „Translator" zweifeln; gewiss war die Vokabelrestbevölkerung in seinem Hirn längst in eine abgelegene Cortexwüste deportiert worden. Andererseits konnte er es auch nicht ausschließen, dass er den Blödsinn korrekt ins Deutsche übertragen hatte. Da fand er es wiederum beruhigend, dass höchstwahrscheinlich niemand von den Jugendlichen hier im Raum anderen englischen Vokabeln als „Fuck" und Konsorten erlaubt hatte, die Lernstoff-Hirn-Schranke zu überwinden, und deshalb wohl kaum jemand in der Lage war, dem englischen Text zu folgen. Diese Art von Schwachsinn konnte den Kids also nicht auch noch gefährlich werden.

Das Ende der Schulstunde befreite ihn von weiteren pädagogischen Pflichten. Er sagte Jacques, der sich während der ganzen Zeit wie angekündigt „völlig zurückgenommen" hatte (was, wie er nun wusste, bedeutete, dass sich dieser auch anderweitig beschäftigen wollte), kurz „Adieu" und beeilte sich, in seine Welt zurückzukehren. Er hatte nämlich vor, noch heute zu einem Kostenbericht ein brisantes Fazit zu verfassen, einen Brandbrief, der seiner Einschätzung nach das Zeug dazu haben würde, in der Firma eine Zeitenwende hinsichtlich der Firmenwagen einzuleiten – oder von Guntram sofort aus dem Verkehr gezogen zu werden (was wahrscheinlicher war).

Kaum an seinem Platz bekam er auch schon Besuch, und das ebenso unerwartet wie unerwünscht. Es erschien ein wegen seiner penetranten Geschwätzigkeit gefürchteter Mitarbeiter der Personalabteilung, der zwar keine Leitungsbefugnis hatte, aber überall, wo es unangenehm werden konnte, vom gemeinsamen Obervorgesetzten Guntram Futtermittel als treu ergebener Gehilfe mit an den Verhandlungstisch gerufen wurde. Davon hatten beide etwas: der Mitarbeiter, weil zur Belohnung geduldet wurde, dass er sich selbst den schönen Titel eines „HR-Referenten" zugelegt hatte, und Guntram, weil dieser einerseits nicht gerne alleine seinen Bereich vertrat, andererseits aber Widerworte aus den eigenen Reihen verabscheute und deshalb den eigentlichen Personalchef erst kürzlich aus der Firma weggebissen hatte.

Dieser Gast also trat heran und ließ sich mit den Worten: „Herr Dockter, Herr Dockter, ich glaub, ich brauch nen gelben Schein!" in den Besuchersessel fallen. Er blickte nur flüchtig auf, aber der andere ließ sich nicht abwimmeln, sondern sprudelte los: „Noch so ne Veranstaltung, und ich bin ein Pflegefall!" Er komme gerade von einer Krisensitzung mit Futtermittel und dem Betriebsrat. Thema sei der Fall eines ausländischen Kollegen gewesen, dem zum wiederholten Mal „Busengrapscherei" vorgeworfen worden sei. Diese Causa war allerdings dank der gewohnheitsmäßigen Indiskretion aller Mitglieder des Gremiums längst firmenweit bekannt. Betroffen war jedes Mal eine üppige Blondine, die intern nur „Frollein Möppesjen" genannt wurde. Seit Langem waren deren körperliche Merkmale Gegenstand von zahllosen meist bösartigen Bemerkungen, auch und besonders am mittäglichen Kantinenstammtisch (O-Ton SGM Guntram F.: „Die soll einen Afrikaner als Freund haben, die kann ja auch beckenmäßig so einiges wegstecken, also mein Schwager würde sagen: ‚Da kann unsereins nur beten, hoffentlich wächst mein Kleiner mit der Aufgabe!'").

Der mutmaßliche Täter wiederum entstammte einer weitverzweigten Familie, deren erwachsene Mitglieder zum größten Teil bei der Firma angestellt waren. Und dies war Guntrams Problem: „Das sind viele Leute aus einem wilden Land, die sprechen eine fremde Sprache und die haben noch ganz andere Sitten, ich sage nur ‚Blutrache', hören Sie?! Und die kennen mein Auto und wissen bestimmt, wo ich wohne ..." Nur deshalb sei Guntram wohl dagegen gewesen, die Sache, wie dieser es genannt habe, „aufzubauschen und voreilige übertriebene Konsequenzen zu ziehen". Nachdem die Vertreter des Betriebsrates überzeugt worden seien (Guntram: „Dann komme ich Ihnen bei der Genehmigung Ihrer neuen Tablets auch entgegen ..."), habe man den Beschluss gefasst, es noch einmal bei einem scharfen Verweis (Guntram: „Das soll der Vorarbeiter machen!") zu belassen und „Frollein Möppesjen" die Versetzung in eine andere Abteilung anzubieten. Dennoch habe Guntram irgendwie verunsichert gewirkt, als man sich dann soeben trennte, und daher lautete das Fazit des wackeren HR-Referenten: „Also ich hätte da ordentlich dazwischen gehauen. Aber unser Oberchef ist eben nun mal ein Angstscheißer und Flachwichser!"

Jetzt wurden eine ähnliche Diagnose und ein kerniger Therapievorschlag von „unserem Herrn Dockter" erwartet. Da er wusste, dass jedes seiner Worte sofort dem nächsten Gesprächsopfer des Kollegen weitergegeben würde, flüchtete er sich in Gemeinplätze, was wiederum den anderen nach kurzer Zeit enttäuscht das Weite suchen ließ: „Ach du liebe Zeit, so spät schon! Ich muss weg, Termin!" Er hingegen wunderte sich, dass dieser Mensch so offen seine Geringschätzung Guntrams betonte. Welche

Intrige lief denn da schon wieder? Er wusste nur eines: Er hasste den Spruch: „Der Feind meines Feindes ist mein Freund"! Und für den Rest des Tages hatte er ein Thema, über das er intensiv nachdenken sollte.

Hatte er nicht gestern noch in seinem kleinen Text vom Scheitern Guntrams als Hundeflüsterer dessen Angst um Leib, Leben und Eigentum als Aufhänger genommen? Und dann Guntrams Haltung Ausländern gegenüber. Dieser gehörte ja zur Fraktion derer, die eine besonders perfide Art von Fremdenfeindlichkeit pflegen. Was dem flüchtigen Beobachter eher wie eine überzogene Toleranz erschien, ja, wie eine bis zur Selbstverleugnung getriebene Duldsamkeit, hatte sich bei näherem Hinsehen bislang jeweils schlicht als Feigheit erwiesen. Insgeheim wartete Guntram (wie er manchmal in geeigneter Runde ausgeplaudert hatte) auf „bessere Zeiten". Einmal, spät auf einer Weihnachtsfeier, waren sogar wirklich deutliche Worte gefallen: Dass sich endlich jemand finden müsse, der „dem frechen Treiben dieses ganzen Ausländerpacks ein Ende setzt", dass man endlich wieder Herr im eigenen Haus werden müsse. Kurzum, der Senior General Manager G. Futtermittel hoffte (genau wie so viele andere Nadelstreifen tragende Kreidefresser auch) sehnsüchtig auf die Wiederkehr von Pogromen, bei denen ein von dieser selbst ernannten Elite natürlich gleichermaßen verachteter einheimischer Mob die nötige Hierarchie in ihrem Sinne wieder herstellen sollte.

Mittwoch

Überraschenderweise war er heute Morgen nicht knapp dran, er erinnerte sich sogar an die gesperrte Straße – aber auch daran, dass ihm in der Firma später erzählt worden war, die Sperrung sei ein „Sabotageakt von irgendwelchen Spinnern" gewesen. Ob er denn das Schild in der zweiten Reihe nicht gesehen habe? „Global Player: Gewinn-Kröten wandern ab in Steueroase!" Ob er denn den darunter angeprangerten Namen seines Arbeitgebers nicht gelesen habe? Und außerdem: Ob er denn nicht gewusst habe, dass die Zeit der Krötenwanderung längst vorbei sei? Nun war es in der Tat so, dass die Biologie der heimischen Bufonidae nicht gerade zu seinen Forschungsschwerpunkten gehörte. Und im Nachhinein musste er sich eingestehen, dass ihm zudem hätte auffallen können, dass solche Schilder zum ersten Mal an dieser Stelle standen. Er hatte in der Eile nur das erste gelesen und war dann umgekehrt. Alle Kollegen hatten natürlich die Sperre ignoriert und waren wie gewohnt weiter gefahren (was sie aber wohl auch getan hätten, wenn wirklich Kröten auf der Straße unterwegs gewesen wären).

Trotzdem nahm er die andere Route. Zufrieden rezitierte er sein Krötengedicht, da tauchten am Straßenrand unversehens uniformierte Polizisten auf und winkten ihm zu. Voller düsterer Vorahnung hielt er an. Die Tempo-30-Zone! Auf der anderen Strecke gab es so etwas nicht – aber hier! „Sie wissen, dass Sie zu schnell gefahren sind ..." Der Beamte lächelte siegessicher. Er selbst hingegen schwankte kurz zwischen Auflehnung und Unterwerfung. Dann ergab er sich in sein Schicksal, ließ sich verwarnen, bezahlte und fuhr betont vorschriftsmäßig weiter. Glücklicherweise war ihm gerade noch rechtzeitig wieder eingefallen, wie sein letzter Tanz mit Justitia ausgegangen war:

Damals war er in der Innenstadt mit einem anderen Pkw-Fahrer aneinandergeraten, als jeder einen gerade frei werdenden Parkplatz für sich beanspruchte. Da sie beide hinter dem Steuer saßen und die Seitenfenster geschlossen waren, geschah die Kommunikation auf nonverbalem Wege. Handzeichen wurden gegeben; die Gestik gewann zunehmend an Ausdruckskraft. Dann, dem Parkplatzvorbesitzer war es gerade endlich gelungen, die Nische zu verlassen, hatte er seine Chance gesehen: Er bremste seinen Konkurrenten aus und schoss, während er diesem mit dem rechten Mittelfinger den bekannten Gruß zukommen ließ, in die Parklücke.

Erst beim Aussteigen hatte er damals bemerkt, dass auf dem Beifahrersitz seines Rivalen jemand saß und sich anscheinend etwas notierte.

Wochen später bekam er Post: Anzeige wegen Beleidigung. Die Sache ging weiter, und eines Tages stand er als Beschuldigter im Gerichtssaal. Als es dann an ihm war, seine Sicht des Verlaufes zu schildern und sich insbesondere zu dem inkriminierten Hand- beziehungsweise Fingerzeichen zu äußern, da war ihm dann urplötzlich die Idee gekommen, sich doch einmal einen Scherz zu erlauben – eine Idee, die sich alsbald als ebenso dumm wie kostenträchtig erweisen sollte. Unternehmungslustig hatte er sich dem Richter, der mit professionell dargebotenem Desinteresse das Treiben verfolgte, zugewandt und losgelegt: „Also, der andere Fahrer, er schien mir zu winken, als wolle er mich vorlassen, und als ich dann an ihm vorbeifuhr, da war der in seinem Auto am Toben wie ein Berserker. Ich dachte, ich sehe nicht richtig. Ich fragte mich: ‚Halluziniere ich, habe ich etwa hohes Fieber?‘, und als ich mir dann die Temperatur messen wollte …" – bei diesen Worten hatte er wieder mit derselben Geste denselben Finger erhoben – „… da …" Weiter kam er damals nicht! In Sekundenschnelle war mit dem Richter eine unschöne Verwandlung geschehen. Dieser war aufgesprungen, der soeben noch von gelangweilter Gelassenheit zeugende Gesichtsausdruck war zu einer bösen Fratze geworden, die elegante Bräune des Teints zu einer hässlichen Rotfärbung. „Hohes Gericht mit rohem Gesicht" nannte er diesen Auftritt seitdem. Und mit einer Stimme, der nun der gepflegt-arrogante Tonfall von vorher jählings abhandengekommen war, hatte dieser Richter ihn dermaßen angebrüllt, dass sofort vom Gang Justizbeamte herangesprungen waren. Daraus hatte sich ein Tohuwabohu entwickelt, das sogar seinen Niederschlag in der Lokalpresse gefunden hatte. Für ihn selbst war an der Höhe der verhängten Geldstrafe unschwer ersichtlich gewesen, dass sein kleiner Scherz vor Gericht bedauerlicherweise keinen Gefallen gefunden hatte.

Noch heute ärgerte er sich regelmäßig über seine kostspielige Eingebung; daher war er froh, dass er sich diesmal beherrscht hatte. Nicht beherrschen ließ sich jedoch die kosmische Uhr, und so war er infolge dieses polizeilichen Intermezzos mal wieder zu spät. Egal, umso kürzer war jetzt die Zeit bis zum Frühstück. Und spannend sollte es auch noch werden, denn als er ins Großraumbüro kam, drängten sich schon zwei Dutzend Büromenschen, die Mehrzahl davon aus anderen Abteilungen zugelaufen, auf den knappen Freiflächen. Sogar notorische Eigenbrötler und Sonderlinge waren gekommen. Selbst „Zombie-Klaus", ein ziemlich schräger Jüngling aus der Buchhaltung, hatte sein selbst gewähltes Dasein als unnahbarer Buchungsroboter unterbrochen und sich den anderen angeschlossen. Alle palaverten wild durcheinander, es herrschte Katastrophenstimmung: Guntram Futtermittel, Senior General Manager und daher ausgestattet mit einem Firmenwagen, hatte mit ebendiesem am frühen Morgen auf dem Wege in die Firma einen Unfall gehabt!

Natürlich war es nicht irgendein Firmenwagen, sondern ein Mercedes der E-Klasse, ausgerüstet mit allem an Ausstattungspaketen, was der Katalog hergab, ein Fahrzeug „mit jedem Furz und Feuerstein, das kann alles bis auf Kochwäsche" (ein alter, aber geklauter Roddy-Spruch), und das natürlich sämtliche verfügbaren Sicherheitsfeatures besaß. Diesem „Warmduscher-Paket" war es wohl auch zu verdanken, dass Guntram unverletzt geblieben war; der Wagen hatte allerdings stark gelitten. Nach dem, was sich bisher in der Firma herumgesprochen hatte, war Guntram an einer unübersichtlichen Stelle durch ein entgegenkommendes Fahrzeug von der Straße abgedrängt worden und dadurch im Gestrüpp gelandet. Zeugen habe es keine gegeben, vom Unfallverursacher fehle jede Spur. Als Beschreibung des gegnerischen Autos habe Guntram nur „irgend so eine Ausländerkutsche" angegeben, polizeiliche Ermittlungen habe er indessen abgelehnt („Das bringt nur Ärger und ist schlecht für den Ruf der Firma, hören Sie?!").

Wildeste Theorien waren bereits im Umlauf, denn auch die Geheimnisse der gestrigen Krisensitzung in der Causa „Möppesjen" hatten dank des unermüdlichen HR-Referenten schon die Runde gemacht. Wenn es nun wirklich ein Racheakt gewesen wäre? Für den sonst so wenig geliebten SGM Futtermittel fanden sich nun allenthalben Worte des Mitleids, ja sogar der Anerkennung. Hatte der sich nicht, kaum aus dem Wrack geklettert, vom Fahrer des Geschäftsführers abholen und in die Firma bringen lassen, saß der nicht längst pflichtbewusst an seinem Schreibtisch als sei nichts gewesen? Genau dort saß der eben nicht: „Na, Herr Dockter, auch schon da?", hörte er plötzlich hinter sich Guntrams Stimme, „Ich sollte mir an Ihnen mal ein Beispiel nehmen, einfach mal ne halbe Stunde oder zwei zu spät kommen, dann passiert einem nichts!" Hier war es klüger, auf einen eigenen Wortbeitrag (etwa: „Den frühen Vogel holt die Katz!") zu verzichten; schweigend trollte er sich in sein Eckchen, während Guntram ein Bad in der Menge nahm.

Was war dieser bloß für ein Mensch? Soviel Kaltschnäuzigkeit hätte er dem gar nicht zugetraut. Das passte auch gar nicht zu der Story, die der Kollege gestern von der Sitzung erzählt hatte – Stichwort „Angstscheißer"! Und dann heute angeblich dem Tod ins Auge schauen, einen Anschlag überleben und sofort anschließend den Mister Cool geben?! Überhaupt: „Racheakt" – dafür gab es doch nach dem Sitzungsergebnis gar keinen Grund. Oder sollte das heute Morgen eher als Warnung gedacht gewesen sein? Und sollte das Auf-kleiner-Flamme-kochen jetzt signalisieren, dass man verstanden habe und auf ganzer Linie kapitulieren werde? Wie auch immer; er beschloss, in Guntram auf keinen Fall das tapfere Opfer zu sehen, sondern das Ereignis in der Rubrik „Unklare Geschäftsvorfälle" abzuspeichern.

Das Arbeitspensum ließ es heute zu, mit den anderen zum Frühstück in die Kantine zu gehen. Sein Oberchef selbst, der nach all der Aufregung immer noch erstaunlich gut gelaunt und leutselig wirkte, gab das Zeichen zum Aufbruch. In Zweierreihen eilten sie durch die engen Flure. Guntram drängte. Noch gab es in der Kantine genügend von den besseren Sachen. Wenn erst das Fußvolk herangeströmt war, würde sich das schnell ändern. Trotz aller Bemühungen war es Guntram Futtermittel bisher noch bei keinem Geschäftsführer gelungen, eine eigene Lounge für das höhere Management durchzubringen. Da halfen auch keine Hinweise darauf, dass „die Elite stärker untereinander kommunizieren" müsse. Selbst dem gutgläubigsten Geschäftsführer war nach kurzer Zeit aufgefallen, dass von Kommunikation auf dieser Ebene keine Rede sein konnte – im Gegenteil: Die Herren (nebst Dame) waren meist heillos zerstritten und fanden nur zusammen, wenn es um die neuen Firmenwagen ging.

Mit Guntram an der Spitze erreichten sie den letzten Gang vor der Kantine, dessen Linoleumboden soeben geputzt worden war. Sofort erwachte im Senior General Manager das Kind; mit der Sohle seines eleganten schwarzen Schuhs versuchte er, dunkle Streifen auf den blanken Boden zu zaubern. Sein Adlatus folgte ihm erwartungsgemäß nach. Es war ein interessantes Bild: zwei gesetzte, übergewichtige Herren im Businessanzug, die, auf einem Bein stehend, mit dem anderen schlurfende Bewegungen machten und sich riesig über den Erfolg ihrer doch gewiss anstrengenden

Bemühungen freuten. Apropos Anzug: Bei Guntrams Adlatus schien der heutige noch aus längst vergangenen, schlankeren Zeiten zu stammen, dem mittlerweile etwas fülligeren Besitzer aber ans Herz gewachsen zu sein. Das heißt, ans Herz gewachsen war wohl nur die Jacke, die Hose eher in die Gesäßspalte – unbestreitbar ein alles andere als erfreulicher Anblick! Da war aus Rücksicht auf den Betrachter schon vor der Materialermüdung die „japanische Kitteltaktik" dringend angeraten. Und für so einen Menschen war extra eine Abteilung geschaffen worden – von Guntram selbst natürlich, und zwar als Belohnung für blinde Gefolgschaft und gleichzeitig als Druckmittel in Zeiten nachlassender Treue.

Angewidert nahm er die Situation zur Kenntnis und entschied sich dafür, sein Brötchen ambulant auf dem umgehenden Rückweg an seinen Schreibtisch zu verzehren. Es war nicht das erste Mal, dass er solch ein Schauspiel erleben musste, und er schämte sich dafür, dass er wieder nicht gewagt hatte, zu fragen, ob die Herren solche Fußbodenbilder auch zu Hause malen dürften.

Glücklicherweise war der morgige Donnerstag ein Feiertag und damit ebenso arbeitsfrei wie der darauf folgende Freitag, der zum Brückentag deklariert worden war. Zudem hatte er für den Nachmittag Gleitzeit genommen, sodass seine „Schicht" um zwölf Uhr beendet war. Er hatte vor, nach den prägenden Erlebnissen der jüngsten Vergangenheit noch heute einen weiteren kleinen Text mit Guntram in der Hauptrolle zu verfassen. Für den Abend hatte er sich mit seinen zwei Freunden in ihrer Stammkneipe verabredet. Selbst der morgige Tag war schon verplant: Nach einem ausgiebigen Schönheitsschlaf würde er seine Eltern besuchen, was schon länger überfällig war.

In seinem Appartement angekommen nahm er erst einmal einen bescheidenen Junggesellenimbiss zu sich – das bedeutete, er verzehrte das, was noch an Essbarem im Kühlschrank war, nämlich nichts, und stopfte das Loch in seinem Magen mit einem eiskalten Pils. Selbst nach weit über zwanzig Jahren Erfahrung als Biertrinker war er auch diesmal trotzdem irgendwie überrascht, dass sein Gedärm eine solche Menüfolge einfach nicht vertragen konnte, und so verabschiedete er sich mit einem bösen Durchfall für die nächsten Stunden von der Weltenbühne.

Nachdem er die Kontrolle über seinen Verdauungsapparat wieder erlangt hatte, ging er frohgemut ans Werk. Mit Guntrams Schwanz-

Witz Nr. 23, der Floskel „da stecken Sie nicht drin", die dieser seit einigen Wochen in seinem Repertoire führte, mit Guntrams gesäßwackelndem Gang sowie einem gerüttelten Maß an Bösartigkeit und Obszönität als Zutaten gedachte er, ein heißes literarisches Süppchen zu kochen, das paradoxerweise sowohl sehr scharf als auch völlig geschmacklos werden sollte. Ein zentraler Satz war ihm auch schon eingefallen: „... ‚Da stecken Sie nicht drin!', murmelte Guntram gewohnheitsmäßig, doch ein heftiger Schmerz im Rektalbereich sagte ihm, dass das mittlerweile so nicht mehr stimmte ..." Jetzt galt es, den Schwanz respektive dessen Besitzer auch noch im Kontext einzuführen. Jedoch, sein Vorhaben scheiterte. Er kam einfach nicht richtig zu Potte – vielleicht deshalb, weil er die letzten Stunden auf demselben verweilt hatte. Die erzwungene Einkehr in der kargen Zelle hatte ihm wohl jeden Spaß an banalen analen Wortspielen genommen. Außerdem hemmte ihn der Gedanke, dass Kritiker ihm später einmal vorwerfen könnten, sein Humor sei zu sehr analfixiert.

„Sei's drum!", sagte er sich, dann würde er eben etwas früher in seine Stammkneipe gehen. Eine Kohletablette sollte ihm die nötige innere Sicherheit geben. Praktischerweise lag das angestrebte Etablissement in Kriechreichweite – ein Umstand, der sich in der Vergangenheit immer mal wieder als geradezu lebensrettend herausgestellt hatte. Es trug den schönen Namen „Im tiefsten Kongo" und so fühlte man sich auch, wenn man sich nachts den Heimweg ertastete.

Als er vor Ort ankam, waren seine beiden Freunde bereits seit einem halben Bier dort. Ihr Stalldrang war anscheinend noch beherrschender gewesen als sein eigener. Wie immer saßen sie an ihrem Stammplatz in einer kleinen Nische, die in die riesige Theke eingelassen war. Sie blickten ihn hämisch grinsend an. Leider gab es dort nur zwei Sitzgelegenheiten, nun waren sie aber zu dritt. Absprachegemäß waren die Plätze nicht fest vergeben; wer aufstand, verlor sein Anrecht. Schon mancher Bierabend hatte sich, bedingt durch individuelle Blasenschwächen, zu einer permanenten „Reise nach Jerusalem" entwickelt.

Sie kannten sich seit Kindertagen, stammten sie doch alle aus demselben kleinen Ort, waren Jahre zusammen zur Schule gegangen. Dann hatten sich ihre Wege zeitweilig getrennt. Kurt Erich hatte Publizistik studiert und arbeitete seit dem vorigen Jahrhundert als Redakteur bei der hiesigen Lokalzeitung. Kurt Erich hieß wirklich so und bestand auch darauf, so gerufen zu werden. Seine politisch und künstlerisch sehr engagierten Eltern hatten ihren Sohn, ihr einziges Kind, nach Kurt Tucholsky und Erich Mühsam benannt.

Jacques, sein gestriger Gastgeber, hatte Französisch und Sport im Lehramt studiert und war nach einer Odyssee durch das gesamte Bundesland an dieser von ihm wenig geliebten Gesamtschule gestrandet. Jacques hieß eigentlich Gernot, aber so nannte ihn kaum jemand; seit seiner ersten Französisch-Stunde hieß der aus heute nicht mehr nachvollziehbaren Gründen nur noch Jacques.

Blieb er selbst. Auch er hatte ein Vornamenproblem. „Roddy" stand für Roderich! Seit seiner Taufe war er also gehandicapt! Wahrscheinlich hatte er auch nur deshalb sein betriebswirtschaftliches Studium vertrödelt. Nur mit Ach und Krach und eigentlich so nebenher hatte er sein Diplom gemacht und war dann komischerweise doch direkt bei seiner Firma untergekommen, die anscheinend gerade einen gutmütigen und genügsamen Trottel für das Controlling gesucht hatte.

Alle drei führten sie zurzeit ein – wie Kurt Erich sich ausdrückte – „zwar beziehungs- aber mit Sicherheit nicht vergnügungsfreies Leben". Dabei misstrauten sie alle drei den neuen Social Media, insbesondere was die Beziehungsanbahnung anbelangte. Im Grunde war ihnen die ganze neue Technik mit ihren unendlichen Datensammlungen und Ausspähmöglichkeiten fremd und verdächtig, obwohl jeder in seinem Job täglich „diese verdammte PC-Kacke" nutzen musste. Kurz: Sie waren irgendwie im vergangenen Jahrtausend stecken geblieben. Für ihn selbst galt das leider auch in Bezug auf den persönlichen Reifeprozess, jedenfalls war das die Meinung seiner Eltern.

In den letzten Jahren waren sie echte Freunde geworden und trafen sich mindestens einmal in der Woche, um sich gegenseitig nach festem Ritual ihr Herz auszuschütten, wobei sie sich vorzugsweise einer bodenständigen, kraftvollen Sprache bedienten. Ein jeder hatte erfahren müssen, dass das Berufsleben hart und ungerecht ist. Auch jetzt war das ihr erstes Thema.

Jacques begann mit einem Exkurs über die Sinnlosigkeit pädagogischen Einwirkens auf Jugendliche im Allgemeinen und auf die an seiner Schule im Besonderen; dabei skizzierte er kurz die

Phänomenologie des heutigen Schülers, wobei er wiederholt die Fachbegriffe „grundfaule Säue", „hinterlistige Arschlöcher" sowie „respektlose ignorante Scheißer" gebrauchte. Dann gab er den Stab weiter: „Ja, so gut wie du, Kurt Erich, will ich es auch einmal haben. Du hast wenigstens noch einen interessanten Job und kommst viel rum!"

An dieser Stelle pflegte Kurt Erich immer gequält zu lächeln, um dann umgehend daran zu erinnern, wie schwer er es doch als notorisch Linker, der schon vor dreißig Jahren, also quasi als Kind, mit seinen Eltern an Demonstrationen teilgenommen habe (den Anlass wusste er allerdings nicht mehr so genau), also wie schwer er es als fortschrittlicher Geist bei diesem rechten Provinzblatt habe, wo ein falscher Artikel seine Kündigung bedeuten könne („… und weshalb du auch immer nur über diese Vereinskacke schreibst …", wie Jacques bei diesem Stichwort jeweils anmerkte). Da lobe er sich doch einen sicheren Arbeitsplatz bei einem Großkonzern, schloss Kurt Erich. „Du bist doch nahezu unkündbar, Roddy, faktisch ein Beamter!"

Er hingegen als Angesprochener beeilte sich nun, die Problematik der Tätigkeit für einen „Global Player" aufzuzeigen, wo die Globalisierung genau dann aufhöre, wenn es die Konzernmutter wolle. Daraufhin wandte er sich der ungemein schwerfälligen Verwaltungsstruktur eines solchen Wirtschaftskraken zu, die sich bis in die Tochterfirmen hineinziehe, um dann zu seinem Lieblingsthema zu finden, dem „abartigen und ungerechten Onaniegramm" seiner Firma, dem er empörenderweise immer noch nicht angehörte. Den Namen „Guntram Futtermittel" erwähnte er an dieser Stelle noch nicht.

Während dieser Aufwärmphase waren durch die erfahrene Fachkraft hinter dem Tresen immer mal wieder die leeren Gläser ab- und frische volle hingeräumt worden. Bis jetzt hatte er stehen müssen, nun konnte er Jacques beerben, der wie gewohnt als Erster Wasser lassen musste. Doch kaum war dieser wieder zurück, konnte er es selbst nicht mehr aushalten. Seine Blase stand kurz vor dem Bersten. Widerwillig räumte er den gerade erst erlangten Sitzplatz, den Jacques „directement" wieder einnahm.

Auf dem Herrenklo war Hochbetrieb. Er musste warten, alle Urinale waren besetzt. Wie auf Kommando wurden die Herrschaften jedoch plötzlich fertig und zogen im Gänsemarsch an ihm vorbei – an ihm, aber auch am Waschbecken, und husch, ab waren sie durch die Tür! Er war völlig perplex. Von vieren nicht einer, der sich die Hände gewaschen hatte! Das ging zu weit. Er griff sich ein Blatt von den Papierhandtüchern, zückte seinen Filzschreiber, den er stets mit sich führte, und schrieb in großen Lettern:

„Nach Pinkeln, Kacken, Wichsen, Ficken
die Hände unters Wasser schicken!!!"

Den Zettel befestigte er gut sichtbar am Spiegel. Zufrieden urinierte er selbst und betrachtete beim anschließenden akribischen Händewaschen seinen Aushang mit Wohlgefallen. Dann eilte er an seinen (Steh-)Platz zurück, die zweite Phase ihres Rituals sollte gleich beginnen.

Jetzt hieß es, die theoretischen Ausführungen von eben mit Beispielen aus der jüngsten Praxis zu belegen. Wieder war Jacques zuerst dran und berichtete von einem Vorfall, der sich just am Morgen vor seinen Augen ereignet hatte. Während seines Unterrichts waren unangemeldet zwei stämmige Jünglinge aus dem Parallelkurs in seinem Klassenraum erschienen und hatten einen seiner Schüler zügig zusammengeschlagen. „Das ging ratzfatz – oder, wie diese kleinen Wichser sagen würden, rotze Fotze! Was konnte ich machen?", klagte Jacques, „Ich hatte im Studium nie Kampfsport, ich war Unimeister im Badminton!" Die anderen trösteten ihn, verfluchten mit ihm ein Schulsystem, das so etwas ermöglicht, und beglückwünschten ihn dazu, mit dem Leben davongekommen zu sein. Der durchaus herauszuhörende ironische Unterton wurde von Jacques tapfer ignoriert.

Nun aber Kurt Erich: Er erzählte, wie er am Montag von seinem Redaktionsleiter dazu verdonnert worden war, den gesamten Artikel über das Feuerwehrfest umzuschreiben, bloß weil er beim Aufzählen der anwesenden Honoratioren den Bürgermeister vor dem Landrat („Übrigens natürlich ein Duzfreund vom Alten!") genannt hatte. „Noch ein falscher Furz, und ich hätte ihm die Brocken hingeworfen!", wütete Kurt Erich und blickte triumphierend in die Runde.

Jetzt war er an der Reihe. Das war schwer zu toppen, da musste Guntram Futtermittel aus dem Sack! Er schilderte Guntrams Auftritt von Dienstagmittag in der Kantine, optimierte die Story dramaturgisch und arbeitete insbesondere Guntrams charakterliche

Defizite plastisch heraus. „Er ist und bleibt eben ein Flachwichser!", lautete sein abschließendes Urteil. Niemand widersprach. Im Gegenteil: Kurt Erich fand, dass sein eigener Chef dann doch ganz anders und eigentlich gar nicht so schlimm sei, und Jacques meinte, dass er nicht mit ihm, Roddy, tauschen wolle, und schwärmte von den nahenden Sommerferien.

„Sommer" – dieses Stichwort schien Jacques jedoch an etwas zu erinnern, was er offenbar noch unbedingt loswerden wollte. Nachdem alle durch den Genuss eines weiteren Bieres neue Kraft geschöpft hatten, ging es los: Jacques teufelte über den ungezügelten Hedonismus der heutigen Jugend, über ihre mangelnde Bereitschaft zur Leistung. Schule zähle nicht; für die Jugendlichen gebe es gerade jetzt in der warmen Jahreszeit nur Party, was nichts anderes bedeute als „saufen und poppen". Aber arbeiten und was leisten, wiederholte er, wolle man nicht. Schon in der Bibel sei diese Haltung beschrieben, rief Jacques aus, und zum Beweis zitierte er die Stelle: „Sie säen nicht, sie ernten nicht, und doch vögeln sie im Felde!"

Nach einer ersten Schrecksekunde, in der sie sich fragten, ob sie richtig gehört hatten, fingen er und Kurt Erich dermaßen an zu lachen, dass sich die gesamte Thekenbesatzung nach ihnen umdrehte. Dabei wiederholten sie immer wieder Jacques' rezitatorische Fehlleistung, um sich dadurch zu weiteren ohrenbetäubenden Lachsalven anzufeuern. Die, die ihnen am Tresen räumlich am nächsten standen, waren bereits infiziert, eine epidemische Ausbreitung war nicht mehr auszuschließen. Da wurde Jacques böse, trank sein Bier in einem Zug aus und erklärte, er werde sofort den Saal verlassen, falls das „blöde Gejohle" nicht augenblicklich aufhöre. Das wollte keiner verantworten. Als Stammgast kannte man sich untereinander und fühlte sich während der Anwesenheit hier als Teil einer großen Familie. Unter erheblicher Anstrengung zwang man sich zu ernster Miene; eine vom Wirt rasch ausgegebene Thekenrunde brachte endgültigen Frieden. Beim Wirt freilich, der nicht umsonst der „witzige Willi" genannt wurde, war zu befürchten, dass der den Spruch schnurstracks in sein aktuelles Programm aufnehmen und ab morgen jeden Gast in einer Endlosschleife damit quälen würde.

Diese Episode war das Letzte, an das er sich am nächsten Morgen konkret erinnern konnte; über die folgenden Stunden hatten sich immer dichtere Nebelschwaden gelegt. Fest stand, dass noch zahlreiche Versöhnungsgetränke gefolgt waren, bei denen man sich wechselseitig der unkaputtbaren Freundschaft versichert hatte, dass Jacques sich wie üblich übergeben musste (glücklicherweise am dafür vorgesehenen Ort), und dass er selbst beim Verlassen des Lokals (auch wie üblich) a)-tens gegen die Glastür gelaufen war und b)-tens dabei seine Kappe verloren hatte. Doch irgendwie hatte er es doch, gelenkt durch Instinkt und Erfahrung, vielleicht auch ein wenig durch den gütigen Rentner, der ihm über die Straße geholfen hatte, unbeschadet bis nach Hause geschafft, wo er nach zwar langwieriger, aber letztendlich erfolgreicher Öffnung der Eingangstüren totenähnlich ins Bett gefallen war.

Donnerstag

Pünktlich um zwölf Uhr mittags stand er am Feiertag vor dem Haus seiner Eltern. Bis dahin hatte er nicht nur bereits eine erstaunliche Metamorphose durchlaufen, es war auch schon Aufregendes passiert.

Gegen sieben Uhr war er ein erstes Mal aus tiefster Besinnungslosigkeit erwacht, hatte sich den Weg zur Toilette ertastet und war, nachdem er sich erleichtert hatte, zur Küche gewankt, wo er sich hastig zwei Aspirin eingeworfen hatte. Mit letzter Kraft erreichte er danach sein Bett und schlief sofort wieder ein. Gegen neun Uhr war er zum nächsten Mal hochgeschreckt und hatte betrübt festgestellt, dass er jetzt unbedingt aufstehen musste. Immer noch einem Zombie nicht unähnlich bewegte er sich durch die Wohnung, eine ausgiebige Dusche und ein kräftiges Frühstück waren die nächsten Stationen der Menschwerdung. Dann musste Zechkumpan Jacques abgeholt werden. Dieser hatte nur ein möbliertes Zimmer in der Stadt und fuhr jedes Wochenende in die Heimat, wo er ein Haus geerbt hatte. Da ohne eigenes Auto („Kostet doch nur unnötiges Geld!"), fuhr er normalerweise mit dem Zug oder – noch lieber – bei einem Freund oder Bekannten in dessen Auto mit. Für heute war die Mitfahrgelegenheit „Roddy" gebucht.

Die Reise verlief eher schweigsam. Hin und wieder befragte man sich zu historischen Details des vergangenen Abends – ohne aber dessen Verlauf mit wissenschaftlicher Präzision rekonstruieren zu können. Meist wurde Radio gehört. Plötzlich zuckte er zusammen. Es kamen gerade Nachrichten, und der Name seiner Firma war gefallen. Bevor er sich darauf konzentrieren konnte, war die Meldung auch schon vorüber. Alles, was er behalten hatte, waren die Stichworte „Geschäftsführung" und „tot aufgefunden". Sein erster Gedanke war, dass nur das Mitglied der Geschäftsführung Guntram Futtermittel gemeint sein konnte. Und dann war es sicherlich Mord. Wer hätte das gedacht? Sollte doch noch einer der Kollegen zur Tat geschritten sein? Was hatte Jacques mitbekommen? Nichts, wie sich sofort zeigte: Jacques hatte gerade geschlafen. Nach einer sehr zäh verlaufenen halben Stunde gab es wieder Nachrichten, die in achtsamer Ruhe auf einem Rastplatz verfolgt wurden. Fakt war Folgendes: Tot war nicht Guntram Futtermittel, sondern Geschäftsführer Tasaki, der erst gestern am späten Nachmittag aus Japan zurückgekehrt war! Heute Morgen hatte der diensthabende

Hausmeister diesen mit einer Art Dolch in der Brust an seinem Schreibtisch gefunden.

Er musste sich eingestehen, dass er tief im Inneren ein hässliches Gefühl der Enttäuschung verspürte, hatte es doch mal wieder den Falschen getroffen. „Typisch Guntram", entfuhr es ihm, „nie ist er da, wo man ihn haben will!" Mit zittrigen Händen fuhr er den Rest der Strecke, warf Jacques vor dessen Haus aus dem Wagen und schaffte es, gerade noch rechtzeitig anzukommen.

Nun also stand er vor der Tür seines Elternhauses und klingelte. Der elektrische Türöffner summte, und er betrat den Flur. In der Küchentür stand sein Vater. Der schien ihm noch kleiner und hagerer geworden zu sein – er war wirklich schon länger nicht mehr hier gewesen. „Hallo Stinkchen!", rief er. Sein Vater zuckte noch nicht einmal – es war klar, dass zuerst der Familienhund begrüßt wurde. Doch „Baldur vom Bärenfels", genannt „Beppo", aber auch „Mistvieh" (wie alle Hunde), und Träger manch anderer Namen mehr, blieb verschwunden; wahrscheinlich lag er um die Ecke auf seinem Platz und stellte sich schlafend. „Stinkchen!", rief er wieder, „ja, wo bleibt denn mein kleines Dicktierchen?" Im Nebenraum wurden erste Geräusche hörbar. Es schnaubte und röchelte, keuchte und grunzte, gurgelte und schnorchelte. Dann klang es so, als ob ein schweres nasses Fensterleder mit kurzen heftigen Bewegungen geschüttelt werde. Endlich kam Beppo, die muffige Bestie, um die Ecke. Obwohl schon über sieben Jahre alt, war der Boxer noch gut in Form, und als er sich dazu bequemte, den Besuch zu erkennen, fand er zu beachtlicher Munterkeit. Er wedelte nicht nur mit dem Schwanz, er wedelte mit dem ganzen Körper. Mit einem Mal verschwand er, um sofort mit seinem Lieblingsspielzeug zurückzukehren und es ihm, dem so lange Entbehrten, vor die Füße zu legen.

Doch dafür war jetzt keine Zeit. Nun wurden die Eltern begrüßt, dann ging es direkt ins Speisezimmer zum Mittagessen. Wie immer, wenn angekündigter Besuch kam, hatte seine Mutter ein mehrgängiges Menü zubereitet. Zum Abschluss gab es Eis, das er (auch wie immer) ablehnte. Sein eigener, ganz persönlicher Nachtisch bestand aus einem Kräuterschnaps, was seine Mutter mit dem obligatorischen Seufzer quittierte: „Junge, du musst doch noch fahren!" Dann hielt sie ihr bewährtes Referat über die Gefahren des Alkoholkonsums sowie dessen Auswirkungen auf die seelische und körperliche Gesundheit ihres Sohnes. Da der Text hinlänglich bekannt war, kamen aus dem Publikum keine Zwischenfragen, und man konnte anschließend sofort zu Top 2 der Tagesordnung übergehen: Was war inzwischen in der Verwandtschaft geschehen, was hatte sich bei den Nachbarn getan, wer war wo und weshalb schwanger, krank oder gestorben? Hauptberichterstatterin war seine Mutter; sein Vater saß da, hörte zu, wusste nicht Bescheid, wenn er mit Zusatzinformationen aushelfen sollte, wurde dafür von seiner Gattin kritisiert und schwieg danach aus Trotz. Er selbst, obwohl am Themenkreis nur sehr bedingt interessiert, fragte hier und da aus Höflichkeit nach und war froh, als sich seine Eltern in den Mittagsschlaf verabschiedeten.

An Sonn- und Feiertagen pünktlich um zwölf Uhr Mittagessen, dann, nach dem Abräumen, ein Stündchen Bettruhe – das war bei den Eltern schon immer so gewesen, zumindest schon seit vielen Jahren. Schlagartig kam ihm die Phase nach seiner Trennung in den Sinn. Er war damals vorübergehend wieder bei ihnen eingezogen und jeden Tag die Strecke zur Firma mit dem Auto gefahren. Kaum zurück im alten Zuhause, hatte er allerdings auch einige Gewohnheiten aus Jungmännerzeiten wieder aufgenommen, so zum Beispiel den wöchentlichen Frühschoppen. Seine Eltern hatten ihrerseits die alte Hausordnung wieder eingesetzt, die unter anderem die auch heute erlebte Essenszeitregelung vorsah. Verspätungen wurden äußerst ungern gesehen, Geschehnisse aus dem Umfeld des Frühschoppens wurden dabei grundsätzlich nicht als Entschuldigung anerkannt.

Aber sie waren ja auch eigentlich immer brav gewesen, zumindest diejenigen der (meist nur temporär heimgekehrten) Junggesellen des Ortes, die bei Muttern an der Kost waren. Diese Stunde Frühschoppen war für sie eine Auszeit aus der Ellenbogengesellschaft gewesen; man gab sich zwar oft und gerne gegenseitig einen mit, aber immer auf eine irgendwie milde, nicht verletzende Weise – im Gegenteil, oft war es ein selbstironischer Spruch, der die ganze Theke zum Lachen brachte. Einige Szenen waren ihm sofort präsent: Einmal, als einer dieser Junggesellen auf die Bemerkung, es werde erzählt, er sei jetzt in festen Händen, trocken antwortete: „Ja, das schon – aber es sind leider immer noch die eigenen!", oder, als ebenderselbe dann Wochen später berichtete, er habe jetzt wirklich eine neue Freundin: „Das lief über so ne Agentur, die wurde von denen quasi bis zur Haustür gebracht, prima Service, nur aufpumpen musste ich sie selber!", oder damals, als ...

Klagende Töne rissen ihn aus seinen Erinnerungen. Der Beppo der Gegenwart verlangte nach Zuwendung. Die ganze Zeit hatte dieser brav vor sich hin dösend auf seiner Decke verbracht – nun forderte er sein Recht! Ein ausgiebiger Spaziergang war angesagt, und: Beppo wollte toben! Nach wenigen Hundert Metern kamen sie auf eine freie Wiesenfläche, und er ließ Beppo von der Leine. Der war in der Tat wie entfesselt. In gestrecktem Galopp ging es mal hier hin, mal da hin. Dann, mitten in der Bewegung, hielt Beppo urplötzlich inne und duckte sich ins Gras. Am anderen Ende der Wiese war seine Freundin Zäffchen erschienen, eine elegante Retrieverhündin. Jetzt ging es erst richtig los. Zäffchen war keineswegs zaffig, und Beppo hatte es nicht leicht, in seinem gesetzten Alter dagegen zu halten. Während die Herrchen fachsimpelten (Stichwort Zeckenplage: „Unserer macht gerade den praktischen Teil der Ausbildung zum Zeckenfachwirt mit Abschluss ,Gastlicher Hund'!" – „Da kann ich nur sagen: Heiliger Borrelijosef stehe ihm bei!"), zelebrierten die beiden Hunde die Hohe Schule des Kampfspiels. Schließlich obsiegten dann doch Beppos Masse und Kraft über Zäffchens Wendigkeit und Ausdauer, und der Dicke zeigte durch Angriffstechnik und Körpereinsatz beeindruckend auf, warum der Boxer zur Gruppe der „Bullenbeißer und Saupacker" gehört.

Auf dem Rückweg trafen sie auf Jacques, der zum Heimspiel der ersten Mannschaft des örtlichen Fußballvereins wollte. In seiner Jugend hatte der neben Badminton auch Fußball gespielt und war auch heute noch diesem Sport und seinem alten Verein in höchstem Maße verbunden. Er beschloss, Jacques ausnahmsweise zu begleiten. Bis zum Sportplatz war es nicht mehr weit – und neben dem Sportplatz lockte das Vereinsheim, in dem bei solchen Anlässen ein gefährlich süffiges Bier gereicht wurde. Die erste Halbzeit verbrachten sie noch draußen an der Bande und gaben den Spielern sowie dem Schiedsrichter mit lauten Rufen manch wertvollen Tipp. Aus der im Inneren des Vereinsheimes verbrachten Pause kehrten sie nicht ins Freie zurück; am Tresen stehend und aus dem Fenster blickend ließ sich das Spiel auch verfolgen.

Beppo war dabei zu seinen Füßen sicher eingeparkt. In der Folge kam immer mal wieder ein durstiger Zuschauer herein, um sich ein Bier zu holen, und der Ablauf war stets der gleiche: Der Mensch stürmte heran, trat fast auf den Hund, zuckte in letzter Sekunde zurück, sprang ein, zwei Schritte rückwärts und fragte: „Der macht doch nichts – oder?!" Während er dann antwortete: „Keine Angst, der tut nichts!", dachte er an Guntram Futtermittel. Als aber einer sich gar nicht beruhigen wollte, führte er weiter aus: „Vorne ist er eh harmlos, hinten ist er am gefährlichsten!" Und als ob er ihn verstanden hätte, ließ Beppo einen gewaltigen Hundefurz von so exquisiter Würze, dass einige Umstehende mit fahlem Gesicht fluchtartig das Weite suchten. Dieser Exodus brachte ihn auf andere Gedanken: Was hatte seine Mutter mittags gesagt? – „Du musst noch Auto fahren!" Er zählte die Striche auf seinem Deckel, erbleichte innerlich, verabschiedete sich abrupt von Jacques und den anderen Altinternationalen, bezahlte und machte sich hurtig auf den Heimweg.

Beppo, der so lange gute Miene zum bösen Spiel gemacht hatte, begehrte alsbald die Freiheit. Dummerweise gab er diesem Ansinnen nach. Als Beppo nun spürte, dass die Ketten gefallen waren, erinnerte der sich sofort eines Kunststückes, das er schon als Boxerjüngling so wunderbar beherrscht hatte: Das treffliche Tier lief voraus, bog dann links ab, beschrieb einen Halbkreis nach hinten und kam in Herrchens Rücken wieder auf den Weg zurück. Er hörte den Dicken sogar noch heranwalzen, aber seine Reaktion kam zu langsam. Beppo setzte zum Sprung an, segelte ganz nah an ihm vorbei und stieß sich dann mit aller Kraft mit den Hinterläufen an seinem Oberkörper ab. Siebzig Pfund dynamische Hundemasse gegen einen leicht angeschlagenen welken Männerkörper – es war klar, wie das ausgehen würde! Er trillerte zur Seite, geriet ins Straucheln und lag, ehe er sich's versah, flach auf dem matschigen Boden. Als er wieder auf den Beinen war, sah seine Kleidung nicht mehr aus wie vorher.

Zuhause bei seinen Eltern angekommen, versuchte er erst gar keine langen Erklärungen. Während sein Vater nur den Kopf schüttelte, rief seine Mutter: „Junge, wirst du denn nie erwachsen?!" Schweigend und mit schlechtem Gewissen zog er sich in sein altes Zimmer zurück, um ein paar Sunden zu schlafen. Sehr spät am Abend kehrte er in die Stadt zurück.

Freitag

Heute war also Brückentag. Was hatte er sich darauf gefreut. Lange schlafen, dann irgendetwas unternehmen – am besten im Freien. Als pünktlich um sechs Uhr dreißig der Wecker rappelte, war ihm klar, dass alles anders kommen würde. Natürlich hatte er vergessen, die Weckfunktion abzuschalten. Gestern war ihm das nicht aufgefallen, da er um diese Uhrzeit alkoholbedingt noch im Halbkoma gelegen hatte. Jetzt war er wach – viel zu früh! Und draußen regnete es. Tiefe Trauer bemächtigte sich seiner.

War das vorgestern Abend nötig gewesen? War das gestern Nachmittag nötig gewesen? Was war nur aus ihm geworden? Sein ganzes bisheriges Dasein erschien ihm als endlose Kette von peinlichen Fehlleistungen. Er fühlte sich wie jemand, der in der Mitte seines Lebens erkennen muss, dass er sich all die vergangenen Jahre mit der falschen Technik den Hintern abgeputzt hat: Panik und Verzweiflung überfallen den Betroffenen angesichts der Unmöglichkeit, solch einen beschämenden Mangel in der persönlichen Lebensgeschichte rückwirkend korrigieren zu können. In diesem verdammten Spiel namens „Biografie" fehlte fatalerweise die Reset-Taste!

Ja, er fühlte sich scheiße, schlimmer noch: allein und scheiße. Er war einsam. Die Freunde: nicht greifbar. Jacques war in der alten Heimat geblieben, Kurt Erich durfte heute seinen Redaktionsleiter auf den Geburtstagsempfang des Landrates begleiten. Und die Freundin: schon lange fort, viel zu lange! Dabei hatte mit ihr alles so gut angefangen. Sie verstanden sich prächtig, hatten denselben Humor. Rasch waren sie zusammengezogen. Zu rasch! Bis dahin hatte er seine Wäsche noch zu seiner Mutter gebracht. Jetzt lebte er auf einmal in einem voll ausgerüsteten Haushalt mit Waschmaschine, Spülmaschine, und so fort. Diese Wunderwerke der Technik hatten nur einen Fehler: Es wurde immer noch ein menschliches Wesen gebraucht, das sie befüllte, mit den richtigen Reinigungsmitteln bestückte, die richtigen Programme wählte, sie ausräumte, den gereinigten Inhalt in die richtigen Schränke verstaute. In seinem bisherigen Leben hatten solche Verrichtungen keine große Bedeutung gehabt, und so hatten seine vorübergehenden Behausungen auch ausgesehen. Nun war das anders: Er musste Aufgaben im Haushalt übernehmen, deren Bewältigung er erst noch erlernen musste; es gab Pflichten, deren

Erfüllung man nicht um ein paar Tage verschieben konnte. Noch heute bewunderte er seine Ex für die Geduld, die sie mit ihm gehabt hatte – zumindest anfangs. Wenn er im Haushalt versagt hatte, machten sie beide Witzchen darüber. Wenn er zum zigsten Male die Wäsche versaut hatte und sie deshalb ungehalten war, nannte er sie so lange „Bärbel Bärbeiß", „Knorzegard" oder „Nörgelinde", bis sie wieder lachte und alles wieder gut war. Nach dem ersten Jahr lachte sie zwar noch, aber es war nicht wirklich alles wieder gut. Und doch hatte sie es fast ein Jahrzehnt mit ihm ausgehalten. „Also, ich hätte mich viel früher rausgeschmissen ...", sagte er immer zurückblickend, aber das half ihm heute Morgen auch nicht weiter.

Dann der Gedanke an den Mord in der Firma. Wieder war Guntram Futtermittel davongekommen, wieder hatte es einen anderen getroffen. Was konnte diesen Menschen stoppen? Jetzt würde der das vorläufige Machtvakuum mit Sicherheit zu seinem Vorteil nutzen. Er selbst fühlte sich immer kleiner, sein Selbstmitleid jedoch wurde immer größer. Mithilfe zweier Schlaftabletten flüchtete er aus dieser trostlosen Wirklichkeit in einen bewusstlosen Schlaf.

Als er wieder zu sich kam, war es Abend geworden. Seine seelische Befindlichkeit hatte sich nicht gebessert – im Gegenteil: Er konnte sich selbst kaum noch ertragen. Dennoch zwang er sich aufzustehen. Vielleicht half ja etwas Lektüre, vielleicht brachten ihn ja die Früchte des eigenen schriftstellerischen Schaffens wieder nach vorn. Diesbezüglich war die vergangene Woche eigentlich doch recht ertragreich gewesen. Er hatte zwar alles ausgedruckt, aber natürlich weder abgeheftet noch geordnet. Dann eben nach dem Zufallsprinzip! Er zog ein Blatt aus dem Stapel; es war sein Werk vom letzten Sonntag. Er holte sich die offene Flasche Rotwein aus der Küche, schenkte sich ein Glas ein, trank hastig aus und begann zu lesen: „Meine letzten Tage ..." Der Alkohol begann unmittelbar zu wirken. Während er jedes Wort laut vor sich hinsagte, zuckten dunkle Gedanken durch sein benebeltes Hirn. War der Text ein Wink des Schicksals?

Plötzlich befand er sich auf dem Balkon seiner Wohnung im siebten Stock dieses hässlichen Hochhauses, dann auf der Brüstung, dann fiel er in die Tiefe. In Höhe des dritten Stocks verfehlte er nur knapp die quer gespannte Stromleitung. Sekundenbruchteile später prallte er überraschenderweise auf eine Plane: Im Hof war bereits für das morgige Frühsommerfest ein großes Zelt aufgebaut worden, das jetzt wie ein Sprungtuch wirkte. Und so krachte er, eingehüllt in weiß-blaue Bahnen, mit einer kolossalen Arschbombe auf einen der im Inneren bereitgestellten Biertische, der augenblicklich mit einem garstigen Geräusch die Grätsche machte. Solchermaßen weiter abgebremst und bei Weitem noch nicht tot, hatte er dann endgültig Bodenkontakt, der immerhin zu diversen Knochenbrüchen führte. „Mein Gott!", dachte er, bevor er vor Schmerzen ohnmächtig wurde, „ich bin doch noch zu blöd zum Scheißen!"

Auszeit

Als er die Augen wieder öffnete, war er in einer anderen Welt. Es war dunkel, kleine Lichter blinkten. Von seinem Körper spürte er nichts – zumindest nichts, was er einer speziellen Stelle hätte zuordnen können. Irgendwie war da ein Gefühl von Schmerz und Lähmung, unangenehm zwar, aber durchaus erträglich. Gestorben war er jedenfalls nicht, so viel war ihm klar. Langsam erkannte er auch, wo er sich befand: auf der Intensivstation eines Krankenhauses (und zwar der Uniklinik, wie sich später erweisen sollte). Doch das ganze Umfeld, aber auch er selbst, erschien ihm seltsam unecht, fast wie im Film. Bald schlossen sich seine Augen wieder, und ohne das Bewusstsein und die Erinnerung ganz zu verlieren, tauchte er ein in eine Traumwelt, die wiederum viel realer schien als die, in der er kurz vorher aufgewacht war. Er sah sich im Kreise der Kollegen am Kantinentisch; Guntram Futtermittel hielt Hof. Rund herum war dieses unsägliche Gesülze. Und dann hörte er, wie jemand anfing zu sprechen, dieser Jemand sagte ein Gedicht auf, und es war seine eigene Stimme, die immer lauter ertönte und die anderen zum Schweigen brachte, und er sah Guntram erstarren und nach Luft schnappen mit offenem Mund, und alle lauschten ihm, dem aufrechten Kämpfer Roderich Dockter, und folgten seinen Worten:

> „Ach, wie fein war meine Sprache,
> ach, wie edel war mein Sinn,
> doch an einem trüben Tage
> kam ich zu dieser Firma hin!
> Seitdem schwand das Lied der Lerche,
> ungeschlacht ward die Diktion.
> Gesäße nenne ich nun Ärsche
> und das nie unter hundert Phon.
> Sprach ich einst in zarten Reimen
> voll eleganter Poesie,
> kann ich heut im Chore schleimen,
> kriech in Ärsche bis zum Knie!
> Der Eloquenz – ihr galt mein Streben;
> heute schwadronier ich auch.
> Wo Hinterbacken tonangebend,
> verdrängt der Furz den noblen Hauch!"

Rekonvaleszenz

Schon am nächsten Morgen wurde er auf die normale Station verlegt. Hier hatte er das Glück, dass er zwar in ein Zweibettzimmer kam, das andere Bett aber zurzeit nicht belegt war. Positiv war auch, dass er sich bei seinem Sturz keine inneren Verletzungen oder Frakturen an Becken oder Wirbelsäule zugezogen hatte. Weniger schön war der Umstand, dass seine Gliedmaßen ziemlich gelitten hatten, und zwar dergestalt, dass außer seinem linken Unterschenkel auch seine Unterarme verletzt waren und man beide vorläufig ruhiggestellt hatte – leider jedoch so, dass auch die Hände nicht zu gebrauchen waren. Das machte die Lage ungemütlich. Aufstehen konnte er sowieso nicht, das ließ sein Bein nicht zu. Aber durch die Stilllegung auch der oberen Extremitäten war er nun in einem Maße hilflos, das ihm erst nach und nach richtig klar wurde. Panik stieg in ihm auf. Die Stunden auf „Intensiv" waren dank großzügiger Medikamentengabe in einer recht angenehmen Scheinwelt verlaufen. Momentan war er dabei, wieder in der richtigen Welt anzukommen – sowohl vom Geist als auch vom Körpergefühl her. Die Schmerzen wurden wieder wahrnehmbar und gewannen an Intensität, ein Kribbeln durchlief die Oberfläche von Armen und Beinen, er fing an zu schwitzen.

Mit äußerster Anstrengung gelang es ihm, das OP-Hemd, das er immer noch trug, abzustreifen. Das OP-Höschen, das er auch noch anhatte, zählte nicht, da es aus grobmaschigem Netzgewebe bestand. Linderung brachte ihm diese Übung allerdings keine. Im Gegenteil, die Entwicklung ging weiter. Die Blutzirkulation wurde spürbar; der Lebenssaft kehrte anscheinend in Leibesregionen zurück, die er seit dem Aufprall gemieden hatte – zu seiner Überraschung auch in eine solche, wo er ihn im gegenwärtigen Zustand überhaupt nicht gebrauchen konnte. Fassungslos haderte er mit seinem Schicksal, da öffnete sich die Tür. Eine Pflegefachkraft trat herein, stellte sich als „Schwester Antje" vor und kündigte eine Ganzkörperwaschung an („Ich soll Sie geschwind mal frisch machen, auch unten rum"). Schwester Antje war jung, hübsch, schlank und sportlich. Sie war nicht nur attraktiv, sie war entschieden zu attraktiv für den Körperteil, der ihn soeben noch irritiert hatte, und den sie nun zum Waschen in die Hand nehmen sollte. Ohne Vorwarnung zog sie mit schnellem Griff das Laken weg, um ihn dann, nachdem sie den Stand der Dinge, besser: des Dings (oder, um Kurt Erichs altes Wortspiel aufzugreifen, „des Dingsbums, des Dings zum Bums, also des Bumsdings") erkannt hatte, hurtig wieder zu bedecken. „Ich … ähhh … komme später wieder!", stammelte sie und hatte kaum zwei Sekunden danach bereits mit dem Ruf: „Ach was, ich schicke eine Kollegin!" den Saal verlassen.

Einsam blieb er auf seiner Lagerstatt zurück. Doch dieser Zustand währte nicht lange. Alt- und Oberschwester Ingeborg kam, um das pflegerische Werk fortzusetzen. Im weiteren Verlauf wurde ihm dann am eigenen Leibe veranschaulicht, dass der altbekannte Witz von der „Rumbalotte"-Tätowierung (wird zu „Ruhm und Ehre der baltischen Flotte") auch rückwärts funktioniert.

Nach diesem überaus peinlichen Erlebnis lechzte er nach Ruhe. Doch die gab es nicht. Es gab Schmerzen, Lärm auf dem Gang, und es gab Juckreiz – perfiderweise vor allem an Körperstellen, die man ohne einsatzfähige Hände nicht erreichen kann. Gegen Abend ließen dann auch noch seine Freunde durch Schwester Antje ausrichten, dass sie ihm alsbald ihre Aufwartung machen würden.

Während er noch über diese Ankündigung grübelte, rief plötzlich jemand „Dominus vobiscum! Dominus, wo bist du?", und schon standen Altmessdiener Jacques und Kurt Erich im Raum. Mit kaum verhohlener Schadenfreude ließen sie seine missliche Lage auf sich einwirken, um dann zu beginnen, anzügliche Bemerkungen über seine reduzierten manuellen Fähigkeiten zu machen.

„Du hast ja jetzt ein ‚Hand-icap'!", witzelte Jacques, quasi als Einleitung. Kurt Erich hingegen kam sofort zur Sache. „Sicher gibt's doch hier ne tüchtige Schwester, die dir bei … sagen wir mal: intimeren Verrichtungen zur Hand gehen könnte …", lachte er und machte eindeutige Handbewegungen, „… sozusagen als Handlangerin. Wie wär's denn mit der, die uns dein Zimmer gezeigt hat? Schwester Antje, lecker Mädchen." Sie kannten bereits den Namen! „Hand-langerin Antje – kurz wird er von alleine!" Man überbot sich an feinsinnigen Wortspielen.

„Wenn die zwei wüssten …", dachte er, um dann zu erschrecken: „Vielleicht wissen sie's ja schon …" Gerade im Doppelpack waren Kurt Erich und Jacques erwiesenermaßen sehr wohl in der Lage, einzelne junge verschämte Mädels zu überraschenden Bekenntnissen zu verleiten. Da hieß es, den beiden mit einem Ablenkungsmanöver den Wind aus den Segeln zu nehmen. „Ach, Schwester Antje, die soll den Mund nicht zu voll nehmen, denn …", begann er, doch kaum war der Halbsatz raus, da wusste er, dass dies eine Steilvorlage für die gegnerische Mannschaft war. „Frau Antje sagt, das muss sie bei dir wirklich nicht!", rief Kurt Erich dazwischen und Jacques dichtete, von Lachsalven unterbrochen: „Nicht alles, was dich mittig ziert, ist mit dem Munde modelliert!"

Es war Oberschwester Ingeborg, die den beiden das Leben rettete, denn bevor er seinen Entschluss, diesen so genannten „Freunden" die Kehle durchzubeißen, in die Realität umsetzen konnte, schoss ebenjene ins Zimmer, verbat sich mit deutlichen Worten jegliches Gebrülle und verwies auf die Schonungsbedürftigkeit des Rekonvaleszenten. Kleinlaut machten sich Kurt Erich und Jacques aus dem Staube, jedoch nicht ohne ihr Wiederkehren anzukündigen. Ihm selbst blieb nur die Hoffnung, dass die zwei der Versuchung widerstehen würden, aus dem Ganzen ein weiteres Kapitel im „Buch der Brüller" zu machen. Das gab es wirklich als Kladde, Schriftführer war Kurt Erich (wer sonst?). Der Inhalt war eine Sammlung von zusammen erlebten komischen Szenen aus dem Alltag. Die Highlights daraus brachten sie immer mal wieder zum Vortrag – gerne auch als kleine Improvisation auf Feiern im Bekanntenkreis.

Schon wenige Tage später machten die beiden ihre „I'll be back"-Drohung wahr. Und sie hatten bestürzende Neuigkeiten zu berichten: Schon wieder war in seiner Firma etwas Schreckliches geschehen. Es gab eine neue Leiche! Nein, wieder nicht Guntram Futtermittel, aber den hatte es diesmal auch erwischt, wenn auch nicht so schlimm. Kurt Erich, der schon von Berufs wegen Genaueres wusste, referierte:

Am Vorabend sei die General Managerin für das Qualitätswesen („… ihr habt ja komische Titel – und es ist übrigens die einzige Frau in eurer Geschäftsleitung …") zusammen mit Guntram im Treppenhaus des Hauptgebäudes („… übrigens verdammt steile Stufen …") von der Geschäftsführeretage aus auf dem Weg nach unten gewesen, als plötzlich eine vermummte Gestalt hinter ihnen aufgetaucht sei und Guntram die Treppe herunter gestoßen habe. Dieser habe dann fatalerweise die vor ihm gehende Frau mitgerissen („… übrigens hätte er als Kavalier auf der Treppe vorne gehen müssen …"). Zusammen seien sie ein Stockwerk tiefer gerollt, wobei beide dann verletzt worden seien – die eher zierliche Frau tödlich, der robustere Guntram weniger schwer („… genauer gesagt nur am Knöchel …").

„Außerdem hat die Polizei jetzt raus gelassen, was das für eine Waffe war, mit der dein Geschäftsführer abgestochen worden ist: Es war sein eigenes Schwert, ein sogenanntes Ko…, äh, Kodachi. Aber, Roddy, das kannst du alles morgen in der Zeitung lesen – übrigens von mir geschrieben, denn alles in deiner Firma ist jetzt mein Fall!", beschied ihm Kurt Erich abschließend.

Er aber war wie elektrisiert. Ein zweiter Mord und ein Mordversuch! Am Ende hatte das gar nicht ursächlich mit Guntram Futtermittel zu tun! Kaum zu glauben! Und er wollte es auch nicht glauben. Guntram zusammen mit der von diesem so genannten „Hexe" in schöner Eintracht zu Fuß unterwegs vom vierten Stock nach unten – das war ziemlich unwahrscheinlich. „Von wem stammt eigentlich der Bericht vom Tathergang? Gab es einen Augenzeugen?" Kurt Erich überlegte kurz und antwortete: „Nein, jetzt, wo du so fragst, nein, dein Oberchef ist Opfer und einziger Zeuge zugleich. Der hat das so erzählt. Wieso? Glaubst du das nicht?" „Ach, das will ich so nicht sagen, aber irgendwie seltsam ist die Story schon! Aber egal – ich kann eh nichts dran machen, ‚Agent Roddy D.' ist bekanntermaßen außer Gefecht!" Damit war dieses Thema fürs Erste abgehakt und man wandte sich wieder angenehmeren Gesprächsstoffen zu, zum Beispiel Schwester Antje.

„Agent Roddy D." – das war in der Kindheit sein Name gewesen, wenn er mit den anderen Jungs Detektiv gespielt hatte. Es war so eine Art „Räuber und Gendarm für Fortgeschrittene" gewesen. Er konnte sich nicht mehr an Einzelheiten erinnern, nur soviel war ihm noch präsent: Diese Figur war immer nur zeitweise erfolgreich gewesen, am Ende hatte doch meistens die Bande der Bösen gesiegt.

Schnell vergingen die nächsten zwei Wochen. Längst war er von den gröbsten orthopädischen Fesseln befreit, stattdessen waren die verheilenden Gliedmaßen durch Bandagen stabilisiert, selbst mit dem Laufen an Krücken durfte er beginnen. Er ruhte viel, dachte oft nach über Gott und die Welt.

Hin und wieder versuchte er, seine Geisteskräfte zu ertüchtigen, indem er Primzahlen konstruierte – ein Unterfangen, das jeweils mit einer intellektuellen Niederlage endete, da sich sein Algorithmus $P(neu) = (P(alt)-1)! + P(alt)$ für den mäßig geübten Kopfrechner als viel zu anspruchsvoll erwies. Außerdem war er sich gar nicht mehr sicher, ob diese Formel überhaupt in der wissenschaftlichen

Mathematik anerkannt war. Kurzum, es war wie so oft in seinem Leben: Ein allzu ambitioniertes Vorhaben auf halber Strecke wegen Schwäche abbrechen und dann beim Zurückrudern darüber lamentieren, dass das Ganze wahrscheinlich sowieso nichts gebracht hätte. Seine erfolglosen Bemühungen, mit einem Roman über Guntram Futtermittel in Heinrich Manns Fußstapfen zu treten, waren auch Bestandteil dieser unendlichen Folge. „Unendliche Folge" – immerhin hatte er diesen schönen mathematischen Fachausdruck doch noch im Gedächtnis behalten. Im BWL-Studium hatte er sich freiwillig hin und wieder bei den Vorlesungen des Fachbereiches Mathematik dazugesellt – ohne viel zu verstehen, nur so zum Spaß. Was Heinrich Mann anging, hatte er sich seine alte dtv-Ausgabe vom „Untertan" mitbringen lassen und schmökerte nun zwischendurch darin. Wie das alles passte! Guntram war wirklich der Diederich Heßling von heute. Irgendwie gespenstig, dieses Maß an Übereinstimmung ...

Seine Eltern waren mehrfach zu Besuch, sogar seine Ex hatte angerufen. Dann waren da noch ein paar telefonische Hilferufe aus der Firma gewesen. Gnädig hatte er vom Krankenlager die rettenden Ratschläge erteilt, aus der Ferne das Chaos geordnet, die Unanfechtbarkeit der Bilanz sichergestellt – kurz: die Firma gerettet, zumindest ein bisschen.

Die treuesten Stammgäste in seinem Zimmer aber waren Jacques und Kurt Erich, wobei Letzterer ihn mit allen Artikeln (nicht nur den eigenen) versorgte, die über die Morde in der Firma erschienen waren. Mittlerweile hatte er ein kleines tragbares Archiv dazu zusammengestellt – praktischerweise in einer Jutetasche, die ursprünglich einmal Transportmittel für ein Mitbringsel seiner Mutter („Junge, da hast du Obst, das brauchst du jetzt!") gewesen war. Er hatte so seine speziellen Theorien entwickelt, wollte aber noch mit niemandem darüber reden. Ansonsten endeten die Besuche der Freunde meist mit lautem Gelächter und anschließendem Auftritt von Schwester Ingeborg.

Sobald es ging, hatte er dafür gesorgt, dass er ein Einzelzimmer bekam. Das kostete zwar ein Schweinegeld, aber die Erinnerung an einen früheren Krankenhausaufenthalt in einem Mehrbettzimmer hatte ihm keine Wahl gelassen. Seinerzeit hatte er feststellen müssen, wie unterschiedlich die persönlichen Standards bezüglich Hygiene und Kontrolle der körpereigenen Abluft selbst bei Menschen des gleichen Kulturkreises doch sein können.

Inzwischen hatte er aber auch in Bezug auf das Personal hier in der Klinik befremdliche Erfahrungen gemacht. Stichwort Keimprophylaxe: Schwester Ingeborg zum Beispiel war eine wahre Meisterin im sekundenschnellen Anziehen von Schutzhandschuhen. Ebenso schnell konnte sie diese wieder von den Fingern streifen, was sie auch frühestmöglich erledigte. Leider pflegte sie danach dieselben Werkzeuge und Hilfsmittel in die ungeschützte Hand zu nehmen, die sie vorher während der Arbeit am Patienten mit Handschuhen berührt hatte. Wenn die Handschuhe vorher kontaminiert worden waren, waren es nun die Hände auch. Oberärzte hingegen schienen mit der Ernennungsurkunde eine Spezialimprägnierung bekommen zu haben, durch die sie aus der Übertragungskette auf Dauer eliminiert waren – jedenfalls scherten sie sich nicht um kleinliche Hygienevorschriften. Vielleicht war es aber auch ganz anders, vielleicht trugen die höheren Dienstgrade ja spezielle hautfarbene Hightech-Handschuhe. Wunderwerke der Ingenieurskunst, ausgerüstet mit raffinierten Technologien zur Vernichtung feindlicher Mikroben, Handschuhe, die kaum als solche zu identifizieren waren, die in der haptischen Wahrnehmung so wirkten wie banale Schwitzhände, und dadurch (sozusagen als willkommener Nebeneffekt) den weißbekittelten Träger für die Patienten viel menschlicher erscheinen ließen. Ausschließen konnte man in der heutigen Apparatemedizin ja wohl nichts mehr ...

Eines Morgens nach dem Frühstück, das wie immer nicht dem entsprochen hatte, was auf dem Auswahlzettel angekreuzt war, wurde seine Ruhe jedoch durch unerwünschte Aktivitäten unterbrochen: Ein weiteres Bett wurde hereingefahren, darauf lag ein unrasierter, farbenfroh tätowierter bulliger Geselle in Unterwäsche. Der linke Unterschenkel war notdürftig geschient. Schwester Antje, die glücklicherweise Dienst hatte, stellte mit launigen Worten die neuen Zimmergenossen einander vor: „Das hier ist unser Herr Dockter, der wird Sie, Herr Rambloff, aber nicht operieren, sondern der liegt nur hier rum und wartet darauf, wieder raus zu kommen. Und das ist wie gesagt der Herr Rambloff, ...". „Du kannst mich Rambo nennen!", warf der Vierschrötige dazwischen. Ungerührt fuhr Schwester Antje fort: „... der auf seine OP wartet. Das wird aber Mittag werden, bis Sie dran sind, Herr Rambloff. Und Sie, Herr Dockter, sind doch sicher froh über jede Abwechslung. Es ist ja ein Notfall und nur vorübergehend." Damit überließ sie ihn seinem Schicksal – einem ungerecht harten Schicksal, wie sich sehr bald zeigen sollte. Denn „Rambo" erwies sich im Gegensatz zum

Namensvetter aus dem Kino als alles andere als wortkarg. Schon nach wenigen Minuten wusste er, dass sein neuer Bettnachbar soeben bei einer kleinen Meinungsverschiedenheit in einer Bar im Rotlichtbezirk eine „Scheißeisenstange" vors Schienbein bekommen hatte. Eine Stunde später kannte er „Rambos" schwere Kindheit sowie dessen aktuellen Kampfrekord. Wieder eine Stunde später war er eingeweiht in die siebenunddreißig schlimmsten Schicksalschläge, die der neue Kumpel bislang erleiden musste, und die drei wichtigsten Auswahlkriterien beim Puffbesuch.

Dann wollte „Rambo" von ihm etwas wissen: „Wo schaffst du eigentlich?" Er nannte seine Firma. „Die kenne ich, da hab ich auch mal kurz gearbeitet. War aber nichts für mich. Euern toten Chef, den hab ich auch gekannt. Den hab ich sogar noch vor sechs, acht Wochen in meinem Lieblingspuff getroffen. Da wurde der gerade rausgeworfen. Ich hätte dem ja geholfen, aber die anderen waren zu zweit." „Du meinst unseren japanischen Geschäftsführer, der ermordet worden ist?" „Ja sicher meine ich den, da könnte ich Sachen von erzählen ..." „Ist ja hochinteressant, Rambo, dann lass mal was hören davon!" „Jetzt bist du neugierig geworden, oder?! Was kriege ich denn, wenn ich dir was erzähle? Hast du ein paar Bier im Spind?" „Momentan nicht, hier ist doch offiziell Alkoholverbot, aber ich werde was besorgen lassen. Also leg los." „Na gut, aber wehe, du lieferst hinterher nicht! Wie gesagt wurde Euer Chef neulich rausgeschmissen – und zwar, weil er nicht genug Geld dabei hatte. Der hat dann was erklären wollen, aber im Puff spricht man eben kein japanisch, nur französisch!" Hier musste gelacht werden, um „Rambo" bei Laune zu halten. „Ich hab nur verstanden, dass der immer was von ‚Liesenpech bei Pokellunde' gerufen hat." Noch ein Lacher. Bevor aber „Rambo" zu weiteren Enthüllungen kommen konnte, öffnete sich die Zimmertür und Schwester Antje kam, um die OP-Vorbereitung zu beginnen. Die Zeit des Erzählens war vorerst zu Ende. Wenig später war er wieder allein.

Und er blieb es. Als er gegen Abend nachfragte, ob denn sein neuer Kollege immer noch auf dem OP-Tisch liege, wurde ihm mitgeteilt, dass der längst in eine Spezialklinik verlegt worden sei. Das mit der OP hier im Hause sei ein Missverständnis gewesen, ob er denn nicht mitbekommen habe, dass man die Sachen des Herrn Rambloff bereits aus dem Zimmer geholt habe. Natürlich nicht – wahrscheinlich hatte er just zu diesem Zeitpunkt mal wieder nebenan eine sitzende Tätigkeit ausgeübt.

Die Quelle „Rambo" war also versiegt, ohne dass aus dem bislang Abgeschöpften ein wirklicher Nutzen gezogen werden konnte. Einerseits war es nicht völlig abwegig, dass außer Kontrolle geratene Spiel- und Puffschulden mit dieser martialischen Art von Hinrichtung geahndet wurden, andererseits passte in solch ein Szenario der Mord an der Qualitäts-„Hexe" nicht hinein. Nichtsdestotrotz machte er sich eine entsprechende Aktennotiz fürs Archiv. Er musste sich eingestehen: Objektiv betrachtet hatten alle seine bisherigen Ansätze eklatante Schwachstellen; es war besser, die Fakten neu zu ordnen. Er stand wieder am Anfang.

Der Termin der Entlassung aus der Klinik rückte nun immer näher, wobei er sozusagen „vom Regen in die Traufe" kommen sollte: Ein nahtloser Übergang in eine Rehabilitationseinrichtung war geplant. Zwar hatte man offiziell seine Bruchlandung im Festzelt als Unfall gewertet, doch der Verdacht des versuchten Selbstmordes stand unausgesprochen im Raum. Er selbst hatte ja von dem Geschehen nur noch diffuse Erinnerungen. Also war man übereingekommen, für die Anschlussbehandlung ein Haus auszusuchen, in dem sowohl orthopädische als auch psychologische Hilfestellung angeboten wurde.

Er hatte sich erst dagegen gesträubt; noch beim letzten Besuch von Jacques und Kurt Erich hatten sie darüber diskutiert. Beide hatten ihm zu dieser ganzheitlichen Behandlung geraten, laut ihrer Aussage nicht zuletzt deshalb, weil sie einmal aus Sicht eines Betroffenen erfahren wollten, wie sich der in der nun ausgewählten Klinik „seit Kurzem priorisierte psychotherapeutische Ansatz nach dem ‚schwanzhirnreziproken Modell' von Müller-Lüdenscheid" (erfunden von Kurt Erich) in der praktischen Umsetzung bewähren würde. „Du musst uns unbedingt erzählen, wie es in so einem Irrenhaus zugeht – am besten schreibst du Tagebuch!", hatte Kurt Erich verlangt, um dann noch einen draufzusetzen: „Obwohl, für dein Gedärm-Gedöns hätte ich auch eine schöne Adresse gehabt, nämlich in Bad Enddarm, Haus Flatulenzia, die bieten ein wunderbares Patientenseminar an: ‚Angstfrei furzen ohne Reue', das wird gerne genommen!" Und Jacques hatte tröstend hinzugefügt: „Du weißt, du hättest ganz schön tot sein können neulich. Die in der Anstalt werden schon dafür sorgen, dass du wieder festen Boden unter den Kiel bekommst, äh, wieder Wasser unter die Füße; wirst sehen, du kommst danach wieder groß raus, quasi wie Phönix aus dem Arsche!" Spätestens seit dieser

Ansprache war erwiesen, dass Jacques' notorische Zitierschwäche nicht immer völlig ungewollt auftrat. „Und außerdem," hatte Kurt Erich noch gesagt, „kannst du ja nicht ewig hier im Krankenhaus bleiben. Sei froh, dass du nicht bei Kannibalens daheim bist. Die kennen keine chronisch Kranken, da gilt: Hast du die Seuche in den Knochen, wird dich deine Frau bald kochen!"

Zur Strafe hatte er die zwei dann weggeschickt: „Und jetzt ab dafür, ich muss noch mit meinem rechten Bein zum Oberarzt!" „Wieso damit, das linke war doch kaputt?" „Ja, soll ich denn das rechte hierlassen?" „Witzchen gemacht ..." So trennte man sich.

Letztendlich hatte er dem Reha-Plan zugestimmt. Allerdings hätte er gerne eine Woche in der Firma dazwischen geschoben.

Zum einen, weil er meinte, unbedingt die mutmaßlich aufgelaufenen Fehler seiner Vertreter schnellstmöglich korrigieren zu müssen. Freilich konnte er nicht leugnen, dass die Zahl der Hilferufe aus der Firma enttäuschend gering gewesen war. Hatte am Ende seine Tätigkeit dort doch nicht den Stellenwert, den er ihr immer zugemessen hatte? War er am Ende nicht nur der „Depp vom Dienst", der sich für alles zuständig fühlt, sondern ein ziemlich überflüssiger Depp obendrein? Ein Gedanke, den man besser nicht weiterdachte.

Zum anderen wollte er die Unterbrechung nutzen, um vor Ort zu den Mordfällen, die ihm einfach keine Ruhe ließen, ein wenig zu recherchieren. Er könnte in dieser Zeit auch versuchen, „Rambo" aufzuspüren und weiter zu befragen.

Leider ließ sich all das nicht in die Tat umsetzen; seine kriminalistische Analyse konnte sich demnach nur auf Sekundärquellen, also auf sein Archivmaterial stützen. Es war klar, dass die bewusste Jutetasche mit in Kur musste.

Zwei Tage Heimaturlaub zum Waschen und Packen waren ihm schließlich zugestanden worden. Am Montag war er morgens aus der stationären Behandlung entlassen worden, und schon am Mittwoch sollte er sich bis spätestens 14:00 Uhr in der Rehaklinik einfinden. Das konnte eng werden. Nur gut, dass die Mutter seinen Wohnungsschlüssel bekommen und schon einen Großteil der Wäsche bearbeitet hatte. Außerdem hatte sie längst alles Verderbliche aus der Wohnung entfernt, ansonsten hätte ihn wahrscheinlich beim ersten Öffnen des Kühlschranks sein verwilderter Camembert angesprungen ...

Dennoch gab es noch genügend zu tun: Post war zu sichten, Koffer zu packen. Da blieb für ein paar Bierchen mit Jacques und Kurt Erich keine Zeit, ebenso wenig wie für Recherchen jeder Art.

Dazu kam, dass er sich äußerst müde und schlaff fühlte; das Gehoppel mit der Krücke durch die enge Wohnung war doch ziemlich anstrengend. Zwischendurch musste er sich immer mal hinlegen und ein Nickerchen halten. Nachts konnte er dann nicht durchschlafen, da schreckte er mehrfach aus schlechten Träumen hoch. Es waren nicht nur die Toten in der Firma, die ihn beschäftigten, nein, es war auch die bevorstehende Zeit in der Reha. Er hätte das zwar nie zugegeben, aber es graute ihm davor. Auf unbekanntem Terrain eingepfercht mit Heerscharen von fremden Menschen – das war nichts für ihn. All das wurde in seinen Träumen auf beunruhigende und verwirrende Art miteinander verwoben.

Es war am Mittwoch in aller Frühe, die Morgendämmerung hatte gerade begonnen, als er plötzlich schweißgebadet aus dem Halbschlaf auffuhr und dann starr vor Anspannung in seinem Bett saß. Jemand war in seiner Wohnung gewesen, hatte in seinem Schlafzimmer gestanden, eine große, breite, dunkle Gestalt! Jetzt war der Eindringling weg, zumindest sah er ihn nicht mehr. Aber das bedeutete noch lange keine Entwarnung. Er war sich noch nicht einmal sicher, dass er jetzt allein in seinem Schlafzimmer war. Auf jeden Fall konnte der Kerl aber noch irgendwo sonst in der Wohnung in einer finsteren Ecke lauern. Andererseits konnte er selbst auch nicht ewig in seinem Bett sitzen bleiben. So, wie er jetzt da hockte, war er ein wehrloses Opfer – jedenfalls kein ernst zu nehmender Gegner. Er musste es wagen, aufzustehen und sich zu bewaffnen, um dann seine Wohnung zu durchsuchen. Was würde als Waffe taugen? Wenn er es bis in die Küche schaffte, könnte er sich ein Messer greifen. Der andere aber auch! Ein Messerduell – für einen lahmbeinigen Krückenkrüppel kaum empfehlenswert!

Besser war es, erst einmal Lärm zu machen. Einen Einbrecher würde das in die Flucht jagen. Also zuerst Radio an, danach dann Licht. Wenn es der Eindringling nicht auf sein Leben abgesehen hatte (und das war wohl nicht dessen Ziel gewesen, denn solche Pläne hätte der ja längst in die Tat umsetzen können), könnten sich ihrer beider Wege für immer trennen, ohne dass jemand physisch zu Schaden gekommen wäre.

Angestrengt horchte er ins Halbdunkel. Draußen auf dem Flur gab es Geräusche, aber die gab es jede Nacht, wenn irgendwelche Spätheimkehrer (Studenten!) durchs Haus geisterten. Also jetzt oder nie. Das Radio lärmte los. Als auch das Licht endlich brannte, war schlagartig die Normalität wieder da. Augenblicklich sank sein Stresspegel. Alles sah so aus wie immer. Er inspizierte alle Räume – nichts Verdächtiges zu finden. War der Auftritt eben real passiert oder stammte die Szene noch aus der Übergangsphase zwischen Traum und Wirklichkeit? Er wusste es nicht.

Auch wenn es eigentlich noch viel zu früh war: Er legte sich nicht mehr hin, sondern frühstückte. Als er danach zum ersten Mal für heute seine Wohnung verlassen wollte, stellte er fest, dass die Eingangstür nicht richtig abgeschlossen war. Ins Schloss gezogen, ja, aber nicht abgeschlossen wie sonst immer. Hatte er das gestern Abend in seiner Hektik und Müdigkeit vergessen? Auch das konnte er nicht mit Sicherheit sagen.

Es war jetzt wichtig, möglichst rasch einen Schlussstrich unter diese Sache zu ziehen, statt die Erinnerungen immer wieder durchzukauen. Er entschied, dass der unheimliche Besucher Teil seines letzten Traumes gewesen war, genauer: der Endphase dieses Traumes, als sich die letzten Sequenzen bereits mit realen Sinneseindrücken vermischt hatten. Allerdings: So richtig passte die Szene nicht zu dem, was er sonst noch von der Handlung dieses Traumes wusste. Aber: Scheinbar unmotivierte Wendungen kamen oft in seinen Träumen vor, warum nicht auch hier! Und was die nicht korrekt abgeschlossene Eingangstür anging, so war es definitiv ein Versäumnis seinerseits am gestrigen Abend gewesen. Basta!

Rehabilitation: Mittwoch

Nun war es also so weit. Er hatte die Klinik erreicht. Streng genommen hätte er mit seinem Hinkebein gar nicht selbst Auto fahren dürfen, aber es hatte funktioniert – trotz des aufwühlenden Erlebnisses von heute früh. Alle Gedanken daran hatte er erfolgreich verdrängt. Und erzählen wollte er niemandem davon – insbesondere nicht Kurt Erich und Jacques!

Die Fahrt war dann tatsächlich unkompliziert verlaufen. Und jetzt hatte er auch noch das Glück, einen Parkplatz in der Nähe zu finden. Energischen Schrittes (soweit das mit Krücke möglich war) betrat er die Eingangshalle, um erst einmal die Lage zu erkunden. Direkt vor ihm lag die Pförtnerloge, die auch wirklich besetzt war. Was für eine treffliche Fügung! Er trat an den Tresen heran und grüßte den Angestellten, der allerdings schwer beschäftigt schien.

Und in der Tat: Im Hintergrund lief ein Fernseher. Er erkannte die Sendung. Dieser tüchtige junge Mensch war offenkundig gerade dabei, seine für die bekleidete Position unverzichtbare Menschenkenntnis durch das intensive Studium einer nachmittäglichen Talkshow zu vertiefen. Da konnte ein mutmaßlicher Patient natürlich nur stören. Verständnisvoll wartete er die wenigen Minuten bis zur nächsten Werbepause.

Wie vorausgesehen wurde ihm nun die ungeteilte Aufmerksamkeit der Fachkraft zuteil. Routiniert wurden ihm Schriftstücke herübergeschoben, Schlüssel ausgehändigt und mit knappen Worten, unterstützt von präziser Gestik, die topografischen Besonderheiten des Gebäudekomplexes erklärt. Ein Blick auf den Bildschirm zeigte, dass die Talkshow in die nächste Runde ging – und damit war die Audienz beendet.

Seinen Zimmerschlüssel hatte er zumindest. Rasch war das Gepäck aus dem Auto geholt, und ab ging es in den Aufzug. Aber in welchen Stock? Vielleicht hätte er den lichtvollen Ausführungen des Experten besser zuhören sollen! Aber so ging es auch: Die Menge der Zimmer und Stockwerke war endlich und abzählbar. Durch sequenzielles Abarbeiten bei gleichzeitiger Optimierung des Zugriffsalgorithmus gelang es ihm, nur wenige Viertelstunden später sein Zimmer in Besitz zu nehmen. Der Rest des Nachmittages war angefüllt mit Suchen und Verlaufen sowie dem gelegentlichen Besuch von Einführungsveranstaltungen.

Dann war es Zeit für das Abendessen. Nur gut, dass er bei seinen Entdeckungsreisen auch auf den Speisesaal gestoßen war und sich grob die Koordinaten notiert hatte. Wider Erwarten reichte das sogar, um diesen wieder aufzufinden. Er betrat den Saal, wurde vom Personal als Neuer erkannt und an seinen Platz geführt. Alle Patienten waren auf Vierertische aufgeteilt, wo ihnen jeweils ein Stuhl fest zugewiesen war.

Eine gütige Vorsehung hatte es gewollt, dass er in einer Raumecke mit dem Rücken zur Wand saß, sodass er einen prächtigen Überblick hatte. Er wusste, dass die Klinik etwa einhundertfünfzig Betten hatte, dass also maximal ebenso viele Patienten hier sein konnten, war sich aber sicher, dass die Gesamtheit der vorhandenen Leibesmasse gut und gerne für zweihundert gereicht hätte. Köpfe wären etwas knapp gewesen, was bei einigen aber nicht gestört hätte, da sie den ihrigen nur als überflüssiges Hindernis auf dem Weg zum Magen zu betrachten schienen. Es wurde in einer Art und Weise Nahrung angenommen, dass er allein vom Hinsehen schon übersatt war. Eine genauere Betrachtung ergab, dass das Verhältnis Weibchen zu Männchen etwa bei zwei zu eins lag, das Durchschnittsalter bei circa vierzig. Heute war ja Anreisetag, die „new kids on the block" wurden von den Veteranen eingehend unter die Lupe genommen und taxiert.

Auch seine drei Tischgenossen (gegen jede statistische Wahrscheinlichkeit nur Männer) interessierten sich mehr für ihn beziehungsweise für seine Lebensgeschichte als ihm lieb war. „Angriff ist die beste Verteidigung", dachte er sich und drehte den Spieß um. „Und du, was ist mit dir?" fragte er den ihm gegenüber Sitzenden. Und dann mit Kinderstimme: „Kommst du aus Tralien oder wohnst du in Donesien?" Verständnislose Mienen, eisige Blicke. Beleidigt wandten sich die drei wieder ihren eigenen Schicksalen zu, an denen es anscheinend täglich neue Facetten zu entdecken und mitzuteilen gab. Das ließ ihm den Freiraum zu weiteren Analysen. Einen der Herren am Tisch hatte er inzwischen vorurteilsfrei als Arschloch identifiziert, da dieser ihn ungemein an einen gewissen Kollegen aus der Firma erinnerte. Zu den anderen beiden würde er sich morgen ein abschließendes Urteil bilden.

Dann ging er zu einer mehr globalen Betrachtungsweise über. Er ließ einen kritischen Blick durch den Raum schweifen. Daraufhin begann er, das Gesehene zu ordnen, zu klassifizieren und schließlich quantitativ abzuschätzen. Das Verhältnis Damen zu Herren hatte er schon eingangs mit zwei zu eins beziffert. Jetzt führte er weitere Gruppierungskriterien ein, zunächst die Art der Kleidung. Bei den Männern gab es da keine großen Unterschiede: Man gab sich leger. Bei den Frauen jedoch erkannte er die Kategorien „elegant", „normal" und „Kartoffelsack", wobei es jeweils gewichtsbedingte Gesamturteile gab. „Elegant" an einer Zweizentner-Matrone ergab in toto oft eher „unvorteilhaft".

Daneben konnte man noch den Verhaltenstypus bestimmen, der jedoch oft nicht mit der Art der Bekleidung korrelierte. Bei den Damen gab es „extrovertiert", „normal" und „Hausmütterchen", weiterhin aber auch noch „scheues Reh", das in allen Bekleidungs- und Gewichtsklassen vorkam. „Hausmütterchen" wiederum bedeutete nicht zwingend „Kartoffelsack", usw. Was noch erschwerend hinzukam: Nicht jedes hübsche Dämchen hatte auch damenhafte Tischmanieren; diesen Aspekt jedoch würde er später in einer gesonderten Erhebung würdigen. Bei den Männern gab es die Typen „Macho", „normal" und „Liebe geht durch den Magen". Hier kam allerdings, wenn er die Signale richtig deutete, noch die Kategorie „Liebe geht durch den Enddarm" hinzu (ein böser diskriminierender Gedanke, von dem sich der politisch-moralisch korrekte Teil seiner Persönlichkeit sofort distanzierte).

Für jede Bestimmung versuchte er auch eine quantitative Erfassung und bemühte sich, das Ergebnis heimlich in kryptischen Abkürzungen auf einem Zettel festzuhalten. Natürlich bekamen das die anderen mit und guckten komisch zu ihm rüber. Für heute war es eh genug. Zufrieden mit seinem kleinen Ausflug in das Reich der empirischen Sozialwissenschaften wollte er sich nun wieder seiner Mahlzeit zuwenden und endlich einen Salat ergattern (zuerst hatten ihn die Menschenschlangen und dann seine Feldforschung davon abgehalten), als er erkennen musste, dass er wie so oft zu spät dran war. Die Zahl der Servierkräfte (hundert Prozent weiblich, Durchschnittsalter kleiner gleich dreißig) hatte sich verdoppelt; alle waren emsig dabei, abzuräumen. Der Salat war schon weg.

Hungrig und ärgerlich zog er sich (wenn auch auf kleinen Umwegen) auf sein Zimmer zurück. Hier war noch einiges zu tun – zum Beispiel auszupacken und einzuräumen. Zudem hatte er den von Kurt Erich befohlenen Tagebucheintrag zu fertigen.

Von der Eingangsuntersuchung am Nachmittag war schon eine prächtige kleine Episode einzutragen. Er hatte zu der jungen Assistenzärztin sofort Kontakt gefunden; es wurde lustig. Irgendwann war das Gespräch dann doch auf seine aktuell eingenommenen Medikamente gekommen. Als er ein bestimmtes nannte, hatte die pragmatische Medizinerin ihn gelobt, weil gerade dieses keine Probleme mit dem Krankenkassenbudget bereite. Auf seinen Einwand, dass das für die Behandlung doch wohl keine Rolle spielen dürfe, hatte sie eine lange Litanei der Missstände und Ungerechtigkeiten heruntergebet. Was würde das heutige Gesundheitssystem den Heilberufen nicht alles zumuten! Ganz besonders schlimm sei jedoch, für wie wenig Geld sie hier arbeiten müsse; hätte sie keinen Manager zum Mann, sie wüsste nicht, wie sie überleben solle. An dieser Stelle hatte ihn sein Mitgefühl übermannt, er hatte etwas Kleingeld aus der Hosentasche gefingert und ihr als milde Gabe auf den Schreibtisch gelegt. Daraufhin waren Tränen geflossen – allerdings vor Lachen. Quasi aus Dankbarkeit hatte sie ihm nach der Untersuchung dann erlaubt, die Krücke versuchsweise wegzulassen. Schade nur, dass heute ihr letzter Arbeitstag vor einem längeren Urlaub war, er hätte sich gerne öfter von ihr behandeln lassen.

Nach dem Tagebuch nahm er sich wie fast jeden Abend in der letzten Zeit sein Archiv vor und blätterte zum x-ten Mal in den Zeitungsausschnitten. Zusätzlich und (wie dieser immer betonte) „ganz exklusiv" hatte ihm Kurt Erich die Kopien einiger Polizeifotos zur Verfügung gestellt. Darunter war wirklich ein in der Presse nicht veröffentlichtes Bild des ersten Tatortes samt Opfer. Man erkannte sogar das Kodachi, das in der Brust des von da an ehemaligen Geschäftsführers Tasaki steckte. Auch über dieses eigentlich gruselige Dokument hatte er mittlerweile schon Stunden gebrütet, immer mit dem Gefühl, etwas zu sehen, aber nicht zu erkennen.

Rehabilitation: Donnerstag

Völlig ausgehungert konnte er das Frühstück kaum erwarten. Da er sofort anschließend zur Bewegungstherapie musste, hatte er bereits seinen Trainingsanzug angelegt. Im Speisesaal angekommen (kein Umweg, gute Haltungsnote) erkannte er, dass die meisten anderen Patienten auf dieselbe Bekleidungsidee gekommen waren. Leider, denn was er sah, ließ ihn erschaudern. Ungeheure Mengen sowohl weiblichen als auch männlichen Fettes wogten und waberten auf den Gängen vor den Büffets, bedeckt – und das auch oft nur unzureichend – von Trikotstoffen aller möglichen beziehungsweise unmöglichen Farben! Sofort kam ihm die Unterzeile einer Karikatur aus dem alten „Simplicissimus" in den Sinn, die da lautete: „Beim Betreten des Schwimmbades denken wir unwillkürlich an die Schlacht bei Arausio, wo unsere tapferen Vorfahren durch den bloßen Anblick ihrer Leiber den Schrecken der Römer erregten". Er konnte das Gefühl der Römer jetzt absolut nachvollziehen!

Und diese Kolosse balancierten, wenn sie zu ihrem Tisch zurück strebten, Teller in der Hand, die so voll waren, als solle noch eine auf dem Zimmer versteckte Großfamilie durchgefüttert werden. Offensichtlich galt die bewährte Parole: „Brot für die Welt, aber die Wurst bleibt mir!"

Nachdem der erste Hunger gestillt war, wurde das Tempo der Massen gemächlicher. Wenn man Nachschub holte, blieb man gern bei alten Kollegen stehen, um das, was sich seit dem letzten Treffen gestern Abend ereignet hatte, einander umfassend mitzuteilen. Daneben gab es noch eine Art von Tischhopping: Die zweite, dritte, vierte Tasse Kaffee wurde an jeweils anderen Tischen eingenommen, wo man dann quasi als Gast verweilte. Die Begrüßung im fremden Revier geschah per Körperkontakt: Fett wurde gestreichelt, Nacken wurden massiert.

Schade, dass er seine Beobachtungen jetzt abbrechen musste; es wurde Zeit, zum ersten Mal zur Bewegungstherapie zu eilen. Ein gutes Dutzend Fußkranker war versammelt, um die steifen Gliedmaßen unter der Anleitung eines erfahrenen Praktikers wieder gangbar zu machen. Sie begannen mit Lockerungs- und Dehnungsübungen, zuerst klein und einfach, dann mit sich steigerndem Schwierigkeitsgrad. Rundum wurden interessante Bewegungsabläufe dargeboten, die zum großen Teil wahrscheinlich nicht reproduzierbar waren. Besonders herausragende Kunststücke (allesamt unfreiwilliger Natur) wurden vom Übungsleiter mit launigen Worten kommentiert.

Eine der Turnerinnen, klein, rosig und pummelig, dabei gewiss noch keine dreißig Jahre alt, missfiel jedoch durch die ausgeprägte Sparsamkeit ihrer Bewegungen. Der Trainer machte sie darauf aufmerksam und führte aus, dass sie ohne unablässige Übung schon in fünf Jahren einen völlig funktionsuntüchtigen Körper haben werde. „Und dann, was machen Sie dann?" Wie aus der Pistole geschossen kam die Antwort: „Dann kann ich endlich Rente beantragen!" Dabei lächelte die Gute versonnen, wahrscheinlich stand ihr Masterplan für den frühen Ruhestand schon länger fest. Daran konnte auch der Spruch: „Das gibt keine Frührente, das gibt eine Notschlachtung!", den der Therapeut giftig hinterher schickte, überhaupt nichts mehr ändern. Er hingegen, Roddy, der frühere Geräteturner, widmete sich den Übungen mit besonderem Ehrgeiz, als gelte es, nicht nur die Verletzungspause, sondern auch die jahrelange Untätigkeit davor schon in der ersten Stunde wieder wettzumachen. Ein kaum hörbares Knacken und ein ungemein spürbarer Schmerz sagten ihm jedoch bald, dass daraus nichts werden würde. Niedergeschlagen humpelte er zurück in sein Körbchen.

Glücklicherweise gingen die Schmerzen irgendwann nach dem Mittagessen, auf das er notgedrungen verzichtet hatte, wieder soweit zurück, dass er seinen letzten Termin doch noch wahrnehmen konnte. Auf dem Stundenplan stand „Moorpackung für den verspannten Rücken". Dies sollte in der Bäderabteilung geschehen, wo er auch fehlerfrei hinfand, da er sich schon mehrfach auf der Suche nach anderen Zielen dorthin verlaufen hatte. Es war eine überaus lustige Abteilung; überall hingen Plakate mit lustigen Sprüchen wie „Moor than a Peeling", „We want Moor!" oder so ähnlich, am lustigsten aber war der Bademeister selbst, der behände von einer Kabine zur nächsten sprang. Es kursierte das Gerücht, dieser sei auch der Schöpfer des Spruches: „Lymphdrainage ist der Sex der Krüppel" und ähnlicher Klassiker. Seine Lustigkeit war als geradezu furchterregend und gnadenlos berüchtigt – ebenso wie seine Strenge. Permanent deklamierte der „Meister" (unter diesem Namen war er im Haus bekannt) die lustigen Sprüche von den lustigen Plakaten, denn er schien der festen Überzeugung zu sein, dass Lustigkeit sowohl etwas für die Augen als auch für die Ohren sei. War für jemanden die Zeit um, pflegte der „Meister" dies anzukündigen mit den Worten: „Das Moor hat seine Schuldigkeit getan, das Moor kann gehen!" Hin und wieder improvisierte er auch, indem er Lautäußerungen seiner Opfer aufgriff. So hörte man gerade eine Patientin, die er just am Wickel hatte, klagend ausrufen: „Nicht so eng einschnüren, da krieg ich Platzangst!" Worauf der „Meister" souverän konterte: „Ich auch, ich hab dann Angst, Sie platzen und ich muss dann alles wegputzen …" Aus den anderen Kabinen drang gekünsteltes Lachen. Keiner wollte es sich mit dem „Meister" verderben.

Als Letzter war „Patient Dockter" (also er) dran. Mit geübten Griffen positionierte ihn der „Meister" auf der Moorpackung, nicht ohne ihn vorher wegen des Vergessens von Behandlungsunterlagen barsch gemaßregelt zu haben. Dann wurden zügig die Tücher über ihn geworfen, festgezurrt, und das Paket war fertig. Als er prüfend umherblickte, erkannte er, dass der energische Heilberufler bereits die Kabine verlassen hatte. Auf dem Gang waren Schritte zu hören, eine Tür wurde geöffnet, und dann gab es Geräusche, als ob im Radio ein spezieller Sender gesucht werde. „Oh Gott", dachte er, „wir sind der Bestie ausgeliefert!" Plötzlich war triumphierendes Gelächter zu hören: Der tödliche Sender war gefunden und es erklangen die grausamen Stimmen gefürchteter Volksmusikanten.

Zeitlebens sollte er sich daran erinnern, wie knapp es ihm gelungen war, dem Foltertode zu entgehen, und dass er sich damals spontan vorgenommen hatte, einige Kinder zu zeugen, nur um im Alter einmal deren Sprösslingen erzählen zu können, durch welch genialen Trick der Opa mit dem Leben davongekommen war: Die Ohren zuzuhalten ging nicht – da hatte er einfach mitgesungen, natürlich möglichst laut und immer haarscharf an Originalmelodie und -text vorbei, und seine Leidensgenossen hatten es ihm gleichgetan. Das war selbst dem „Meister" zu viel. Das Radio verstummte und man hörte leises Schluchzen aus seiner Kammer. Später würde im Haus gesagt werden, dies sei die Stunde gewesen, zu der es für den „Meister" geheißen habe: „Jetzt aber Schluss mit lustig!"

Solch ein Tag verlangte nach einem versöhnlichen Ausklang. Nach dem Abendessen, bei dem er zu weiteren soziologischen Untersuchungen keine Lust verspürt hatte, ging er raus ins Freie. Wie es der Zufall wollte, waren rund um die Klinik gastliche Häuser anzutreffen, die mit Schildern und Fahnen zur Einkehr luden. Er wählte das nächstgelegene, da er seinem müden, von Bierdurst geschwächten Körper keine weitere Anstrengung mehr zumuten wollte.

Voller Vorfreude betrat er den Schankraum. Von der Optik her war es ein alteingesessenes Haus – ebenso wie die Wirtin, die hinter der Theke ihr ausladendes Hinterteil auf einen Hocker stützte. Er griff sich das Lokalblatt aus dem Zeitungsständer und suchte sich einen Platz an der Theke, der in Reichweite der Chefin lag. Heute wollte er kein Risiko mehr eingehen; fern von Wirtin und Zapfhähnen würde eindeutig die Gefahr der Unterversorgung bestehen.

Schräg gegenüber am Tresen saß ein älteres Paar, beide so um die Siebzig; weitere Gäste waren nicht auszumachen. „Sie" war ganz Dame, sehr gepflegt und overdressed für diese Bierstube, während ihr Begleiter eher so aussah wie ein in Rente gegangener Rausschmeißer. Sein grobschlächtiger Körper war in einen alten Anzug gezwängt, beim Hemd war der Kragen weit geöffnet und gab den Blick frei auf wild wucherndes graues Brusthaar. In der farblichen Zusammenstellung zeugte sein Outfit von ungebrochenem Selbstbewusstsein. Die beiden unterhielten sich mit der Wirtin. Bedingt durch die räumliche Enge konnte er jedes Wort hören, auch wenn er nicht alle Zusammenhänge verstand. Soviel war ihm nach der ersten Viertelstunde klar: Beide waren ehemalige Gastronomen aus der Stadt, alle drei gingen sehr vertraut miteinander um. Das Veteranenpaar hatte etwas miteinander, obwohl beide anderweitig verheiratet waren, und diese Liaison schien sich schon lange hinzuziehen. Vielleicht waren sie auch beruflich einmal Partner gewesen. Man sprach über die alten Zeiten, alte Kollegen und längst vergangene gute Geschäfte, die wohl nicht immer ganz koscher gewesen waren.

Gleichzeitig versuchte der alte Kämpe, die Biervorräte des Hauses entscheidend zu schwächen, wobei er als Additivum einen klaren Schnaps zu bevorzugen schien. Seine Holde hatte ein Glas gelber Limonade vor sich stehen. Wie zu erwarten war, qualmten beide wie die Schlote. Es verstand sich, dass er die Gruppe nicht andauernd beobachtete; er las seine Zeitung und blickte ab und an hinüber. Manchmal sah er die Dame am Getränk nippen, doch wenn er das nächste Mal aufsah, schien das Glas wieder so voll wie zuvor. Diesem Wunder musste er auf den Grund gehen. Er tat, als hätte er einen ganz besonders interessanten Artikel gefunden und hielt das Blatt so, dass er die Gegenseite aus dem Augenwinkel beobachten konnte. Da: Mit einer schnellen Bewegung hatte die Wirtin einen

Klaren auf die Theke gestellt, aber nicht zum Altinternationalen, sondern zur Madame. Mit einer noch schnelleren Bewegung goss diese den Schnaps in ihre Limonade und stellte das leere Glas neben das Bier. Der Alte soff gar keinen Schnaps – das war alles für sie!

Nach einer Stunde etwa (er war gerade mit der Zeitung fertig) versandete das Gespräch gegenüber. Zwischendurch hatte auch Limo nachgeschüttet werden müssen, den Durchsatz an Klaren schätzte er auf fast ein Dutzend. Plötzlich wurde ihm bewusst, dass Madame ihn eingehend musterte. „Kennen wir uns nicht von früher?", fragte sie mit ihrer rauchigen Stimme, „Bist du nicht der Josef aus dem ‚Bierpark'?"

Irgendein Teil seiner schizophrenen Seele, der den Rest überhaupt nicht leiden konnte, brachte ihn dazu, lauthals „Ja!" zu rufen. „Ja sicher, aber ... Ach Gott, ihr seid es ja, hab euch gar nicht erkannt!" Zur Bestätigung nannte er rasch einige der Schlagworte, die er soeben mit angehört hatte.

„Hörst du, Paul?", rief nun Madame ihrem Dicken zu, „Es ist wirklich der Josef, der Josef aus dem ‚Bierpark', der dich damals um fünf Riesen beschissen hat!" Die Sache nahm eine hässliche Wendung. Paul sah ihn aus kleinen bösen Augen scharf an, um dann mit erstaunlicher Flinkheit von seinem Hocker zu gleiten. Schon stand der alte Champion vor ihm, holte aus, und ... klopfte ihm unter dröhnendem Gelächter auf die Schulter. Die Frauen lachten jetzt auch, während ihm selbst die Knie zitterten. „Junge!", brüllte Paul, „Du bist nicht der Josef, und wir kennen auch gar keinen Josef. Aber eines merke dir: Versuch bloß nicht, alte Zocker zu belauschen und zu verarschen!"

Hoch befriedigt kehrte der alte Kämpe an seinen Platz zurück, wo ihn Madame mit wohlwollendem Lächeln erwartete. Zur Belohnung gab es ein weiteres Gedeck. Dann folgte der Abgang. Madame erklärte, es sei Zeit zu fahren, man könne ja nicht mehr so wie früher ... Sie zahlte, umarmte die Wirtin und nickte ihm huldvoll zu, während ihr Dicker grinsend einen auf ihn gemünzten finalen Fausthieb andeutete, und ab waren die beiden. Wahrscheinlich hatten sie solch ein Spielchen nicht zum ersten Mal getrieben – kein Wunder, dass sich niemand in die Kneipe traute! Auch ihm war die Lust auf weitere Getränke vergangen; nur mit Mühe gelang ihm ein halbwegs würdevoller Rückzug. Tief im Inneren beunruhigte ihn der

Gedanke, so etwas Ähnliches schon einmal im Fernsehen gesehen zu haben. Gab es eigentlich die Sendung „Verstehen Sie Spaß?" immer noch?

Rehabilitation: Freitag

Das Frühstück verlief ähnlich wie das gestrige: Riesige Mengen von Nahrungsmitteln, sei es in Urform oder umgesetzt in menschliche Masse, wurden unablässig durch den Raum bewegt. Ihm wurde bei einem solchen Anblick sogar körperlich unwohl; irgendwie musste er sich ablenken. Wie wäre es, die zwei ausstehenden Charakterprofile für seine Tischgenossen zu erarbeiten? Am Ende der Mahlzeit hatte er auch diese beiden vorurteils- und zweifelsfrei als Arschlöcher enttarnt: Markus, weil der sich durch seine politischen Äußerungen disqualifiziert hatte, Dieter, weil dieser das genaue Gegenteil seines Freundes Jacques war – hässlich, humorlos und anscheinend hochintelligent. Er beschloss, die Kommunikation am Tisch auf ein Mindestmaß zu beschränken. Das sollte nicht schwerfallen, hatte er sich doch schon durch kurze Bemerkungen ins Abseits manövriert. Erst hatte er, als die anderen gerade über die zum bevorstehenden Mittagessen angekündigten Gemüsesorten diskutierten, die Experten unterbrochen und schnell mit einem tückischen Vierzeiler gequält:

> „Mit Merbsen und mit Öhren,
> da kann man mich betören.
> Vom Winter bis zum Herbs'
> die Öhre und die Merbs'!"

Und als Markus darüber lamentierte, dass sein idyllisch in der Nähe von Nürnberg liegender Heimatort derzeit durch eine Asylantenflut bedroht werde, da hatte er schnell mit einem alten Witz dagegenhalten: „Sag mal, weißt du eigentlich, was die Lieblingstracht der Bayern ist? – Die Niedertracht!" Keine Chance mehr für eine Männerfreundschaft …

Für den heutigen Tag sah der Behandlungsplan einen ersten psychotherapeutischen Termin vor: die Männerrunde des Diplompsychologen Hermann Mann. Da war er mehr als gespannt, da musste er ganz besonders aufpassen: Nicht nur wegen Kurt Erich und Jacques, die ja vor allem am Verlauf solcher Sitzungen interessiert waren. Nein, es war wohl auch im Hinblick auf den späteren Entlassungsbericht nicht ganz ungefährlich, einen falschen Eindruck zu hinterlassen. Er nahm sich jedenfalls vor, das Ganze sehr verhalten anzugehen.

Sie waren zu fünft, inklusive Therapeut, und bildeten zu viert mit ihren Stühlen einen Halbkreis, während der Fünfte, nämlich Herr Mann, ihnen gegenüber thronte und aussah wie aus dem Lehrbuch. Überwältigt vom Erscheinungsbild taufte er ihn „Guru". „Ich darf mich dem Neuen kurz vorstellen", begann der solcherart Spitzbenamste schon seine Ansprache, „mein Name ist Mann, Hermann Mann ..." Als er, der so genannte „Neue", an dieser Stelle kurz grinste, weil ihm bewusst wurde, welch schöne Wortspiele damit möglich waren, traf ihn ein scharfer Blick. „... und werde Sie", ging es weiter, „auf Ihrem Weg in die Genesung begleiten."

Dann erklärte der „Guru" die Spielregeln: Am Anfang jeder Gruppenstunde hatte jeder Patient seine „momentane Befindlichkeit" bekannt zu geben, war jemand frisch hinzugekommen, sollten sich alle „kurz vorstellen". Danach folge eine Phase der Arbeit am Problem. Zum Abschluss hatte jeder Patient wieder seine „momentane Befindlichkeit" wiederzugeben, sowie eine Aussage darüber zu machen, was er von der vergangenen Stunde in sein weiteres Leben mitzunehmen gedenke. Herr Mann betonte, dass er von seinen Schäflein unbedingt als „Herr", kurze Pause, „Mann" angesprochen werden wolle und keinesfalls als „Hermann". Die Schäflein untereinander sollten sich duzen.

Und so nahm die Stunde ihren Lauf. Als Erstes erfuhr er, dass sein Nachbar zur Linken, Jens, dreiundvierzig, leitende Position im Dienstleistungssektor, heute wieder Rückenprobleme im Lendenbereich hatte, da er sich die ganze Nacht im Bett gewälzt habe. Viktor, vierzig Jahre, auch leitende Position im Dienstleistungssektor, hatte gegenwärtig und auch sonst ebenfalls Rückenprobleme, allerdings „hinten so im ganzen Kreuz". Vorne raus hatte er einen ungeheuren Bauch. Manfred, der Junior der Runde, ein Hüne von Gestalt, war sechsunddreißig Jahre, bekleidete eine („Quelle surprise, Frau Wattenscheid!", wie Jacques jetzt sagen würde) leitende Position im Dienstleistungssektor und klagte über Knochenschmerzen und innere Unruhe.

Als Gruppenneuling musste er bis zum Schluss warten, bis ihm Herr Mann das Wort erteilte. Mit knappen, undeutlich gemurmelten Worten sprach er über sich und seinen jetzigen medizinischen Status, streifte kurz seine „leidende" (was ja keine Lüge war) Position bei einem „internationalen Großkonzern" (!), um dann schnell das Wort wieder an den „Guru" zurückzugeben. „Internationaler Großkonzern" – das hatte gesessen!

Komischerweise waren alle männlichen Patienten, soweit er das bisher mitbekommen hatte, in irgendeiner leitenden Position tätig. Da konnte es nicht schaden, selbst auch etwas auf die Kacke zu hauen!

Herr Mann aber gab das Thema der heutigen Runde bekannt: „Da wir uns alle so schön ver-, äh, vorgestellt haben, auch die berufliche Stellung, soll es nun auch um das Berufsleben gehen, genauer: Wie gehen wir mit Vorgesetzten, Kollegen und Mitarbeitern um?" Nun sollten sich die Patienten äußern und ein „bitte kurzes Statement" hierzu abgeben.

In derselben Reihenfolge wie beim Anfangsritual meldeten sich die Schäflein zu Wort, betonten, dass sie jobmäßig im Großen und Ganzen gut zurechtkämen, und zeigten sich optimistisch, es mit ein wenig Hilfestellung durch Herrn Mann in ihrer Rehabilitationszeit zu schaffen, ihre durchaus erkannten geringfügigen Defizite auszugleichen. Der „Guru" lächelte geschmeichelt, aber auch irgendwie verächtlich und angewidert.

Wieder war er, der „Neue", als Letzter dran. Das ganze Gesülze erinnerte ihn heftig an die mittäglichen Einschleimerrunden in der Firma. Impulsiv, wie er bei diesem Thema nun einmal war, ging er direkt in die Vollen. Er beschrieb seinen Intimfeind, Senior General Manager Guntram Futtermittel, mit zugegebenermaßen ziemlich bösartigen starkdeutschen Worten und endete wie üblich mit dem abschließenden Urteil: „Er ist und bleibt eben ein Flachwichser!"

Hier griff Herr Mann ein, nannte eine solche Sprache dem im Seminar gebräuchlichen Niveau nicht angemessen und forderte eine Rückwendung zum eigenen Ich. „Nehmen Sie Kontakt zu sich auf, fragen Sie: ‚Was macht mich so dünnhäutig diesem Manne gegenüber?', aber fragen Sie auch: ‚Was mag diesem Manne Schlimmes widerfahren sein, dass er so ist, wie er ist?'." Das war zu viel – der Täter als Opfer! Er platzte: „Dieser Mensch hat mich so klein gehalten, dass er mich jetzt hochheben muss, wenn ich ihm in den Arsch kriechen soll! Ja, soll ich ihm nun übers Haar streichen und sagen: Ach, du armes Purzelchen, hat dich denn keiner lieb? Ja, soll ich jetzt denn sagen: Er ist schwer in Ordnung, er hat nur einen Fehler - er ist ein Arschloch?"

Solche Eruptionen waren unerwünscht, darauf war Herr Mann nicht vorbereitet. Renitenz war ihm sichtlich zuwider; die Runde drohte ihm zu entgleiten. Am besten war, abzubrechen, ohne das Gesicht zu verlieren: „Schade! Ich habe ganz vergessen, dass ich heute früher weg muss! Aber hieran müssen wir unbedingt bald weiterarbeiten. Also, jetzt noch schnell die Abschlussstatements!" In der gehabten Reihenfolge versicherten die anderen drei, dass man aus der Diskussion zweifellos etwas Sinnstiftendes mitnehmen könne, und dass man dem das Gespräch so souverän leitenden Psychologen wie immer zu Dank verpflichtet sei. Herr Mann seinerseits nickte zustimmend und wandte sich dann direkt an den aufmüpfigen Problempatienten: „Und Sie, Roderich, wie gehen Sie heute hier raus?" Dass er mit seinem verhassten Vornamen Roderich angesprochen wurde, verlangte nach Rache: „Ich denke, direkt durch die Tür da vorn ...". Ein Blick in die finsteren Züge des „Gurus" ließ erahnen, dass er nun (wie er es einschätzte) „nachhaltig verschissen" hatte.

Ein wenig irritiert sah er zu, wie Herr Mann, wohl um die Wahrhaftigkeit seines Abbruchgrundes zu belegen, geradezu fluchtartig mit seinen drei Jüngern im Schlepptau den Raum verließ. Da bemerkte er, dass der „Guru" seine Akten zurückgelassen hatte, die aufgeklappt auf dem Boden neben dessen Stuhl lagen.

Neugierig, nein, wissbegierig trat er heran und entdeckte handschriftliche Bemerkungen zu den einzelnen Gruppenmitgliedern. Von wegen „leitende Position": Jens war Tierpfleger in einem bekannten Zoo, betreute hier die Bonobo-Gruppe und war sexsüchtig. Viktor war gelernter Koch, arbeitete in einer Großküche und hatte da alle Spülmaschinen „unter sich". Er war – wenig originell – esssüchtig. Manfred hatte wirklich Führungsfunktion: Er leitete eine Drückerkolonne zur Akquisition von Zeitschriftenkunden, war wegen Körperverletzung vorbestraft und hatte bei seinem letzten alkoholbedingten Unfall mehrere Knochenbrüche davongetragen. Manfreds Probleme manifestierten sich in dessen Lebenslauf, gegen den war „Rambo" aus dem Krankenhaus ein Chorknabe.

Und wo war das Memo zu seiner eigenen Person? Doch schon hörte er Schritte auf dem Flur. Nun aber rasch! Und so stand er bei seinem Stuhl und zog sich gerade seinen Pullover über den Kopf, als Herr Mann in den Raum schoss, die Akten zusammenklaubte und sofort wieder verschwand. Hochzufrieden mit sich, seiner gelungenen spontanen Tarnung und den soeben gewonnenen

Erkenntnissen eilte er zurück in sein Zimmer, um sich auf seine erste Einzelkrankengymnastik vorzubereiten.

Als er sich umgezogen hatte, war es schon wieder höchste Zeit. Am Ort des Geschehens wurde er dann auch schon erwartet. „Ah, da sind Sie ja!", rief der Physiotherapeut, ein gedrungener Mensch mit fröhlichem, gutmütigem Gesicht. Irgendeinen Spitznamen hatte der Mann, das wusste er, doch welchen, das hatte er vergessen. Sofort musste er sich auf die „Bahre" legen, dieweil der Therapeut sein Behandlungsbuch studierte.

Und schon ging es los. Eine stählerne Faust umschloss seinen Unterschenkel und fixierte ihn, während Finger, deren Präzision und Kraft nichts Menschenähnliches mehr hatten, auf Muskel- und Sehnenansätze drückten. Ungeahnte Schmerzen waren die Folge – und sofort fiel es ihm wieder ein: Dieser Mann war „die quälende Hand"! Nie hatte ein Name besser gepasst. War die Folter des „Meisters" eher subtiler und moderner Natur gewesen, stand „die quälende Hand" für grundsolide manuelle Marterarbeit aus der Ära von „Winnetou I".

Quasi als Referenz an unsere kommunikationsstarke Zeit textete der unerbittliche Mensch ihm auch noch gleichzeitig die Ohren voll. Es ging um Klinikinterna: Sex, Pleiten und Pannen. Und diese als solche unendliche Geschichte wurde immer wieder unterbrochen durch fachspezifische Fangfragen wie: „Das tut jetzt weh – oder?", wobei er dem Experten jeweils uneingeschränkt recht geben musste. Plötzlich aber hielt „die quälende Hand" inne und fragte: „Hören Sie das?" Er hingegen war nicht am Lauschen, sondern am Leiden und hörte daher gar nichts. „Hören Sie genau hin! Da schnarcht jemand! Ich weiß auch wer von den Kollegen – aber ich verrate es nicht!" Und wirklich, jetzt bemerkte er es auch: Aus dem Nebenraum ertönte lautes, sattes Schnarchen. Der Gedanke, selbst zu arbeiten, während der andere schlief, schien „die quälende Hand" jedoch augenblicklich zu lähmen, denn mit einem „Das reicht für heute!" wurde er postwendend in die Freiheit entlassen.

Es reichte ihm in der Tat. Notdürftig landfein gemacht verließ er nach kurzer Erholungspause die Klinik und wanderte Richtung Innenstadt. Eigentlich hatte er sich ein Fahrrad leihen wollen, aber es gab nur diese Mountainbikes mit den spitzen Sätteln, bei denen man nicht wusste, sitzt man jetzt darauf oder wird der eingeführt …

Dann doch lieber zu Fuß. Nach wenigen Minuten bot sich ihm auf einer kleinen Anhöhe ein erster Überblick. Im Tal lag der ansehnliche Kurpark, links seine Klinik – und nicht nur die Seine! Bei einem halben Dutzend hörte er auf zu zählen, alle wahrscheinlich in der Wirtschaftswunderzeit mit Gewalt in die Landschaft gepfeffert, hochfunktionelle Zweckbauten mit flachen Dächern, die jedem Sprengmeister das Herz im Leibe lachen lassen mussten. Dazwischen duckten sich vereinzelt alte Villen, an die vielfach würfelförmige Anbauten angedockt waren. „Oh Gott, oh Gott!", stöhnte er (wie immer, wenn er etwas absolut nicht glauben konnte) und wandte sich der anderen Seite, also der Innenstadt zu. Hier war das Bild noch grausamer. Eine aberwitzige unnachgiebige Bauordnung schien zu verlangen, dass spätestens nach drei, vier wunderschönen alten Gründerzeit- oder Jugendstilvillen ein modernes Bauwerk zu folgen hatte von so abgrundtiefer Hässlichkeit, dass er dachte, es müsse den Menschen hier möglich geworden sein, sich gegen diesen Anblick per Impfung immunisieren zu lassen, denn sonst hätte das auf Dauer niemand aushalten können.

Niedergedrückt schleppte er sich weiter in die City. Natürlich hatte er nicht wirklich eine Multikulti-Jahrmarkt-Shopping-Hastenichgesehn-Atmosphäre erwartet, aber gewiss doch ein wenig mehr Bandbreite als sich ihm jetzt darbot. Fakt schien zu sein, dass zu dieser spätnachmittäglichen Stunde Menschen zwischen vierzehn und fünfzig Jahren, die nicht einer Berufstätigkeit vor Ort nachgingen, Ausländer jedoch generell, sowie Hunde über zehn Kilogramm die Innenstadt wohl nur mit Passierschein durchqueren durften, und wenn, dann immer im Laufschritt. Folgerichtig waren diejenigen, die gemütlich durch die Gassen schlenderten, so genannte „Best Ager" und, nach ihrem zufriedenen Gesichtsausdruck zu urteilen, hielten die sich auch dafür, obwohl sie diese Bezeichnung wahrscheinlich noch nie gehört hatten. Man gab sich gutbürgerlich; die Herren trugen statt Designertüten ihre alte Aktentasche.

Vorbei war offenkundig die Zeit, als schlecht rasierte Seniorinnen, die selbst zwanzig Jahre nach Eintritt in den Witwenstand stolz die schwarze Trauerkleidung trugen, sich mit Hilfe von Gehstock und schriller Stimme den Weg durch die Menge bahnten. Nein, die „Best Ager" von heute waren da ganz anders. Ruhigen Schrittes durchmaßen sie die Fußgängerzone und führten gegebenenfalls einen Kleinhund und/oder ein Enkelkind mit sich. Dauerhafte Verbände mit mehr als drei Individuen waren nicht zu beobachten, oft jedoch spontane kurzzeitige Zusammenballungen, deren Entstehung mit speziellen Lautäußerungen einherging: „Ach, guck mal an, auch hier ..." – „Was für ein Zufall ..." – „Beim nächsten Mal gebt ihr aber einen aus ..." – „Ja, nen Schnaps – aber für unseren Jahrgang am besten nen alkoholfreien ...". Dabei wurde gelacht, und es hörte sich so an, als fänden sie die immer gleichen Sprüche wirklich lustig. Man war eben locker und zu Scherzen aufgelegt. Kurzum, Menschen gesetzten Alters und mit hinreichend bestückter Geldbörse sahen sich hier wohl auf der Insel der Seligen. „Leben und leben lassen" schien das Motto zu sein. Soviel selbstbewusste Gelassenheit war zu viel für ihn – gerade das sollte er bei „Guru" Mann ja erst lernen. Und so brach er seine Expedition ins Reservat der reichen Rentner ab und retirierte in Richtung Klinik.

Doch ganz so ungefährlich wie der Hinweg sollte die Rückkehr nicht werden. Es war kurz vor dem Anstieg zu seinem vorigen Aussichtspunkt, als er meinte, über sich im Hang eine Stimme zu hören. Glücklicherweise veranlasste ihn das, nach oben zu sehen. Der Wanderpfad schien vor langer Zeit einmal in den Fels gesprengt worden zu sein, seitlich ging es immerhin so an die fünfzehn Meter steil hinauf durch steiniges Gelände. Und nun erkannte er, dass sich in diesem Augenblick von dort oben eine Gerölllawine ihren Weg nach unten bahnte – genau auf ihn zu. Überraschend geistesgegenwärtig und schneller, als er es sich selbst zugetraut hätte, sprang er zur Seite. Die Verletzung, die Schmerzen: All das war in dem Moment vergessen. Als sich die Staubwolke etwas verzogen hatte, musste er erkennen, wie knapp das Ganze ausgegangen war: Keine zwei Meter von ihm entfernt lag inmitten von Kleinzeug ein zentnerschwerer Brocken auf dem Pfad. Das hätte für mehr als nur ein paar gebrochene Knochen gereicht! Er fühlte sich, als sei er urplötzlich in einen gemeinen mörderischen Hinterhalt geraten. Jetzt bloß nicht in Panik verfallen! Jetzt bloß keine falschen Entscheidungen treffen! Sofort und allein die feindlichen Positionen stürmen oder lieber doch per Handy ein polizeiliches Einsatzkommando anfordern? Gegenangriff oder Verteidigungsstellung? Plan A oder Plan B? Kaltblütig entschied er sich für Plan C: den gestreckten Hinkegalopp zurück zur Anstalt.

Abends in seinem Zimmer, als er mit schmerzendem Unterschenkel im Bett lag, fing er dann an, sich richtig Sorgen zu machen. War er eben nur zur falschen Zeit am falschen Ort gewesen? Was war das für eine Stimme, die er unmittelbar vor dem Steinschlag gehört hatte? Sein Sturz zu Hause vom Balkon – er erinnerte sich kaum noch an die damaligen Abläufe. Bisher hatte er immer dem Rotwein die Schuld an seiner partiellen Amnesie gegeben. Aber war es wirklich der Alkohol? War der Wein vielleicht präpariert worden? Immerhin hatte er letztes Jahr einen seiner Haustürschlüssel irgendwo in der Firma verloren, aber den Verlust bei seinem Vermieter nicht gemeldet und demzufolge auch kein neues Schloss bekommen. War es möglich, dass bei allen Ereignissen jemand nachgeholfen hatte? Konnten die Mordanschläge in der Firma damit zusammenhängen? Und war der Eindringling von Mittwochnacht vielleicht doch kein Traum sondern real gewesen? Bislang war seine Ermittlertätigkeit so schön gemütlich verlaufen. Weit ab vom Geschehen und mit einer hinreichenden Distanz zu den Opfern dann aus einem bequemen Sitzplatz heraus durch schiere Kopfarbeit die Lösung zu suchen, das gefiel ihm. Aber dass er selbst im Fadenkreuz des Täters stehen könnte, diese Vorstellung erschien ihm gar nicht mehr gemütlich. Er hatte eine wenig erholsame Nacht hinter sich, als er am nächsten Morgen (es war Samstag) erwachte.

Rehabilitation: Samstag

Für heute am frühen Abend hatten sich Kurt Erich und Jacques angesagt. Da es bis dahin im Haus kein offizielles Programm gab, schmökerte er mal wieder in seinem Mord-Archiv. Weiter als bisher brachte ihn das nicht, und so hoffte er, dass Kurt Erich durch seine Kontakte zu gewissen ermittelnden Kripobeamten (die Namen hielt dieser immer noch streng geheim) neue Erkenntnisse zu berichten hatte.

Dann waren da ja noch seine literarischen Ambitionen. Kleinlaut musste er sich eingestehen, dass diesbezüglich ein Stillstand eingetreten war. Prosamäßig lähmte ihn eine eklatante Schreibfaulheit – zu viel Text, der getippt werden müsste. Vielleicht klappte es ja mit einigen gereimten Vierzeilern. Die Erinnerung an ungewollte Anblicke in der Bäderabteilung ließ schnell ein erstes Werk entstehen:

> „Wenn ich deine Titten seh,
> denke ich an Hiddensee.
> Nicht weil das mir ähnlich scheint,
> sondern weil es sich drauf reimt!"

Um einen etwaigen Vorwurf chauvinistischer Fokussierung auszuschließen, reimte er gleich weiter:

> „Wenn ich deine Hoden seh,
> denk ich an den Bodensee.
> Nicht weil der mir ähnlich scheint,
> sondern weil er sich drauf reimt!"

Na ja, vielleicht ein wenig geschmacklos und plump! Er blickte nachdenklich aus dem Fenster. In der Ferne war ein orkanverwüsteter Hang zu erkennen – Inspiration für ein anspruchsvolleres baumkundliches Gedicht:

> „Die Ficht' – im Sturm ein Wackelvieh!
> Kaum besser ist die Dougla: Sie
> geht auch bei Starkwind in die Knie.
> Das macht, hoff ich, die Kasta nie!"

Nein, überzeugend war das alles nicht, aber immerhin etwas, worüber man beim Dösen grübeln konnte.

Endlich war es Zeit, die Freunde, die mit dem Zug an- und abreisen wollten, abzuholen. Er erwanderte den Bahnhof und kam auch gerade rechtzeitig, um Kurt Erich und Jacques daran zu hindern, schon am Kiosk einen Boxenstopp einzulegen, bloß weil die Bedienung jung und hübsch war. Aber so etwas ließ die heutige Agenda nicht zu. Bis dreiundzwanzig Uhr musste alles erledigt sein, denn dann würde der letzte Zug zurückfahren. Und bis dahin hieß es, ein geeignetes Restaurant zu finden, zu speisen, und dann als Höhepunkt des Abends eine Musikkneipe anzusteuern, die auf Handzetteln eine Super-Oldie-Nacht angekündigt hatte. Nach kurzer, aber heftiger Begrüßung schlenderten sie auf der Suche nach einem gastlichen Haus durch die Innenstadt. Bald stießen sie auf ein Restaurant, das mit einem rückwärtigen Biergarten warb. Da das Wetter danach war, entschieden sie sich für einen Platz im Freien und ließen sich vom beflissen nuschelnden Oberkellner (Unterkellner gab es keine) einen Tisch zuweisen.

Ganz in ihrer Nachbarschaft dinierte eine Gesellschaft, die nur aus Männern bestand, die alle „sommerlich, aber korrekt" gekleidet waren. Durch die Bank waren die Herren relativ jung, trugen aber Mienen zur Schau, die ausdrücken sollten, dass man zwar noch nicht ganz groß, aber schon ziemlich wichtig war. Bereits nach kurzem Lauschangriff hatte er mitbekommen, dass dort die örtlichen Wirtschaftsjunioren tagten.

Einer machte den Oberjunior und schien gerade ein launiges Grundsatzreferat zu halten. Zwischendurch wurde das Essen aufgetragen. Sobald sie im Besitze eines Tellers waren, begannen die Jungmanager gierig zu schlingen, dieweil der Oberjunior weiter predigte. Selbstbewusst distanzierte man sich von kleinbürgerlichen Tischmanieren. Ein jeder aus der famosen Truppe hatte bestimmt bereits mit zentralchinesischen Geschäftsfreunden getafelt oder es war ihm zumindest erzählt worden, wie sich das anzuhören hat, und demgemäß grunzte und schmatzte man weltmännisch. Da durchweg mit vollem Munde weiter palavert wurde, konnte man am Nebentisch nur mit Mühe folgen. Kurt Erich und Jacques hatten sich mittlerweile seiner Lauschattacke angeschlossen und waren auch Augen- und Ohrenzeugen des Schauspiels geworden. Das war selbst Kurt Erich, dem größten, schwersten und auch derbsten ihres Trios, zu viel: „Widerlich, das ist ja kaum auszuhalten! Da wollen wir mal hoffen, dass diese Arschloch-Rookies keine noch ekligeren Kunststücke in petto haben …".

Aber das Schlimmste kam noch.

Nun war auch der Oberjunior mit Nahrungsmitteln versorgt worden, worauf dieser versuchte, seine Multitaskingfähigkeit durch gleichzeitiges Kauen und Sprechen unter Beweis zu stellen. Naturgemäß trübte das den Hörgenuss. Es ging jedenfalls um den Wirtschaftsstandort Deutschland, um Leistungsträger und Elite – soviel hatte er am Nebentisch mitbekommen.

Er überlegte, ob Guntram Futtermittels ältester Sohn in diesem Alter sein konnte. Dunkel erinnerte er sich, dass Guntram vor einigen Monaten noch über seinen Sprössling und dessen fabelhafte neue Stelle berichtet hatte. Hatte der dabei nicht einen Ort genannt, der hier ganz in der Nähe lag? „Und, hören Sie, das Erste, was mein Filius dann gemacht hat: Das Kerlchen hat sich so einen italienischen Sportwagen gekauft – so ist die Managerjugend eben heute …", hatte Guntram mit vor Stolz zitternder Stimme hinzugefügt, worauf er, Roddy Dockter, mal wieder die Klappe nicht halten konnte und gezischt hatte: „Wahrscheinlich ist's ein Masturbati!". Guntrams Zuneigung zu ihm war dadurch wahrlich nicht vertieft worden.

Inzwischen ging es drüben weiter mit den Reizthemen Steuern und Bestechung. „Gegen Bestechung haben doch nur die etwas, die nichts abbekommen haben, weil sie nicht wichtig genug sind!" Auf dieses Bonmot des Oberjuniors folgte ein heftiger Hustenanfall; der hitzige Jungmanager hatte sich im Überschwang der Gefühle verschluckt. In seiner Not erbrach der Ärmste die noch im Schlund steckenden Speisereste. Wie aus dem Nichts erschien da der dienstfertige Oberkellner mit einem Tischreinigungsset, kehrte hüstelnd die Brocken zusammen und entfernte sich mit den genuschelten Worten: „Ich sehe, dem Herrn hat's geschmeckt!"

Als sei nichts gewesen, hatte sich der wieder erstarkte Oberjunior nun dem Flaschenhalsproblem im betrieblichen Alltag zugewandt – warum, blieb unklar. „Dazu kannst du doch auch einen Spruch beitragen, Roddy!", flüsterte Kurt Erich und auch Jacques sah ihn auffordernd an. Und so deklamierte er laut, so laut, dass es drüben alle mitbekommen mussten: „Das Flaschenhalsproblem in der Wirtschaft ist ja bekanntlich da am größten, wo um den Hals der

Flasche ein Schlips gebunden ist!" Damit war die Freundschaft zwischen den Tischfraktionen nachhaltig getrübt, die Managertafel wurde bald aufgehoben und die Wirtschaftsjunioren verstreuten sich wieder über die Stadt, jedoch nicht ohne dem braven Kellner beim Bezahlen kein Trinkgeld gegeben zu haben.

Nun waren sie wieder unter sich. Nach dem Essen, das sie betont kultiviert verzehrten, wurde er aufgefordert, alles Wichtige aus der Klinik zu erzählen. „Du siehst auch schon viel besser aus, schlanker und dynamischer! Hättest du deinen Kopf nicht aufgehabt, wir hätten dich eben im Bahnhof nicht erkannt!" Während sich in der Folge Kurt Erich am „Guru" ungemein interessiert zeigte, wünschte Jacques eher an seinen soziologischen Erkenntnissen über die Patientinnenschaft teilzuhaben: „Und, wie sind die Weiber?" Beide wurden mit Informationen bedient.

Danach stellte er die Fragen – natürlich zu den Mordfällen in der Firma. Kurt Erich hatte nichts wirklich Greifbares, nur dass in der Firma gemunkelt worden sei, der Produktionsstandort stünde im Konzern auf der Kippe. Aber darüber hatte ja schon damals der Kollege aus der Fertigungsplanung nebulöse Andeutungen gemacht. Was der Geschäftsführer Tasaki an jenem Abend nach seiner Rückkehr aus Japan noch im Büro gewollt hatte, und ob das der Grund für sein gewaltsames Ableben gewesen sein könnte – dazu war bislang nichts nach außen gedrungen. Auch zum Treppenattentäter gab es noch keine heiße Spur. „Dein Oberchef Guntram Futtermittel", so Kurt Erich süffisant, „ist übrigens von der Fußverletzung wieder weitestgehend genesen"; seit dem Auftritt in einem Fernsehbericht des Regionalsenders habe man ihn auch nicht mehr humpeln gesehen.

Danach beschlossen sie, nun in die Musikkneipe überzuwechseln. Nach längerem Suchen („Roddy, du Depp, du hast einen Orientierungssinn wie ein toter Nacktmull, ein Wunder, dass du abends von der Firma nach Hause findest!") erreichten sie endlich ihr Ziel. Da es erst auf zwanzig Uhr ging, war noch nicht viel los und sie fanden Plätze an der Theke. Er sah sich prüfend um. Die Kneipe bestand aus einem langgezogenen rechteckigen Raum, an dessen vorderer Seite der Eingang und an der rückwärtigen der Toilettenbereich lag. In der Mitte der linken Längsseite war die Theke. Die Wirtin war eine resolute Frau mittleren Alters, als Kellnerin wirkte ein Mädel von sibyllinischer Schönheit; nach der Art, wie sie miteinander umgingen, war sie die Tochter der Chefin.

Neben der Theke war ein imposantes Mischpult aufgebaut, an der Wand dahinter standen raumhohe Regale mit CDs. Dazwischen residierte der Chef, herrschte Bernie Ecclestone. Dieser Mann sah dermaßen aus wie Bernie Ecclestone, das silberne Haar, das Gesicht, die Figur, dass es gar nicht anders sein konnte: Dieser Mann war Bernie! Eigentlich kannte er Bernie nur aus dem Fernsehen und aus der Presse – jetzt stand der Tycoon quasi vor ihm. Was diese internationale Berühmtheit in die deutsche Provinz getrieben hatte, darüber konnte man nur spekulieren – vielleicht hatte er heimlich in diese Kaschemme eingeheiratet. Wie auch immer, reiche Männer haben, wie man hört, oft komische Hobbys. Sollte der da vorne aber doch nicht der Echte sein, so stellte sich die philosophische Frage, warum jener den Namen Bernie Ecclestone trug, während dieser hier dessen Bild doch viel ähnlicher war.

Das verlangte nach einer Diskussion unter Freunden. „Habt ihr schon gesehen? Da, Bernie Ecclestone!" Die beiden gaben ihm recht. Welch eine Überraschung – oder „Quelle surprise", wie Jacques ausrief, mit dem mal wieder der Französischlehrer durchging, „quelle surprise, Bernie, trois bière, s'il vous plait." Jacques hatte den Mann flugs zum Franzosen gemacht. Kurt Erich korrigierte ihn umgehend und unmissverständlich. Leider fühlte sich Jacques durch die klare Ansprache in seiner sensiblen Seele verletzt und war beleidigt. Er sprach jetzt nur noch Französisch, weil er wusste, dass seine Freunde dieser Kultursprache nicht mächtig waren; sie waren „große Latriner". Dummerweise verstand ihn die Wirtin auch nicht – kleinlaut musste Jacques in die Familie der Deutschsprechenden zurückkehren.

Inzwischen hatte sich die Kneipe gefüllt und die Stunde der Oldies hatte geschlagen. Bernie legte auf wie ein Alter, und siehe da: Er war einer! Die Getränkeversorgung lief auf Hochtouren; hier bestand die Kundschaft nicht aus Jugendlichen, die mit dem Taschengeld kalkulieren mussten, das die Eltern ausgeteilt hatten. Nein, hier waren Eltern, die sich doller aufführen wollten als ihre Kinder, die glücklicherweise ganz woanders waren. „Oldie-Nacht" bezog sich gleichermaßen auf die Musik wie auf die Gäste, wovon ein Großteil den Kliniken entlaufen war. Er erkannte viele Mitpatienten und bemerkte wundersame Verwandlungen. In der Anstalt eher auf Nahrungsaufnahme fixiert, galt hier das Interesse alkoholischen Getränken, lauter Musik und schnellen Flirts. Selbst Nichtraucher pafften unartig ein Zigarettchen. Jeder freie Quadratmeter wurde unversehens als Tanzfläche genutzt, Paare fanden in immer neuen Konstellationen zusammen.

Die Stimmung im Saal hatte mittlerweile einen ersten Höhepunkt erreicht. Hinter seinem Mischpult bewegte sich Bernie wie ein „Irrwisch", wie Jacques sich ausdrückte; was er sagen wollte, war „irrer Derwisch", aber alle wussten, was gemeint war. Ansonsten galt Jacques' Aufmerksamkeit offenkundig eher der schönen Wirtstochter; Kurt Erich hingegen schien sich auf das schmackhafte Schwarzbier zu konzentrieren. Diese divergierenden Interessen galt es im Auge zu behalten, zumal der Zug nicht warten würde. Er hatte da so seine Erfahrungen. Da fühlte er, wie er von Jacques angestupst wurde. „Pass auf, sie hat hinten ein Tattoo!", flüsterte dieser. Seine Favoritin hatte sich gerade mit einem Tablett durch die tanzenden Paare gezwängt. In Ermangelung genügend männlicher Gäste waren hier und da zwei Frauen zusammen auf dem Parkett unterwegs. Als sich nun das schöne Kind beim Servieren über einen der ersten Tische beugte, gab die rutschende Hose wirklich den Blick auf ein kompliziertes Tattoo frei. Sogleich tanzte ein gesamtweibliches Pärchen näher heran, und schon, ohne Rhythmus und Ekstase zu verlieren, beugten sich zwei Hausfrauen über das entblößte Fleisch, um das Tattoo zu entziffern. Die ältere der beiden hatte vorher sogar noch geschwind die Lesebrille gezückt. Eine beeindruckende Szene, die unbedingt Aufnahme in das beliebte „Buch der Brüller" finden musste.

Kurt Erich aber hatte inzwischen seine Schlagzahl so erhöht, dass er nun dem äußeren Treiben nur noch bedingt folgen konnte. Umso mehr arbeitete es in dessen Inneren. Jacques klärte ihn auf: Kurt Erich hatte angeboten bekommen, bei einer anderen Regionalausgabe seiner Zeitung den Posten des stellvertretenden Redaktionsleiters zu übernehmen; dann war allerdings ein Umzug unvermeidlich. Der Arme wollte die Freunde jedoch auf keinen Fall verlassen und suchte verzweifelt nach einer Lösung. „Das wäre auch nichts für unseren kleinen Kurterich, so ganz allein in der Fremde, außer dem Alkohol kennt er da ja keinen", fasste Jacques die Problematik zusammen.

Da: „Ich hab's!", tönte es plötzlich, und Kurt Erich brabbelte los. Sein Plan war folgender: Sie beide sollten mitkommen. Jacques sollte sich versetzten lassen, und er, Roddy, würde doch „sowieso von der Kasse kaputtgeschrieben". „Na klar!", rief er Kurt Erich und Jacques zu, „Na klar, dann ziehen wir zusammen, ihr geht arbeiten und ich koche für euch!" Die beiden zuckten, aber das Szenario war noch ausbaufähig: „Und abends spielen wir gemeinsam ‚Mensch ärger dich nicht' – oder vielleicht doch lieber ‚Trivial Pursuit'?!"

Das setzte Erinnerungen frei, Erinnerungen an eine bestimmte, schon vielfach nachgespielte Episode aus ihrem „Buch der Brüller": Sie hatten in der Tat einmal zu dritt „Trivial Pursuit" gespielt, und zwar beim „Nostalgie-Abend" in ihrer Stammkneipe. Jacques hatte die Frage verlesen: „Was bedeutet der Name der libanesischen Untergrundorganisation Hisbollah?" Als keine Antwort kam, wollte dieser nun die Auflösung bekannt geben, geriet aber beim Vorlesen in die falsche Zeile und verkündete, ohne es zu merken, die Antwort auf eine ganz andere Frage: „Jawoll, meine Herrn". Es hatte damals nur wenige Sekunden gedauert, bis sich (wie sie sich später gegenseitig bestätigt hatten) bei Kurt Erich und ihm dasselbe Bild vor dem inneren Auge eingestellt hatte: Schwarzbärtige Terroristen, die mit Maschinengewehren in die Runde feuerten und dabei sangen „Jawoll, meine Herrn, so hab'n wir es gern". Dann waren sie beide in anhaltendes Hohngelächter ausgebrochen, bei dem sie die schießenden Terroristen pantomimisch nachahmten und dann selber immer wieder intonierten: „Jawoll, meine Herrn, so hab'n wir es gern". Jacques hatte das natürlich gar nicht gern gehabt und wochen-, na ja, zumindest minutenlang nicht mit ihnen beiden gesprochen ...

Inzwischen war Bernie in den Endspurt gegangen und holte das Letzte sowohl aus seinem sehnigen Körper als auch aus der Soundmaschine heraus – eine für alle Beteiligten ungemein schweißtreibende Sache. Das machte durstig, und das wiederum führte zu erhöhter Flüssigkeitsaufnahme, was dann letztendlich auch harntreibend wirkte.

Und so stand er zum x-ten Male („Lass Roddy schnell durch, heute ist er so schwach auf der Blase wie eine schwangere Zehntklässlerin!" – O-Ton Jacques) vor dem Urinal, als er noch jemand herantreten hörte. Aus dem Augenwinkel erkannte er, dass es Bernie selbst war, der sich zu ihm gesellte. Wie alle wirklich virilen Männer unserer Welt war Bernie Einhandpinkler. Die Linke lässig in die Hüfte gestützt, steuerte der vielfach begabte Tycoon mit der Rechten kundig den Strahl, klopfte energisch ab und vollendete mit einem fetten Furz seine Verrichtung. „Und jetzt aber bitte noch Hände waschen!", soufflierte er innerlich – und wirklich: Bernie stoppte vor dem Waschbecken, aber leider nur, um sich nach einem

Blick in den Spiegel mit flinkem Griff die Haare zu richten. Welch unwürdiger Auftritt; hoffentlich war dieser Bernie doch nicht der Echte!

Nach diesem ernüchternden Erlebnis war er wieder klar genug um zu bemerken, dass die Zeit nun drängte. Die Freunde mussten eingesammelt und zum Bahnhof dirigiert werden. Was hieß da dirigiert – er hatte selbst keine Ahnung, in welche Richtung sie mussten. Dankbar nahm er den Vorschlag der Wirtin an, ein Taxi zu rufen. Jacques war mittlerweile wieder in seiner Französisch-Phase: „Un, deux, trois – gleich gehe moi!", rief der immer wieder, um dann singend doch noch eine letzte Runde zu bestellen: „Isch will noch un, isch will noch deux, isch will noch trois, falleroah, trois, falleroah ...", erklang es frankofon auf die bekannte Melodie von „Wir machen durch bis morgen früh und singen Bums, Fallera". Endlich kam das Taxi und alles wurde gut.

Rehabilitation: Sonntag

Weniger gut war der nächste Morgen. Der Körper schien doch noch nicht zur alten Widerstandsfähigkeit gegenüber dem Alkohol zurückgefunden zu haben. Aber lustig war es gewesen. Bis zum Nachmittag musste er allerdings wieder fit sein, denn dann wollten die Eltern zu Besuch kommen – auch sie mit dem Zug. Hoffentlich brachten sie Beppo mit.

Er hatte genug Zeit bis dahin, um den vielfach plakatierten „fakultativen Chill-out Softgymnastik Workshop" zu besuchen. Unter der Aufsicht einer zertifizierten Fachkraft (es war die „quälende Hand" – Motto: „Zwei bezahlte Überstunden für Nix-Tun lass ich mir doch nicht entgehen!") nutzten einige unermüdlich Entspannung suchende Patienten die Gelegenheit zum Ausritt auf den extra stramm aufgepumpten Riesengymnastikbällen.

Da in der Trainingsanleitung stand: „... wegen der Haltegriffe auch für Ungeübte geeignet ...", folgte er dem Beispiel und hoppelte zum besten Platz in der Halle, nämlich in den Lichtkegel der Sonne vor der geöffneten Seiteneingangstür. Leider gehörte zum Chill-out auch eine entsprechende Musikberieselung – „entsprechend" in dem Sinne, dass sie genau dem Geschmack einer bekannten Größe aus der Bäderabteilung entsprach, dem Geschmack des „Meisters", des kongenialen Kollegen der „quälenden Hand". Sofort zeigte sich die motivierende Kraft eines hinreichend starken Leidensdrucks, denn aus den Tiefen seines Gedächtnisses tauchte die Erinnerung an zwei Ohrstöpsel auf, die er seit Jahren in seiner Sporttasche spazieren trug; dies war die Rettung.

So geschützt an seinen Platz zurückgekehrt, war er nun bereit zum ultimativen Chill-out. Er machte es sich auf seinem Untersatz bequem und genoss die Aussicht. Und es war auch wirklich wunderschön dort. Sein Blick wanderte nach draußen, wo nach wenigen Schritten das Anstaltsgrundstück endete und nach fünfzig Metern Wiese schon der Waldrand folgte. Zu seiner Überraschung gab es in der Tat inmitten all der hier ansässigen Kliniken einen kleinen Forst, den abzuholzen man wohl irgendwie vergessen hatte. Und aus diesem Forst traten gerade zwei Rehe, um auf der Grünfläche zu äsen. Was für ein friedvoller Anblick!

Ärgerlicherweise huschte gerade jetzt jemand in der Halle durch sein Gesichtsfeld. Es war die kleine Pummelige mit dem geringen Trainingseifer von der Bewegungstherapie am Donnerstag, die hier jedoch ganz andere Charakterzüge zeigte. Anscheinend hatte sie ihrem Gummigalopper gerade die Sporen gegeben, um zusätzliche Leistungsreserven abzurufen. Mit einem olympiareifen Hochweitsprung verschwand sie wieder aus dem Bild. Die Rehlein ästen indessen völlig relaxt weiter; es war Chill-out-Atmosphäre pur.

Plötzlich hoben die scheuen Tiere die Köpfe, hielten kurz inne und flüchteten mit weiten Sätzen zur Seite weg. „Gefahr im Busch!", war sein sofortiger Gedanke, die Erinnerung an den Hinterhalt vom Freitag blitzte noch auf, dann ein schallgedämpftes Krachen, und etwas traf ihn mit enormer Wucht. Dann war es erst einmal dunkel. Nicht dass er ohnmächtig gewesen wäre, etwas Lappenähnliches mit Gummigeruch hatte sich um seinen Kopf geschlungen und ihm die Sicht geraubt. Als er sich den Fetzen heruntergerissen hatte, erkannte er, was wohl geschehen war. Ein weiteres Attentat zwar, aber gewiss kein freiwilliges: Die Teufelsreiterin von eben hatte ihn als lebende Bowlingkugel abgeräumt und versenkt.

Eine Befragung der „quälenden Hand" (Augenzeuge) sowie der arg ramponierten Täterin ergab, dass Letztere in der finalen Runde noch mal richtig Gas gegeben, dabei aber immer mehr die Kontrolle über ihre Manöver verloren hatte. Unter lautem Geschrei hatte sie dann mit einer „fraglos ansprechenden artistischen Einlage" (Aussage der „quälenden Hand") ungewollt im Flug Kurs auf ihr nichts ahnendes Opfer genommen. Wenn er doch bloß die blöden Ohrstöpsel weggelassen hätte, selbst die Rehe da draußen hatten das Gebrülle gehört! Knapp hinter seinem Rücken war die kühne Reiterin ein letztes Mal mit Urgewalt aufgeprellt, hatte damit jedoch ihr gleichermaßen temperamentvolles wie empfindliches Ballon-Vollblut zum Platzen gebracht. Dabei war sie aus dem explodierenden Gummisattel gerissen und schlussendlich in eine bodennahe Klatsch-Roll-Rempel-Auah-Bewegung gezwungen worden.

Äußerlich hatte sie mehr gelitten als er, aber der Schock über einen weiteren Anschlag auf seine körperliche Unversehrtheit saß tief! Die Recover-from-Chill-out-Phase verbrachte er bewegungslos dösend in seinem Bett.

Auf einmal war Nachmittag und er musste los. Diesmal fand er den Bahnhof ohne Probleme und nahm die zu seiner Freude mit

Schutzhund erschienenen Gäste in Empfang. „Junge, du siehst schon viel besser aus!", rief seine Mutter, was ihn in Anbetracht der vergangenen vierundzwanzig Stunden einigermaßen erstaunte. Er wollte schon mit einem entsprechenden Hinweis antworten, ließ es aber lieber sein. Keine Diskussionen in der Öffentlichkeit! Man einigte sich auf umgehende Nahrungsaufnahme, was bedeutete, in einem „netten Café" ein „schönes Stück Kuchen" zu essen und eine „gute Tasse Kaffee" zu trinken. Da er keine Erfahrungswerte hatte, wählte er das erstbeste Café, das sich aber dann wirklich als ganz nett erwies. Selbst Hunde waren erlaubt. Nachdem sie sich gesetzt hatten, zeigte sich Beppo allerdings auch von seiner besten Seite: Er schlief annähernd geräusch- und geruchlos. Sie bestellten, unterhielten sich über die üblichen Themen, aßen, tranken, unterhielten sich weiter, dann kehrte Stille ein – aber nur an ihrem Tisch, am Nachbartisch wurde umso lauter erzählt.

Hier hatte sich eine Art von Seniorenstammtisch niedergelassen, jedenfalls eine Gruppe älterer Herrschaften, die sich anscheinend schon lange kannten. Man hatte die Torte hinter sich und war bei den kleinen bunten Getränken angelangt. Das löste die Zunge, erweckte sentimentale Gefühle. Soeben hatte eine stattliche Dame das Wort ergriffen und berichtete aus ihrem noch nicht allzu lange währenden Witwendasein. „Ojoh, ich weiß nicht, ich kriege den Jockel einfach nicht ausm Kopf!", seufzte sie zusammenfassend. Und dann sprach sie den folgenschweren Satz: „Erst gestern hab ich wieder an ihn denken müssen und geweint, wo ich beim Aufräumen auf einmal seine guten Sonntags-Zähne in der Hand hatte!" Da wurde es unruhig um sie herum. Kaffee wurde verschüttet, gurgelnde Geräusche wurden erzeugt. Man konnte glauben, es handele sich um einen kollektiven Hustenanfall, der zudem von den meisten seuchenmedizinisch korrekt in die Armbeuge weggeprustet wurde. Schon wieder eine Szene mit Potenzial für das „Buch der Brüller"; schade nur, dass Jacques und Kurt Erich das nicht miterleben durften …

Hernach machte er mit den Eltern noch einen Spaziergang durch den Kurpark. Beim Anblick eines Schildes, das auf den Lesesaal hinwies, beschlossen sie, dort die nächste Pause zu machen. Für Beppo wurde vor dem Eingang ein geeignetes Plätzchen gefunden, dann betraten sie das aufwendig restaurierte historische Gebäude. Sofort fühlte man sich wie in einer eigentlich längst vergangenen Welt. Die Atmosphäre war wohltuend altmodisch. Es herrschte Stille – es war sonst niemand da.

Die Eltern vertieften sich in die Lektüre irgendwelcher Zeitschriften, während er die langen Regale der Bibliothek abschritt, hin und wieder ein Buch herauszog und darin blätterte. So stieß er auf ein Werk über japanische Geschichte, das er sich zur genaueren Betrachtung mitnahm. Gemütlich in einem Sesselchen sitzend, überflog er das Inhaltsverzeichnis. „Die Waffen der Samurai" bildeten ein eigenes Kapitel. Hier begann er mit intensiveren Studien. Erfreulicherweise fanden sich viele Abbildungen, die gewisse Aussagen im Text veranschaulichten. Er las, betrachtete die Bilder, las wieder, verglich Fotos ... Nach einer halben Stunde war ihm klar, dass sein Unbehagen in Bezug auf den ersten Tatort in der Firma durchaus seine Berechtigung hatte. Mehr konnte er jedoch von hier aus nicht leisten. Wenn bloß diese alberne Kur nicht wäre! Ein Abbruch käme da gerade recht – aber wenn, dann sollte das schon von oben verordnet sein; das würde sich besser machen. Mal sehen, was man da morgen in die Wege leiten konnte. Den Rest des Tages war er seltsam aufgeregt und irgendwie abwesend. Fast unhöflich drängte er auf die pünktliche Abreise der Eltern, verzichtete in der Klinik auf das Abendessen und durchforstete stundenlang sein Archiv.

Rehabilitation: Montag

Direkt nach dem Frühstück waren praktischerweise „Guru" Mann und seine Männerrunde angesagt. Hier konnte das Ende der Rehabilitationsmaßnahme erzwungen werden! Nach dem üblichen Eingangsritual (allgemeiner Tenor: keine Befindlichkeitsänderung) verkündete der versierte Psychologe dann das heutige Arbeitsthema: „Wie gehe ich mit mir selbst um, fühle ich mich liebenswert? Wenn ja, liebe ich mich denn auch selber?"

Jens meldete sich als Erster zu Wort: „Ja, also, ich denke, ich bin zwar nicht mehr ganz neu und hab's oft im Rücken, aber eigentlich bin ich doch schon ziemlich liebenswert; ich liebe auch selber gern und tue mir auch selbst gern was Gutes!"

Jensens Ausführungen (Fazit: tut sich gerne was Gutes und hat's hinterher im Rücken) zu hören, Manns Memo (Fazit: sexsüchtiger Bonobo-Pfleger) zu kennen und dann zu schweigen – das ging nicht. Er musste sich einmischen, zumal er ja auf den Verlauf eskalierend einwirken wollte: „Wir wissen ja alle, wie schwierig das ist mit dem Lieben, also dem Ficken. Ich sag immer: Ficken ist wie wichsen – nur viel anstrengender! Und dann in unserem Alter! Da ist extrem viel Frust drin. Als würde man dieser bestimmten Affenart, diesen Bonobos, die ja den ganzen Tag nichts anderes tun als ficken und wichsen, als würde man denen zugucken müssen und wissen: So oft bring ich es nicht!"

Sowohl Jens als auch der „Guru" sahen ihn böse an. Er konnte sich denken, welche Frage beiden durch den Kopf ging: „Was weiß dieses Arschloch und woher?"

Bevor nachgebohrt werden konnte, rief er: „Du bist dran, Viktor!", und der legte glücklicherweise direkt los: „Also Moment mal, es geht doch nicht um Sex, sondern darum, ob man sich wirklich gern hat, ob man sich gerne was gönnt, ein schönes Stück Kuchen oder mal ne Tafel Schokolade oder so."

Nun übernahm Herr Mann wieder die Kontrolle: „Jetzt wollen wir doch mal hören, was unser Neuer dazu zu sagen hat." Das war eine Falle und galt ihm. „Wenn du mir so kommst", dachte er und improvisierte schnell ein kleines Scherzchen:

„Also ich weiß, dass es jemand gibt, der mich liebt." – „Der?" Die anderen sahen sich grinsend an. „Noch gestern hatte ich Besuch von ihm, er war mit meinen Eltern da." – „Er? Also wirklich so einer!", dieser Gedanke schien physisch greifbar. „Ich habe ihn kennengelernt, da war er praktisch noch ein Jugendlicher; wir haben auch lange zusammengelebt." Die anderen warfen ihm verächtliche Blicke zu. „Er ist aber auch ein Hübscher, kräftig und gut gebaut. Und, wie gesagt, er liebt mich wirklich – trotz allem ..." Jetzt waren die anderen wie elektrisiert; sie erwarteten eine Lebensbeichte. „Immerhin war ich es, der seinen Schwanz gehalten hat, als, äh, ...", kleine Kunstpause, „... als er kastriert wurde!" Bei den letzten Worten fuhren seine Hörer zusammen – da stimmte was nicht! Er gab die Auflösung: „Ja, ja, mein guter Beppo – der beste Hund, den man sich vorstellen kann!"

Die anderen waren nun wirklich wütend; er konnte ihnen die Enttäuschung ansehen. Herr Mann fasste seinen Zorn in Worte: „Das hier ist kein Comedy-Klub, das ist harte Problemarbeit. Wenn Sie das nicht verstehen, Roderich, sind Sie nicht geeignet für die Gruppe. Dann muss ich die Gruppe vor Ihnen schützen. Manfred, machen Sie bitte weiter."

Manfred, der soeben noch vor Wut gescharrt hatte, war nun wieder handzahm. „Ich denke schon, dass mich viele gern haben, ich geb ja auch oft einen aus. Auf der Nase rumtanzen lass ich mir natürlich nicht!" War das eine Warnung? Er dachte an Manfreds Vorstrafen. Dieser fuhr fort: „Aber trotz Kumpel – jeder ist sich selbst der Nächste, muss ja auch, heißt ja nicht umsonst: ‚Selbst ist der Mann'!"

Hier war die Chance, wieder einzugreifen. „Genau, Manfred!", rief er, „Genau! Ich sage immer: Ein jeder Arsch muss selber furzen!" „Schnauze!", zischte Manfred.

Herr Mann intervenierte: „Richtig, jeder muss selbst für sich sorgen, muss sich, wie Jens gerade gesagt hat, selbst was Gutes tun." Hier huschte ein sarkastisches Grinsen über des Psychologen Züge. „Tun Sie öfter etwas Schönes, gehen Sie ins Kino, lesen Sie ein gutes Buch – ich weiß ja nicht, was Ihnen Spaß macht ..."

„Saufen, ficken und Randale!", entfuhr es Manfred, „Äh, Quatsch, ich bin gar nicht so, wie mich der Roderich hier immer darstellen will ..." „Ich weiß", fiel er als namentlich Genannter diesem verlogenen

Schläger ins Wort, „Du bist gar nicht immer nur der schlecht gelaunte Choleriker, manchmal bist du sogar wirklich scheiße drauf! Und dann geht's zur Sache und in die Fresse – stimmt's?"

Manfred wechselte die Farbe und blickte hasserfüllt zu ihm herüber. Er hingegen erkannte, dass es Manfred ernst sein würde, wenn dieser jetzt auf ihn losginge – anders als bei dem alten Rausschmeißer von neulich. Da war es gesünder, die Diskussionsleitung wieder an den Experten zu übergeben: „Herr Mann!", rief er schnell – zu schnell. Mit greller Stimme unterbrach ihn der Angesprochene: „Nennen Sie mich nicht ‚Hermann‘, für Sie bin ich immer noch ‚Herr Mann‘, ‚Herr Hermann Mann‘!" „Das klingt ja wie gestottert!", gab er zurück, denn jetzt galt es, rasch zum Höhepunkt der Veranstaltung zu kommen. Der „Guru" kreischte auf: „Das ist ja unerhört! Ich verbitte mir Ihre Impertinenz!" Dann der eher gewimmerte Hilferuf: „Manfred, tun Sie doch etwas!"

Für Manfred, der froh war, seinem Idol helfen zu dürfen, hieß das, sich auf den Gegner zu stürzen. „Roderich, dich mach ich fertig!" „Sicher hätt Fred mich getroffen, wär ich bloß nicht fortgeloffen!", sollte er später einmal – einen Reim von Wilhelm Busch verunstaltend – zu Kurt Erich und Jacques sagen, als er über das Drama berichtete. Zu seinem Glück war Manfred durch seine kaum verheilten Knochenbrüche stärker behindert als er selbst durch die eigenen, und so konnte er immer wieder entkommen. Während er vor Manfred fliehend die Stühle umrundete, stieß Jens vor Angst kleine schrille Schreie aus, so wie man sie aus Affenhäusern kennt, und Viktor steckte sich einen Riegel Schokolade nach dem anderen in den Mund. Der Einzige, der Spaß an dem Aufgalopp hatte, war Hermann Mann, der sich inzwischen wieder beruhigt hatte und nun mit sichtbarem Vergnügen das Schauspiel beobachtete, bis hereinbrechende Hilfstruppen dem Spektakel ein Ende bereiteten.

Finale

Schon wenige Stunden später war er auf dem Heimweg. „Guru" Mann hatte in der auf den Eklat folgenden Krisensitzung ihm, dem von Beginn an renitenten Patienten Roderich Dockter, alle Schuld gegeben, hatte Verhaltensauffälligkeiten konstatiert, die im Hause nicht therapierbar seien, und den Abbruch der Rehabilitationsmaßnahme gefordert. Der leitende Oberarzt, der zufällig ein Schwager Hermann Manns war, hatte sich dem angeschlossen, und so war er nach Hause geschickt worden – trotz allem mit wohlwollendem Attest; man fürchtete anscheinend, sich sonst eine Blöße zu geben.

Soweit hatte also sein Plan geklappt. Jetzt aber ab in die Firma, um heimlich vor Ort weiter zu recherchieren und vielleicht noch heute letzte Klarheit zu bekommen. Während er darüber nachdachte, kam ihm in den Sinn, dass das vielleicht nicht ungefährlich sein könnte. Da fiel ihm der gute Beppo ein: Wie wäre es, bei den Eltern vorbeizufahren und den Dicken unter einem Vorwand an Bord zu nehmen? Gesagt, getan; es war eh nur ein kleiner Umweg, und überraschenderweise leisteten seine Eltern kaum Widerstand. Zu stark war deren Schreck über den Abbruch der Reha, die er als wenig hilfreich bezeichnete: „… da bringt es mir doch mehr, wenn ich täglich mit dem Beppo spazieren gehe. Außerdem muss ich dringend mal wieder in die Firma!" Das überzeugte, der Junge wurde offenkundig an seiner Arbeitsstelle gebraucht.

In der Tat ging es nun mit Beppo auf der Rückbank auf kürzestem Weg in die Firma. Er parkte den Wagen abseits an einem schattigen Eckchen; der Hund sollte zunächst als Reserve zurückbleiben. Im Hauptgebäude ging er als Erstes zur Personalabteilung und meldete sich zurück. Die gewählte Klinik habe sich für seine Wiederherstellung als ungeeignet erwiesen, bereits morgen wolle er seine Arbeit wieder aufnehmen, allerdings sukzessive täglich seine Überstunden abbauen – kurz: „nur halbe Schicht fahren". Schon heute wolle er anfangen, seine aufgelaufenen E-Mails durchzusehen. Widerstrebend wurde sein Vorschlag angenommen. Die endgültige Entscheidung sei indessen abhängig von der Erlaubnis Guntram Futtermittels, den man jedoch zurzeit telefonisch nicht erreichen könne.

Das war doch schon mal ganz nach seiner Vorstellung. Er zog sich in sein Büro zurück. Die Kollegen schienen zwar überrascht, andererseits aber auch nicht daran interessiert, mit ihm über ein paar Begrüßungsfloskeln hinaus in Kommunikation zu treten. Inzwischen war er wohl durch die bei seinem Abflug vom Balkon unterstellte Selbstmordabsicht zum aktuellen Kandidaten für das beliebte Kollegenmobbing geworden – und er hatte auch sofort eine Vorstellung davon, wie es dazu gekommen sein könnte. Wahrscheinlich hatte sein guter alter SGM Guntram Futtermittel in den vergangenen Wochen immer wieder Bemerkungen lanciert mit dem Inhalt: „Ein Selbstmörder ist ein Versager, und ein gescheiterter Selbstmörder ist ein doppelter Versager!" Und höchstwahrscheinlich hatte sich Guntram dabei nicht entblödet, auch noch einen Spruch loszulassen wie „Ich bin auf Distanz zu Dockter" – mit der impliziten Aufforderung ans Fußvolk, sich dem anzuschließen. Der Originalsatz, vor einigen Monaten ausgesprochen von seinem Manageridol Ferdinand („Fugen-Ferdl") Piëch, hatte Guntram damals doch so gut gefallen …

Bald war die Kernarbeitszeit vorbei, die Firma leerte sich. Schon kurz danach war er allein im Bürobereich. Er machte einen Kontrollgang: Alle Arbeitsplätze auf der Etage waren verlassen. Nur „Zombie-Klaus" lief ihm im Flur über den Weg. Doch der ließ sich wie üblich nicht von seinem Kurs abbringen und verschwand grußlos von der Bildfläche. Irgendwas musste bei dem Kerl in der Sozialisierung gewaltig falsch gelaufen sein!

Im Treppenhaus war es nun völlig ruhig, kein Aufzug bewegte sich. Ein Stockwerk höher – quasi als Spitze der Pyramide – gab es nur noch die Räume des Geschäftsführers und von Guntram Futtermittel. Er humpelte die Stufen hinauf. Sein erstes Ziel war die Zimmerflucht von Opfer Nummer 1, also des Geschäftsführers. Er klopfte an alle erreichbaren Türen, bekam wie erwartet keine Antwort und drückte jeweils die Klinke. Alles war abgeschlossen. Also Plan B: Ortstermin bei Guntram Futtermittel. Auch hier war das Sekretariat nicht mehr besetzt und verschlossen. Gerade wollte er es direkt an Guntram Futtermittels Tür versuchen, da hörte er von drinnen Schritte. Kaum war es ihm gelungen, hinter einer Mauerecke zu verschwinden, als Guntram im Sakko und mit Aktentasche im Flur erschien und umgehend den Aufzug ansteuerte. Während seines Abgangs telefonierte dieser anscheinend mit der heimischen Vorgesetzten – besser gesagt, er stammelte irgendwelche Entschuldigungs- und Beschwichtigungsphrasen. Es ging abwärts. Er wartete, bis die Stockwerksanzeige des Lifts bezeugte, dass Guntram im

Erdgeschoss angekommen war. Den war er los! Doch das Wichtigste war: Guntram Futtermittel war überhastet abgereist, ohne sein Büro abzuschließen! Das war die Chance – oder etwa eine Falle? Ihm wurde mulmig. Besser war es, noch etwas abzuwarten – oder noch besser, jetzt auch zu gehen und in einer halben Stunde mit Beppo als Personenschützer zurückzukehren!

Und genau so wurde es gemacht. Ganz normal verließ er seinen Arbeitsplatz und ging zu seinem Wagen. Er startete und fuhr eine Runde um den Block, parkte dann in einem anderen Sektor und weckte Beppo. Widerwillig kam dieser zu sich; kaum ein Viertelstündchen später, nach den üblichen Geräuschen und Verrichtungen, erwartete das treue Tier weitere Befehle. „Also los!", flüsterte er, und mit einem gelangweilten Beppo ein paar Meter hinter sich (er hatte die Leine vergessen), ging er zurück zum Hauptgebäude. Mittlerweile war es nach achtzehn Uhr und somit auch kein Wachdienst mehr unterwegs. Durch eine Seitentür, für die er die Zugangsberechtigung hatte, gelangten sie ins Innere. Niemand war zu sehen.

Leider litt Beppo in Aufzügen unter klaustrophobischen Beklemmungen, daher mussten sie Treppen steigen, was aber überraschend zügig und geräuschlos gelang. Schon standen sie vor Guntram Futtermittels Büro. Zur Sicherheit klopfte er wieder an – keine Reaktion. Er drückte die Klinke. Die Tür war immer noch unverschlossen! Er öffnete. Niemand war anwesend. Glücklicherweise war Sommer, also war es auch ohne elektrisches Licht noch hell genug. Er packte Beppo im Nackenfell, zog ihn hinter sich in den Raum und schloss die Tür. Der Dicke trottete schnurstracks zu den großen Blumenkübeln beim Fenster und verschwand dahinter. Dann hörte man einen schweren Körper zu Boden sinken. Beppo war wie vom Boden verschluckt – und wahrscheinlich schon wieder am Schlafen. „Auch los!", dachte er und wandte sich Guntram Futtermittels Schreibtisch zu. An der Wand dahinter hing (so wie es sein sollte) das Samuraischwert. Und genau dem galt sein Hausbesuch. Er trat heran und betrachtete die Waffe eingehend. Er prüfte die Kennzeichen und richtig: Dieses Kodachi war das falsche! Es war nicht Guntrams Exemplar, es war das des ermordeten Geschäftsführers Tasaki! Dann war es also wirklich Guntrams Schwert, das in der Brust des Opfers gesteckt hatte – so wie er es auf dem Foto glaubte erkannt zu haben.

Gerade als ihm die Bedeutung dieser Feststellung klar wurde, hörte er ein Geräusch an der Tür. Plötzlich stand Guntram Futtermittel im Büro – in Freizeitkleidung. Anscheinend war er bereits zu Hause gewesen.

Guntram schien noch nicht einmal sonderlich überrascht. „Ach, da ist ja unser Herr Dockter!" Diesmal sprach er den Namen aus wie „Doktor". „Vom Arzt zurück?" Das sollte wohl ein Scherz sein. „Was suchen Sie denn da bei meinem Schreibtisch?"

„Hallo! Ich bewundere nur das Kodachi", antwortete er und ging automatisch rückwärts in Richtung Fenster, also Richtung Beppo. Guntram dagegen rückte sofort nach und stand nun seinerseits in der Nähe der Waffe. „Mein Schwert?" „Eigentlich glaube ich, es ist gar nicht Ihres!" „Aha, warum denn das?", fragte Guntram mit einem unangenehmen Unterton und zog das Schwert aus der Halterung. „Raus damit, Herr Dockter!" „Es hat die Kennzeichnung für den Ranghöchsten, die hatte Ihres mit Sicherheit nicht!"

Statt einer Antwort machte Guntram zwei, drei Schritte zu Seite und versperrte so den Weg zur Flurtür. „Die Tür da in der Ecke zum Sekretariat ist übrigens abgeschlossen; diese hier hatte ich ganz vergessen, wie mir zu Hause einfiel. Da bin ich noch mal kurz rüber gekommen – kein Fehler, wie mir scheint." Guntram klang ungemein siegessicher; die Waffe in seiner Hand blitzte.

„Aber zurück zu dem Schwert. Sie haben recht, Herr Dockter, meines habe ich leider im Tsatsiki, äh, Tasaki zurückgelassen; das war ziemlich dumm von mir und wäre mir neulich fast schon zum Verhängnis geworden. Sie sind nämlich nicht der Einzige, dem was aufgefallen ist. So außergewöhnlich intelligent sind Sie auch nicht, hören Sie?! Diese kleine Hexe – fast hätte ich wirklich Probleme bekommen ..." „Dann hat es den geheimnisvollen Attentäter auf der Treppe also nie gegeben. Sie waren nicht Opfer, sondern Täter!" Guntram Futtermittel nickte. „Richtig, fein beobachtet! Diese kleine Hexe! Wer konnte denn ahnen, dass sie plötzlich an dem Abend allein in mein Büro kommt!" Bekanntermaßen fanden die General Manager nur auf neutralem Boden zusammen – keiner gönnte dem anderen einen Heimvorteil. „Und sie hat genau so wie Sie, Herr Dockter, da gestanden und auf das Schwert geschielt. Und dann hat sie gefragt, ob denn wirklich schon entschieden wäre, dass ich der nächste Geschäftsführer würde. Erst wusste ich gar nicht, wie sie auf so was gekommen war. Dann ging mir ein Licht auf: Es musste mit dem Schwert zusammenhängen, ein wenig anders als meines sieht es ja wirklich aus. Noch war sie ja auf der falschen Fährte, aber wie lange? Spätestens wenn der Nachfolger vom Tsatsiki aus Japan gekommen wäre, hätte sie's gerafft. Vielleicht auch schon früher – da stecken Sie ja nicht drin! Da musste ich sofort handeln, verstehen Sie?! Ich hab gesagt, es wäre schon spät, ich müsste fort, wir könnten ja auf dem Weg nach unten weiter sprechen. Dann hab ich ihr vorgeschlagen, wegen der Figur zu laufen und die Treppe zu nehmen, und ließ sie vorgehen. Dann hab ich plötzlich geschrien als wäre mit mir was passiert, hab sie angerempelt, dass sie stolperte und die steilen Stufen runterfiel. Ich bin sofort hinterher, und als sie unten auf dem Boden lag, bin ich einfach auf sie draufgesprungen. Dabei hab ich mir übrigens auch den Fuß verknickt, zwar nicht ganz so schlimm, wie ich dann getan habe, aber immerhin, wirkte ganz echt. Für die Hexe hat's gereicht – die war hin! Triumph des Übergewichts!"

Guntram Futtermittel erzählte das so selbstzufrieden und offenkundig so frei von etwaigen Schuldgefühlen, dass es ihm kalt den Rücken herunter lief. Sicher war er, der vorwitzige Roddy, der Nächste auf der Liste. Guntram war schon dabei, sich hochzuschaukeln: „In dieser Firma soll bloß keiner wagen, sich gegen mich zu stellen!" Dann wurde es konkret: „Sie sehen, ich löse meine Probleme. Aber Sie, mein lieber Herr Dockter, haben nun ein ganz massives Problem – das verstehen Sie doch?! Wie sagen Sie immer: ,Die Besten sterben früh – man muss sich schämen, dass man noch am Leben ist!' Vielleicht brauchen Sie sich ja bald nicht mehr zu schämen ..."

Wo blieb dieser verdammte Schutzhund? Wenn er Beppo jetzt rufen würde und nichts geschah, hätte er sein Pulver verschossen. Also: Zeit gewinnen und Guntram verunsichern! „Respekt, Herr Futtermittel!", rief er mit erstaunlich fester Stimme, „Respekt, hätte ich Ihnen gar nicht zugetraut. Vor allem das mit unserem Geschäftsführer. Dabei dachten alle immer, Sie hätten Schiss vor Tasaki ..." „Vorsicht!", unterbrach ihn Guntram, „Vorsicht war das! Ich hatte keine Angst vor dem Tsatsiki, ich war nur vorsichtig! Sie wissen ja: ,Gehe nie zu deinem Fürst, wenn du nicht gerufen würst!' Meistens wurde ich ja auch nur gerufen, um ihm bei ganz speziellen Aktionen zu helfen, zum Beispiel das Finanzamt zu bescheißen. Aber immer dran denken: Sich nie eine Blöße geben, nie den Schwarzen Peter behalten! Wie damals am selben Tag morgens bei dem Unfall, als ich meinen Mercedes kaputtgekriegt hatte.

Elchtestmäßig, wie es mal vor vielen Jahren in Mode war! Ich wollte doch selber mal sehen, ob die Dinger wirklich so gut sind. Sind sie natürlich nicht. Schon hing ich in den Sträuchern und das Auto war im Eimer! Da konnte ich ja kaum sagen ‚Tut mir leid, ich wollte nur was ausprobieren‘, da musste ich mir schnell was Besseres ausdenken. Flexibel sein, Herr Dockter, immer flexibel, hören Sie?! War das mit der Ausländerkutsche, die mich von der Straße abgedrängt hätte, nicht eine super Idee? Wie bereitwillig das alle geglaubt haben! Ich freute mich schon richtig darauf, nach der Rückkehr vom Tsatsiki die Story beim ersten Managermeeting – wie würden Sie sagen? – ‚dem staunenden Publikum in epischer Breite vorzutragen‘.

Und dann am Abend stand der Tsatsiki, gerade aus Japan zurück, plötzlich unangekündigt bei mir im Büro. Und der wollte nichts von mir, der wollte mir was! Er faselte was von ‚kein Vertrauen mehr‘ und ‚gegen ganz wichtige Gesetze verstoßen‘. Ich wusste gar nicht, was der meinte. Ich hatte mich doch bei meinen eigenen speziellen Aktionen immer so gut abgesichert, auf mich war doch noch nie was zurückgefallen! Ich hatte doch alle Mitwisser immer im Sack! Die haben doch immer auch was abbekommen – Sie natürlich nicht, Herr Dockter, Sie waren diesbezüglich nie wichtig!"

Er hatte zwar wirklich dann und wann von Guntrams Durchstechereien Spuren in den Buchungen gefunden – aber nicht nur er; viele kleine Mitarbeiter wussten jeweils, was vor sich ging, ohne aber die Chance zu haben, ihr Wissen dem Geschäftsführer zu offenbaren. Im Grunde wollte von all den Japanern, die dieses Amt innegehabt hatten, auch niemand solche unerfreulichen Wahrheiten hören; gegen Guntram vorzugehen hätte bedeutet, diejenigen Vorgänger, die dessen Aufstieg gefördert hatten, zu diskreditieren.

Es war nun einmal so: Lange Jahre war Guntram in der Meinung bestärkt worden, sich alles erlauben zu können; umso mehr zeigte sich dieser auch heute noch durch die Entwicklung am Tatabend überrascht und bis ins Mark getroffen. Als wolle er erklären, dass er, Guntram Futtermittel, für den als Senior General Manager doch wahrlich eigene Regeln zu gelten hätten, angesichts dieser unerwarteten Anfeindungen überhaupt nicht anders hätte reagieren können, führte der aus: „Aber der Tsatsiki ließ nicht locker, er sagte, er müsste harte Konsequenzen ziehen, auch im Organigramm. Und dann hat er mir mein persönliches Kodachi weggenommen! Wie ein kleiner Bürokriecher hab ich um genauere Informationen gebettelt, damit ich ihm alles erklären könnte. Da hat er's rausgelassen. Es hatte gar nichts mit Spesen oder Budget zu tun. Ihm wäre zugetragen worden, dass ich mich vor Gästen über sein Handicap beim Golf lustig gemacht hätte. Ihn vor Gästen als schlechten Golfspieler zu bezeichnen – das wäre unverzeihlich! Außerdem würde ich ihn statt Tasaki immer Tsatsiki nennen, weil er genau so weich wäre und genau so stinken würde. Gut, das hab ich ja oft genug gesagt. Und wegen so einem Blödsinn wollte mich der fertigmachen! Er ist dann mit meinem Schwert zurück in sein Büro – ich hinterher. Da thronte er schon wieder hinter seinem Geschäftsführer-Schreibtisch, mein Kodachi vor sich auf der Platte. Dann hat er gesagt, ich sollte verschwinden. Und dann ..."

Guntram Futtermittel hatte mit den letzten Sätzen mehr und mehr seine eben noch an den Tag gelegte ostentative Coolness verloren, seine Stimme war immer höher und brüchiger geworden, nun heulte er geradezu: „... Und dann hat er wörtlich gesagt: ..." – jetzt versuchte Guntram, einen japanischen Akzent nachzuahmen – „... ‚Und als neuen Filmenwagen gibt es auch keine E-Klasse mehl, sondeln ilgendeinen Kombi von Toyota, Sie Flachwichsel!'"

Allein beim Zitieren dieses Ausspruches geriet Guntram völlig außer sich, es schien, als könne er selbst heute noch nicht glauben, dass ihm solches widerfahren war. „‚Flachwichsel' hat er mich genannt, ‚Flachwichsel'! Da hab ich mein Kodachi gegriffen und zugestoßen." Dann, ganz sachlich, als sei die Krise überwunden: „Er war sofort tot. Danach hab ich den Griff abgewischt und dafür gesorgt, dass seine Fingerabdrücke dran waren. Eigentlich überflüssig, an einen Selbstmord vom Tsatsiki hat sowieso kein Mensch geglaubt. Sein eigenes Schwert hab ich dann einfach bei mir aufgehängt."

Aber schon packte Guntram wieder die Erinnerung an die unsägliche Beleidigung: „Wie konnte der mir das auch antun – erst die Drohung mit dem Auto, und mich dann auch noch so nennen: ‚Flachwichsel'!" „Aber so heißen Sie doch in der ganzen Firma: ‚Guntram, der alte Flachwichser'", entfuhr es ihm – für Guntram brachte es den Kessel endgültig zum Überkochen.

„Flachwichsel", heulte dieser immer wieder und begann, mit erhobenem Schwert auf ihn zuzutaumeln. Er selbst aber, der furchtlose „Agent Roddy D.", war vor Schreck wie gelähmt. Da: Auf einmal hörte er Galoppsprünge. Ein gedrungener Körper segelte an ihm vorbei, der fulminante Doppeltritt zweier Hinterläufe warf ihn zur Seite. Beppo und sein alter Trick! Während der Hund durch den Impuls zur anderen Seite fortgeschleudert wurde, schoss Guntram mit vorangestreckter Klinge zwischen ihnen beiden hindurch. Beppo vollzog eine Blitzkehre, dann zwei, drei Sprünge, und Guntrams eben noch waffenführende Faust verschwand im geräumigen Rachen des alten Saupackers. Und in der Tat: Guntram quiekte und blutete sofort wie ein Schwein. Er aber war durch Beppos Bodycheck aus seiner Angststarre befreit und wieder in der Lage zu agieren. Er brachte das Schwert, das Guntram bei Beppos Attacke verloren hatte, in seine Gewalt und befahl dem Dicken, von seinem Opfer abzulassen. Der gehorchte, hockte sich jedoch vor Guntram nieder, fixierte diesen und knurrte in einer bis dato nie gehörten Lautstärke und Stimmlage.

„Und dieser Hund ist doch ne Bestie!", dachte er, während er die Polizei anrief, „Nie wieder werde ich ihn ‚kleines Stinkchen' nennen!"

Epilog

Ziemlich genau vierundzwanzig Stunden später saß er mit Kurt Erich und Jacques in ihrer Stammkneipe. Eigentlich saßen nur die beiden anderen, er selbst musste stehen, da er zu spät gekommen war. Es war aber auch zu viel passiert seit gestern.

Als Polizei und Notarzt eingetroffen waren, hatte er kurz das Nötigste erklärt. Guntram Futtermittel war nun völlig zusammengebrochen und hatte noch vor Ort immer wieder weinend die Täterschaft bei beiden Morden zugegeben. Auch er selbst war im weiteren Verlauf noch mehrfach befragt worden; Protokolle wurden gefertigt, Unterschriften geleistet. Sowohl seine eigene Geduld als auch die von Heldenhund Beppo wurde auf eine harte Probe gestellt. Als sie endlich zu Hause angekommen waren, hatte er noch hurtig Kurt Erich angerufen und diesem das Ganze stichwortartig durchgegeben. Dafür erwartete er eine gewisse Dankbarkeit: „So, du Rasender Reporter, jetzt mach was draus, und morgen bezahl ich kein einziges Bier!" Damit war das erledigt. Jetzt noch alle Telefone deaktiviert und dann ab ins Bett!

Nachdem er totenähnlich bis zum Mittag geschlafen hatte (Beppo anscheinend dito), hatte er sich wieder bei Kurt Erich gemeldet. Der war in der Zwischenzeit außergewöhnlich rege gewesen, hatte noch in der Nacht seine Kontakte bei der Kripo spielen lassen, hatte morgens weiter recherchiert und war laut eigener Aussage „jetzt der King in der Redaktion". Selbst sein Chef sei voll des Lobes! Da konnte es nicht schaden, die eigentliche Hauptperson wieder ins Spiel zu bringen: „Vergiss nicht, wem du das alles zu verdanken hast – deinem alten Freund Roddy, der so gerne Bier auf deine Kosten trinkt. Also bis heute Abend!"

Nach dieser Klarstellung hatte er mit Beppo das Haus verlassen, war mit dem Hund Gassi gegangen, hatte irgendwo etwas gegessen, dabei Telefonate mit seiner Mutter („Detektiv spielen – Junge, wirst du denn nie erwachsen?") geführt sowie mit allen möglichen anderen Leuten, hatte Beppo wieder daheim eingeparkt, war noch einmal auf dem Präsidium gewesen, wo er erfahren hatte, dass Guntram Futtermittel seine Geständnisarie nicht nur weiter gesungen, sondern sogar inhaltlich noch ausgedehnt hatte, war dann wiederum mit dem Hund spazieren gegangen und so weiter, und so weiter.

Nun war er also endlich bei den Freunden eingetroffen. Jacques, der sogleich darüber klagte, durch Kurt Erich mit kryptischen Informationen zu den Geschehnissen bis dahin übelst gequält worden zu sein („… und dann hat dieser Sack immer gesagt: ‚mehr darf ich nicht verraten, das soll der Roddy dir selbst erzählen' …"), war inzwischen hinreichend verärgert und tat in der Folge eher desinteressiert.

Kurt Erich aber sprudelte nun alles heraus, womit ihn seine Informanten bei der Kripo gefüttert hatten: „Übrigens, dein depperter Oberchef hat ja nicht nur die beiden Morde zugegeben, sondern der ist ja wie entfesselt, der gesteht ja jetzt alles, sogar was von einem Unfall, bei dem er quasi mit Absicht seinen Firmenwagen zerlegt hätte, den er dann aber als so eine Art Anschlag auf sich hingestellt hätte aus Angst davor, die Wahrheit zu beichten. Komisch, von dem Unfall wusste die Polizei gar nichts. Ich übrigens auch nicht, aber du vielleicht?"

„Nun ja, das von dem Unfall natürlich, war ja große Sensation in der Firma. Hatte ich dir aber nicht erzählt, war mir zu unglaubwürdig und einfach zu blöd. Guntram hat ja immer was von einer ‚Ausländerkutsche' gefaselt, die ihn von der Straße gedrängt hätte. Dass es die in Wirklichkeit überhaupt nicht gegeben hat, das weiß ich erst seit gestern Abend, hat Guntram selbst ausposaunt. Dabei hatte ich damals ein paar Tage vor diesem Pseudoattentat selbst was Ähnliches geträumt, auch mit einem Auto als Exekutionswerkzeug, allerdings mit mir selbst als Henker. Hat im Traum aber auch nicht geklappt. Manchmal glaube ich, ich hab so eine Art Zweites Gesicht …"

„Sicher hast du ein zweites Gesicht, nur hast du zum Glück meistens deine Hose drüber, du Arsch! Hättest du mir alles sofort erzählt, hätte ich einen wunderbaren investigativen Artikel geschrieben! Aber Schwamm drüber, zurück zu Guntram: Wie gesagt, der gesteht jetzt alles, was er jemals gesündigt hat in der Firma, jede Untreue, jede Intrige, alles, der will gar nicht mehr aufhören …" „Weiß ich doch längst!", unterbrach er Kurt Erichs Redefluss, ohne indessen wirklich Details zu kennen, denn die waren ihm nachmittags im Präsidium ausdrücklich verweigert worden. Es schien ihm aber angebracht, Kurt Erichs gewohnheitsmäßigen Versuch, die Informationsführerschaft an sich zu reißen, im Keime zu ersticken. Doch unbeirrt fuhr dieser fort: „Der erzählt sogar, was er hintenrum über Mitarbeiter verbreitet hat, die ihn mal geärgert haben, über dich zum Beispiel – aber das weißt du ja alles schon ..."

Das saß! Das Gespräch geriet ins Stocken. Er blickte in die Runde. Während Jacques – immer noch beleidigt – sich demonstrativ der zugegebenermaßen erfreulich hübschen weiblichen Fachkraft hinter der Theke zugewandt hatte, schenkte ihm Kurt Erich hingegen seine volle Aufmerksamkeit. Das bedeutete allerdings, dass dieser Mensch ihn mit einem hämischen Grinsen auf den Lippen erwartungsvoll anstarrte, offenkundig hoffend, dass er nun einknicken und kleinlaut um die ihn betreffenden Informationen betteln würde. „Freunde", dachte er, während er aus Trotz sein Bier auf ex trank, „Freunde sind wie Feinde, nur viel anstrengender ..."

Teil 2: Er und die Toten kurz vor der Glückseligkeit

oder:

Menschen lügen, Steine fliegen

Prolog

„Damals lebte ich noch, und als ich an jenem Morgen erwachte (offenbar aufgeweckt durch eine ungemein strahlende Sonne), musste ich zu meiner Verwunderung feststellen, dass ich glücklich war."

Das war ein Anfang, der durchaus vielversprechend schien. Und dennoch: Er fragte sich, ob er durch diese allzu positive Grundstimmung nicht schon am Anfang der Geschichte die falschen Weichen stellen würde. Also besser etwas weniger euphorisch. Wie wäre es denn damit:

„Das Leben könnte so schön sein, wenn man bloß schon tot wäre! War ich aber nicht – und zu feige, es zu ändern. Und dann hatte mich die verdammte Sonne auch noch viel zu früh geweckt. Kurzum: Der Tag war verschissen, genau wie all die anderen Tage vorher auch!"

Das war jetzt entschieden zu negativ und sprachlich auch zu unelegant. Man sollte an einem verschlafenen Samstagmorgen wie heute einfach nicht versuchen, einen Jahrhundertroman zu beginnen. Er beschloss, sein Hauptwerk lieber später in Angriff zu nehmen.

Samstag

Schlecht gelaunt durch den literarischen Fehlstart sah er sich im Raum um. Es war sein altes Jugendzimmer – mit einer dem entsprechenden Möblierung. Und es war mehr als peinlich, dass er mit über vierzig Jahren jetzt so hauste. Er würde sich langsam entscheiden müssen.

Seit einem Vierteljahr lebte er wieder hier, seit dem Tode seines Vaters. Schlaganfall – ein schnelles Ende. Aber sehr hart für seine Mutter, die zwar die Chefin gewesen war, aber doch vieles an ihren Mann delegiert hatte. Da sie zudem seit der Beerdigung kränkelte, hatte er beschlossen, einmal im Leben ein vorbildlicher Sohn zu sein, und war zu ihr gezogen.

Nach der Trennung von seiner Ex war er ja schon einmal vorübergehend hierhin in die ländliche Abgeschiedenheit zurückgekehrt, was allerdings nach kurzer Zeit für alle Beteiligten zu einer äußerst mühsamen Angelegenheit geworden war. Erst als er in der Stadt eine eigene Wohnung gefunden hatte, war die innerfamiliäre Harmonie wieder auferstanden. Und nun, nach den langen Jahren der räumlichen Trennung, wollte er verhindern, dass die damaligen Fehler wiederholt wurden. Bisher hatte das soweit geklappt – aber nur deshalb, weil er sich permanent zurückgenommen hatte. Die Mutter war wirklich noch von Trauer überwältigt und wie gelähmt. Alle Aktivitäten, die über den Bereich von Nachbarn, Friedhof und Kirche hinausgingen, wurden von ihr konsequent verweigert und auf ihn übertragen. Nur gut, dass mittlerweile wieder etwas Ruhe eingekehrt war.

Aber er sollte sich wirklich darüber Gedanken machen, ob er länger hier bleiben wollte. Dann müsste allerdings auch das entsprechende Ambiente geschaffen werden, also zwei getrennte Wohneinheiten mit eigenen Eingängen et cetera pp. – Arbeit und Kosten für ihn ohne Ende, dazu mit dem Ergebnis, zum Geldverdienen Fahrtzeiten von insgesamt immerhin zwei Stunden täglich in Kauf nehmen zu müssen. Es war, wie er in den letzten Wochen festgestellt hatte, auf Dauer doch ermüdend weit zu seiner Firma in seiner Stadt.

„Seine" Firma, „seine" Stadt – er musste sich eingestehen, dass beides nicht mehr so war wie noch vor einem Jahr. Eigentlich hatten die Vorzüge „seiner" Stadt weniger mit der Stadt als solcher zu tun gehabt, sondern mit der Art, wie er da gelebt hatte. Dort hatte er studiert, jahrelang mit seiner damaligen Freundin zusammengewohnt. Später, nach der Trennung und dem kurzen Intermezzo daheim, war es die Ungebundenheit, die ihn geradezu begeistert hatte, das Eintauchen in die Kneipenszene, die regelmäßigen Zusammenkünfte mit seinen beiden Freunden aus Kindertagen.

Kurt Erich, Gernot und Roderich, alle drei gehandicapt durch hässliche Vornamen, von gefühllosen Eltern leichtfertig mit diesem Fluch belegt, in der Schule verspottet, geflüchtet in Umbenennung (Jacques für Gernot), Resignation (Kurt Erich) oder Hypokoristikum (für ihn selbst der Kosename Roddy statt Roderich – verdammt zum ewigen Kindsein!), sie also hatte das Schicksal in der Stadt wieder zusammengeführt.

Bis vor einem Jahr war alles so schön einfach und wohlgeordnet gewesen. Kurt Erich war als Redakteur bei dem lokalen Provinzblatt beschäftigt, Jacques als Lehrer an einer Gesamtschule und er selbst, Roddy Dockter, als kaufmännischer Angestellter im Controlling seiner Firma. Man traf sich mindestens einmal pro Woche in der Stammkneipe, versackte dort und klagte sich gegenseitig das berufliche Leid. Jeder fühlte sich eigentlich zu Höherem berufen, hatte sich aber in seiner Nische gut eingerichtet und zog im Grunde den damaligen Zustand (inklusive des obligatorischen Lamentierens darüber) einem gefahrenbehafteten Karrieresprung vor. Er selbst hatte sich in den tröstlichen Gedanken gerettet, dass es nur den Machenschaften seines obersten Vorgesetzten Guntram Futtermittel zuzuschreiben war, dass sein eigener Aufstieg nicht stattgefunden hatte.

Und dann hatten nur wenige ereignisreiche Wochen genügt, um fast alles umzukehren.

Zunächst für ihn selbst: Erst der Mord an seinem japanischen Geschäftsführer, dann sein eigener Balkonsturz, ein weiterer Mord in der Firma, seine Zeit in Krankenhaus und Reha und dann das Finale, als er seinen Intimfeind, den Senior General Manager Guntram Futtermittel, als Täter entlarvte und dazu brachte, alles zu gestehen. Die Folge: Guntram war weg (wartete im Gefängnis auf seinen Prozess), er selbst als Königsmörder nun auch bei den Japanern untendurch. Absurderweise war Guntram, der sich doch immer so vor den Japanern gefürchtet hatte, nun in der Rückschau selbst aus deren Sicht der wahre König der Firma gewesen; die Belegschaft sprach mittlerweile von Guntrams Gemeinheiten, als seien es Anekdoten aus einer vergangenen, besseren Zeit. Für die Konzernmutter war der ganze Standort stigmatisiert; seit einem halben Jahr lief eine große Umstrukturierung, die letztendlich in einer Abwicklung der Firma enden würde. So sahen das jedenfalls die deutschen Mitarbeiter, und die hatten den Sündenbock auch schon gefunden – nämlich ihn, Roddy Dockter, der unbedingt Detektiv spielen musste. Vergessen war, dass die Änderungen schon vor den Morden ihre Schatten vorausgeworfen hatten.

Und dann noch der Tod seines Vaters und der Umzug in die alte Heimat. Schluss mit den Vorzügen der Stadt! Sein ganzes Lebensgefühl war anders geworden, irgendwie ernster. Er spürte sich stärker in die Pflicht genommen, sah sich auch außerhalb der Firma mehr zur Eigeninitiative gezwungen. Sollte er allen mütterlichen Vorwürfen zum Trotz doch noch erwachsen werden? Eines zumindest hatte er inzwischen erreicht: wenn er sich jetzt scheiße fühlte, dann auf einem adulten Niveau!

Auch für Kurt Erich hatte sich manches gewendet, allerdings eher zum Guten: Nach einigen personellen Rochaden war er auf der Position eines stellvertretenden Redaktionsleiters gelandet – zwar nicht in seiner vorherigen Lokalredaktion, aber im selben Verlag an einem anderen Standort ganz in der Nähe des gemeinsamen Geburtsortes. Dank dieser glücklichen Fügung (Kurt Erich: „Mein alter Chef hat sich da übrigens schwer für mich eingesetzt!") war auch der Rasende Reporter wieder in der alten Heimat angekommen. Hier hatte übrigens weder Immobilie noch Verwandtschaft auf ihn gewartet. Kurt Erichs Eltern waren als überzeugte Konsumverweigerer in Deutschland nie Eigenheimbesitzer geworden und führten seit Jahren ein beschauliches Aussteigerleben auf Mallorca. Wovon seine Althippieeltern lebten, das hatte sich Kurt Erich nie entlocken lassen.

Bei Jacques hatte sich zwar beruflich nichts getan, aber den hatte es schon immer am Wochenende in sein geerbtes Haus und zu seinem geliebten heimischen Fußballverein zurückgetrieben.

Also war ihr Trio immer noch zusammen – nur dass die Zusammenkünfte jetzt meist am Samstagabend stattfanden. Und genau das war für heute Abend angesagt. Gegen neunzehn Uhr wollten sie sich in der Dorfkneipe treffen, mit einem Auge den Rest der Sportschau verfolgen und das andere auf die attraktive Enkeltochter des Wirtes werfen, die freitags und samstags immer kellnerte, für die sie aber leider mittlerweile wohl zu alt waren ...

Von unten aus dem Erdgeschoss ertönte ein Hilferuf seiner Mutter – besser gesagt: der scharfe Befehl, sofort zur Hilfeleistung im Flur anzutreten. Anweisungen schon vor dem Frühstück und in diesem Tonfall, das durfte nicht so weiter gehen. Aber wenn er jetzt dagegen halten würde, wäre wahrscheinlich das ganze Wochenende über die Stimmung getrübt. Dass „Docktersch Marlene" ziemlich nachtragend sein konnte, war im ganzen Ort bekannt.

Spontan fiel ihm eine Szene ein, bei der sein Vater vor einigen Jahren einen kurzen Triumph mit vielen Tagen bitterer Isolationsfolter bezahlen musste. Er selbst war seinerzeit daheim zu Besuch und kam zufällig ins Wohnzimmer, als sein Vater dort mit einem Gast auf die Mutter wartete, die gerade mit dem Familienboxer Beppo die abendliche Runde lief. Man unterhielt sich kurz über gewisse störende Eigenheiten des dominanten Rüden. Just in dem Moment hörte man Geräusche im Flur – die Wanderer kehrten zurück. „Da kommt ja die Bestie ...", begann der Gast, worauf sein Vater den Satz unvorsichtigerweise fortsetzte: „... und der Hund." Das war der erste Fehler! Gelächter der drei Herren – das war der zweite und letzte Fehler! Ein scharfer Blick der Hausherrin, ein stummer, stolzer Abgang in die oberen Gemächer. Stimmungseinbruch bei der Männergesellschaft, baldiges Auseinandergehen. Anschließend: Höchststrafe wegen Majestätsbeleidigung für den Rädelsführer!

So etwas wollte er jetzt nicht riskieren. Er beeilte sich, der Aufforderung seiner Mutter nachzukommen und stürmte die Treppe hinunter.

„Roderich, du wolltest mir doch schon gestern das Bild von deinem Vater aufhängen, muss ich wirklich in der Nachbarschaft darum betteln?!" So klein und zierlich sie war, so energisch konnte ihr Auftreten werden. Dabei hatte er das frisch gerahmte großformatige Foto erst gestern aus der Stadt mitgebracht. Nach dem Abendessen hatte er allerdings dann keine Lust mehr auf Leiternkletterei gehabt, sondern sich mit einer Flasche Rotwein zum Fernsehen in sein Zimmer zurückgezogen. Nun konnte er sich nicht mehr verweigern. Kaum ein Viertelstündchen und zahlreiche Flüche später war das

Werk vollendet; jedoch: Das Bild hing schief. Reklamation der Auftraggeberin, Korrekturversuche, ein Arbeitsunfall, ein störender Hundekörper, noch ein Arbeitsunfall, Verletzungspause, Mobilisierung letzter Energiereserven, später Erfolg, zweifelhafte Belobigung. „So kannst du es lassen, Roddy. Aber, Junge, kannst du nicht einmal was sofort erledigen, wenn ich dich darum bitte? Gestern wäre dir das viel besser von der Hand gegangen." Zack! Kein Frühstück.

Nachmittags ging es bei schönem Frühlingswetter raus in die Natur, das war er Beppo schuldig. „Na Dicker, wo wollen wir denn hin, wie immer zur Glückseligkeit?" „Glückseligkeit" wurde der Aussichtspunkt über dem alten Steinbruch genannt, der höchste Punkt in der Gemarkung, bei Sonnenschein ein sehr beliebtes Wanderziel, von dem man einen wunderbaren Rundblick über das Dorf und die umliegenden Flächen hatte. Bisher führte nur eine schmale Teerstraße dort hinauf.

Man konnte sich das als Rundkurs vorstellen: Der Ort lag im Süden, die kleine Hilfsstraße führte nach Westen aus ihm heraus, beschrieb einen Bogen, überwand diverse Höhenmeter, erreichte den Wanderparkplatz bei der Glückseligkeit und ging weiter nach Osten runter in die Senke zur Kreuzung an der Bundesstraße, von wo ein Abzweig, die offizielle Streckenführung, direkt im Bogen wieder ins Dorf führte. Wer von Südwesten kam, wurde also auf dem Weg zur Bundesstraße von seinem Navi durch den Ort geleitet. Seit der Einführung der Autobahnmaut waren es immer mehr Lkws, denen der Streckenkostenoptimierer diese Route vorgab. Die Stimmung in der Gemeinde wurde zunehmend gereizt; man wollte, dass die Ortsdurchfahrt für den Schwerlastverkehr gesperrt würde.

Da hatte im letzten Jahr der Ortsbürgermeister einen neuen Ansatz ins Gespräch gebracht: eine Umgehungsstraße. Sie sollte direkt vor dem Dorf abbiegen und dann der Streckenführung der westlichen Hilfsstraße folgen. Nachteilig hieran war, dass sie ökologisch wertvolle Flächen tangieren würde. Daher hatten auch sofort nach Bekanntwerden die hiesigen Naturschützer ihre Ablehnung kundgetan. Der Vorteil wäre, dass der Ortsbürgermeister, der zufällig der Besitzer dieser Flächen war und sie schon lange abstoßen wollte, damit zwei Fliegen mit einer Klappe schlagen könnte: die Lkws aus dem Ort zu bringen und gleichzeitig etwas Geld hinein – und zwar in die eigene Tasche.

Ja, so war er, der geschäftstüchtige Hans-Arthur, von allen seit jeher nur Hansi genannt, Ortsbürgermeister seit vielen Jahren, nicht wirklich beliebt, aber doch wiedergewählt. Er kannte ihn seit der Kindheit; Hansi war allerdings mehr als zehn Jahre älter, musste jetzt also über fünfzig sein.

Eine kurze Unmutsäußerung von Beppo holte ihn wieder in die Gegenwart: Der Dicke hatte einen Radfahrer bemerkt, der sich ihnen rasch näherte. Das alte Fahrrad mit den abenteuerlichen Satteltaschen, die lange dünne Gestalt darauf mit wehendem Pferdeschwanz unter dem festgezurrten Hut, das konnte nur einer sein: der selbst ernannte „letzte Individualist in diesem Dorf voller Opportunisten", der hiesige Indianer, kurz: der Indy! Seinen Namen verdankte der allerdings seiner seit Jahrzehnten gepflegten Vorliebe für Fedorahüte, so wie sie Harrison Ford in den „Indiana Jones"-Filmen getragen hatte.

Mit einem verwegenen Manöver hatte Indy inzwischen seinen treuen Drahtesel sozusagen aus vollem Galopp zum Stehen gebracht und war mit dem Ruf „Ruhig, Brauner!" aus dem Sattel geglitten. „Hallo Roddy, wie ist die Lage?" – Eine eher rhetorische Frage, denn Indy erwartete keine Antwort, sondern setzte sofort an zu seiner üblichen Statusmeldung zum Widerstand gegen die Umgehungspläne.

Es hatte sich ja mittlerweile eine BI gegründet, auch ein gewisser Roddy Dockter stand in der Mitgliederliste (O-Ton Mutter: „Junge, warum tust du mir das an, der Hansi will doch nur das Beste für uns!"). Indy war einer der Sprecher, und Indy war ziemlich kenntnisreich in diesen Belangen, denn er war als Ingenieur Beamter bei der hiesigen Bauaufsicht gewesen und ehrenamtlich seit Langem bei einem (wie er stets betonte) „anerkannten Naturschutzverband an exponierter Stelle" tätig. Beruflich hatte man ihn allerdings schon vor geraumer Zeit kaltgestellt und wegen Dienstunfähigkeit in den Ruhestand abgeschoben. Es wurde erzählt, er habe seinen Vorgesetzten immer wieder in extrem nervige Grundsatzdiskussionen verwickelt und als dieser ihn einmal einem bauwilligen Unternehmer gegenüber als „engstirnigen Verhinderer" bezeichnete, habe es richtig gekracht (Indy sprach in diesem Zusammenhang immer von einer „manuellen Problemlösung"). „Und, Roddy, wie ist es ausgegangen? Wegen Psychokram ist der Indy jetzt in Rente und kriegt eine dicke Pension. Ich hab immer gesagt, du sollst Beamter werden!" – so das damalige Fazit von Frau Dockter.

Mittlerweile war Indy ein wenig abgeschweift und hatte nach einigen naturphilosophischen Überlegungen den Bogen zu „unserem Hansi" gespannt, der ja eigentlich mal sein bester Freund gewesen war. Aber darüber sprach Indy nicht gerne. Indy und Hansi waren wohl in der Jugend schier unzertrennlich gewesen, beide gleich alt, immer zusammen in einer Klasse von der Einschulung bis zum Abitur, erst im Studium hatten sich ihre Wege mehr und mehr getrennt, da Hansi nun eher ökonomisch fokussiert war. Heute waren sie erbitterte Kontrahenten, die mit harten Bandagen gegeneinander fochten. „Also unser Hansi muss sehr aufpassen, dass er seine persönlichen Interessen nicht mit denen der Allgemeinheit verwechselt, die er von Amtswegen ja verfolgen sollte. Da ist schnell mal die Kommunalaufsicht im Spiel. Nur mit Dollarzeichen in den Augen unsere Umwelt zu betrachten, das ist scheiße. Dabei stammt der doch aus einem großen Bauernhof, der müsste doch an der Scholle hängen. Aber der verschachert lieber alles, am besten so, dass er auch noch dafür gefeiert wird. Und sonntags in der Kirche steht er mit schiefem Kopf vorne am Altar und liest was über die Schöpfung vor, der bigotte alte Sack! Roddy, ich versteh den Mann einfach nicht mehr!"

Indy geriet in Fahrt, er selbst aber hatte einen straffen Zeitplan für den Nachmittag gemacht. „Da können wir heute Abend in der Kneipe noch drüber reden, Indy, tut mir leid, ich bin knapp dran ..." Indy schien richtig enttäuscht, als er sich auf sein Fahrrad schwang. „Ich hoffe, wir sehen uns!", und los ging der Höllenritt.

Beppo war es langweilig geworden; er hatte sich für ein Schönheitsschläfchen in der warmen Märzsonne entschieden. Egal, der Dicke musste wieder auf, totstellen galt nicht. Etwas beschleunigten Schrittes ging es weiter bergan. Plakattafeln am Wegesrand kündeten abwechselnd von den Vorzügen der geplanten Umgehungsstraße sowie von der Schönheit heute existierender Biotope, die jedoch durch ebendiese Trassenführung unwiederbringlich verloren gehen würden. Diese fast künstlerisch zu nennende dialektische Installation entsprach einem Kompromiss, den die BI mit Hansi ausgehandelt hatte. Das war Hansi, der Ortsbürgermeister gewesen; Hansi, der Geschäftsmann hatte dann dafür gesorgt, dass seine Tafeln optisch ansprechender und aus besserem Material gefertigt waren.

Endlich hatten sie die Glückseligkeit erreicht. Hier verlief der Teerweg auf etwa zweihundert Metern als West-Ost-Gerade, und auf dieser Strecke grenzte der nach Norden hin gelegene Straßengraben direkt an ein kleines Waldgebiet. Das waren einige Hektar prächtiger Mischwald – bis auf eine Parzelle, die Hansi als Eigentümer nach einem Kahlschlag mit Fichten hatte aufforsten lassen. Das wiederum hatte Indy auf den Plan gerufen, der dann eine amtliche Verfügung erwirkte, die nach einem langwierigen Rechtsstreit den nächsten Kahlschlag auf dieser Fläche zur Folge hatte ... Die Reste davon lagen noch verstreut auf dem Gelände. Wie im Dorf erzählt wurde, hatte Hansi das Ganze sehr persönlich genommen. Und Hansi war mindestens genau so nachtragend wie Indy – „... wenn auch nicht ganz so nachtragend wie meine Mutter!" Er musste lachen, als ihm sein Selbstgespräch bewusst wurde.

Jetzt noch schnell einen Blick vom Aussichtspunkt, und dann aber hurtig nach Hause. Er wollte noch zu Abend essen, bevor er in die Kneipe aufbrach. Aber diese paar Minuten hier oben wollte er sich gönnen, der Blick war wirklich fantastisch. Glückseligkeit – wer empfänglich war für die Atmosphäre solcher magischen Orte, der musste den Namen für absolut zutreffend befinden. Eine freie Felsnase über steil abfallenden Wänden, am Fuß noch ein Ensemble von Gesteinshaufen und kleinen Tümpeln, Zeugnis mühsamer Steinbruchbewirtschaftung durch die Vorväter. Dazu die Sicht auf das immer noch recht malerisch aussehende Dorf, auf angrenzende Wiesen und Hecken. Erst spät hatte die Gemeinde den Wert des Aussichtspunktes erkannt und damit begonnen, ihn touristisch zu erschließen. Ein kleiner Wanderparkplatz war angelegt worden. Noch hatte man die Arbeiten nicht abgeschlossen, eine neue Lieferung von Pflastersteinen aus hiesigem Basalt war anscheinend erst kürzlich abgeladen worden.

Beppo langweilte sich schon wieder oder noch immer, er wollte jetzt Action. Plötzlich schoss er quer über die Straße, setzte über den sumpfigen Graben, stellte mit lautem Bellen einen gefährlich großen wilden Fichtenast, packte ihn beherzt an seiner verwundbaren Stelle und riss ihn unter Angst einflößendem Knurren aus dem Kreise seiner Stammesbrüder, die sich dort zusammengerottet hatten. Die noch zuckende Beute im blitzenden Fang überwand er mit kühnem Sprung abermals den tückischen Graben und gelangte wieder auf die sichere Straße.

Sicher? Weit gefehlt, denn um Haaresbreite wäre Beppo fast selbst zum Opfer geworden, Opfer eines heranrasenden Riesentraktors, über den der Fahrer wohl die Kontrolle verloren hatte. Das Fahrzeug donnerte vorbei, es gab ein scharfes Knacken, der Beuteast war weg, der Hund glücklicherweise noch da und wie in Schockstarre. Dann ein Jaulen, und in Windspielgeschwindigkeit ging es ab in Herrchens Arme, zu einem Herrchen, das selbst geschockt war und blass vor Schreck. Erst eine lange Reihe derbster Verwünschungen, die er dem Fahrer hinterher schleuderte, brachte ihn wieder ins Gleichgewicht. Dabei kannte er den Deppen, es war niemand anderes als „unser Hansi"!

Später beim Abendessen mit der Mutter war dieser Vorfall beherrschendes Gesprächsthema. „Wenn der Hansi gleich auch in der Kneipe ist, sprech ich ihn darauf an, und wenn der sich nicht entschuldigt, sondern mir blöd kommt, hau ich ihm eine rein!" „Junge, lass den Unsinn, der Hansi ist einen Kopf größer als du …" „Ja, und mindestens dreißig Kilo schwerer, ich weiß. Danke für deine Fürsorge!" „Roddy, überlass das mir, ich werde dem das bei Gelegenheit schon heimzahlen, ich denk mir da was aus!" „Mutter, wie denn, willst du in der Kirche mit dem Gebetbuch nach dem werfen? Nein, halt du dich da raus!"

Jetzt schnell dem Gespräch eine andere Wendung geben, bevor sich die Rachefantasien konkretisierten: „Was fährt der Hansi überhaupt noch mit dem schweren Traktor durch die Gegend? Der hat doch gar keine Landwirtschaft mehr, ist doch fast alles verkauft beziehungsweise verpachtet oder darf wegen Naturschutz nicht normal bewirtschaftet werden."

„Ja, ja, aber trotzdem ist der dauernd mit dem Ding unterwegs, auch mitten im Ort. Und im Neubaugebiet gibt es schon böses Blut deswegen, die sagen, Hansi hätte ihnen die frisch geteerte Straße kaputtgefahren mit dem Monstrum, und er sollte bloß nicht wagen, die Anlieger an den Kosten zu beteiligen, wenn die Straße neu gemacht werden müsste."

„Nicht schlecht, wenn der Hansi mal Gegenwind spürt. Mit dem Riesending durch die Wohngebiete heizen, nur um ein paar Meter abzukürzen, den Leuten den Straßenbelag ruinieren und dann als Bürgermeister sagen, dass die Anwohner laut Gesetz die Sanierung mitbezahlen müssen, das ist schon eine Frechheit! In solchen Fällen müsste das Verursacherprinzip gelten! Mal hören, was nachher der Indy dazu sagt."

„Ach, Roddy, das vergisst du doch sowieso!"

Ziemlich pünktlich kurz nach neunzehn Uhr betrat er die Dorfkneipe – die einzige, die noch übrig war. Und die hatte auch nur noch am Wochenende geöffnet. Die Wirtsleute waren schon über die Siebzig und wollten eigentlich seit Jahren aufhören, fanden jedoch keinen, der bereit war, die Nachfolge anzutreten. Aus der eigenen Familie war es nur eine Enkelin, von der sie Unterstützung bekamen; deren Engagement hatte sogar die Umsätze in die Höhe getrieben. Auch heute war das hübsche Kind wieder an Bord. Es war schon allerhand los, die üblichen Verdächtigen waren bereits da, Kurt Erich und Jacques inbegriffen. Komischerweise waren die zwei immer vor ihm da. Das war auch in ihrer Stammkneipe in der Stadt so gewesen. Er stellte sich neben die beiden an die Theke. Umgehend wurde von zarter Hand ein Bier serviert.

„Hallo, ihr seid ja wieder früh dran! Na, Kurt Erich, dann beginne mal mit deiner kleinen Presseschau!" „Ach Roddy, du hast ja keine Ahnung, was es alles so gibt ..." Kurt Erich, der dank seiner Beförderung die kleine Welt der Feuerwehrfeste hinter sich gelassen hatte und sich nun mehr in politischen Kreisen bewegte, gab ein Potpourri der peinlichsten Ereignisse der vergangenen Woche zum Besten. Da das meiste davon jedoch schon in seiner Zeitung gestanden hatte, war die Aufmerksamkeit des Publikums eher gering, zumal die Sportschau, die auf dem riesigen Flachbildschirm an der Wand gegenüber zu sehen war, gerade das Bayern-Spiel zeigte. Ein Satz von Kurt Erich ließ ihn plötzlich aufhorchen: „Gestern ist übrigens eine anonyme Anzeige gegen Hansi bei der Kommunalaufsicht eingegangen!" Das war jetzt doch mal etwas Wichtiges. Auf seine Nachfragen stellte sich freilich heraus, dass Kurt Erich bislang noch nicht mehr in Erfahrung bringen konnte. Daraufhin wandte er sein Augenmerk jetzt vollends der Sportschau zu; leicht gekränkt tat Kurt Erich das gleiche. Jacques hatte sich sowieso durch nichts ablenken lassen, noch nicht einmal durch die „wonderbra-wunderbare" (Autor: Kurt Erich) Bedienung.

Um acht war diese Phase des Abends vorbei. Jetzt durfte Kurt Erich noch mal ran – Thema: Der „journalistische Unteroffizier" (damit verglich er seinen Posten als stellvertretender Redaktionsleiter) im

Kreuzfeuer zwischen ignoranten Reportern und arroganten Printmedienmanagern.

Jacques verzichtete in seinem darauf folgenden Beitrag diesmal auf eine aktualisierte Charakterisierung seiner „dumm-dreisten" Schülerklientel und kam zügig zur Beschreibung der Symptome seines sich anbahnenden Burn-out-Syndroms. „Wenn ich mittags aus diesem beknackten Irrenhaus nach Hause komme, bin ich immer völlig fertig. Da muss ich mich sofort hinlegen. Und dann soll man noch schriftliche Tests korrigieren und sich für den nächsten Tag vorbereiten – und dann noch der ganze Haushalt!" Nun hauste Jacques bekanntermaßen die Arbeitswoche über in der Stadt in einem möblierten Zimmer, wodurch die diesbezüglichen Belastungen eher gering einzuschätzen waren. Die Mitleidsbekundungen aus dem Publikum waren verhalten.

„Und wie läuft es bei dir Roddy? Ohne deinen bekloppten Guntram hast du doch das Paradies auf Erden!" „Von wegen – ich sage nur ‚Umstrukturierung'!" Er schilderte kurz, dass eine ebenso namhafte wie sündhaft teure Wirtschaftsberatungsgesellschaft mittlerweile eine handverlesene Riege von Hochkarätern in die Firma entsandt habe, deren segensreiche Tätigkeit er jetzt täglich miterleben dürfe. „Aber, wo du gerade von Guntram, dem alten Flachwichser, gesprochen hast: Habe ich schon erzählt, dass mich dessen Sohn kürzlich angerufen hat?"

Das war den anderen neu und interessierte sie sogar! Kurz vor der Mittagspause, so führte er aus, habe im Büro das Telefon geklingelt und es habe sich jemand mit „Futtermittel" gemeldet, was äußerst irritierend gewesen sei. „Es war Guntrams älterer Sohn, der mit der sagenhaften Karriere und dem dazugehörigen Sportwagen." Der habe nun aber gar nicht managermäßig, sondern ziemlich weinerlich geklungen. Wie schlecht es seinem Vater doch gehe, wie viel dieser schon abgenommen habe, dass er immer noch in Haft sei. Ob denn er, der Herr Dockter, von dem sein Vater doch immer so viel gehalten habe, sich nicht mal mit dessen Rechtsanwalt wegen des Antrags auf Haftverschonung zusammensetzen könne, als Zeuge für eine günstige Sozialprognose. Sein Vater hätte ihn, den Herrn Dockter, damals an dem bewussten Abend ja auch noch umbringen können, was er aber nicht getan habe, das müsse doch positiv berücksichtigt werden.

Dass es Beppo gewesen war, der Futtermittel Senior von ebendiesem Vorhaben auf notgedrungen brachiale Art abgebracht hatte, das müsse der Junior irgendwie verdrängt haben. Er selbst habe sich verarscht gefühlt und dem Gespräch dann ein Ende bereiten wollen. Daher habe er auf die nahende Mittagspause hingewiesen und auf seine Pflicht, der Firma die Arbeitskraft durch regelmäßige Nahrungsaufnahme zu erhalten, was doch sicherlich im Sinne des Herrn Vater sei. Daraufhin habe Futtermittel Junior unter Beschimpfungen aufgelegt. „Irgendwas muss der Kerl vorher genommen haben, so wie der drauf war!"

Kurt Erich sprang augenblicklich darauf an: „Dass du mich da bloß auf dem Laufenden hältst, wenn sich bei Futtermittels was tut – nicht so wie bei dem getürkten Unfall vom Alten! Dass du mir das verschwiegen hast, verzeih ich dir nie." Noch so ein Nachtragender!

Plötzlich öffnete sich die Tür und Hansi kam herein. Den hatte er bislang noch gar nicht vermisst, andererseits wäre ihm dessen Anwesenheit im engen Schankraum gewiss aufgefallen. Hansi war unbestreitbar eine imposante Erscheinung, über einsneunzig groß und weit über hundert Kilo schwer, grobknochig, trotz Bauch noch durchaus sportlich wirkend, braun gebrannt und mit einer dröhnenden Stimme gesegnet. Die ertönte auch sogleich: „Guten Abend, die Herrschaften! Schön, euch wiederzusehen!"

„Der lügt doch, sobald er den Mund auftut!" Im Begrüßungsgetümmel war mit einem Mal Indy neben ihm aufgetaucht und kommentierte den Auftritt seines Widersachers. Obgleich Indy ebenso groß war wie dieser, wirkte er viel weniger dominant. Der Körperbau war auch viel feingliedriger, die Bewegungen viel geschmeidiger. Beide hatten ja früher gemeinsam erfolgreich Handball gespielt, Hansi im Rückraum und Indy im Tor. Es hieß, sie hätten sich im Spiel blind aufeinander verlassen können. Wie hatte sich das alles doch auseinanderentwickelt.

Er musterte den neben ihm stehenden Indy, sah, dass dieser wie fast alle anderen den Blick auf Hansi gerichtet hatte. Jeder Außenstehende hätte erkennen können, wer hier der King war. Und der King war heute gnädig, drückte Hände, klopfte auf Schultern, adelte die Getreuen durch persönliche Ansprache.

Plötzlich hörte er seinen Namen: „Ah, Roddy, lasst mich mal durch zu Roddy!" Hansi walzte sich den Weg durch die Reihen und baute sich vor ihm auf. Indy hatte sich sofort zur Seite weggedreht und ein Gespräch mit Kurt Erich begonnen. „Roddy, sei mir nicht böse, das war nicht gut heute Nachmittag, aber dem Hund ist doch nichts passiert – oder?" Er antwortete, dass es Beppo den Umständen entsprechend gut gehe, ein sich später manifestierendes Traktortrauma könne jedoch nicht ausgeschlossen werden. Die Rechnung des Tierpsychiaters werde er dann ans Gemeindebüro schicken. „Ich gehe doch davon aus, dass du in offizieller Mission im Notfalleinsatz warst, Hansi, so schnell wie du gefahren bist!" „Gut gegeben, Roddy, aber ich fahre nun mal gerne zügig, egal mit welchem Fahrzeug, und besonders gern auf einem schwierigen Parcours! Aber jetzt muss gut sein mit dem Thema, ich habe Durst."

Damit trollte sich Hansi zu seinem Hofstaat. Er sah zu, wie dieser sich auf der gegenüberliegenden Seite der u-förmigen Theke einen Barhocker eroberte, indem er den Vorbesitzer einfach anhob und auf die Füße stellte, und musste seiner Mutter im Nachhinein doch recht geben. Das mit dem Einfach-eine-reinhauen wäre wohl in der Tat nicht in zielführend gewesen, zumal er sich ja am Morgen beim Bildaufhängen sowohl eine Finger- als auch eine Schienbeinverletzung zugezogen hatte.

Indy, Kurt Erich und Jacques hatten Hansis Kraftmeierei natürlich auch mitbekommen und machten Witzchen darüber. Die Situation erinnerte ihn an den früheren Kantinenstammtisch in der Firma: Egal, ob Guntram Futtermittel anwesend war oder nicht, immer stand der im Mittelpunkt der Gespräche. Der örtliche Guntram hieß eben Hansi!

In Gedanken versunken hatte er überhaupt nicht mitbekommen, dass Kurt Erich ihn angesprochen hatte. „Hallo, jemand zu Hause? Sag mal Roddy, weißt du was davon, dass Hansi schon wieder beklaut worden ist? Diesmal in Barcelona – hat Jacques im Sportlerheim gehört." „Nein, Roddy weiß nichts davon, denn Roddy interessiert das nicht!" – Was so nicht stimmte, denn er fand den ganzen Klatsch inzwischen eigentlich ganz amüsant, und außerdem wurde er jeden Tag von der Mutter mit neuem Material versorgt. Bekannt war ihm in dieser Causa, dass Hansi oft mit einer Billigfluglinie Städtereisen unternahm, nur für ein, zwei Tage, aber immer ohne Gattin. Und dass ihm dabei eigentlich regelmäßig etwas gestohlen wurde – mal das Goldkettchen, mal die Uhr, mal ein paar Scheine aus der Hosentasche.

Bevor er sich dem Gespräch der drei wieder anschließen konnte, war es doch wieder Hansi, der die Aufmerksamkeit aller an sich riss. Diese Stimme war nun mal nicht zu überhören. Es ging überraschenderweise um Aids, genauer: um Aidsinfizierte. „Es kann doch nicht sein, dass die da draußen rumlaufen und einen einfach so anstecken können, weil man nicht erkennen kann, ob jemand das hat oder nicht", dröhnte Hansis Organ durch den Saal. Leider hatte er die Vorgeschichte zu diesem Statement nicht mitbekommen. Eigentlich hatte er gehofft, dass die Auseinandersetzung mit dem Thema Aids mittlerweile selbst in einer Provinzkneipe wie dieser nicht mehr auf einem solchen Niveau stattfinden würde – nach all den Jahrzehnten der öffentlichen Diskussion, nach all den medizinischen Fortschritten, nach dem Nachlassen der Stigmatisierung der Betroffenen, und, und, und ...

Aber es gab nur einen, der darauf etwas erwiderte – Indy. Mit kaum geringerer Phonzahl ließ der sich vernehmen: „Ich weiß gar nicht, was du hast, Hansi. Jemand wie du, erzkatholisch, frommer Kirchgänger, langwierig verheiratet und daher doch sicher monoton monogam, Feind aller Drogen, der ist doch völlig ungefährdet, wo soll der sich denn infizieren, an welcher Nadel, bei welchem schmutzigen Sex? Warum hat jemand wie du denn da Angst?"

Mit einer solchen Replik hatte niemand gerechnet. Groß und schmal, aber kerzengerade stand Indy neben ihm. Offenbar blickte der dem gegenüber auf seinem Hocker thronenden Hansi unverwandt in die Augen, und dieser erwiderte den Blick mit starrem Gesicht. Mit einem Mal war das Duell vorbei, die beiden wandten sich wieder ihren jeweiligen Gesprächspartnern zu. Die Stimmung im Saal war allerdings merklich abgekühlt.

Kurze Zeit später wollte Indy zahlen. Er beschloss, sich dem anzuschließen. „Kurt Erich, Jacques, ich überlasse euch jetzt eurem feucht-fröhlichen Schicksal, dass mir keine Klagen kommen!" „Machs gut, Roddy, bist auch nicht mehr der, der du mal warst!" „Ja, ja, wenn man alt wird, ist man eben nicht mehr der alte ..." „Häh? Witzchen gemacht? Aber komm morgen auf jeden Fall zum Frühschoppen!"

Draußen an der frischen Luft wartete Indy auf ihn, kommentierte aber nicht das eigene Wortgefecht mit Hansi, sondern wollte noch schnell ein Lob aussprechen: „Das war übrigens sehr souverän, wie du Hansi eben abgefertigt hast, als der zu dir kam. Sehr schöne

Einzelleistung!" Plötzlich wurde er von Indy gedrückt, dann sprang dieser auf sein Fahrrad und schoss in die Dunkelheit. Ein etwas befremdlicher Abschied, so nahe standen Indy und er sich eigentlich gar nicht – auch wenn sie sich in den letzten Wochen bei der BI-Arbeit öfter getroffen hatten als in den zwanzig Jahren davor! Leicht verwirrt machte er sich auf den Heimweg.

Sonntag

Wäre er doch gestern sofort ins Bett gegangen! Stattdessen musste er ja noch fernsehen! Und dabei noch eine Kleinigkeit essen! Und noch ein Bier trinken! Und noch ein Bier trinken ...

So wurde das nichts mit dem erholsamen Wochenende, von dem sowieso nicht mehr viel übrig war. Heute musste die Gesundheit an vorderster Stelle stehen! Also als Erstes ein gesundes, das heißt nahrhaftes Frühstück in kontemplativer Stille, das heißt ohne Mutter. Kein Problem, denn die war glücklicherweise schon fort in die Kirche. Dann eine gesunde Wanderung mit Beppo. Auch kein Problem, denn er ging immer zu Fuß zum Frühschoppen und den Dicken wollte er wie üblich dorthin mitnehmen. Der Rest würde sich finden ...

Gesagt, getan. Als er in der Kneipe ankam, waren („Quelle surprise, Frau Wattenscheid!", wie Jacques bei solchen Anlässen immer noch zu sagen pflegte) die beiden anderen natürlich schon da. Beppo, der die zwei schon seit einer Ewigkeit (wenn nicht sogar seit einer Woche) nicht mehr gesehen hatte, begrüßte Kurt Erich und Jacques immer wieder abwechselnd aufs Neue und war für fünf Minuten nicht zu bändigen. Kaum weniger durchgeknallt gebärdeten sich die Zweibeiner, die in die Hände klatschten, herumsprangen und wirres Zeug in einer komischen Kindersprache kreischten.

Dann schlug die Stunde der Erwachsenen. „Und, wie war es gestern noch? Irgendwelche weiteren Vorkommnisse?" Jacques meinte, die schöne Kellnerin sei früher als sonst gegangen und danach hätte der „alte Knorz" (gemeint war der Wirt) alles allein gemacht. „Du weißt ja, wie langsam der ist! Hansi hat dann seine Leute eingesammelt und ist mit denen zu sich nach Hause gefahren, seine Frau war mal wieder mit ihren Handballerinnen unterwegs."

Hansis Gattin stammte nicht nur aus der Stadt, sondern auch aus gutem, das heißt vermögendem Hause. Sie hatte früher selbst Handball gespielt und war nach Ende der aktiven Zeit ins Trainerfach übergewechselt, recht erfolgreich wohl, denn ihre Schützlinge spielten in einer hochklassigen Liga, was wiederum weite Reisen zu Auswärtsspielen bedeutete. Doch auch nach abendlichen Trainingseinheiten oder spät angesetzten Heimspielen kehrte sie meist nicht ins gemeinsame ländliche Anwesen zurück, so wurde erzählt, sondern übernachtete in ihrem Appartment in der Stadt.

Hansi war aber auch nicht von schlechten Eltern gewesen, zumindest was den Grundbesitz anging. Menschlich war das Verhältnis des Altbauern zu seinem einzigen Kind wohl eher getrübt; jedenfalls hatte sich Hansi erst wieder im Ort niedergelassen, nachdem ein tragischer Autounfall ihn zur Vollwaise gemacht hatte. Wie genau die Ehe mit seiner Hochwohlgeborenen zustande gekommen war und warum dieselbe kinderlos blieb, dazu hatte unter den Einheimischen bislang überraschenderweise noch keine Legendenbildung stattgefunden.

Gab es denn kein anderes Thema als immer nur Hansi, Hansi, Hansi? Doch: Sex! Selbstverständlich waren außer ihrem Trio auch die üblichen anderen Frühschöppler anwesend, und einer von denen widmete sich gerade (wie immer) diesem Thema: „Ich sage: Guter Sex braucht Regelmäßigkeit!" „Und wenn man regelmäßig keinen Sex hat?", warf dessen Thekennachbar ein, wohl um den Experten ein wenig zu fordern, „Oder wenn einem beim Sex aus Langeweile regelmäßig der Schwanz einschläft?" „Dann scheiß auf die Regelmäßigkeit und ändere dein System. Und denk dran: Beim Sex ist es wie bei allen anderen Handwerksarbeiten – wenn es wirklich gut werden soll, dann geht man zu den Profis!" Der andere musste das letzte Wort haben: „Aber auch da meint man hinterher doch oft, das bisschen hätte ich auch allein gekonnt …"

„Siehst du, Roddy, da haben wir wieder was gelernt, so ein Frühschoppen hier ist lehrreicher als die Sendung mit der Maus!", rief Jacques, während der Rest der Mannschaft noch lachte. Er fragte sich, warum Jacques gerade ihn ansprach. Was wusste der schon von seinem Sexualleben, so wirklich alles machten sie ja nun doch nicht zusammen. Und der Tipp mit der Professionellen war erwiesenermaßen auch nichts Neues. Er war nicht in der Stimmung, das Thema zu vertiefen. Außerdem musste er sich eingestehen, dass ihm die ganze Frühschoppenatmosphäre bei Weitem nicht mehr so gut gefiel wie früher. Auch wenn die Witzchen schon mal wechselten, irgendwie war es doch immer dasselbe und hinterließ bei ihm inzwischen jedes Mal einen schalen Nachgeschmack wie abgestandenes Bier.

„Warum bist du denn heute so spät dran, Roddy, irgendwas passiert?", wollte Kurt Erich jetzt wissen und grinste dabei ziemlich fies. „Wieso spät? Es ist doch erst zehn Uhr dreißig." „Was hab ich gestern gesagt, Jacques? Roddy wird die Uhrumstellung vergessen – und genau so ist es gekommen! Hättest nicht mit mir wetten sollen. Danke, Roddy, auf dich ist Verlass. Vielleicht geb ich dir einen Schluck Freibier ab!" Kurt Erich konnte ekelhaft triumphierend auftreten. Aber leider hatte der recht. Er hatte die Umstellung vergessen. Also war jetzt schon halb zwölf – und um Punkt zwölf würde die Mutter die Suppe auf dem Tisch haben. Wehe, wenn dann die Gesellschaft nicht vollzählig war. Und sie waren nun mal nur noch zu zweit, da fiel jeder Fehlende auf.

Irgendwie hatte er es doch noch geschafft. Mit dem Glockenschlag betrat er Mutters Esszimmer. „Ah, Roddy, schön dass du dran gedacht hast. In der Kirche kamen doch wirklich einige zu spät, auch der Hansi. Wie peinlich!" Ob Hansis Verschlafen allerdings nur der Uhrumstellung geschuldet war, das wollte er lieber nicht mit der Mutter diskutieren.

Die nächsten Stunden verliefen angenehm entschleunigt. Glücklicherweise war ihm rechtzeitig wieder eingefallen, dass er die kommende Woche freihatte; dadurch war schon einiges an innerem Druck weg. Diese Auszeit verdankte er der tapferen Haltung jener exzellenten externen Berater, die in der Firma gegen alle Widerstände (und auch gegen den gesunden Menschverstand) durchgesetzt hatten, dass alle indirekten Mitarbeiter (also die Büroslaven) stante pede ihre aufgelaufenen Überstunden abbauen mussten. Was zählte ein Monatsabschluss oder sonst eine Deadline, wenn die Propheten der perfekten Betriebsorganisation die göttliche Wahrheit kündeten. Und so würde er in der kommenden Woche zu Hause verweilen, so wie viele Kollegen auch, während in der Firma diejenigen, die am Stichtag keine Überstunden auf dem Zeitkonto gehabt hatten, gezwungen sein würden, eben jetzt viele Überstunden zu machen, um das zu erledigen, was nun mal (egal von wem und wie) erledigt werden muss. Er war gespannt, wie das ausgehen würde. In dem Bereich, zu dem er gehörte, hatte Guntram Futtermittel, solange dieser demselben vorstand, Arbeitsplatzbeschreibungen oder Ähnliches verhindert, da er darin eine „Verminderung meiner unternehmerischen Gestaltungsmöglichkeiten" sah. In Wirklichkeit wollte Guntram seinen Untergebenen keine Chance lassen, gegen eine seiner Willkürmaßnahmen vorzugehen. Wie zu erwarten gab es auch keine Vertretungspläne, jede plötzliche Krankheit eines Leistungsträgers hatte immer eine Krise ausgelöst. An diesem

Sachverhalt hatte sich seit Guntrams Verhaftung nichts geändert. Und nun war eine multiple Krise vorprogrammiert, da auf einen Schlag gleichzeitig viele Leistungsträger ausfallen würden.

„Roddy, was machst du dir Gedanken, du bist doch nur ein kleines Licht, es reicht doch, wenn du übernächste Woche die ganze Scheiße wieder glattbügeln kannst!" Damit zog er einen Schlussstrich unter dieses Thema. „Carpe diem!" Und was gibt es Schöneres an einem sonnigen Tag Ende März, wenn der Frühling in der Luft liegt, als mit dem Hund des Vertrauens zu einem Spaziergang aufzubrechen. Na ja, ein paar bessere Vorschläge hätte er schon nennen können, aber so ein Spaziergang war auch OK.

Ziel war wie gestern die Glückseligkeit, welche auch ohne nennenswerte Zwischenfälle erreicht wurde. Wieder genoss er die Aussicht. Von Hansis Anwesen am Ortsrand sah er dessen SUV auf die Straße abbiegen und sofort stark beschleunigen. Er meinte sogar die Reifen quietschen zu hören. „Dieser unverbesserliche Depp!" Sonst war nicht viel los. Plötzlich bemerkte er einen kleinen flachen roten Wagen, der die schmale Teerstraße, über die er soeben noch mit Beppo gelaufen war, hochgefahren kam. Nach kurzer Zeit verlor er ihn bedingt durch den Streckenverlauf aus den Augen. „Mal sehen, ob der hier oben vorbeikommt, bin gespannt, wer drin sitzt." Und wirklich hörte er bald satte Motorengeräusche: Ein italienischer Nobelsportwagen kam im Schritttempo heran, bog ab auf den Parkplatz und wurde mühsam rückwärts auf einen Stellplatz manövriert. Heraus kletterte ein dicklicher junger Mann mit Gelfrisur in teuren Freizeitklamotten.

Irgendwie kam ihm der bekannt vor. War das nicht der Oberwirtschaftsjunior mit dem unvergesslichen Auftritt inklusive Würfelhusten im Restaurantgarten, als Jacques und Kurt Erich ihn in der Reha besucht hatten? Der unerwünschte Gast kam direkt auf ihn zu. „Guten Tag, darf ich Sie mal stören?" Ja, die Stimme passte, das war der Oberjunior von damals. Ob der ihn auch erkannt hatte? „Sie sind doch der Herr Dockter, Ihre Mutter hat mir gesagt, dass Sie hier sind. Darf ich mich vorstellen? Futtermittel, Clemens Futtermittel." Das war doch wohl nicht möglich! Erstens, dass der Wirtschaftsfuzzi wirklich Guntrams Sohn war, genau wie er es seinerzeit scherzhaft geargwöhnt hatte. Zweitens, dass der hinter ihm herspionierte!

„Glitschiger Clemens, du schleimiger Geselle, so nicht!", murmelte er, sagte dann aber laut: „Was wollen Sie von mir? Wie ich schon am Telefon ..." Futtermittel Junior unterbrach ihn: „Einen schönen Gruß soll ich Ihnen ausrichten von meinem Vater, er würde Sie gerne noch einmal wiedersehen, ..." Das war ja völlig irre! „... denn ihm geht es ja ganz schlecht mittlerweile." Und dann sülzte der „glitschige Clemens" ihn wieder voll: Wie schwer es Futtermittel Senior jetzt habe unter all den Proleten im Gefängnis, niemand zeige Respekt vor ihm, das Essen sei ungenießbar, ...

Ihm platzte der Kragen: „Hören Sie?!", rief er und ahmte Guntrams Sprachduktus nach, „ich weiß, Ihr Herr Vater hat massive Probleme, besonders jetzt im Knast, da weiß man ja nie, wen man mit auf die Pritsche bekommt, da stecken Sie nicht drin. Oder umgekehrt. Ich kann da jedenfalls nichts machen. Und in Zukunft lassen Sie mich bitte in Ruhe, Sie Gleitmittel!"

Der „glitschige Clemens" geriet, ähnlich wie beim Ende ihres Telefonates, wieder aus der Fassung und wäre beinahe auf ihn losgegangen, wenn nicht der gute Beppo plötzlich wie aus dem Nichts aufgetaucht wäre. Dessen Präsenz sorgte sofort für klare Verhältnisse, da konnte er es sich erlauben, noch ein wenig nachzukarten: „Junge, setz dich in deinen Masturbati und mach dich vom Acker. Und komm nie wieder!" Futtermittel Junior stand vor lauter hilfloser Wut kurz vor dem Heulen, wagte aber keinen Gegenangriff mehr, sondern trat den Rückzug an. Erst als die Autotür fest verschlossen war, sah man ihn einige obszöne Gesten machen. Dann heizte der „glitschige Clemens" mit durchdrehenden Reifen wie der leibhaftige Hansi von dannen.

„Another great adventure, Roddy", murmelte er vor sich hin, als er sofort anschließend selbst die Glückseligkeit verließ. Wenige Meter vor der heimischen Haustür klingelte dann sein Telefon. Es war Indy: „Roddy, wo bleibst du denn? Wir haben doch um sechzehn Uhr BI-Sitzung bei Jenny und Manuel." „Oh Gott, ich hätte euch fast vergessen!" „Nicht ‚fast vergessen', du hast den Termin vergessen, gib es zu!" „Ja, ja, in zehn Minuten bin ich bei euch."

Peinlich, dass ihm das andauernd passierte. Alle zwei Wochen war doch immer am Sonntagnachmittag Treffen der BI-Aktivisten (wozu er auch gehörte, seit er wieder hier wohnte), und zwar bei Manuel zu Hause. Der hatte mit seiner Lebensgefährtin im Neubaugebiet vor ein paar Jahren ein Grundstück gekauft und ein Holzhaus darauf errichten lassen – alles vom Feinsten, vorbildliche Ökobilanz, jeder Holznagel aus zertifizierter Quelle. Beide, Manuel und Jenny, waren Beamte im höheren Dienst. Sie stammten nicht von hier, sondern waren im Laufe ihrer persönlichen Karriere bei der hiesigen Kreisverwaltung gelandet, wo sie sich kennengelernt und zueinandergefunden hatten.

Für ihren Bauplatz im Dorf hatten sie sich entschieden, weil sie das Umfeld so idyllisch fanden. Jetzt waren sie stinksauer, weil sie ihr Paradies durch die Umgehungsstraße und das, was darauf folgen würde, gefährdet sahen. Und damit waren sie nicht allein. Soziologisch gesehen war das eine interessante Gemengelage: Die Mehrzahl der BI-Mitglieder wohnte im Neubaugebiet fern der innerörtlichen Durchgangsstraße. Sie würden allerdings durch den ersten Kilometer der neuen, als mindestens dreispurig konzipierten Straße in ihrer Wohnqualität stark beeinträchtigt werden. Das waren größtenteils Zugezogene, aber nicht nur. Es gab auch Leute aus alteingesessenen Familien, die dort Land geerbt und bebaut hatten. Andererseits waren im Ortskern auch einige alte Häuser an Fremde verkauft worden.

Grob betrachtet gab es also die Gruppe der Eingeborenen und die der Aliens; bei anderer Sortierung konnte man die Gruppe der heutigen Anlieger der Durchgangsstraße bilden und die Gruppe derjenigen, denen die zukünftige Umgehung auf die Pelle rücken würde. Die Ergebnisse der beiden Einteilungen waren weder deckungsgleich, noch implizierten sie zwingend, dass jemand für beziehungsweise gegen die Umgehungspläne war. Hier spielte es auch eine Rolle, ob sich jemand aus prinzipiellen Überlegungen dafür oder dagegen aussprach, ob man sich als Eingeborener auf die Seite des Familienclans stellte, und (nicht zuletzt) ob man Hansis Freund oder Feind war! Außerdem: Der eine oder andere BI-ler zählte vielleicht in Wahrheit zu Hansis Freunden und war in dessen Auftrag beim Gegner auf Horchposten. Für die Dorfgemeinschaft waren die Entwicklungen der letzten Monate jedenfalls alles andere als zuträglich gewesen …

Wie versprochen schaffte er es, zehn Minuten nach dem Telefonat mit Indy bei Jenny und Manuel einzutreffen. Vielleicht waren es auch neunzehn Minuten, aber Hauptsache, er war endlich da! Es kamen meistens so sechs bis acht Aktive, und größer war die Zahl auch diesmal nicht.

Man saß im großzügig dimensionierten Wohn-/Essbereich auf original nordfinnischen Echtholzmöbeln (laut Indy „von nachwachsenden Lappen gefertigt"), Manuel führte als oberster BI-Sprecher den Vorsitz. „Roddy, ich muss dich bitten, beim nächsten Mal pünktlich zu sein. Wir haben die Zeit mit Schwätzen überbrücken müssen, da ich nicht alles doppelt erzählen wollte. Also, ich fange dann mal an ..." Manuel stellte das heutige Datum und die Namen der Anwesenden fürs Protokoll (wie üblich geführt von Jenny) fest und verlas die von ihm vorbereitete Tagesordnung. Da keine Änderungsanträge kamen, ging er zügig zu TOP 1 über: „Neues Gewerbegebiet". Er berichtete, dass in der Kreisverwaltung das Gerücht im Umlauf sei, wonach Geheimplanungen für ein neues Gewerbegebiet nordwestlich des Dorfes laufen würden. Angebunden werden solle dieses an die neue Umgehungsstraße. Besitzer der Fläche sei niemand anderes als Hansi. „Unser cleverer Hansi, jetzt will er es aber wissen!"

Indy warf ein, dass er in dieser Sache seine alten Kontakte habe spielen lassen. „Das muss jetzt aber wirklich unter uns bleiben: Es wird sogar von einem Factory-Outlet-Center gesprochen. Bis zur nächsten Autobahn sind es ja nur zehn Kilometer. Die Rechnung lautet: Bau von Factory-Outlet-Center plus Umgehungsstraße plus mehrspuriger Ausbau der Bundesstraße bis hin zur Autobahn gleich Wohlstand für alle! So einfach ticken die."

Für den Rest der Anwesenden waren das ganz neue Aspekte. Unmut machte sich laut. Manuel versuchte zu beruhigen: „Ich habe das vor unserer Sitzung schon kurz mit Indy durchgesprochen. So schnell geht das alles nicht, da müssen Gutachten her und massenweise Genehmigungen. Das dauert normalerweise Jahre. Es sei denn, man hat nicht nur den Landrat, sondern auch die Landesregierung auf seiner Seite. Und genau daran arbeitet unser Hansi. Der fährt jetzt mehrgleisig. Seinen Anhängern hier bei uns im Ort erzählt der, dass es vor allem um die Entlastung und Sicherheit der Anlieger geht. Den Politikern erzählt der, dass es dringend neue Impulse für unsere hiesige Wirtschaft geben muss. Den Straßenbauern sagt der, dass die Gemeinde für ihr neues Gewerbegebiet eine optimale Anbindung braucht. Potenziellen Investoren sagt der, dass die Umgehung hundertprozentig kommt, und dass dann die Parzellen im neuen Gewerbegebiet ratzfatz vergeben wären. Und am Horizont erscheint die Fata Morgana vom Factory-Outlet-Center, die verheißt, dass in der infrastrukturellen Wüste blühende Landschaften entstehen!"

„Schön ausgedrückt, Manuel, das mit der Fata Morgana hätte ich nicht besser sagen können, das war ja druckreif", meldete sich Indy wieder zu Wort, um dann noch schnell einen kleinen Nadelstich zu setzten, „und ich glaube, so was habe ich auch schon mal irgendwo gelesen." Ohne Manuels Reaktion abzuwarten, fuhr er fort: „Aber diese Taktik von Hansi und Konsorten ist wahrlich nicht ungeschickt. Besonders das Argument von der verbesserten Sicherheit kommt bei den Leuten hier im Ort gut an. Dabei sagt die Unfallstatistik ganz eindeutig: Die allermeisten schweren Unfälle hier bei uns sind außerhalb der Ortslage auf Streckenabschnitten ohne Geschwindigkeitsbeschränkung passiert. Das wissen wir alle, aber laut gesagt wird es viel zu selten. Das könnte dein guter Freund Kurt Erich auch mal in seiner Zeitung schreiben, Roddy!"

Als Angesprochener sollte er wohl dazu Stellung nehmen. In der Tat hatte er schon mehrfach versucht, Kurt Erich entsprechend zu impfen. Aber der weigerte sich strikt, die Argumente der BI zum alleinigen Inhalt eines Artikels zu machen, nein, dessen Devise war: „Macht eine Podiumsdiskussion, dann kann ich über beide Seiten berichten und euch groß und breit zitieren. Sonst wird mir sofort Parteilichkeit vorgeworfen und das kann ich mir in meiner neuen Position nicht leisten!" Was konnte man gegen eine solche Ausrede vorbringen – außer Kurt Erich jeweils für den Rest des Abends „mein kleiner Prinz Hasenherz" zu nennen. Aber dadurch ließ sich ein sturer Panzer wie der nicht beeindrucken. Also konnte er auf Indys Seitenhieb nur kleinlaut antworten: „Da beiße ich bei Kurt Erich auf Granit. Aber ich bleibe dran."

Indy ging jedoch nicht auf diese Antwort ein, sondern beeilte sich, seine Gedankenkette fortzusetzen: „Wir müssen bei unserer Pressearbeit eben umdenken, wir müssen offensiver werden. Nicht warten, bis irgendeiner irgendwann einen Artikel über unsere Argumente schreibt. Wir selbst müssen die Initiative ergreifen. Deshalb mein Vorschlag: Wir laden die Presse offiziell ein, auch die überregionale, machen einen Ortstermin bei der Glückseligkeit und bringen da die Blase Factory-Outlet-Center zum Platzen. Wir nennen Namen – Hansis Namen! Denn der wäre der große Gewinner bei dem Deal. Die schöne Glückseligkeit wird Hansi aber weder Glück noch Seligkeit bescheren!"

So, wie Manuel guckte, war der über diese kühne Idee von Indy vorher nicht informiert worden. Dabei war Manuel doch der offiziell eingetragene BI-Sprecher und führte sich gerne auch ein wenig als Chef auf, was Indy bisweilen erkennbar ärgerte. Aber der war ja bekanntermaßen auch kein einfacher Charakter. Dass er selbst und seine Freundschaft zu Kurt Erich gerade eben von Indy nur aus dramaturgischen Gründen ins Spiel gebracht worden war, fand er auch nicht sonderlich nett. Aber in einer Ansammlung von Alphatieren durfte man wohl nicht zimperlich sein. Eindeutig war es daher eine weise Entscheidung von Jenny gewesen, alkoholische Getränke grundsätzlich aus diesen Sitzungen zu verbannen und höchstens eine Tasse Tee zu reichen. Heute hätten sich ein paar Schnäpse wohl zusätzlich eskalierend auf die lebhafte Diskussion ausgewirkt, die nun hereinbrach. Manuel jedenfalls war strikt gegen Indys Vorschlag: „Pressearbeit ja, aber zu diesem Detail nicht jetzt und nicht in dieser Form!" Ob da nicht doch vielleicht ein wenig gekränkte Eitelkeit im Spiel war? Aber auch bei einigen anderen gab es Ablehnung: „Dann ist es mit dem Frieden im Ort ganz vorbei, es gibt doch jetzt schon Leute, die uns nicht mehr grüßen …" Als Manuel pünktlich um siebzehn Uhr das Sitzungsende verkündete (und dabei kritisierte, dass man über TOP 1 seiner Tagesordnung nicht hinausgekommen sei), war noch keine Entscheidung getroffen. Alle Beteiligten wurden aber noch einmal zu striktem Stillschweigen verpflichtet.

Das Thema ließ ihn auch auf dem Heimweg nicht los. Er war sich selbst nicht sicher, ob man Hansi zu diesem Zeitpunkt so offen den Krieg erklären sollte. Andererseits würde der skrupellos die Zeit der Stille und des Friedens dafür nutzen, im Verborgenen immer weiter für sein Vorhaben zu kämpfen. Indy hatte schon recht: Man bringt solche Geheimprojekte oft am ehesten dadurch zum Scheitern, dass man im Vorfeld all das mit großem Tamtam an die Öffentlichkeit bringt, was die Macher noch nicht in trockenen Tüchern haben.

Nach solchen Konfliktszenarien war er immer stark harmoniebedürftig. Abends tat er daher seiner Mutter den Gefallen und setzte sich zum gemeinsamen Fernsehen zu ihr ins Wohnzimmer. Es lief der obligatorische „Tatort" – die Hausherrin hatte bei abweichenden Vorschlägen von ihrem Vetorecht Gebrauch gemacht. Für ihn hieß das, still zu leiden. Wie so oft kam ihm das Drehbuch unrealistisch vor, der Handlungsstrang zerfasert, die Charaktere zu klischeehaft und wenig logisch in ihren Taten. Andererseits: Wenn er an die Leute dachte, die er im Laufe der Jahre kennengelernt hatte, musste er sich eingestehen, dass nicht wenige davon so manches Klischee mühelos zu toppen wussten.

Und deren Aktionen durfte man weiß Gott auch nicht immer in Hinblick auf eine waltende Logik hinterfragen.

Trotzdem hätte er lieber etwas anderes angesehen, und so nutzte er jeden mütterlichen Sekundenschlaf zu einem schnellen Umschalten. Komischerweise kam dann auf den angesteuerten Kanälen jeweils sofort eine Werbepause. Das war die schiere Folter. Vielfach traten in den Spots irgendwelche Hilfspromis auf, gerne auch mal ein Rudel von ins Rampenlicht drängenden Nachwuchssportlern – junge, in der Nahaufnahme überraschend hässliche Kerle, die aussahen, als seien sie in der Bartmauser. Alle präsentierten sich im Einsatz für Produkte, bei denen man annehmen musste, dass sie freiwillig von den Werbeträgern nie gekauft würden. Er nahm sich vor, schon morgen die Gründung eines Labels anzuregen, das promifreie Produktwerbung garantiert, spätestens jedoch nächste Woche.

Erst als die Mutter dann endgültig mit Beppo um die Wette schnarchte, konnte er sich ohne Unmut zu erregen zurückziehen.

Montag

Den ganzen Tag hatte er bisher gebummelt. Erst hatte er über alten Grundrissen gebrütet und überlegt, wie er einen Umbau des Hauses nach dem Minimalprinzip realisieren könne. Ziel waren zwei getrennte Wohneinheiten, davon wollte er nicht abgehen. Aber für ein typisches Einfamilienhaus, gebaut in den Siebzigern und wenig modernisiert, gestaltete sich das schwieriger als er als Laie zunächst gedacht hatte. Relativ schnell hatte er einen Methodenwechsel vollzogen zum Maximalprinzip: Was konnte er mit dem, was er auszugeben bereit war, maximal erreichen? Nicht viel, jedenfalls nicht sein Umbauziel.

Entnervt hatte er sich dann der Lokalpresse zugewandt. Hier stieß er auf den Bericht über eine Veranstaltung des Naturschutzverbandes, die schon anderthalb Wochen zurücklag. Es ging um die Rückkehr der Wölfe in die deutsche Kulturlandschaft; der Vortrag hatte den lustigen Titel: „Isegrim – halb so schlimm?!" Er war selbst dort gewesen, Indy hatte ihn persönlich eingeladen. Er war sogar auf einem der Fotos in der Zeitung zu erkennen, vordere Reihe ganz links am Fenster. Er schien gerade etwas aufzuschreiben. Das war auch so gewesen. Er hatte die Atmosphäre des Abends auf sich einwirken lassen und simultan ein kleines Gedicht geschrieben. Der Zettel ließ sich noch im Durcheinander seines Schreibtisches wiederfinden:

„Guter alter Isegrim,
der Hass auf dich ist wirklich schlimm!
du strebst zurück in dein Revier,
doch man missgönnt dir 's Beutetier.
Der Waidmann reagiert verdrossen,
hätt 's Rehlein lieber selbst geschossen.
Naturgemäß ist so was nicht,
der Riss ist Beutegreifers Pflicht!
Ein Wolfsfreund, vom Problem gedrängt,
den Blick auf neue Wege lenkt:
Was eignet sich als Wölfefutter?
Er denkt an seine Schwiegermutter,
die unzufrieden mit der Welt
daheim die Stimmung unten hält.
Am Waldrand steht die Ruhebank,
dort trifft sie sich zum Witwenzank

täglich in Xanthippes Namen
mit zwei, drei gleichgesinnten Damen,
um im Zetern sich zu messen.
Für Isegrim gefund'nes Fressen!"

Er erinnerte sich noch genau, erst hatte er geschrieben: „Er denkt an seine alte Mutter …", fand das dann aber doch im Hinblick auf die eigene zu gemein und undankbar. „Schwiegermutter" war besser, davon hatte er keine.

Das Publikum an diesem Abend war phänomenal gewesen, es waren wirklich allerlei Phänomene geistiger Verwirrung zu bemerken. Das zeigte sich schon in der äußeren Erscheinung. Waidmänner in voller Kluft waren da – nicht wenige mit ihren vierbeinigen Gehilfen; man konnte erwarten, dass sie bei Widerworten direkt den Teckel blankziehen würden. Daneben die Riege der Bauern und Schäfer im Standeszwirn, kräftige Gestalten mit energischem Auftreten, der eine oder andere auch streng im Geruch. Demgegenüber eine Gruppe von Wolfsmystikern, die ihr Outfit mit Leihgaben aus der Schamanen- und Althippie-Ecke angereichert hatten. Nur das strikte Rauchverbot im Gemeindesaal hatte verhindert, dass durch die magische Kraft von deren mitgeführten Utensilien die gesamte Zuhörerschaft ins Nirwana abdampfte. Dann die kleine Gruppe der Aktivisten des Veranstalters, alle korrekt mit Westen im Safari-Look. Nur Indy hatte in dieser Riege etwas exotisch gewirkt. Übrig blieben ein paar optisch Unauffällige, wozu er sich selber zählte.

Inhaltlich fand er das Ganze weniger ergiebig, da er das meiste schon gelesen oder beim Fernsehen mitbekommen hatte. Aber die Leute! Schon mancher Zwischenruf wäre reif gewesen für das „Buch der Brüller", das er ja mit Jacques und Kurt Erich seit Jahren führte. Höhepunkt der Veranstaltung war allerdings die abschließende Diskussionsrunde. Waidmänner und Weidetierhalter auf der einen Seite, die Mystiker auf der anderen, einig jedoch im Bemühen, alle Informationen und Sachargumente des vorausgegangenen Vortrages rigoros aus dem eigenen Denken rauszuhalten. Er hatte viel gelacht an jenem Abend, aber irgendwie bitter war es schon.

Und heute kam nun die Mutter von einem Besuch in der Nachbarschaft nach Hause und es war Schluss mit lustig.

„Roddy, Roddy, der Hansi ist tot!", schallte es von unten aus dem Flur. „Ermordet!!! Gesteinigt!!!!!" Er stürmte die Treppe hinunter, stolperte über den verdammten Hund, der wie immer im Weg lag, und klatschte vor seiner Mutter auf die Marmorfliesen. „Was ist los?" „Hörst du schlecht, der Hansi ist tot. Jemand hat ihn mit einem Stein totgeworfen, durch die Windschutzscheibe! Kurz vor der Glückseligkeit!" Sie käme gerade von Schneidermanns. Deren Schwiegersohn habe einen Vetter, der bei der Polizei arbeite. Und von dem wisse man das, aber noch nichts Genaues. „Was liegst du noch hier herum, ruf Kurt Erich an, der weiß gewiss schon mehr!"

Das machte er dann auch. Kurt Erich tat schwer beschäftigt, denn anscheinend hatte der es sich nicht nehmen lassen, diesen Fall selbst journalistisch zu begleiten. Durchs Handy hörte man Stimmen und Geräusche; ohrenscheinlich war der große Investigator bereits draußen vor Ort. „Und? Berichte: Was ist passiert?"

„So viel darf ich dir sagen, Roddy, es ist definitiv kein Unfall, es ist definitiv ein Anschlag gewesen!" Seit seinem Karrieresprung hatte Kurt Erich sein vormaliges Lieblingswort „übrigens" gegen das entschlossener klingende „definitiv" ausgetauscht. „Hier oben bei der Glückseligkeit – Hansi muss von Westen gekommen sein, wahrscheinlich mit einem Affentempo, hat dann den Reifenspuren nach eine Vollbremsung versucht, als ihn der Stein getroffen hat. Definitiv von vorne geworfen, glatter Durchschuss – sowohl durch die Windschutzscheibe als auch durch die Stirn. Muss sofort tot gewesen sein, der Stein steckte noch im Schädel. Der Wagen ist weitergerollt und im Graben gelandet. Der Rest steht morgen in der Zeitung. Ich werde noch mal den Reporter machen, ist ja ein Heimspiel. Wundere dich nicht, wenn du bald Besuch von der Kripo bekommst. Alle, die in letzter Zeit Streit mit Hansi hatten, werden befragt. Aber du bist ja einer von den Guten, der berühmte Laienschnüffler Roddy D., der den miesen Mehrfachmeuchler Guntram F. zur Strecke gebracht hat!"

„Ha, ha, witzig! Glauben die von der Kripo wirklich, dass das jemand extra gemacht hat? So genau kann doch kein Mensch werfen, ich jedenfalls nicht!" Warum fiel ihm jetzt als Gegenbeispiel sofort Indy ein, der alte Handballrecke? Doch nicht nur ihm: „Tröste dich, Roddy, du stehst gewiss nicht an der Spitze der Verdächtigen, da gibt es einen anderen. Du weißt, wen ich meine?" „Du meinst doch sicher unseren Indy. Der ist zwar ein harter Brocken, aber doch kein hinterhältiger Mörder!" „Ich wusste, dass du den verteidigen würdest, ihr seid ja mittlerweile die besten Freunde ..." „Eifersüchtig, mein süßer kleiner Kurterich?", flötete er dazwischen, um dann nur noch ein Knacken zu hören. Kurt Erich hatte die Verbindung abgebrochen.

Das Wichtigste immerhin wusste er nun, musste diese Erkenntnisse aber sofort mit seiner Mutter teilen, wobei er den letzten, etwaige Verdächtige betreffenden Teil lieber für sich behielt. „Das ist ja wie im Krimi – und dann auch noch genau bei unserer Glückseligkeit! Aber eines sage ich dir, Roddy, dass du mir bloß nicht wieder Detektiv spielst!"

Es empfahl sich, an dieser Stelle das Gespräch in andere Bahnen zu lenken: „Wie geht es denn den Schneidermanns? Ist die Edeltrud mittlerweile zu dick zum Vor-die-Tür-gehen? Die hab ich schon drei Tage nicht mehr gesehen." Das war Ablenkung genug. Die Mutter griff dieses Thema nur zu gerne auf und referierte kurz über Edeltruds bisher absolvierte Diätkuren. „Aber solange der Alwin nicht mitfastet und sie für den immer noch zusätzlich was Richtiges kochen muss, wird das auch nichts!" „Ja der Alwin, das ist aber auch ein Gemütsmensch. Hat der nicht mal über seine Frau gesagt, die hätte die gleiche Stupsnase wie unser Beppo?" „Ja, Roddy, genau so, nur ganz anders. In Wirklichkeit hat Alwin gesagt, unser Beppo hätte das Gesicht fast so wie seine Edeltrud, nur eben etwas feiner!" Die Vorstellung, was passiert wäre, wenn sein Vater gewagt hätte, eine vergleichbare Bemerkung in Zusammenhang mit der eigenen Gattin zu machen, ließ ihn erschaudern.

Dienstag

Die ganze Nacht hatte er kaum geschlafen. Hansi ermordet – und er selbst zumindest formal im Kreise der Verdächtigen! Am besten würde er gleich nach dem Frühstück Indy anrufen, um den vorzuwarnen, und sich nach dem Mittagessen dann bei Kurt Erich melden, um zu hören, ob der an neue Ermittlungsergebnisse herankommen konnte. In der heutigen Tageszeitung stand jedenfalls nur eine dürre Meldung ohne Hintergrundinformationen. Die Überschrift hatte es aber schon in sich: „Beliebter Lokalpolitiker zu Tode gesteinigt". Ob das aus dem BILD-Headline-Archiv geklaut war, und ob dieses Niveau der „journalistische Unteroffizier" oder sein Vorgesetzter zu verantworten hatte, würde er gleich auch von Kurt Erich wissen wollen.

Schon nach dem ersten Brötchen ging er wieder hoch in sein Zimmer, um in Ruhe das Telefonat mit Indy zu führen. Allein: Es hob niemand ab. Er hinterließ eine kurze Bitte um Rückruf. Sofort warf er seinen schönen Ablaufplan über den Haufen und klingelte bereits jetzt Kurt Erich an. Das Ergebnis war das Gleiche wie bei Indy. Wie um sich selbst für seine Ungeduld zu bestrafen, fuhr er daraufhin mit seiner Mutter zum Einkaufen.

Im Supermarkt dann erhielt er den Anruf, den er am sehnlichsten erwartet hatte – nicht von Kurt Erich, nicht von Indy, sondern aus der Firma! Endlich hatte man es eingesehen: Ohne „unseren Herrn Dockter" ging es nicht! Man brauchte ihn, seine solide Sachkompetenz, seinen reichen Erfahrungsschatz, seine Skills! Stolz gab er Auskunft, so energisch und gestenreich, dass sich die Leute nach ihm umdrehten. Gleich ging es ihm besser.

Daheim am Mittagstisch zeigte sich, dass auch die Mutter trotz intensiver Befragung aller beim Einkauf angetroffenen Bekannten nichts Neues in Erfahrung bringen konnte. Das machte ihn richtig zappelig. Die Morde damals in der Firma waren zwar aufregend gewesen, das Stöbern in seiner selbst angelegten Fallakte ungemein anregend und die letzten Ermittlungsschritte ungewollt spannend – aber die Taten und Opfer hatten ihn nicht persönlich berührt. Nun war das anders, er fühlte sich viel näher dran.

Schließlich kam der erlösende Rückruf von Kurt Erich. Der wusste sogar etwas: Am Morgen habe die Kripo Indy heimgesucht, der habe die Beamten jedoch äußerst unfreundlich empfangen und sie seines Grundstücks verwiesen. Da er dabei einen gewaltbereiten Eindruck gemacht habe, sei er kurzerhand in Gewahrsam genommen und zum Verhör abtransportiert worden.

„Roddy, ich wette mit dir, der war es doch, auch wenn du es nicht wahrhaben willst!" „Fünf Bier dagegen! Indy ist kein Mörder! Nächste Frage: Von wem war denn die Überschrift in der Zeitung, von dir etwa? Die war ja unterirdisch." „Roddy, wie alt bist du eigentlich? Noch unter hundert? Heute geht Zeitung definitiv anders. Der Leser will solche Überschriften. Zum Beispiel deren Anfang: ‚Beliebter Lokalpolitiker' – da kann jeder was rausziehen. Wer Hansi nicht kannte oder um ihn trauert, ist froh über diese sagen wir mal: milde Charakterisierung. Für den Rest ist es entweder Grund sich zu ärgern, oder man deutet das als feine Ironie und hat Spaß daran. Du siehst, da ist für jeden was dabei, da sind immer Emotionen im Spiel. So funktioniert Qualitätszeitung heute. Eine emotionale Verbindung zum Leser schaffen. Vielschichtigkeit, Ambivalenz. Warum sich nicht in einem Artikel selbst widersprechen? Öfter mal Fehler einbauen, insbesondere Rechtschreibfehler, das ermöglicht dem Leser eine Begegnung auf Augenhöhe. Keinesfalls Korrektur lesen, holprige Authentizität statt glattem Perfektionismus! Moderner volksnaher Journalismus bedeutet professionelle Amateurhaftigkeit! Verstehst du das, Roddy? Wenn nein, frag mal meinen Printmedienmanager. Mehr sage ich dazu nicht!" „Herr Kurt Erich, wir danken Ihnen für das Gespräch!"

Also deshalb hatte er Indy am Morgen nicht erreichen können. War der Verdacht wirklich so abwegig? Einen grundsoliden Hass auf Hansi hatte der ja, die Fähigkeiten zu einem solchen todbringenden Wurf auch. Die Extravaganz der Tat sprach ebenfalls für ihn. Bliebe noch die Gelegenheit. Einzelgänger, der er war, hatte Indy wohl kaum ein durchgehendes Alibi für die Tatzeit. Einzig die Heimtücke dieses Anschlags passte nicht zu Indys geradlinigem Charakter.

Eigentlich wollte er den Nachmittag und Abend dazu nutzen, sein schriftstellerisches Hauptwerk weiter voranzutreiben. Gerade weil er am letzten Samstag ja schon bei den ersten Sätzen gescheitert war, musste er jetzt am Ball bleiben. Das war nun einmal sein Problem: Er kämpfte nicht genug. Der eigene Anspruch war zwar hoch, aber er wollte ihm gerecht werden ohne „Blut, Schweiß und Tränen". Schon mit seinem erster Versuch im letzten Jahr hatte er deshalb Schiffbruch erlitten, als er Heinrich Manns „Untertan" mit Guntram

Futtermittel als Hauptcharakter für die heutige Zeit neu erzählen wollte – ein zugegebenermaßen mehr als kühnes Unterfangen. Damals hatte er aus der Niederlage eine Tugend gemacht, indem er auf immer kleinere Formate umgestellt hatte, erst kurze Prosaskizzen, dann gereimte Mehrzeiler. Gedichte schrieb er ja immer noch, aber sein Ehrgeiz galt der epischen Erzählung. Man könnte natürlich auch versuchen, aus kleinen literarischen Schnappschüssen collagenartig ein Gesamtbild zu erschaffen, das facettenreich unsere moderne Welt widerspiegelt – oder so ähnlich! Also erst einmal viele kurze Texte schreiben, alles ausdrucken, auf den Fußboden schmeißen und dann versuchen, irgendeine stimmige Ordnung reinzubekommen. Das klang gut, das müsste doch zu leisten sein!

Die Marschrichtung war festgelegt, nun konnte es losgehen in eine erfolgreiche künstlerische Zukunft. Und wirklich war es ihm bis zum Schlafengehen gelungen, ein heiteres Stück Prosa so gut wie fast zu vollenden:

„Am genauesten freilich erinnere ich mich an meine Großtante Elvira, die ja leider nie gelebt hat. Verheiratet soll sie mit einem zugereisten Tibetaner gewesen sein, einem vielseitig begabten Manne, der unter dem Künstlernamen ‚Yeti Rüdesheimer, der singende Weinbergsherpa' über die Dörfer tingelte. Es hieß, er habe die Heimat aus Scham verlassen, nachdem er bei seinem Versuch, als erster Mensch Schifferklavier spielend den Mount Everest zu besteigen, grandios gescheitert war. Großtante Elvira hatte sich dadurch jedenfalls nicht abschrecken lassen; generell scheint sie aus heutiger Sicht für die damalige Zeit erstaunlich weltoffen gewesen zu sein – besonders unten herum, denn außer mit ihrem Gatten verkehrte sie mit sieben weiteren künstlerisch tätigen Herren (wenn auch nie mit allen gleichzeitig).

Einer davon war ein mäßig begabter Flatulist, der jedoch geisteswissenschaftliche Ambitionen hegte. Er hatte es sich zur Aufgabe gemacht, die eher intellektuelle Sichtweise eines Descartes (‚Cogito ergo sum') durch einen empirisch-olfaktorischen Ansatz (‚Pedo ergo sum') zu ergänzen, hatten ihn doch Tausende von Auftritten in muffigen Kneipensälen zur Erkenntnis gebracht, dass der Mensch seine Existenz eher durch das Wehen seiner Darmwinde als durch das Wirken seiner Gedanken zu bekunden pflegt. Großtante Elvira bewunderte den originellen Denker ob der unerbittlichen Schärfe seiner Schlussfolgerungen, weigerte sich aber strikt, ihn bei seiner unappetitlichen Feldforschung zu unterstützen, was letztendlich zur Trennung führte.

Auch mit den anderen Herren verkrachte sie sich im Laufe der Zeit, sodass sie am Ende wieder mit Yeti Rüdesheimer allein war und in eine kleinere Wohnung ziehen konnte. Später verliert sich ihre Spur im Ostharz ..."

Mittwoch

Als er mit Beppo frühmorgens die übliche kleine Runde ging (üblich für Beppo, er selbst war heute in Vertretung der unpässlichen Mutter dabei), war seine Laune nicht die beste. Es herrschte zugiges, nasskaltes Wetter. Kein Mensch konnte da freiwillig unterwegs sein, nur Hundedefäkationsbegleiter oder sonstige schmerzfreie Outdoorfetischisten. Einen von Letzteren sah er in der Ferne einher radeln, einen, den man zudem im wahrsten Sinne des Wortes „an der Gestalt erkennen" konnte: Das war doch Indy, offensichtlich hatte man ihn wieder freigelassen. Ein gutes Zeichen! Er winkte hinüber, doch Indy erwiderte nur kurz den Gruß und bog dann sofort ab auf einen Querweg. Wo wollte der denn hin?

Das war doch schon fast unhöflich, einen kurzen Plausch hatte er nun wirklich erwartet. „Der wird doch wohl nicht auf der Flucht sein …", murmelte er, musste sich dann aber um den freilaufenden Beppo kümmern, denn er erkannte drohendes Unheil: Ein berüchtigter Jack Russell Terrier, ein notorischer Stunksucher, war im Anmarsch. Beppo seinerseits war allseits gefürchtet für seine offen ausgelebte tiefe Abneigung gegen solche Wadenbeißer. Da musste schnell gehandelt werden. Dummerweise hatte er keine Leine dabei, also wurde der Dicke in den Schwitzkasten genommen und mit einem Scherzwort abgelenkt: „Beppo, altes Haus, kennst du eigentlich den Witz von dem Boxerhund und dem China-Restaurant? Ich auch nicht, denn das ist in Wahrheit eine sehr traurige Geschichte …" Mit diesen Worten fiel er um, denn Beppo, dem bis vor einer Sekunde keine böse Absicht anzumerken gewesen war, hatte geschwind eine Attacke gestartet. Da er das verdammte Mistvieh nicht loslassen wollte, wurde er einige Meter über die feuchte Wiese geschleift. So schnell es gekommen war, so schnell war das Spektakel auch wieder vorbei. Beppo verharrte schwer atmend auf seinem muskulösen Hinterteil sitzend; der Jack Russell, den sein Herrchen sofort mit geübtem Leinenschwenker heran und in die Höhe gezogen hatte, wurde aus der Gefahrenzone getragen. Bei ihm selbst war es anders herum gewesen, da hatte der Hund den Herrn auf den Arm genommen. Aus Rache baute er sich vor Beppo auf und sprach mit ernster Stimme: „Ich erinnere noch mal an die Chinesen. Bei denen gibt es für Hunde folgenden Werdegang: erst Kleinspitz, dann Großspitz, dann Tafelspitz! Denk drüber nach!" Der Dicke rülpste, leckte sich den Sack und blickte sodann gelangweilt in die Ferne.

Als sie nach Hause kamen, wurde er von der unerwartet rasch wieder genesenen Mutter begrüßt: „Sieh dich mal an, Roddy, hast du dich mit dem Hund im Gras gewälzt? Junge, wirst du denn nie erwachsen? Dein Vater hat nie so ausgesehen, dafür war der viel zu korrekt, Bilanzbuchhalter eben, wenn auch mit einem oft unschönen Humor." Zack!

Zum Ausgleich für das erlittene Ungemach gönnte er sich ein ausgiebiges Frühstück. Wie so oft ging diese Phase des Genusses jedoch sofort in eine solche der Selbstkritik über, in der er mit seinem durchaus sichtbaren Übergewicht haderte. Schon seit weit über zehn Jahren kämpfte er damit, seit dem gemeinsamen Hausstand mit seiner damaligen Freundin. Die seinerzeit zelebrierte ungemein üppige abendliche Kalorienaufnahme hatte er auch durch anschließende zweisame Leibesübungen auf der heimischen Spielwiese auf Dauer nicht ausgleichen können. Das hatte ihm erst den Titel „Speckbär" eingetragen, später dann die Beförderung zum „Oberinspeckbär". Nun war die Freundin längst fort, nur die Pfunde waren noch da!

Nach diesen selbstquälerischen Überlegungen nahm er Kontakt zum „journalistischen Unteroffizier" auf: „Kurt Erich, kann es sein, dass ich heute gegen acht Uhr Indy hier beim Dorf gesehen habe? Hat die Kripo ihn aus der Liste der Verdächtigen gestrichen?" „Ja, frei ist er, aber definitiv nicht wegen erwiesener Unschuld. Es hat nur nicht für einen Haftbefehl gereicht, hat meine Quelle gemeint." „Und nun?" „Nun wird eben weiter ermittelt. Der darf aber den Ort nicht verlassen." „Wo du von deiner Quelle sprichst: Ist das immer noch dieselbe wie bei den Morden in der Firma?" „Ja, bei Gewaltdelikten sind die auch für unsere Region zuständig. Und hier vor Ort habe ich einige Kontakte von meinem Vorgänger geerbt." „Dann bleibe da am Ball, es geht immerhin um Leute, mit denen wir unser halbes Leben zu tun hatten!"

Stunden später, die er wieder dem literarischen Schaffen gewidmet hatte, meldete sich Kurt Erich mit Neuigkeiten: „Nur ganz kurz, ich bin schon auf dem Heimweg, will noch was erledigen. Aber hab ich nicht gesagt, mit Indy stimmt was nicht? Weg ist er! Die Kripo wollte ihn noch mal sprechen, da war er nicht zu Hause und ging auch nicht ans Telefon. Jetzt suchen sie ihn überall! Bald kriege ich fünf Bier von dir!" Bevor er antworten konnte, war das Gespräch zu Ende.

Kaum eine halbe Stunde danach war wieder Kurt Erich am Apparat, sehr aufgeregt und völlig von der Rolle. „Roddy, versprich mir, dass du nicht weitererzählst, was ich dir jetzt sage!" Er leistete den verlangten Schwur. Daraufhin legte Kurt Erich los: Er habe eben in seinem Briefkasten einen Brief vorgefunden, ohne Marke, direkt vom Absender eingeworfen. Von Indy!

„Und, Roddy, jetzt kommt es: Es ist ein Abschiedsbrief. Nein, eher eine Erklärung. Und die Bitte an mich, die Fakten daraus sachlich in der Zeitung zu veröffentlichen. Indy hat in der Tat den Hansi getötet. Nur, so wie er es beschreibt war es kein Mord, sondern maximal Totschlag. Aber Indy war dennoch der Meinung, dass er mit dieser Schuld nicht weiter leben kann. Ich habe schon die Polizei verständigt. Die suchen jetzt noch einmal intensiver nach ihm. Und es kommt gleich ein Beamter zu mir und holt den Brief ab. Ich darf den Inhalt aber so verwenden wie Indy es vorgesehen hat. Vielleicht finden sie ihn ja noch früh genug. Aber so wie man den kennt, hat er dabei nichts dem Zufall überlassen! Ich glaube, zurzeit ist der schon tot. Schade um ihn!"

Bei den letzen Sätzen klang Kurt Erichs Stimme irgendwie verändert. Nach einigen Sekunden Schweigen ging es aber im normalen Tonfall weiter:

„Zum Tathergang hat Indy geschrieben, dass er am Montag kurz vor Mittag bei der Glückseligkeit auf der Straße stand. Es wäre sonst niemand da gewesen, eine himmlische Ruhe hätte geherrscht. Plötzlich wäre Hansi in seinem SUV mit irrer Geschwindigkeit herangerauscht. Er, also Indy, hätte zur Seite springen müssen, genau neben den Haufen mit den Pflastersteinen. Und dann hätte er gesehen, dass Hansi fünfzig Meter weiter angehalten habe. Nach ein paar Sekunden wäre der daraufhin im Rückwärtsgang zu ihm hin gefahren und ausgestiegen. Dann wäre es zu einem Austausch von Beleidigungen gekommen, die wohl immer persönlicher wurden. Zum Schluss wäre Hansi wutentbrannt in seinen SUV gesprungen und abgerauscht, hätte aber vor der Kurve gewendet, dann voll beschleunigt und auf Indy zugehalten. Der hätte dann – wie er sagt: instinktiv – nach einem Pflasterstein gegriffen und den in Richtung Auto geworfen. Aber der Wurf wäre zu fest und zu genau geraten."

„Habe, hätte, wäre … – du mit deiner verdammten indirekten Rede. Du sollst keinen Artikel schreiben, Kurt Erich, sondern mir erzählen, was passiert ist!"

„Was wirklich passiert ist, weiß ich auch nicht, ich war ja nicht dabei! Ich kann nur berichten, was hier auf dem Papier steht. Und genau dafür kennt unsere schöne deutsche Muttersprache nun mal die indirekte Rede!"

Er wusste, dass er Kurt Erich jetzt nicht verärgern durfte. Daher verkniff er sich eine scharfe Replik, die den aus dem Gebrauch solcher rhetorischen Möglichkeiten resultierenden Zwang zur Befolgung der damit verbundenen grammatikalischen Regeln zum Inhalt gehabt hätte – kurz: „Wenn schon, dann mach's auch richtig, du Depp!". Nein, das wäre jetzt unklug. Lieber wartete er, bis Kurt Erich von sich aus wieder loslegte.

„Also weiter: Indy hat geschrieben, er sei völlig außer sich gewesen, als Hansi heranraste, was dann passierte, sei völlig unkontrolliert abgelaufen. Das könne zwar seine Schuld nicht mindern, aber durch die ewige Raserei im Dorf wäre seine Aggressionsschwelle diesbezüglich erschreckend niedrig geworden. Roddy, ich sage dir, ich kann das definitiv nachvollziehen. Wenn bei mir in der Wohnstraße gerade Kinder spielen, und jemand brettert dann da mit dem Auto durch, denke ich selber oft: Eigentlich gefährdet das Arschloch Menschenleben, also bist du jetzt in einer Notwehrsituation, da darfst du Gewalt einsetzen, um die Gefahr abzuwenden. Und ich würde es dann am liebsten auch tun! Und, Roddy, ich sag es wie es ist: Ich habe schon mal einen Stein in der Hand gehabt in so einer Situation. Wenn ich nicht aus meiner aktiven Zeit beim Amifootball gewusst hätte, dass ich eher die Kinder treffe als das Arschloch-Auto, ich hätte geworfen!"

„Und ich habe Indy heute Morgen noch gesehen, wie er mit dem Fahrrad unterwegs war. Vielleicht war der da auf seinem letzten Ritt – komisch drauf war er jedenfalls!"

„Scheiße, Roddy, das Leben ist scheiße!"

Diese tragische Wendung warf ihn ziemlich zurück; schon lange hatte er sich nicht mehr so hilflos gefühlt. Im Nachhinein bekam so mancher Vorfall eine viel größere Bedeutung. Unter der Oberfläche hatte es wohl schon heftig gebrodelt – und keiner der Zuschauer hatte die Eskalation wahrhaben wollen! Was das angeht war er doch selbst zum Zeugen geworden am letzten Samstag in der Kneipe. Nicht was gesagt wurde, sondern wie unbarmherzig kalt sich Hansi und Indy danach angestarrt hatten, das hätte ihm zu denken geben müssen. „Hätte, hätte, ...", sein Hausarzt würde jetzt von einem „schicksalhaften Verlauf" sprechen.

Das Läuten des Telefons holte ihn aus dem ersten Fernsehschlaf. Kurt Erich wollte ihn heute unbedingt auf dem Laufenden halten: „Sie haben Indy gefunden! Tot. Unter der Glückseligkeit. Er muss von da oben gesprungen sein! Wie gut, dass ich meinen Artikel schon größtenteils fertig hatte. Ich brauchte nur noch das Polizeistatement einzubauen und ab in den Druck. Guck morgen in die Zeitung!"

Donnerstag

„Hat du schon Zeitung gelesen?" Es war der gnadenlose Kurt Erich, der da in aller Herrgottsfrühe störte. „Und so was fragst du mich vor dem Frühstück?!" „Wenn es dem Herrn nachher besser passt, dann ruf mich an. Ich geh dann nicht ans Telefon!" Schluss des Gespräches. Kurt Erich wurde aber auch immer empfindlicher.

Gespannt warf er einen Blick in den Lokalteil. Und wirklich, Kurt Erich war gestern noch fleißig gewesen – und hatte seine Sache gut gemacht, das musste man ihm lassen. Dieser grobe Klotz konnte bisweilen richtig feinfühlig sein. Jedenfalls hatte sich Indy für seine letzte Botschaft nicht den Falschen ausgesucht.

Später am Vormittag geriet er mit der Mutter noch in einen Disput. Ganz vorsichtig hatte er seine unbefriedigende Wohnsituation angesprochen, dabei jedoch das Wort „Umbaupläne" in den Mund genommen. Das war ein Fehler, das hörte die Mutter gar nicht gerne: „Roddy, du willst mir doch hier keine Baustelle aufmachen! Es ist doch gut so wie es ist! Du hast doch dein Zimmer. Und wenn du Besuch hast, kannst du dich unten bei mir ins Wohnzimmer setzen. Kauf dir für oben ein paar neue Möbel, mehr brauchst du doch nicht!" Genau das wollte er eben nicht. Und so gab ein Wort das andere, bis es mütterlicherseits zur finalen Feststellung kam: „Das ist immer noch mein Haus, und wenn dir das nicht passt, kannst du dir ja selbst eines kaufen! Das von Indy ist ja jetzt wohl zu haben!"

Ein Schlag unter die Gürtellinie – auch der Mutter schien dies bewusst zu sein, denn kleinlaut wechselte sie sofort das Thema: „Weißt du überhaupt, dass wir von Indys Haustür noch einen Schlüssel hier haben?" Ihre eigenen Eltern seien doch früher Nachbarn von Indys Eltern gewesen, und damals habe man sich gegenseitig einen Schlüssel gegeben für den Notfall. Später habe Indy ja das Haus geerbt und alles im alten Fachwerkstil wieder hergerichtet. Die alte Haustür habe er auch restauriert. „Und als deine Oma gestorben ist, wollten wir immer mal den Schlüssel zurückgeben, aber irgendwie ist der dann doch hier bei uns in der Kommode im Flur gelandet, neben dem alten Gebetbuch von der Oma. Also, wenn der Indy kein neues Schloss hineingemacht hat, müsste der immer noch passen!" Nein, das mit dem Schlüssel wusste er nicht, und wenn er es einmal gewusst hatte, wäre es ihm bis gestern egal gewesen. Nun aber war Indy tot!

Am späten Nachmittag drehte er die gewohnte Runde mit Beppo. Allerdings trieb ihn auch die Neugier zur Glückseligkeit. Zwei Tote hatte es hier gegeben, nur wenige Meter voneinander entfernt. Hansis SUV war inzwischen abtransportiert, vom Fundort von Indys zerschmetterten Körper kündeten nur noch polizeiliche Absperrbänder. Ermittler waren nicht mehr zu sehen, der ganze Bereich war menschenleer. Eigentlich erstaunlich, er hatte fest mit den üblichen einheimischen Schaulustigen gerechnet. Aber es wurde auch bald dunkel.

Apropos dunkel: Wo war denn der dicke Hund abgeblieben, wo steckte Beppo? In einer halben Stunde würde er den gar nicht mehr finden können. Wahrscheinlich kämpfte er auf der anderen Straßenseite wieder mit den brandgefährlichen Fichtenästen. An derselben Stelle wie am Samstag war der tapfere Streiter allerdings nicht, jetzt musste er selbst über den Graben springen und tiefer im Gelände suchen. Schon hörte er Knurren und Zerrgeräusche. Beppo wurde sichtbar, wie er mitten im Verhau etwas hervorziehen wollte. Aber das war kein Fichtenast, das war ein Fahrrad. Illegale Müllentsorgung! Das wollte er sich näher ansehen. Er schubste den Dicken weg. Zuerst bemerkte er, dass am Vorderrad etwas nicht stimmte: Einige Speichen waren verbogen oder abgesprengt. Anfangs dachte er an einen Unfall, aber dabei wäre gewiss auch der eigentliche Reifen beschädigt worden. Die Spuren passten eher zu einem Schlag oder etwas Ähnlichem. Dann räumte er die restlichen aufliegenden Äste ab. Sofort wurde ihm klar: Das hier war Indys Fahrrad. Solche Satteltaschen gab es nur einmal. Seine Neugierde erwies sich als stärker als seine Skrupel: Er musste einen Blick in diese Satteltaschen werfen. Es fand sich ein Sammelsurium von Werkzeugen, interessant geformten Wurzelfundstücken, Handzetteln (Einladungen zur Isegrim-Veranstaltung), aber auch ein sorgfältig aufgerolltes langes stabiles Seil – und ein Brief mit der schlecht leserlichen Aufschrift: "Für die Polizei". Ein zweiter Abschiedsbrief?! Und nun? Was sollte er tun? Den Ersten hatte die Kripo ja bereits, da eilte es mit dem Zweiten wohl nicht so. Vielleicht sollte er den zunächst einmal mit nach Hause nehmen und in Ruhe lesen. Ganz wohl war ihm bei dem Vorhaben nicht, allein: Er führte es dennoch aus. Er handelte sogar recht abgebrüht, vermied es, Fingerabdrücke zu hinterlassen, wischte bereits berührte Flächen ab. Das Rad wurde wieder zugedeckt und der Heimweg angetreten.

In seinem Zimmer öffnete er mit zittrigen Fingern den Umschlag. Darin steckten zwei mit der Hand beschriebene Blätter. Er überflog den längeren Text. Im Grunde stand da nichts anderes als in Kurt Erichs Version. Aber der Schluss hatte es in sich, davon hatte Kurt Erich nichts erwähnt: „Ich bitte darum, dass der Baum, an dem mein toter Körper hängt, schnellstmöglichst gefällt wird, aber an Ort und Stelle verbleibt, um hier den Nährboden für neues Leben zu bilden." Indy hatte sich aufhängen wollen – dafür auch das große Seil! Und es sah Indy überhaupt nicht ähnlich, dass er von diesem seinem letzten Plan abgewichen war. Den Passus hatte Indy anscheinend für zu persönlich gehalten, als dass er ihn in der Zeitung veröffentlicht haben wollte, daher die Abweichung. Der andere Text war ein Testament, in dem Indy betonte, dass er keine Nachkommen habe, und seinen Besitz abzüglich der Beerdigungskosten seinem Naturschutzverband vermachte.

Wie gern hätte er jetzt mit jemandem über die neue Sachlage gesprochen – aber mit wem? Seine Mutter war da wahrlich kein Austauschpartner. Jacques konnte man dafür auch nicht gebrauchen. Und Kurt Erich war vielleicht doch zu sehr Reporter; den hätte ein Schweigegelöbnis nur unnötig gequält. Also wieder wie im Film: Der einsame Detektiv bringt die Wahrheit ans Licht. In der Hauptrolle: Roddy D. (auch bekannt aus: „Ich stoppte Guntram, den Mörder in meiner Firma").

Leider machte sich nun immer stärker sein schlechtes Gewissen bemerkbar. Er durfte diesen Brief nicht unterschlagen, schon wegen des Testamentes nicht. Aber er wollte ihn auch nicht wieder einfach so in die Satteltasche stecken, vielleicht wäre er nicht mehr zu entziffern, wenn das Fahrrad erst nach dem nächsten Regen gefunden würde. Am besten würde er ihn einfach in Indys Haus deponieren. Dank der Mitteilung seiner Mutter wusste er ja, wie er dort hineinkommen konnte. Er packte die Blätter wieder in den Umschlag, eilte die Treppe herunter, öffnete möglichst leise die Kommode, fand den Schlüssel wie angekündigt neben Omas Gebetbuch, grummelte zur Tarnung „Wo ist denn die verdammte Taschenlampe?", griff sich die Jacke und rief: „Ich bin noch mal für ein Stündchen in die Kneipe!" Beim Herausgehen hörte er Geknurre, er hoffte, dass das Beppo gewesen war. Die Ausrede war aber auch zu blöd, donnerstags hatte die Kneipe bekanntermaßen zu. Dass er sich noch aus seinem Auto die Notfalltaschenlampe sowie ein Paar Einweghandschuhe holte, sollte sich gleich als hilfreich erweisen.

Schnell war Indys Grundstück erreicht. Ein Dorf hat den Vorteil der kurzen Wege, aber den Nachteil wissbegieriger Nachbarn. Zum Glück lag das Haus zurückgesetzt im kunstvoll verwildert gehaltenen Garten, und es war schon dunkel. Profimäßig mied er den Lichtschein der Straßenlampen und erreichte die Haustür im festen Glauben, dass niemand seine Annäherung bemerkt haben könne. Hier war es stockfinster; es dauerte lange, bis er die Einweghandschuhe angezogen und das Schlüsselloch ertastet hatte. Aber der Schlüssel passte!

Er betrat den Flur und zog die Tür hinter sich zu. Wie gut, dass er wegen der BI-Arbeit schon verschiedentlich hier im Haus mit Indy zusammengesessen hatte. Viele Möglichkeiten zum Verlaufen gab es nicht. Er erreichte Indys Arbeitszimmer, ohne die Taschenlampe gebraucht zu haben. Er hatte vor, den Umschlag auf dem Schreibtisch abzulegen und dann sofort wieder zu verschwinden.

Um das Ganze noch authentischer zu machen, wollte er zuvor mit Indys Bürotacker Umschlag und innenliegende Blätter zusammenheften. Er ließ die Hand über den Schreibtisch gleiten, um den Tacker zu finden. Im geringen Restlicht konnte er kaum Gegenstände ausmachen, erinnerte sich aber, dass die Platte voll von Büromaterial und Erinnerungsstücken gewesen war. Ein würfelförmiges Objekt aus Wurzelholz war ihm damals besonders ins Auge gefallen: sehr schöne, nicht geglättete Oberfläche, etwa fünfzehn Zentimeter Kantenlänge. Da, er hatte den Tacker in der Hand. Er setzte einige Heftklammern, legte den Tacker samt Briefumschlag wieder ab, spürte noch, dass er irgendetwas gestreift hatte, und schon rumpelte es auf dem Boden.

Jetzt musste doch die Taschenlampe in Aktion treten. Im Lichtkegel erkannte er den Holzwürfel, der allerdings durch den Aufprall verändert war: Augenscheinlich ließ er sich in zwei Teile zerlegen, deren Berührungskanten der Holzstruktur folgten. Er hockte sich auf den Boden und untersuchte das Phänomen genauer. Es handelte sich um ein geheimes Versteck, denn im Inneren des Würfels war ein Hohlraum zu erkennen. Er zog die Hälften ganz aus der Führung. Der Inhalt bestand aus einigen Schriftstücken. Obenauf lag ein mit der Hand beschriebenes zusammengefaltetes Blatt, offensichtlich ein Brief. Er konnte der Versuchung nicht widerstehen und warf einen Blick darauf. Das Schreiben war um die dreißig Jahre alt. Adressat war Indy, Absender war „Dein Dich dennoch für immer liebender Hansibär". Er traute seinen Augen kaum! Jetzt verschlang er den ganzen Text Wort für Wort. Indy und Hansi waren zu jener Zeit ein schwules Liebespaar gewesen, und Indy wollte das Versteckspiel beenden. Hansi hatte es jedoch an Mut gefehlt; aus diesem Grund sollte dieser Brief die Beziehung beenden. Beide hatten sich nie geoutet, Hansi sogar geheiratet – es war und blieb ihr gemeinsames Geheimnis.

Augenblicklich überfielen ihn Gewissensbisse: „Roddy, du Charakterschwein, das hättest du nie lesen dürfen!" Rasch packte er alles wieder zurück, schob die beiden Teile wieder zusammen und kontrollierte den Würfel. Soweit er das im Schein der Taschenlampe beurteilen konnte, sah der wieder so monolithisch aus wie vorher. Er stellte ihn auf den Schreibtisch zurück. Dann schlich er sich mit einem ganz üblen Gefühl in der Magengegend aus Indys Haus und Leben.

Es war die Mutter gewesen, die vorhin, als er loszog, geknurrt hatte, und sie knurrte immer noch, als er jetzt heimkam. „Was sollte das denn, Roddy, sich fortstehlen und mich dabei anlügen? Du wirst doch nicht wieder Detektiv spielen wollen? Tu mir das nicht an, du weißt, ich habe ein schwaches Herz!" Natürlich hatte sie überhaupt kein schwaches Herz, eigentlich war sie gesund, sie kränkelte nur aus Trauer und Einsamkeit. Er vermied jegliche weitere Diskussion und verabschiedete sich in die Nachtruhe.

Oben in seinem Zimmer versuchte er, seine Gedanken zu ordnen. Armer Indy! Offenkundig war es dem auch nach all den Jahren schwergefallen, mit der Trennung von Hansi umzugehen. Zum Schluss waren die zwei wohl in einer Art von Hassliebe miteinander verbunden gewesen. Aber wie auch immer – Fakt war: Indy hatte Hansi getötet. Indy wollte deshalb sterben. Indy hatte seinen Freitod angekündigt. Aber Indy wollte sich aufhängen und nicht von der Glückseligkeit in den Tod springen. Dieser Widerspruch blieb! Dafür hatte er noch keine Erklärung!

Freitag

Konnte er nicht einmal morgens aufwachen mit dem Gefühl wohligen Entspanntseins? Nein, es war wieder eine unschöne Nacht gewesen, er hatte keine Ruhe finden können. Und auch jetzt ließen ihn die Ereignisse der letzten Tage nicht los. Was sollte er machen – die Ungereimtheiten bei Indys Tod auf sich beruhen lassen? War das in Indys Sinne? Der hätte gewiss nicht haben wollen, dass seine damalige Liebesgeschichte heute einem sensationsgeilen Publikum aufgetischt würde. Aber, das stand auch fest, der hätte es auf den Tod nicht ausstehen können, wenn jemand die Ausführung seines Suizids durcheinandergebracht hätte! „Agent Roddy D." würde also nur in diese Richtung weiter ermitteln, alles andere würde er unter dem Deckel halten. Warum hatte Indy eigentlich vor seinem letzten Gang Hansis Brief nicht verbrannt? Hatte der es dem Schicksal überlassen wollen, ob das Versteck gefunden und alles ans Licht kommen würde? Sein Wurzelholzwürfel mit dem brisanten Inhalt, wie er, verkannt als Dekoschnickschnack, Jahrzehnte auf seine Enttarnung wartet – es hätte durchaus zu Indy gepasst, Freude an einem solchen Gedanken zu haben.

Er beschloss, Kurt Erich anzurufen, vielleicht hatte der ja etwas Neues von der Kripo gehört. „Roddy, da muss ich dich enttäuschen, für die Polizei ist der Fall klar." „Und wie, denken die, ist Indy zur Glückseligkeit gekommen, der fuhr doch jeden Meter mit dem Fahrrad. Haben die das Rad gefunden?" „Interessante Frage, Roddy, ich werde da mal nachhorchen. Sonst noch was?" „Ja! Ist eine Obduktion gemacht worden? Hat man was Besonderes an der Leiche gefunden?" „Worauf willst du eigentlich hinaus, weißt du wieder was? Wehe, du lässt mich darüber mal wieder im Dunklen, in the Düsterness – oder so!" „Kurt Erich, ich verspreche you, I will never let you in the Düsterness, es sei denn, es muss sein!"

Schon eine halbe Stunde später war Kurt Erich wieder in der Leitung: „Also, ich konnte Folgendes erfahren: Nein, direkt am Aussichtspunkt ist kein Fahrrad gewesen, man hat aber auch nicht extra gesucht, will das aber auf unsere Anregung hin in den nächsten Tagen nachholen. Nein, es wurde keine Autopsie durchgeführt, die Leiche muss wohl nach dem Sturz aus so großer Höhe ziemlich zerschmettert gewesen sein. Heute will man erst einmal Indys Haus durchsuchen. Wie gesagt, für die Kripo ist das nur Formsache, für die ist alles geklärt."

Das gab ihm ein Zeitfenster für eigene Recherchen. Er wollte sich doch noch einmal bei der Glückseligkeit umsehen. Warum war Indys Rad beschädigt und lag versteckt unter Zweigen, warum der Wechsel der Todesart?

Leider stand zunächst noch eine Versorgungsfahrt auf dem Programm. Die Mutter hatte bemerkt, dass ihr Vorrat an Küchenrollen dramatisch eingebrochen war (nur noch ein Dreierpack im Regal), und daher musste schnellstmöglich der Supermarkt am Ortsrand angesteuert werden. „Supermarkt" war eine eher euphemistische Bezeichnung für einen Laden mit überschaubarer Fläche und ebensolchem Warenangebot. Aber es war gut, dass sich diese Einkaufsmöglichkeit bislang hier halten konnte. Außerdem war das angeschlossene Stehcafé ein beliebter Treffpunkt zum Dorftratsch. Ein „coffee to stay" wäre vielleicht nicht schlecht, jedenfalls nervenschonender, als die Mutter auf ihrer Hamstertour durch die Sonderangebote zu begleiten. Unglücklicherweise waren alle Stehtische von Einheimischen belegt; er hatte aber momentan keine Lust, sich in Gespräche verwickeln zu lassen, bei denen es höchstwahrscheinlich einzig um die Todesfälle gehen würde. Also doch ein „coffee to go". Draußen auf dem Parkplatz lehnte er sich an sein Auto und schlürfte die heiße, bittere Brühe – es war eher ein „coffee to run"!

Da sah er eine große, gut aussehende Dame mit dem Einkaufswagen herankommen, eine sportlich-elegante Erscheinung, die ihm bekannt vorkam. Als sie an ihm vorbeiging, fiel es ihm schlagartig ein: Das war Hansis Frau, nein, jetzt Hansis Witwe! Er hatte sie als eine sich elitär gebende, unnahbare Person in Erinnerung, die nur gezwungenermaßen mit dem gemeinen Volk Kontakt pflegte. Wenn in der Nachbarschaft das Gespräch auf sie kam, fiel regelmäßig der Spruch: „Hat die nicht mal gesagt: ‚Ich habe nichts gegen dieses Dorf; was mich stört, sind seine Bewohner'?!" Ja, so waren die Eingeborenen – ziemlich nachtragend und in mancher Beziehung völlig humorlos.

Er sprang zu ihr hin, stellte sich vor und kondolierte. Sie hatten sich noch nicht oft getroffen, aber dennoch war sein Name ihr ein Begriff. „Hans-Arthur hat mir immer viel von den Leuten hier im Dorf erzählt, ich selbst stamme ja nicht von hier. Ich bin viel unterwegs und kaufe auch nur selten hier ein. Und mit den Dorfleuten bin ich nie wirklich warm geworden. Sie zähle ich übrigens nicht zu denen, Sie sind doch selbst lange weg gewesen. Waren Sie nicht an derselben Uni wie Hans-Arthur und ich?" „FH, ich war ein paar Jahre später an der FH, aber die Stadt war dieselbe!" Er verbesserte sie nur deshalb so pingelig, weil etwas an ihrem Ton ihm nicht gefiel – weniger das, was sie sagte, sondern wie sie es sagte, wie sie den Kopf dabei hielt. Er hatte das Gefühl, sie verachtete die Menschen hier! „Wir wären besser in der Stadt geblieben", fuhr sie ungerührt fort, „aber Hans-Arthur wollte unbedingt hierhin zurück. Er sagte immer, das sei seine Heimat, das seien seine Leute, welche Fehler sie auch immer haben mochten. Und dann ist der Johannes auch noch zurückgekommen!" Die Frau war die Einzige, die Hansi selbst in der Dorfkneipe noch „Hans-Arthur" nennen würde. Und Johannes war niemand anderes als Indy. „Das hätte nie passieren dürfen!" Und dann entfuhr es ihr: „Nach allem, was vorher zwischen den zweien gewesen war!" Wusste die etwa Bescheid über die beiden? Reflexartig sah er ihr in die Augen, ihre Blicke trafen sich. Danach war er sich sicher: Sie wusste Bescheid, und sie ahnte jetzt, dass er es auch wusste.

Sofort kam der Detektiv in ihm zum Zuge, er wollte noch einen Versuchsballon aufsteigen lassen: „Umso trauriger, dass es so enden musste! Hoffen wir, dass die Kripo bald aufhört überall rumzuwühlen. Aber es heißt, die sind fast fertig, nur Indys Fahrrad wird noch vermisst, das wollen sie morgen noch suchen, das scheint denen wichtig zu sein. Was ich aber überhaupt nicht verstehe, ist die Tatsache, dass Indy keinen richtigen Abschiedsbrief bei sich getragen hat. Der hat doch sonst nichts dem Zufall überlassen – und in den Brief an die Zeitung hat er doch gewiss nicht alles reingeschrieben! Ich könnte mir vorstellen, dass man noch etwas Aufschlussreiches bei Indys Fahrrad findet!" Hansis Witwe ging nicht darauf ein; höflich, aber kalt verabschiedete sie sich.

Während er weiter auf seine Mutter wartete, checkte er die aktuelle Sachlage noch einmal durch. War es überhaupt von Belang, ob Hansis Witwe von der früheren Affäre ihres Gatten mit Indy wusste? Was könnten die Konsequenzen daraus sein? Das war doch vor ihrer Ehe gewesen. Warum hatte sie nichts zu Indys Täterschaft gesagt? Darüber musste die Kripo sie doch in Kenntnis gesetzt haben – und es hatte schon in der Zeitung gestanden! Warum hatte sie kein Wort über dessen Selbstmord verloren? Nichts, keine verbalen Ausrutscher, keine Bitterkeit. Das war doch nicht normal! Dazu kam: Die Umstände von Indys Tod blieben dubios. Aber der hatte doch sterben wollen, so oder so. Nein, nicht so oder so – nur so, wie er es selbst für sich geplant hatte!

Wie konnte man Licht ins Dunkel bringen? Sein Bauchgefühl sagte ihm, dass man nur über Indys Fahrrad an die Wahrheit herankommen würde. Nur gut, dass er seiner Mutter von der bevorstehenden Nachsuche berichtet hatte; nun, nach der Stunde inmitten all der Nachbarn und Bekannten im Supermarkt, würde sie diese Nachricht ins ganze Dorf getragen haben. Wenn nicht Hansis Witwe, dann zeigte vielleicht jemand anderes Interesse daran.

Er wartete bis zum Nachmittag, dann brach er auf. Die Fundstelle von Indys Fahrrad musste observiert werden. Zunächst, so war sein Plan, wollte er mit dem Auto daran vorbei fahren, um zu sehen, wer dort herumlief oder da parkte, dann selbst in einiger Entfernung den Wagen unauffällig abstellen und sich mit dem Schutzhund anschleichen. Der Rest musste sich ergeben.

Er verstaute Beppo auf dem Rücksitz und fuhr über die Westroute hinauf zur Glückseligkeit. Trotz der ungemütlichen Witterung entschied er sich dafür, die vorderen Seitenfenster zu öffnen, das gab ein Gefühl intensivierter Sinneseindrücke. In der Steigung kam die Felskante mit dem Aussichtspunkt ins Blickfeld, dort meinte er kurz eine Person zu sehen, die aber sofort wieder verschwunden war. „Roddy, alter Stratege", lobte er sich, „sollte dein Trick schon Wirkung zeigen?" Er war gespannt, wer ihn oben erwarten würde. Langsam fuhr er weiter. Als er um die letzte Kurve kam, war allerdings auf dem geraden Straßenstück, das an der Glückseligkeit vorbeiführte, nichts zu erkennen. Auch der Wanderparkplatz war (bis auf ein paar totgefahrene Plastiktüten) leer. Sollte er sich getäuscht haben? Angespannt musterte er links und rechts das Gelände. Nichts Auffälliges in Sicht!

Er wollte schon beschleunigen, um mit Teil zwei des Planes weiter zu machen, als urplötzlich zwanzig Meter vor ihm eine Gestalt hinter einem Baum hervorsprang: ein dicklicher Mensch, der eine komische Modemütze trug und sich das Gesicht mit einem Schal vermummt hatte. Und der setzte sofort zu einem Steinwurf an. Doch was wohl als Schlagwurf geplant war, geriet eher zu einer verhungernden, recht flachen Bogenlampe. Dennoch, der Stein krachte auf sein Autodach, er erschrak, verriss die Lenkung und landete rechts im Graben. Gut, dass er noch im Pirschtempo unterwegs gewesen war. Der Attentäter starrte zu ihm rüber, wohl selbst überrascht vom Effekt seines eigentlich misslungenen Wurfes. Da wurde der Motor eines herankommenden Wagens hörbar. Augenblicklich geriet der „glitschige Clemens" in Wallung. Er war sich sicher, dass es niemand anderes sein konnte. Die Gestalt, die Kleidung, der ungelenke Bewegungsablauf, das musste der „glitschige Clemens" sein! Und der lief jetzt im Schweinsgalopp die Straße entlang, genau dem herannahenden Auto entgegen, und verlor dabei auch noch die Mütze! Und als der sich bückte, um sie wieder aufzuheben, verrutschte ihm anscheinend auch noch der Schal, denn von hinten sah er, dass sich der Geck anschließend irgendetwas vor dem Kopf neu sortierte. Der andere Wagen war mittlerweile am „glitschigen Clemens" vorbei, der wiederum war in einem Waldweg verschwunden.

Er atmete tief durch. Beppo auf dem Rücksitz war unsanft geweckt worden und unruhig. Aber die Gefahr war überstanden und Hilfe schon vor Ort. Erleichtert löste er den Gurt. Das andere Auto hatte angehalten, soeben stieg der Fahrer aus. Er sah genauer hin: Es war eine Fahrerin, es war („Da schau her!") Hansis Witwe, die aus ihrem schmucken Sportcoupé kletterte. Sie kam näher; er winkte durch die Scheibe, um zu zeigen, dass er unverletzt war. Doch kaum erkannte sie ihn, fing es in ihrem Gesicht an zu arbeiten, sie schien kurz und angestrengt über etwas nachzudenken. Dann sah es so aus, als sei ein Hebel umgelegt worden; sie machte kehrt und lief für ihr Alter sensationell dynamisch nach hinten zum Haufen mit den Pflastersteinen, bückte sich blitzschnell und griff sich zwei davon. Gebannt von der jähen Wendung verfolgte er ihre Bewegungen, als wäre er Zuschauer in einer Sportarena. Im Stile eines Tempogegenstoßes kam sie zurück und setzte bei etwa acht Metern Entfernung zu einem eingesprungenen Gewaltwurf an; ihren unvorteilhaft verspannten Gesichtszügen zufolge sollte es der brutalstmögliche ultimative Kracher werden.

Sein Auto hing schief mit der Beifahrerseite nach unten im Graben. Das Einzige, was er machen konnte, war, sich seitlich in diese Richtung zu werfen. Dieser Reaktion verdankte er sein Leben, denn der Stein durchschlug wie eine Gewehrkugel das Glas, prallte gegen den Fahrersitz und wurde in den Fußraum zurückkatapultiert. Schon stand diese fürchterliche Frau schräg vor dem Wagen, das zweite Wurfgeschoss in der Hand.

Dann geschah das Wunder: Ein völlig panischer dicker Hund kam jaulend zwischen den Sitzen nach vorne gekrabbelt, zwängte sich strampelnd durch das Fahrerfenster, fiel mehr hinaus als dass er sprang, rappelte sich hoch, machte einen unkontrollierten Satz nach vorne, rempelte dabei die jetzt ihrerseits erschrocken wirkende Verrückte an und suchte das Weite. Von wegen Heldenhund Beppo! Im Endeffekt aber genauso wirkungsvoll: Hansis Witwe geriet nämlich ins Straucheln, wollte sich nach hinten am Kotflügel abstützen, griff aber, da sein Kleinwagen tatsächlich schon zu Ende war, ins Leere und stürzte rücklings in den Graben. Er hörte sie vor Schmerz brüllen, und es schien echt zu sein. Vorsichtig kletterte er aus seinem Wagen. Sie lag im Matsch und wimmerte, ihr Bein sei gebrochen. Trotzdem ließ er sich nicht davon abbringen, zwei, drei von den größeren Fichtenästen quer über ihren Rumpf zu legen, um sie an etwaigen Angriffsversuchen zu hindern. Gerade war er damit fertig, da fühlte er sich von hinten angestupst. Er zuckte zusammen. Aber es war nur der Deserteur Beppo, der reumütig die Wiederaufnahme in die mittlerweile siegreiche Truppe erbettelte.

Während Hansis Witwe ihn anflehte, ihr doch wenigstens das Handy aus ihrem Auto zu holen, damit sie den Notarzt rufen könne, überlegte er. Dann machte er ihr betont lässig ein Angebot: „Tja, Verehrteste, das war wohl nicht das, was bessere Töchter im Internat lernen! Aber wenn Sie mir alles erklären, steht einem Telefonat nichts im Wege." Kaum konnte er seine Aufgeregtheit überspielen. „Zunächst beantworten Sie aber meine Fragen! Also: Warum waren Sie hier, das war doch kein Zufall, oder? Warum der Angriff auf mich?"

Es blieb ihr nichts anderes übrig als einzuwilligen, wobei er natürlich nicht wusste, ob sie auch die Wahrheit sagen würde. Nein, es sei kein Zufall gewesen. Sie sei wegen des Fahrrades hier oben. „Sie meinen Indys Fahrrad, das Sie dahinten versteckt haben?" „Ja, Herr Roddy. Ich darf Sie doch Roddy nennen, Hans-Arthur nannte Sie auch immer so. Ja, ich meine das Fahrrad von Johannes. Hier ganz in der Nähe habe ich den am Mittwochmorgen getroffen, dort, wo Hans-Arthur gestorben ist. Ich war in aller Frühe hier hoch gewandert, um Abschied zu nehmen. Und dann kommt plötzlich dieser unvermeidliche Johannes angeradelt, als ob er mir selbst diese Zwiesprache mit meinem Mann nicht gönnt. Hans-Arthur gehörte mir, was vor mehr als dreißig Jahren einmal war, zählt nicht!"

„Was war denn vor mehr als dreißig Jahren?"

Sie schrie auf, diesmal eher aus Zorn als aus Schmerz. „Tun Sie nicht so scheinheilig, Sie wissen es doch, das habe ich schon bei unserem Gespräch auf dem Parkplatz gespürt! Woher eigentlich? Beide, Hans-Arthur und Johannes, hatten sich gegenseitig versprochen, es niemals jemandem zu sagen, und Hans-Arthur hat auch nur einmal dagegen verstoßen, und zwar bei mir. Und der Johannes hat ja wohl eisern geschwiegen. Ich habe den Hans-Arthur auch nie nach Einzelheiten gefragt. Wir haben eine offene Ehe geführt, aber wir hatten auch viel Spaß miteinander, und außerdem war das vor meiner Zeit ... Aber jetzt genug von dieser alten Geschichte!

Jedenfalls tauchte der Johannes am Mittwochmorgen hier auf und hielt neben mir an. Er hat dann so herumgedruckst, hat gesagt, dass es ihm leidtut. Dass er sich das nie verzeihen könne! Ich habe ihn gefragt, was ihm denn leidtut. Aber der hat nur auf seine überhebliche Art geantwortet, dass ich jetzt noch Geduld haben müsse, dass ich es bald erfahren würde, dann würde ich alles verstehen! Das ging dann ein paar Mal hin und her, aber der Johannes wollte nichts Genaues sagen, stur wie der war. Ich kenne ihn ja auch schon eine Ewigkeit, wir haben ja alle für denselben Verein gespielt und zusammen da so manche Feier gehabt. Und dann fing der an, mit dem Fahrrad komische Spielchen zu machen, es am Lenker anzuheben und fallen zu lassen, als ob er die Federung testen wollte. Irgendwann war es mir dann zu albern, da bin ich explodiert und habe ihm voller Wut gegen das Vorderrad getreten. Das ist eben mein Fehler, dass ich manchmal so jähzornig werde. Er hat mich nur vorwurfvoll angeschaut, hat das Rad abgestellt und ist wortlos zum Aussichtspunkt gegangen. Da bin ich ihm gefolgt. Dort hat er sich dann ganz nah ans Geländer gestellt und aufs Dorf gestarrt. Und dann hat er ganz traurig gesagt: ‚Was ist nur aus uns geworden?! So wollten wir doch nie werden – auch du nicht!‘ Aber, mein lieber Herr Roddy, der Rest geht Sie nichts an. Sie wissen doch jetzt, warum ich hier bin. Sonst noch was?"

„Ja, das Wichtigste: Warum wollten Sie mich eben umbringen? Weil ich komische Bemerkungen mache?"

„Das weiß ich selbst nicht, das kann ich mir selbst nicht erklären! Ich stehe wohl immer noch unter Schock wegen Hans-Arthurs Tod. Das vorhin war ja, als hätte ich den Tathergang vom Montag nachgespielt. Ich bin froh, dass ich morgen bereits einen Termin beim Psychologen habe ..." „Den können Sie vergessen", unterbrach er, „ich rufe jetzt die Polizei. Das gibt mindestens eine Anklage wegen versuchten Totschlags! Ob die Kripo dann den Notarzt ruft oder den Metzger, das ist mir egal!" Sie versuchte, sich umzulagern, stöhnte und jammerte. Als er keine Regung zeigte, sprach sie ihn wieder an: „Sie sind ja ein richtig harter Brocken, ohne Mitleid, ohne Gefühle. Respekt! Sie haben eindeutig das Zeug zur Führungskraft! Da kann ich als schwache Frau nicht dagegenhalten. Da muss ich Ihnen wohl entgegen kommen und Ihnen ein weiteres Angebot machen: Ich erzähle mehr, aber nachher zugeben werde ich nur den Angriff auf Sie, sonst nichts. Und das auch nur, weil auf dem Stein meine Fingerabdrücke sind. Beim Rest stünde dann Ihr Wort gegen das Meine. Wie heißt es bei Gericht so schön: ‚In dubio pro reo'. Beeilen Sie sich, wenn das nächste Auto kommt, ist Ihre Chance, das Ende der Geschichte zu hören, vorbei!"

Und wieder siegte seine Neugierde! Man einigte sich: Sie erzählte weiter, und er würde darüber schweigen, wenn er es denn mit seinem Gewissen vereinbaren könne. Dieses Hintertürchen wollte er sich offen lassen – eigentlich Blödsinn, es war ohnehin eine absurde Situation. Er stand doch kurz davor, sich selbst strafbar zu machen wegen unterlassener Hilfeleistung. Andererseits spielte Hansis Witwe ja mit, es schien, als sei sie geradezu erpicht darauf, ihre Version der Ereignisse kundzutun. Ob sie wahrhaftig glaubte, dass sich auf dem Pflasterstein ihre Fingerabdrücke finden lassen würden? Ein gerichtsfester Nachweis war doch wohl kaum möglich. Was also waren ihre echten Beweggründe? Und dann noch ihr ironischer Unterton, der überall herauszuhören war. Er musste höllisch aufpassen, dass er nicht am Schluss als Trottel dastand.

„Also Herr Roddy, hören Sie gut zu: Warum habe ich eben diesen Stein geworfen? Wer ohne Schuld ist, der werfe den ersten Stein, heißt es. Johannes hatte das getan. Aber war er wirklich ohne Schuld? Er selbst war der Meinung: nein. Und nach dem Wurf erst recht nicht! Und vorhin, mein lieber Herr Roddy, was war da bei Ihnen geschehen, warum waren Sie im Graben gelandet, warum lief dieser Grobmotoriker weg? Was für eine alberne Verkleidung – zu dumm für ihn, dass er mir trotzdem sein Gesicht gezeigt hat, ich würde ihn sogar wiedererkennen. War dieser komische Typ schuld an Ihrem kleinen Unfall? Sie sehen: Überall Schuldige, Sie wahrscheinlich auch irgendwie! Also ein neues Angebot: Wenn Sie Wert auf eine Bestrafung dieses Menschen legen, können Sie auf meine Zeugenaussage rechnen, vorausgesetzt, dass im Prozess gegen mich keine Schuld feststellt wird, sondern eine psychische Ausfallerscheinung, die ich gerne stationär einige Wochen behandeln lassen werde. Von Ihrer Aussage hängt alles ab! Wenn Sie aber irgendetwas zu Hans-Arthur oder Johannes ausplaudern, ziehe ich sofort meine Zeugenaussage zurück und behaupte, Sie hätten mich dazu genötigt!"

Das war starker Tobak! Diese Frau, die erst vor wenigen Minuten wie eine Furie auf ihn losgegangen war, feilschte jetzt kühl berechnend um ihre eigene Zukunft.

„Geschickt, wie Sie da billig raus kommen wollen. Geschickt, wie Sie von Ihrem Streit mit Indy abgelenkt haben! Geschickt, aber vergebens! Kommen Sie schnell zurück zu diesem Thema, es wird bald dunkel, dann kommt hier sowieso kein anderer mehr vorbei. Aber immer kälter wird es – frieren Sie eigentlich noch nicht?"

„Dieser mitleidslose Herr Roddy! Sie haben recht, mir ist kalt, und ich habe Schmerzen. Sie wissen, dass man medizinisch nachweisen kann, wie alt eine Verletzung ist? Wenn es mit meiner Rettung zu lange dauert, werden Sie sich wegen Körperverletzung durch unterlassene Hilfeleistung verantworten müssen. Das dürfte schwerer wiegen als mein versuchter Totschlag."

Eindeutig spielte sie mit ihm, wollte ihn wieder aus der Spur bringen. Aus welchem Grund? Hatte sie noch eine Leiche im Keller? Er kramte sein Handy aus der Hosentasche, tippte das Nötige ein und hielt es hoch. „Kommen Sie, bringen wir es hinter uns, erzählen Sie endlich den Rest! Ich habe mein Handy schon in der Hand und die Eins-Eins-Zwo gewählt. Ich muss nur noch eine Taste drücken!"

„Also gut. Der Johannes stand wie gesagt herumlamentierend am Geländer. Ich hatte schon gar nicht mehr richtig zugehört, da sagt er etwas von ‚Hansis Geldgeilheit'. Da habe ich nachgefragt. An allem sei Hans-Arthurs ‚Geldgeilheit' schuld, hatte er gesagt, und dass Hans-Arthur immer geglaubt habe, auf die – ich zitiere jetzt wörtlich – ‚Kacke hauen' zu müssen, auch beim Autofahren. Aber am schlimmsten wäre, wie mein Mann mittlerweile hinter dem Geld her gewesen sei. Und ich ebenfalls! Das war schon beleidigend. Alles hätten wir dafür an Überzeugungen aufgegeben, die geplante Umgehungsstraße sei ein hässliches Beispiel dafür. Außerdem wäre ihm zugetragen worden, dass der Hans-Arthur öfter beim Nobel-Italiener in der Stadt mit bestimmten Leuten, der Johannes nannte sie ‚Möchtegern-Baulöwen', im Hinterzimmer getagt hätte. Mit denen hätte er, also der Johannes, selbst früher beruflich zu tun gehabt; vor Gericht gestanden hätten die alle schon mal. Aber tief im Inneren hätte Hans-Arthur gewusst, dass das der falsche Weg sei. Deshalb wäre der auch bei solchen Themen so aggressiv gewesen. So ein Blödsinn! Hans-Arthur und ich, wir haben unser Leben gerne auf einem gewissen finanziellen Niveau geführt, das hat nur der Johannes nicht verstanden, verbiestert wie der war. Und dann hat der Johannes gerufen: ‚Sieh dich doch mal um, wie schön es hier ist! Und da wollt ihr mittendurch eine Umgehungsstraße bauen, nur um ein paar Hektar feuchte Wiese zu verkaufen?!' Was für ein sentimentaler Mist! Mit so einem Ökogelaber kann man mich verdammt böse machen."

Irgendwie klang sie jetzt nicht mehr so damenhaft.

„Dieser selbstgerechte Versager! Plötzlich hat er neben sich auf das Geländer gezeigt und gerufen: ‚Da, kennst du den Schmetterling da vorn? Ein schwarzblauer Moorbläuling, ganz selten in unserer Gegend, den wollen wir hier haben, keinen Highway!' Da bin ich dahin gesprungen und wollte das verdammte Vieh mit der flachen Hand erschlagen. Johannes hat das mitgekriegt und meinte natürlich, den Retter spielen zu müssen. Der Schmetterling ist hochgeflattert, ich kam von hinten und wollte ihn noch klatschen, Johannes kam von der Seite dazwischen, ich hab ihn mit der Schulter getroffen, aber er stand nur auf einem Bein und hing halb auf dem Geländer. Da hat es ihn nach vorne umgehauen und er ist abgestürzt. Als ich ihn unten im Geröll liegen sah, wusste ich, dass er tot ist. In meiner Panik habe ich dann das kaputte Fahrrad versteckt und bin so schnell es ging nach Hause. Das war's. Jetzt wird telefoniert. Und dann nur das Vereinbarte gesagt – aber ich glaube ohnehin nicht, mein lieber Herr Roddy, dass Sie versuchen werden, eine längst vergangene Lovestory unter zwei schönen jungen Männern nachträglich in den Dreck zu ziehen. Und schaffen Sie das verdammte Fahrrad endgültig weg, bevor es noch von jemand anderem gefunden wird!"

So sollte es sich also am Mittwoch zugetragen haben, so aberwitzig und zugleich so banal? Ein zufälliges Aufeinandertreffen: Die Frau trauert am Todesort ihres Gatten, der Mann ist auf dem Weg zum Selbstmord. Sie weiß nicht, dass der andere der Täter ist, und wird selbst zur Täterin, nicht aus Rache, sondern weil sie aus Bösartigkeit einen Schmetterling totschlagen will, und statt dessen einem Menschen das Leben nimmt, der das eigentlich selber machen wollte. Absurdes Theater!

Und die vergangene halbe Stunde: zwei Angriffe durch Steinwürfe – Pflastersteine wie bei Hansi. Als ob jemand an dem Haufen ein Schild aufgestellt hätte: „Für Nachahmungstäter zur Selbstbedienung". Erst der dilettantische Anschlag vom „glitschigen Clemens", dann dasselbe noch mal, nun aber in echt, ausgeführt von einer weiblichen Sportskanone, die sofort danach nicht mehr wissen will, warum sie das überhaupt getan hat. Die ihn im Gespräch „mein lieber Herr Roddy" nennt und auch sonst nach allen Regeln der Kunst zum Affen macht. Was für ein Bild: eine attraktive Lady mittleren Alters, die auf dem Rücken halb im Graben liegt und größtenteils mit Fichtenästen zugedeckt ist, davor ein Mann mit zitternden Knien und ein ziemlich verstört aussehender dicker Hund. Wenn er so etwas sonntags in einem „Tatort" ansehen müsste, wäre ein sofortiger Programmwechsel noch die mildeste Reaktion!

Hier gab es aber keine Fluchtmöglichkeit per Fernbedienung, das musste durchgestanden werden. An die nächsten Stunden konnte er sich später mal wieder nur schemenhaft erinnern. Er hatte jetzt in der Tat Polizei und Notarzt gerufen, danach sofort auch Kurt Erich herbeizitiert, der fast zeitgleich mit den Ordnungskräften eintraf. Er hatte darauf gedrängt, dass der Pflasterstein in seinem Auto als Beweisstück gesichert wurde. Kurt Erich hatte überall und andauernd Fotos gemacht, bis die Polizisten völlig genervt waren. Hansis Witwe, deren Vorname ihm immer noch nicht eingefallen war, hatte sich in ihren Aussagen sehr bedeckt gehalten und nur, wie sie angekündigt hatte, den Wurf durch seine Windschutzscheibe zugegeben, wobei sie schon jetzt immer mal wieder die Begriffe „Schock" und „psychische Ausnahmesituation" fallen ließ. Im Gegenzug hatte er von dem, was sie ihm zum Geschehen am Mittwochmorgen erzählt hatte, nichts preisgegeben, sondern die Attacke des vermummten „glitschigen Clemens" in den Fokus der Polizei gerückt, jedoch ohne an dieser Stelle dessen Namen zu nennen. Die sollten ruhig zunächst gegen unbekannt ermitteln. Hierbei hatte er die mutmaßliche Zeugenschaft von Hansis Witwe ins Spiel gebracht, was von dieser wiederum auf Befragen bestätigt wurde. Soweit war alles verabredungsgemäß verlaufen.

Als er endlich zu Hause angekommen war und das Wesentliche kurz berichtete, wäre er fast von seiner vor Aufregung völlig aufgelösten Frau Mutter körperlich gezüchtigt worden. „Roderich, ich hatte dir doch strikt verboten, Detektiv zu spielen! Der arme Hund, was hätte ihm alles passieren können! Kennst du denn gar kein Verantwortungsgefühl, wirst du denn nie erwachsen?!"

Spät am Abend, bei einer Flasche Rotwein, setzte dann das Grübeln ein. Hatte Hansis Witwe ihm wirklich die Wahrheit gesagt? Indys Fahrrad: Vielleicht waren ja noch ihre Fingerabdrücke daran? Oder hatte er diese am Donnerstag übereifrig zusammen mit seinen eigenen abgewischt? Aber von seiner Putzaktion konnte sie nichts wissen, sie musste nach seiner Bemerkung auf dem Supermarkt-Parkplatz befürchten, dass er, der „liebe Herr Roddy", Indys Rad bereits gefunden hatte. Konnte das der Grund für ihr spontanes Steinattentat gewesen sein? Sollte er das Rad jetzt verschwinden lassen, wie sie es gefordert hatte? Wenn er dabei erwischt würde? Alles Quatsch: Der Abschiedsbrief war ohnehin gewiss schon in Indys Haus von der Kripo entdeckt worden. Ob die überhaupt wegen der abweichenden Suizidmethode Verdacht geschöpft hatten? Er glaubte nicht daran.

Und Hansis Treffen mit diesen halbseidenen Baugrößen: Zufällig war er selbst vorletztes Jahr Zeuge davon geworden, als sein Bereich vom damals noch verantwortlichen Guntram Futtermittel in ebendieses Restaurant zum alljährlichen Motivation Dinner ausgeführt wurde. Er hatte Hansi im Kreise der stadtbekannten Wichtigtuer entdeckt und war kurz zu ihm hingegangen. Hansi hatte ihn vorgestellt, dabei das übliche schlechte Wortspiel mit seinem Nachnamen gemacht („Seit seiner Kindheit ist der immerzu am Dockter-Spielen") und dann einen besonders blöden Schwulenwitz hinterher geschickt. Heute, mit dem Wissen um Hansis frühere Liebesbeziehung zu Indy, fand er das besonders charakterschwach. Aber schon damals hatte ihm die Situation missfallen, vor allem, weil sich die anderen wegen dieser Zote peinlich johlend auf die Schenkel geklopft hatten. Er war sich sicher gewesen, dass sich Hansis Kumpane auf dem Herrenklo durch die Bank als Einhandpinkler der übelsten Sorte erweisen würden. Guntram, in der Firma nicht umsonst „der alte Flachwichser" genannt, hätte perfekt zu denen gepasst! Kein Wunder also, dass dieser ihn, als er zur eigenen Truppe zurückgekehrte, ob seiner engen Kontakte zur Prominenz mit neidischen Blicken bedacht hatte.

Da fiel ihm ein: Er musste unbedingt noch sein Handy kontrollieren. Mit einem fiesen Trick hatte er nämlich beim Gefeilsche vor dem letzten Teil der Schilderung von Hansis Witwe so getan, als wähle er schon einmal die Notrufnummer, in Wirklichkeit aber eine Audioaufzeichnung gestartet. Er wusste nur nicht, ob die Stimme von Hansis Witwe überhaupt zu verstehen war und wie lange so eine Aufzeichnung maximal dauert. Aber irgendetwas Belastendes musste sich doch finden lassen, das sie mit Indys Tod in Verbindung brachte. Und dann war immer noch nicht klar, ob es tatsächlich ein unglücklicher Zusammenprall gewesen war – oder ob sie Indy nicht doch gezielt übers Geländer gestoßen hatte. Zu welchen exzessiven Gewaltausbrüchen sie fähig war, hatte sie ja mit ihrer Steinattacke eindrucksvoll demonstriert.

Eine ungemein komplizierte Sachlage – viel verzwickter als damals bei den Morden in der Firma. Da hatte es nur zweier Zufälle bedurft, und der Fall war gelöst: Er musste nur erst glücklich auf das Buch über die japanischen Schwerter stoßen, dann eher unglücklich auf den in sein Chefbüro zurückkehrenden Guntram Futtermittel. Direkt hatte man ein umfassendes Geständnis, das auch bis heute noch nicht widerrufen worden war.

Aber bei der jetzigen Konstellation war noch vieles möglich. Es gab eigentlich vier Fälle. Erstens Hansis gewaltsamer Tod: Da war Indy als Täter unumstritten, das war abgehakt. Zweitens Indys Tod: Da hatte Hansis Witwe die Version „Unfall" angeboten. Es könnte aber auch Totschlag oder gar Mord gewesen sein. Drittens der Attentatsversuch vom „glitschigen Clemens": Da war nach Stand der Dinge zur Überführung die an Bedingungen geknüpfte Mithilfe von Hansis Witwe nötig, was wiederum Auswirkungen auf Fall zwei hatte. Und viertens noch ihr Steinwurf auf den „lieben Herrn Roddy": Da hatte Hansis Witwe die Täterschaft zwar zugegeben, ihr letztes Wort musste das aber deshalb noch lange nicht sein. Gerade hier, so fiel ihm jetzt auf, gab es noch hässliche Optionen. Sie könnte versuchen, ihn zum Mitschuldigen zu machen, könnte behaupten, er habe sie angefahren. Dann die Sache mit der unterlassenen Hilfeleistung. Er entwickelte allerlei Horrorszenarien, zuletzt den alles vereinenden Worst Case: Hansis Witwe gibt zu Protokoll, er habe sie angefahren, sie habe aus Notwehr kurz vor dem Zusammenprall den Stein geworfen, dann habe er sie, verletzt und hilflos wie sie war, ohne Gnade bedroht und bedrängt, mit Ästen gepeinigt, wegen ihrer Schmerzen verhöhnt, habe sie in Nässe und Kälte leiden lassen und so zu einer falschen Zeugenaussage gezwungen. Ergebnis: Sie kommt frei, er selbst wandert hinter Gitter. So durfte es nicht enden!

Vor lauter Theoretisieren hätte er fast den letzten Trumpf vergessen, den er noch im Ärmel hatte, die Stimmaufzeichnung. Nach dem Anhören war er ruhiger. Was so ein kleines Gerät doch alles konnte! Es war alles drauf, was Hansis Witwe zum Hergang von Indys Tod gesagt hatte. Aber eben leider nur das – ihr Vorschlag zu einem Deal dummerweise nicht. Und das Motiv für ihren Steinwurf lag immer noch „in the Düsterness".

Samstag: Endspiel

„Ich raste durch die Dämmerung über immer engere Straßen, Autos spratzten auseinander, wenn sie im Stakkato des feindlichen Feuers einen Treffer erhielten. Bei der Spitzkehre durchbrach ich die Leitplanke und klatschte ins Wasser. Es war dunkel geworden. Der Wagen war schnell im Gleitermodus, wir sprangen über die Wellen. Dann brach alles auseinander, ich lag strampelnd im pechschwarzen Wasser. Irgendetwas berührte meinen Körper, riesige Haie umkreisten mich, aber von unten griff etwas viel Schrecklicheres nach mir. Brüllend ging ich zum Gegenangriff über, tauchte nach den teuflischen Feinden, um dann aus der finsteren See raketengleich nach oben zu steigen. Ich flog einige Figuren, die unerbittlich attackierenden Monster wehrte ich ab.

Dann war es plötzlich hell und ich fand mich im Büro wieder. Vor mir stand jemand im Businessanzug, wahrscheinlich ein Wirtschaftsprüfer, der mich strafend anblickte. Er legte mir einen dicken Aktenordner auf meinen Schreibtisch – mein Arbeitsinhalt bis zum Jahresende. Alles musste analysiert werden, jede Zahl, jedes Komma. Grauenhaft!

Da schreckte ich hoch. Was für ein entsetzlicher Albtraum! Zum Dank dafür, dass sie mich aufgeweckt hatten, zerriss ich die beiden Hilfsmonster in tausend Fetzen, die ich in das pechschwarze Wasser warf, durch welches ich mich schon wieder mit höllischer Geschwindigkeit bewegte. Gleich mussten die Haie zurück sein …"

Hochzufrieden las er sich sein kleines Werk immer wieder vor. Was für ein schöner Gedanke: eine Inversion von Traum und Wirklichkeit. Der Albtraum wird zur normalen Daseinsform, sein Inhalt zum gewohnten Tagesablauf. Der Büroalltag hingegen wird zur surrealen Episode. Letzteres war allerdings keine wirklich neue Entdeckung. Aber immerhin war der Text ein verdienter Erfolg seiner heutigen schriftstellerischen Bemühungen – und das noch vor dem Frühstück! Außerdem hatte das Schreiben von der Erinnerung an die gestrigen Ereignisse abgelenkt.

Beim Essen holte ihn die Realität wieder ein, und zwar in Form seiner Mutter. Die war immer noch verärgert darüber, dass er den Hund schon wieder in Gefahr gebracht hatte. „Und was ist mit mir, mit deinem einzigen Sohn? Ich hätte auch verletzt werden können!"

„Ach, dir passiert nichts, die Dummen haben immer Glück. Was musstest du dich auch da einmischen, Roddy." Irgendwie hatte sie ja recht, unter dem Strich war wirklich nicht viel vor Gericht Verwertbares dabei herausgekommen. Nur, dass sein Auto jetzt in der Werkstatt stand und repariert werden musste. Also hing er erst einmal im Dorf fest.

Er könnte jetzt versuchen, die letzten beiden freien Tage auszukosten, und dann am Montag um einige Erfahrungen reicher an seinen Arbeitsplatz zurückkehren. Das würde bedeuten, dass er sich mit dem momentanen Stand der zu erwartenden strafrechtlichen Konsequenzen abfinden würde: Hansis Witwe begibt sich in psychotherapeutische Behandlung, und dem „glitschigen Clemens" wird irgendwann mal der Prozess gemacht oder nach einem Kuhhandel ein Strafbefehl zugestellt oder doch ebenfalls nur eine Therapie aufgezwungen. Ziemlich unbefriedigend!

Der „glitschige Clemens" – könnte der nicht vielleicht am Mittwochmorgen etwas gesehen haben? Der durchgeknallte Stalker war doch schon länger in väterlicher Mission unterwegs; er schien Urlaub zu haben. Vielleicht hatte der auch den alten Managertrick angewandt, um an viele gut bezahlte freie Tage zu kommen: Schnell Scheiße bauen, daraufhin Auflösungsvertrag mit Freistellung und saftiger Abfindung. Wie auch immer, am Sonntag war der jedenfalls schon hier in der Gegend gewesen, am Freitag ebenso – warum nicht auch am Mittwoch?! Und oben bei der Glückseligkeit schien sich ja dessen Ausguck zu befinden. Er beschloss, über seinen Schatten zu springen und Futtermittel Junior anzurufen; dessen Nummer müsste noch vom damaligen Gespräch im Handy gespeichert sein.

Seine Strategie war folgende: Den gestrigen Steinwurf völlig ignorieren, auf das Hilfeersuchen bezüglich Futtermittel Senior zu sprechen kommen, dann das Abbrechen der Überwachung seiner Person verlangen, hierbei die Glückseligkeit erwähnen, und dann ganz beiläufig fragen, ob der Junior auch am vergangenen Mittwoch schon morgens dort gewesen sei, und die Reaktion darauf beobachten.

Das war der Plan. Und bis zu diesem Punkt klappte die Umsetzung überraschend gut. Der „glitschige Clemens" zeigte sich auffallend kleinlaut, überließ ihm die Gesprächsführung und antwortete brav. Aber bei der alles entscheidenden Frage wollte der Geck sich doch

noch querstellen: „Das weiß ich doch heute nicht mehr …"
„Versuchen Sie, sich zu erinnern, beweisen Sie, dass ich der
Familie Futtermittel vertrauen kann!" „Was wollen Sie denn von mir,
was soll ich denn so früh da oben gewollt haben, gerade an dem
Tag, wo genau da drunter ein toter Radfahrer gefunden wird?"
„Hoppla, ‚toter Radfahrer', wer sagt denn so was?" „Das stand doch
am Donnerstag in der Zeitung." „Nein, am Donnerstag stand in der
Zeitung etwas von einem Toten, aber nichts von einem Fahrrad!"

Stille, dann fing der „glitschige Clemens" doch wirklich an zu
flennen. „Daraus lass ich mir keinen Strick drehen, ich war weit weg,
ich hab alles nur durchs Objektiv gesehen, das müssen Sie mir
glauben!" „Durch welches Objektiv?" „Von meiner Kamera, das ist
besser als ein Fernrohr! Und da habe ich gesehen, wie der Mann
mit dem Fahrrad zu der Frau gekommen ist, wie die dem dann ans
Vorderrad getreten hat, wie der Mann weggegangen ist und die Frau
dann hinterher. Danach waren beide aus meinem Sichtfeld." „Ja,
und dann?" „Dann bin ich neugierig geworden und habe meinen
Standort gewechselt, sodass ich den Aussichtspunkt einsehen
konnte. Da waren die zwei dann auch. Warum wollen Sie das denn
überhaupt so genau wissen?" „Weil ich den Mann gekannt habe, der
da später tot gefunden worden ist. Ich will wissen, ob der es war,
den Sie gesehen haben, und was passiert ist. Also: Wie ging es
weiter?"

Der „glitschige Clemens" zögerte, er schien zu überlegen. „Wenn ich
Ihnen jetzt den Rest erzähle, Herr Dockter, helfen Sie dann meinem
Vater?" Schon wieder der Versuch von Kungelei. „Ich werde tun,
was in meiner Macht steht, aber nur, wenn Sie kooperieren!" „Herr
Dockter, ich werde kooperieren, ich werde Ihnen sogar ein Filmchen
senden, das ich von den letzten Sekunden dort gedreht habe. Aber
zuerst werde ich jetzt den Rechtsanwalt von meinem Vater anrufen,
dann sage ich Ihnen, was Sie dafür tun müssen." „Halt, so geht es
nicht! Sie treten in Vorleistung, nicht ich!" „Warum sollte ich, Herr
Dockter?"

Jetzt musste er doch auf das missglückte Attentat zu sprechen
kommen: „Weil Sie, mein guter Herr Futtermittel, mir gestern mit
dem Stein eine Beule ins Autodach gemacht haben, wofür Sie noch
bezahlen müssen. Ein Glück, dass ich diesen Stein mit Ihren
Fingerabdrücken gefunden habe!" Das war zwar gelogen, zeigte
aber dennoch Wirkung. Der „glitschige Clemens" wurde laut: „Das
geht gar nicht, ich hatte Handschuhe an!" „Und das war gerade ein

glasklares Geständnis! So etwas Blödes gibt es sonst immer nur im Fernsehen. Und bevor Sie auflegen, möchte ich Ihnen noch mitteilen, dass dieses Gespräch aufgezeichnet wurde." Auf der anderen Seite war ein entsetzter Aufschrei zu hören. Ungerührt kam er zum Ende: „Ich erwarte Ihr Paketchen in der nächsten Stunde! Die Adresse bekommen Sie sofort per SMS. Bis dann, Herr Futtermittel, schönen Tag noch!"

Wie gut, dass der „glitschige Clemens" so dämlich war. Jetzt noch ein wenig Geduld. Und noch ein wenig, und noch ein wenig … Nach kaum zwei Stunden und vielen hässlichen Flüchen hatte er das Verlangte endlich sicher auf seinem PC abgespeichert. Aufgeregt startete er die Wiedergabe. Er erkannte Indy am Geländer, sah ihn gestikulieren. Hansis Witwe stand einige Meter von ihm entfernt. Alles war aus schrägem Winkel von hinten aufgenommen. Plötzlich kam Leben in die Szene. Hansis Witwe und Indy sprangen auf ein gemeinsames Ziel am Geländer zu und stießen dort zusammen. Indy kippte über die Brüstung und war verschwunden. Und dann sah man, wie Hansis Witwe, die der Kamera den Rücken zuwandte, anscheinend erst gegen die untere Querverstrebung trat, es aber im zweiten Anlauf schaffte, sich darauf zu stellen, sich vornüber beugte und wohl nach unten blickte. Sofort danach lief sie aus dem Bild, und das Filmchen war zu Ende.

Was für ein verdammter Mist! Hörten die Unklarheiten denn nie auf? Hatte die Furie jetzt extra gegen diese Querverstrebung getreten oder war sie vor Aufregung beim ersten Aufstiegsversuch gescheitert? Wenn es aber ein gezielter Tritt gewesen war, konnte er sich nur ein einziges passendes Szenario dafür vorstellen: Der Tritt musste dann einer Hand von Indy gegolten haben, mit der sich dieser im Sturz noch hatte festhalten können. Demnach wäre auch der vorausgegangene Rempler gewiss Absicht gewesen. Leider hatten die Gemeindearbeiter gerade in diesem Bereich unter dem Geländer das Gras besonders hoch stehen lassen, sodass von der Strebe selbst schon so gut wie nichts mehr zu sehen war, geschweige denn von Fingern, die diese umklammerten. Zudem war es ja nur eine kleine, schnelle Bewegung gewesen. Kurzum: Unklar, es war und blieb unklar!

Der einzige Ausweg aus diesem Chaos bestand darin, vor Ort am Metall oder in der Grasnarbe verräterische Spuren zu finden. Noch wäre das möglich; das Wetter war zwar meist eklig gewesen, es hatte jedoch seit Mittwochfrüh nicht mehr geregnet. Diesen Versuch wollte er gleich noch starten; bei negativem Ausgang würde er jegliche Nachforschungen abbrechen und sein Versagen als Detektiv akzeptieren.

Eine Stunde später stand er vor der Glückseligkeit. Er war in scharfem Tempo hier hoch gewandert und brauchte jetzt einige Augenblicke, um wieder zu Atem zu kommen. Hätte er doch nie mit dem Sport aufgehört, wie konnte man in seinem Alter nur schon so schlapp sein! Wenigstens hatte er noch eine Zeit lang Schach gespielt, aber auch da war er immer schnell matt gewesen.

Da klingelte sein Handy; es war Kurt Erich. „Roddy, wo bist du? Ich stehe vor deiner Haustür, Beppo bellt, aber niemand macht auf. Was ist los?" „Die Mutter ist wahrscheinlich in der Nachbarschaft zum Tratschen, Beppo hat Hausarrest, und ich bin mal wieder am Tatort. Ich konnte nicht anders." „Roddy, gibt es irgendetwas, was ich wissen sollte?" „Ach was, ich will nur meine innere Ruhe wiederherstellen – und das heißt: Einsamkeit und Schweigen. Also bis später!" Kurt Erich würde momentan hier oben nur stören. Indessen wäre ihm wohler gewesen, wenn Beppo hätte mitkommen dürfen, aber die Mutter hatte bis auf Weiteres ein diesbezügliches Verbot ausgesprochen („Das ist immer noch mein Hund ..."), und er wollte sie nicht weiter reizen.

Er ging nach vorne an die Felskante und begann mit seinen Untersuchungen. Und er machte sich richtig Arbeit damit: Zuerst eine Sichtung des gesamten Geländers – keine Auffälligkeiten. Dann Begutachtung der Grashalme in diesem Bereich – auch kein Befund, jedenfalls nichts, was er mit bloßem Auge hätte feststellen können. Daraufhin runter auf die Knie und Zentimeter für Zentimeter Detailarbeit. Das hieß, jeweils das Gras beiseite zu drücken und mit dem Taschenspiegel die Unterseite der Querverstrebung zu kontrollieren. Und das brachte den Erfolg. In ein paar Rillen fand er etwas, was nach Blut aussah. Leicht vorstellbar, wie das dorthingekommen sein konnte: Indy klammert sich mit einer Hand fest, bekommt sofort den Tritt auf die Finger, die Haut platzt auf, dabei wird etwas Blut ans Metall geschmiert. Hoffentlich reichte die Spur noch zur DNA-Analyse.

Während er über seine nächsten Schritte grübelte, hörte er plötzlich eine zwar mittlerweile vertraute, aber bestimmt nicht willkommene Stimme. „Der liebe Herr Roddy, unermüdlich im Einsatz!" Irritiert drehte er sich um. Hansis Witwe stand in frischer Outdoorkleidung vor ihm. „Wie kommen Sie denn hierhin, warum sind Sie nicht in Ihrer Zelle?" „Zelle, welche Zelle? Sie glauben doch nicht, dass in diesem Land eine bis dato unbescholtene, gesellschaftlich anerkannte erfolgreiche Frau, die gerade ihren Gatten verloren hat und daher unter Schock steht, die außerdem verletzt ist, dass diese Frau, die zudem einen sehr guten Anwalt kennt, in einer Zelle festgehalten wird?!" Immer noch der ironische Ton, diese Frau fühlte sich wohl allen überlegen. „Aber Sie haben mich doch angegriffen!" „Schock, mein lieber Herr Roddy, psychische Ausnahmesituation ..." „Blah, blah. Damit brauchen Sie mir nicht zu kommen. Was ist denn mit dem gebrochenen Bein?" Es war ihm aufgefallen, dass sie zwar eine Krücke bei sich hatte, sich jedoch nicht wirklich darauf abstützte. „War wohl doch nur meine alte Knieverletzung. Passiert mir öfter, es sind die ausgeleierten Bänder. Tut erst höllisch weh, wird aber mit der richtigen Bandage und einigen speziellen Tabletten schnell wieder besser." „Sie sind eine verdammt gute Schauspielerin!" „Nein, gestern tat es echt weh. Aber Sie, was machen Sie eigentlich schon wieder hier?" „Ach, ich suchte nur den Beweis für eine kleine Theorie von mir: Kann es sein, dass Sie Indy absichtlich übers Geländer gestoßen haben? Dass Sie ihm dann, als er sich mit letzter Kraft festhielt, gegen die Finger getreten haben, worauf er losließ und abstürzte? Kann es so gewesen sein? Ein kleiner Film, der in meinem Besitz ist, und eine kleine Blutspur, die beiden sagen: ‚Ja, es war so!' Was sagen Sie?"

„Quatsch, auf dem Film ist gar nichts zu sehen!" Das kam von einem Mann, wieder eine vertraute, aber unwillkommene Stimme. Der „glitschige Clemens" trat hinter einem Baum hervor, anscheinend ein beliebter Trick von dem Gecken. „Da schau her, der Herr Futtermittel, der mal wieder nichts gerafft hat. Darf ich Sie der Dame näher vorstellen?" „Nicht nötig, wir waren schon so frei", warf Hansis Witwe dazwischen, „nicht wahr, mein lieber Herr Clemens? Flüchtig kannte ich Sie ja bereits, aber vor kaum einer Viertelstunde haben wir zwei uns ganz in der Nähe getroffen, haben Informationen ausgetauscht und sogar eine Art ‚Joint Venture versus Roderich Dockter' gegründet. Und damit zurück zu Ihnen, Herr Dockter! Was für eine Blutspur meinen Sie denn?" „Die, die Sie anscheinend am Mittwoch in der Hektik nicht bemerkt haben. Es war ja auch wohl Ihr erster Mord – oder?" „Herr Dockter, Herr Dockter, ich kann doch kein Blut sehen!" „Sehr witzig."

Er fand es bemerkenswert, dass sie selbst in dieser Situation nicht auf ihre Späßchen verzichtete. Unter anderen Umständen wäre ein

Gespräch mit ihr wahrscheinlich recht amüsant gewesen. Aber er durfte jetzt nicht locker lassen.

„Sie hätten mal unter der Querstrebe nachsehen sollen, da hat Indy nämlich, nachdem er Ihren schnellen Tritt auf die Finger bekommen hatte, etwas von seinem Blut hinterlassen." „Ach Herr Dockter, wenn das Ihre Diagnose ist, wie soll ich da dem Fachmann widersprechen? Dann wird das wohl so stimmen. Und auf welche Therapie können wir uns da einigen? Ich denke, meine Kasse zahlt alles, was andauernde Heilung verspricht!" „Leider, meine liebe Frau Carlotta, ..." – wieso fiel ihm gerade jetzt ihr Vorname wieder ein? – „... bin ich für Sie nicht käuflich. Ich werte Ihre Aussage mal als Geständnis, und das werde ich jetzt der Kripo mitteilen."

Mit diesen Worten zückte er sein Handy, was wiederum bei Hansis Witwe unschöne Reaktionen auslöste: Sie ließ die Krücke fallen, sprang ihn an und versuchte, ihm das Handy zu entreißen. Sie war größer als er und verdammt kräftig, aber das kaputte Knie erwies sich, wie man so schön sagt, als ihre Achillesferse. Nach seinem ersten Pferdekuss („Aua, Herr Dockter, das nächste Mal bitte nur mit Betäubung!") lockerte sich ihre innige Umarmung, nach dem zweiten gab sie wütend auf. „Das war unfair! So gehen Sie mit einer Dame um? Aber bitte, wie Sie wollen: Clemens, auf, auf, fliegender Wechsel, ran an den Feind! Kein Pardon, denken Sie an Ihren Vater!"

Der „glitschige Clemens" funktionierte wie ein ferngesteuerter Pitbull und griff an. Auf dem Weg in den Nahkampf schrie er etwas Peinliches wie: „Für die Ehre der Futtermittels!" und fiel kurz in seinen Schweinsgalopp, um nach wenigen ungelenken Sprüngen jedoch durch eine urplötzlich des Weges kommende Horizontal-Dampframme abgeräumt zu werden. Diese Dampframme war niemand anderes als Kurt Erich, der ja in seiner Studentenzeit einmal American Football gespielt hatte (Position: Defensive Tackle) und auch heute noch zumindest die Körpermasse für solche Leibesübungen mitbrachte. Der „glitschige Clemens" kugelte gefährlich nah am Abgrund durchs Unterholz, dieweil Hansis feine Carlotta in Schockstarre auf einem Bein stand und umzufallen drohte. Beide konnten in eine stabile Seitenlage gebracht werden.

„Kurt Erich, nie warst du so wertvoll wie heute! Ich danke dir. Aber hatte ich nicht gesagt, ich brauche Einsamkeit und Schweigen?" „Roddy, du Depp, geschwiegen hast du selber nicht, kannst ja nie deinen Mund halten. Ich hab alles mitbekommen, ich war ja kurz hinter den zweien und stand am Schluss nur ein paar Bäume seitlich von dem Schlaffmann, meinem Trainingsdummy. Jetzt liegt der hier rum wie Fallobst. Aber trotzdem: Wärst du eben nur um eine Person, nämlich meine, einsamer gewesen, hätte es blöd für dich ausgehen können. Also sei still und nur noch dankbar – und das viele, viele Biere lang!"

Der „glitschige Clemens" war inzwischen wieder zu Atem gekommen und fing an, sich mit seiner Verbündeten zu streiten: „Das mit dem Tritt hätten Sie mir aber sagen müssen! Wenn ich das gewusst hätte, hätte ich dem Herrn Dockter geholfen ..." „Schweigen Sie, Sie Wetterfähnchen! Haben Sie in Ihrem verkorksten Leben schon einmal etwas eigenständig hingekommen? Ich wette, bei allem hat bisher Ihr Herr Vater im Hintergrund die Weichen gestellt: Abitur, Studium, Karriere. Was sagen Sie zu diesem Pflegefall, Herr Dockter?"

„Ich bin ganz froh, dass unser Futtermittel Junior in puncto Mord und Totschlag nicht so erfolgreich ist wie der Senior – oder wie Sie zum Beispiel. Aber eines können Sie mir jetzt endlich verraten, solange wir quasi noch unter uns sind, nämlich das ‚Warum'. Warum Indy töten – doch nicht, weil er Sie mit seiner moralisierenden Art genervt hat?!" „Ach, mein lieber Herr Roddy, ..." – jetzt war er schon wieder im Kreise der „lieben Herren" – „... für wie kindisch halten Sie mich? Nein, er hatte noch vier, fünf Sätze gesagt, die ich Ihnen nicht erzählt habe. Da ging es um keinen sentimentalen Unsinn mehr, da ging es um etwas, was todernste reale Konsequenzen hat. Aber um was, das werden Sie nicht erfahren und auch kein anderer, niemals! Um es einmal fast poetisch auszudrücken: Bei diesem unsäglichen Wirrwarr von Ereignissen wird vieles ungesagt bleiben müssen. So, und jetzt rufen Sie bitte zum letzten Mal die Polizei. Schluss mit dem Geschwätz!"

„Ach, meine liebe Frau Carlotta", antwortete er und versuchte, ihren ironischen Tonfall nachzuahmen, „ich darf Sie doch so nennen, jetzt, wo wir uns so nahe gekommen sind? Wenn Sie von ‚todernsten Konsequenzen' sprechen, kann es nur um Geld gehen. Wahrscheinlich hat unser Indy von einem Projekt gewusst, für dessen Erfolg Sie und Hansi vielleicht heimlich schon viel Geld ausgegeben haben – sagen wir mal für ‚politische Landschaftspflege'. Und wahrscheinlich hat Indy geschworen, Ihnen das kaputtzumachen ..." Er dachte an das Factory-Outlet-Center, an problemlösende Investitionen wie Parteispenden, Einladungen und Geschenke, wollte aber bewusst nicht konkreter werden. Vielleicht sprang Hansis Witwe ja darauf an. Eine Sekunde lang schien es so, als käme die erwünschte Reaktion. Man sah, dass es in ihr brodelte. Aber dann hatte sie sich schlagartig wieder im Griff. So plump ließ die sich doch nicht aus der Reserve locken; schlau war sie, das musste er ihr lassen. Sie sagte nur: „Ich wiederhole mich nicht gerne, aber Schluss mit dem Geschwätz, her mit der Polizei!"

„Keine Polizei, bitte keine Polizei, wir können uns doch sicher irgendwie einigen!", wimmerte der „glitschige Clemens", der die Unumkehrbarkeit der jüngsten Entwicklung wohl immer noch nicht begriffen hatte. „Schnauze, Sie Erdferkel!" Hansis Witwe hatte ihr Joint Venture mit dem unbrauchbaren Junior offenkundig endgültig beendet. „Schlusspfiff! Aber, mein lieber Herr Roddy, denken Sie immer daran: Nach dem Spiel ist vor dem Spiel!"

Sollte das jetzt eine Drohung sein? Egal, darüber würde er später nachdenken, im Moment war er diese unendliche Geschichte mehr als leid! Er wollte mit dem ganzen Fall nichts mehr zu tun haben, sollte doch die Justiz sehen, dass da Ordnung geschaffen würde. Er liebte nun mal klare Verhältnisse – im Rechnungswesen in der Firma genauso wie bei der Aufklärung von Verbrechen. Und das hier war immer noch kein seine Ansprüche befriedigendes Ergebnis! Also: Einen Schlussstrich ziehen und die Regie über den letzten Akt dieser traurigen Posse endgültig in die Hände der Obrigkeit übergeben.

Wie sich herausstellte, hatte das der nervenstarke Kurt Erich, der im Blitzlichtgewitter so mancher Presseschlacht gestählte Reporterveteran, längst in die Wege geleitet. Als echter Profi hatte der zudem das von ihm mitverfolgte Geschehen (ausgenommen das eigene Gastspiel als Dampframme) in Bild und Ton festgehalten. „Alles im Kasten, Roddy, die Polizei kann kommen!" Und die kam dann auch. Die Beamten waren jedoch alles andere als erfreut darüber, dass schon wieder ein gewisser Hobbydetektiv namens Roderich Dockter ihnen ins Handwerk gepfuscht hatte und sie nun gezwungen waren, alles neu aufzurollen. Unerquickliche Stunden vergingen. Dann war es vorbei.

Kurt Erich und er hatten den gleichen Gedanken: ab in die Kneipe!

Vor dem Showdown hatte Kurt Erich sein Auto einige Hundert Meter von der Glückseligkeit entfernt abgestellt. Auf dem Weg dorthin sagte er nun, warum das so war: „Ich wollte mich eigentlich anschleichen und dir mal einen richtigen Schreck einjagen, Roddy, weil du mich wieder nicht dabeihaben wolltest. Aber dann sah ich unser Traumpaar, das kam mir verdächtig vor. Den Rest kennst du ja. Ich will dir übrigens schon mal ankündigen, dass der kommende Abend definitiv teuer für dich wird, da ich den Wagen stehen lassen und ein Taxi nehmen werde." Kurt Erich hatte zurzeit zwei Ortschaften weiter (und damit näher an seiner Redaktion) eine Wohnung gemietet. „Glaub mir, Roddy, das ist besser so. Du weißt, ich bin sonst für eine sehr flexible Auslegung der Promillegrenzen, aber heute ist mir das zu heiß!"

Epilog

Sie hatten ihren Plan bezüglich der Dorfkneipe direkt in die Tat umgesetzt.

Es war noch früh, als sie ankamen – die bewährte Kaschemme war wohl noch keine zehn Minuten auf. Aber drinnen saß bereits („Quelle surprise, Frau Wattenscheid!") der gute alte Jacques. Der war, wie er sagte, „eben erst aus der Stadt zurückgekommen. Gestern war ich echt zu müde dazu. Heute hab ich erst einmal richtig lang geschlafen, mein Körper brauchte das nach all der Hektik während der Woche". Man bestellte zunächst drei Bier, bekam die auch sofort, da der Chef mal wieder auf Vorrat gezapft hatte. Dann konnte es losgehen.

Jacques musste umgehend seinen Schulfrust loswerden. Dabei war es eigentlich immer dasselbe: auf der einen Seite niederträchtige, unverschämte Jugendliche, die auf ihr bodenloses Nichtwissen auch noch stolz waren, auf der anderen Seite ein tapferer, aufopfernd um die intellektuelle Reifung seiner Schutzbefohlenen ringender Pädagoge, beide Parteien im „Clash of Cultures". Jacques sah sich in einem beständigen, aber aussichtslosen Kampf, den auszuhalten ihm Übermenschliches abverlange. „Jeder von diesen kleinen Wichsern meint, in der Schule der King zu sein, bloß weil er es schafft, in drei Sprachen ‚Ich mach dich Krankenhaus' zu sagen und mit jedem Smartphone dieser Welt binnen zehn Sekunden einen Ekelporno auf den Schirm zu holen. Und die Lehrer sind alle Opfer. Seit froh, dass ihr es mit vernünftigen Erwachsenen zu tun habt. Apropos: Ist irgendwas vorgefallen hier in den letzten Tagen? Ich hab noch nicht einmal Zeit zum Zeitunglesen gefunden die ganze Woche über, so stand ich unter Stress. Der Scheiß für die Schule, der ganze Haushalt, da kommst du zu nichts mehr."

Kurt Erich war für solches Selbstmitleid nach den Erlebnissen des Nachmittages gar nicht empfänglich: „Also ich denke eher, du hast eine neue Flamme und die letzten Tage quasi durchgevögelt, du alter Leierschwanz! Ja, es ist hier viel passiert. Hansi ist tot, Indy ist tot, und bei unserem Roddy hier hat auch nicht viel gefehlt zur Leiche!" Jacques war sichtlich geschockt – aber wie üblich zugleich auch beleidigt, weil ihn niemand zeitnah informiert hatte. „Ich weiß gar nicht, ob ich von euch überhaupt noch Einzelheiten wissen will. Konntet ihr Arschlöcher mich nicht sofort anrufen?!" Kurt Erich tat verständnisvoll: „Tut mir leid, ich kann das nachvollziehen, viel besser ist es mir definitiv auch nicht gegangen. Es gibt da einen, der alles weiß, aber seine Freunde andauernd im Dunkeln lässt, in the Düsterness quasi. Der alles allein durchziehen will, es sei denn, er muss gerade mal gerettet werden. Ist es nicht so, Roddy?"

Er musste sich eingestehen, dass die anderen ihn nicht zu Unrecht kritisierten. Auch diesmal wären ihm die Geheimniskrämerei und sein kindischer Hang, sich als einsamer „Agent Roddy D." zu inszenieren, fast zum Verhängnis geworden. Er beschloss, den beiden hier und heute die ganze Geschichte zu erzählen und nur die Wahrheit zu sagen und nichts als die Wahrheit.

Allerdings meldete sich sein skeptisches Hirn sofort mit Einschränkungen: Die Lovestory zwischen Indy und Hansi musste er natürlich verschweigen, also auch die Sache mit Hansis Brief, also am besten den ganzen Besuch in Indys Haus. Dass er jeden Irrweg, jeden versuchten Kuhhandel im Detail offenlegen musste, konnte man eigentlich auch nicht verlangen. Und alles wusste er ja sowieso nicht, so zum Beispiel nicht wirklich, was Indy zu Hansis Witwe dermaßen Schlimmes gesagt hatte, dass die meinte, ihn umbringen zu müssen, warum Hansis Witwe ihn, den „lieben Herrn Roddy", von dem ihr doch zu diesem Zeitpunkt noch gar keine Gefahr drohte, gestern mit dem Stein erledigen wollte, welche Absprachen sie heute mit dem „glitschigen Clemens" getroffen hatte und, und, und. Ob er überhaupt noch alles in eine stringente Abfolge bringen könnte, so durcheinander wie das abgelaufen war, erschien mehr als fraglich. Wahrscheinlich würde Kurt Erich ihn andauernd unterbrechen und verbessern. Mit Sicherheit würde der lang und breit von dem Vertrauen reden, das Indy in seine journalistische Integrität gesetzt habe, die eigene Professionalität herausstreichen und die Quellen bei der Kripo zitieren. Ätzend! Wenn dann die „wonderbra-wunderbare" Bedienung endlich da wäre, würde Jacques sowieso nicht mehr richtig zuhören. Und die vielen Biere, die er würde ausgeben müssen! Und selber trinken! Und morgen dann die Kopfschmerzen! Warum sich das also antun? Er wusste nur einen Grund: Freundschaft! Es würde nicht leicht werden, es würde wehtun, es würde viel Geld und noch mehr Kraft kosten. Aber wie er sonst immer sagte: „Freunde sind wie Feinde, nur viel anstrengender!"

Doch als er am nächsten Morgen erwachte (offenbar aufgeweckt durch eine ungemein strahlende Sonne), musste er zu seiner Verwunderung feststellen, dass er glücklich war.

Teil 3: Er und der Tote vor der Klinik

oder:

Der natürliche Feind des Menschen ist der Arzt

Prolog

„Gegen Ende war mir alles nur noch zuwider. Und es gab auch nichts mehr, was mich noch schreckte. Ich konnte sogar mit dem Gedanken leben, schon lange tot zu sein ...“

Er ließ den Schreiber fallen, faltete den Zettel mit dem Text akkurat zusammen und steckte ihn in die Hemdtasche. Nicht schlecht für fünf Minuten Gedankenfreilauf zwischen zwei Meetings. Er nahm sich fest vor, heute Abend endlich weiter an seinem literarischen Œuvre zu arbeiten. Gewiss konnte er dieses kleine Stück elegischer Prosa noch irgendwo einbauen. Aber dann erkannte der innere Qualitätsbeauftragte, dass es sich doch eher um ein kleines Stück von unnötigem literarischem Firlefanz handelte. Er zog den Zettel also wieder hervor und zerriss ihn in kleine Fetzen. Die packte er dann sorgfältig in ein Papiertaschentuch, um sie bei der nächsten Gelegenheit vollständig und dauerhaft zu entsorgen.

Nun aber rasch zurück zu den beruflichen Pflichten! Der tägliche Wahnsinn musste weitergehen.

Dienstag

In zügigem Tempo strebte er dem Gebäudekomplex der Produktion entgegen. In Anbetracht der Zeitnot nahm er die Abkürzung durch eine zurzeit nicht benutzte Fabrikationshalle, scheiterte dann (wie eigentlich zu erwarten war) an der abgeschlossenen letzten Verbindungstür, für die er keine Schlüsselberechtigung hatte, hetzte wieder retour, nahm den normalen Weg und kam wie immer fünf Minuten zu spät. Die Kollegen waren schon versammelt und in angeregter Diskussion. Was war heute noch mal das Thema des allwöchentlichen Meetings? Ach ja, irgendein lästiges Problem bei der Berechnung der realen Stückkosten – aber was hatte der FC Bayern damit zu tun? Die Herren befanden sich offensichtlich noch in der Aufwärmphase.

Ein halbes Stündchen später war der offizielle Teil auch schon vorüber. Denn um sechzehn Uhr endete die Kernarbeitszeit, und gewissen Kollegen war diese Deadline heilig. Kaum hatte die Uhr des Konferenzraumes die magischen Ziffern angezeigt, da rief der Leiter der Fertigungsplanung (ein notorischer „07/16er"): „So, ich denke, für heute soll es genügen, jeder hat ja seine Hausaufgaben. Dann bis zum nächsten Mal!" Kraft der Autorität des altgedienten Organigrammlers fühlten sich die übrigen Angehörigen dieser Fraktion von allen Ketten befreit und stürmten drängelnd aus dem engen Saal. Es fehlte nur noch, dass sie dabei laut jubelnd ihre Mappen in die Luft geworfen hätten. Wer da im Wege saß, der konnte leicht Schaden an Leib und Seele nehmen. Oft genug hatte er von der Horde wenn nicht blaue Flecken, so doch zumindest hässliche Bemerkungen einstecken müssen, da er als Nachzügler meist auf einem strategisch ungünstigen Platz landete. Heute hatte er Glück, es traf einen jungen Meister aus der Fertigung. Nach wenigen Sekunden war der Mob draußen und die Gefahr vorüber.

Der Rest der Kollegen beklagte dann wie immer das Verhalten der anderen, sah sich indessen leider außerstande, weiter inhaltlich zu arbeiten. Also beschäftigte man sich zunächst noch einige Minuten mit dem neuesten Firmentratsch, bis sich die Runde endgültig auflöste. Bis dahin hatte er die Zeit genutzt und sich noch einige Notizen gemacht. Natürlich gab es wieder kein offizielles Protokoll. Dass der Herr Dockter aus dem Controlling aber einige Rechercheaufträge angenommen hatte, daran würden sich nächste Woche jedoch gewiss alle erinnern.

Gemütlichen Schrittes kehrte er anschließend an seinen Arbeitsplatz zurück und fühlte sich dennoch irgendwie außer Atem. Kaum hatte er Platz genommen, musste er sich schnäuzen, dann kräftig niesen. Dann sah er rot. Und es war Blut, sein eigenes Blut, das auf seinen Schreibtisch tropfte. Zehn Minuten später tropfte es immer noch und zwar ziemlich stark. Mittlerweile standen Kollegen um ihn herum, einer der Betriebssanitäter war schon vor Ort. Dessen Diagnose: Notfallsituation, Erstickungsgefahr! Geboten sei der sofortige Transport ins Krankenhaus ...

Noch einmal zwei Stunden später war das Schlimmste überstanden. Er befand sich in der Uniklinik, in der er auch im letzten Jahr gelandet war. Dort lag er jetzt gemütlich in einem Bett auf der HNO-Station. Die Blutung war gestillt, er hatte Tamponagen in den Nasenlöchern, die Atmung war wieder frei und sein Blutdruck dabei, sich zu normalisieren. Aber, das war ihm schon ärztlicherseits mitgeteilt worden, er sollte sich auf zwei bis drei Tage stationäre Beobachtungszeit einstellen.

Das passte jetzt aber gar nicht! Der Monatsabschluss! Und daheim die alte Mutter! Die musste er jetzt sofort anrufen. Er machte eine Stimmprobe. Das Sprechen funktionierte im Prinzip trotz der Tamponagen, ob seine Stimme allerdings durchs Telefon von der Mutter erkannt und verstanden würde, musste sich zeigen. Er griff zum Handy, wählte, und bereits nach dem zweiten Klingeln meldete sich seine Mutter: „Ja, hier ist Marlene, Marlene Dockter. Wer ist da bitte?" „Ich bin's, Roddy. Ich bin im Krankenhaus ...", näselte er, wurde aber sofort unterbrochen. „Wer ist da? Ich verstehe Sie nicht." „Ich bin es, dein Sohn Roderich!" „Ich kann Sie immer noch nicht verstehen, Sie müssen deutlicher sprechen." Das klang schon recht gereizt. Er machte noch einen Versuch, aber was jetzt kam, war in der Tat eher ein Stöhnen. Da war es besser, dieses Vorhaben zu abzubrechen und statt dessen Kurt Erich anzurufen. Aber bevor er auflegen konnte, schallte der ohrenbetäubende Lärm einer Trillerpfeife aus dem Lautsprecher, gefolgt von dem Ruf: „Gefällt dir das, du Ferkel?!" Und damit wurde die Verbindung von der Gegenseite beendet.

Die Kontaktaufnahme mit seinem alten Freund gestaltete sich dann erfolgreicher. Er schilderte kurz die Sachlage. „Und jetzt musst du mir noch einen Gefallen tun. Fahr bitte mal rüber zu meiner Mutter, die wird noch wach sein und sich immer noch über den unverschämten Anrufer ärgern, also über mich. Sag ihr, was passiert ist und hol in meinem Schlafzimmer aus dem Kleiderschrank unten links die kleine graue Reisetasche. Da hab ich immer für solche Fälle das Nötigste eingepackt."

„Was hast du? Das ist ja wie früher bei meiner Oma. Wahrscheinlich tauschst du auch regelmäßig den Inhalt aus und vermerkst das in der Inventarliste, du alter Buchhalter! Aber gut, ich mach das. Ich bring dir heute sogar noch die Tasche ins Krankenhaus. Nicht, dass du dir für die Nacht einen OP-Kittel ausleihen musst. Hast du noch jemanden auf dem Zimmer? Wenn ja, solltest du in dem Kittel besser mit dem Rücken zur Wand schlafen, wenn du verstehst, was ich meine. Aber so hübsch bist du eigentlich doch nicht mehr!" Blablabla …

Aber immerhin, auf Kurt Erich war Verlass. Außerdem wohnte der ja nur zwei Ortschaften weiter. Seit den Ereignissen vom Frühjahr hatte sich diesbezüglich nichts verändert. Kurt Erich war immer noch stellvertretender Redaktionsleiter beim Lokalblatt, er selbst noch immer der meistbeschäftigte Mitarbeiter im Rechnungswesen (also immer noch „DvD" = „Depp vom Dienst") bei seiner alten Firma in der Stadt, zu der er weiterhin täglich pendelte. Nur bei Jacques hatte sich etwas Einschneidendes getan: Der hatte sich ein Jahr unbezahlte Auszeit vom ach so stressigen Lehrerjob gegönnt („Danach bin ich pleite, aber lieber abgebrannt als Burn-out!") und war vor einigen Tagen zu einer Weltreise entschwunden. Diesen Plan hatte Jacques nicht nur völlig allein ohne Rücksprache mit den Freunden ausgeheckt, er hatte ihn sogar bis zum Schluss geheim gehalten, was ihm wiederum die Umbenennung in „Jacques, der Sack" eingetragen hatte. Immerhin hatte es eine standesgemäße Verabschiedung in der Dorfkneipe gegeben.

Undefinierbare Geräusche rissen ihn aus seinen Überlegungen. Tief in den Kissen des Nachbarbettes röchelte und gurgelte es. Dann wurde mit einem Mal die Bettdecke fortgeschleudert, und eine schmale Gestalt erhob sich aus dem Chaos: ein dürrer, kleiner Senior im Schlafanzug. Um den Hals war eine Art Schlauchschal geschlungen. Die linke Hand verschwand unter dem Schal und der Mann begann zu sprechen. Eigentlich war diese Lautäußerung eine Mischung aus Flüstern, Röcheln und Rülpsen. „Ich bin kehlkopfamputiert!", meinte er herauszuhören, und das stimmte durchaus mit seinem optischen und akustischen Befund überein. Er hatte mal in der Firma einen Kollegen gehabt, dem es genauso ergangen war. Der hatte ihm damals alles erklärt: den Button mit der Filterkassette, der im Stoma sitzt, das Sprechventil zwischen Luftröhre und Speiseröhre, und wie das mit dem Sprechen funktioniert. Wie man beim Ausatmen dann vorne am Hals zuhalten muss, damit die Luft durchs Ventil in die Speiseröhre und von da in den Rachen geleitet wird. Bei dem Kollegen war eine eigentlich recht verständliche Stimme entstanden. Auch ohne Kehlkopf und trotz aller Behinderungen hatte der Mann immer versucht, das Beste aus seinem Leben zu machen. Gestorben war der allerdings trotzdem an seinem Krebs. Er erinnerte sich noch an den Spruch, den der Kollege geprägt hatte:

> „Taliban und Karzinom –
> man glaubt, den Krieg gewinn ich schon.
> Doch Karzinom und Taliban
> fangen stets von Neuem an!"

Und das hatte sich leider als nur zu wahr erwiesen.

Bei seinem jetzigen Zimmergenossen war die Artikulationsfähigkeit sehr viel schlechter. Mühsam ging es voran, unterbrochen von Hustenanfällen und Erholungspausen. Trotzdem verfolgte der kleine Mann tapfer das Ziel, seine wichtigsten Lebensdaten zu übermitteln. Sein Name war demnach Ansgar Wittek – schon wieder so ein dämlicher Vorname, ebenbürtig einem Roderich, Kurt Erich oder Gernot, dem bürgerlichen Namen von Jacques. Ansgar, verwitwet, eine Tochter, vormals Kommunalbeamter im mittleren Dienst, war vor zwei Jahren wegen Kehlkopfkrebs hier in der Uniklinik operiert worden und seitdem immer wieder wegen notwendiger Nacharbeiten auf der Station.

„Krebs und Kehlkopf weg, aber dafür die ganze Scheiße am Hals! Die haben mich schon beim ersten Mal versaut und dann immer nur verschlimmbessert. Aber keiner will's gewesen sein, das ist ja eine Mafia hier. Und am schlimmsten ist der Oberarzt, dieser Dr. Bodendecker." An dieser Stelle versagte Ansgars Stimme vollends, worauf der kämpferische Patient im Badezimmer verschwand.

„Eigentlich ein armer Kerl", dachte er und bekam sofort ein mulmiges Gefühl in der Magengegend, denn noch war ja unklar, was hinter dem eigenen plötzlichen Nasenbluten so alles steckte! „Die beste Krankheit taugt nichts", sagten die Leute im Dorf immer. Hatte er selbst nicht oft genug seinen Spruch losgelassen: „Wer keinen Hummer mag, kriegt Krebs"? Und er aß nun mal wirklich keinen Hummer.

Besser war es, die Gedanken umzulenken. „Oberarzt Dr. Bodendecker" – irgendwie kam ihm das bekannt vor. Da war doch was aus grauer Vorzeit. Richtig: „Mein Schwager, der Dr. Bodendecker, der ist übrigens Oberarzt hier in der Stadt an der Uniklinik. Der Bursche kommt da aber seit Jahren nicht richtig weiter, zum Chefarzt reicht es wohl nicht ...", genau so oder so ähnlich hatte Guntram früher oft genug herumschwadroniert. Guntram Futtermittel, firmenintern „der alte Flachwichser" genannt, damals noch Senior General Manager, dann Doppelmörder und jetzt, dank der Bemühungen des unerschrockenen Mitarbeiters Roderich Dockter, Insasse im Untersuchungsgefängnis. Konnte dieser Schwager der HNO-Bodendecker sein, konnte die Welt so klein sein? Aber mehrere Oberärzte in genau dieser Klinik mit dem gleichen ungewöhnlichen Nachnamen, das war noch unwahrscheinlicher.

Die Welt ist in der Tat klein, wie sich anschließend an einem neuen Beispiel zeigen sollte!

Ansgar erschien nun wieder auf der Bildfläche, war aber anscheinend nicht mehr willens, seinen Monolog fortzusetzen. Stattdessen ertönte die Stimme von Alt- und Oberschwester Ingeborg. Ja, es war genau jene Schwester Ingeborg, die ihm damals nach seinem Balkonsturz mit schmiedeeiserner Herzlichkeit pflegerische Unterstützung hatte angedeihen lassen. Aber das war in der Orthopädie gewesen. Was suchte die denn hier?

„Wen haben wir denn da, ist das nicht ein alter Bekannter, der Herr Dockter?" „Hallo Schwester Ingeborg! Wie geht es Ihnen? Sind Sie hier zu Besuch?" Das war die falsche Frage! „Machen Sie Witze? Kommt jemand freiwillig in die Abteilung ‚Rotz & Kotz'? Nein, ich muss hier Vertretung machen. Personalknappheit, Sie wissen schon, für alles ist Geld da, nur nicht für eine genügende Anzahl qualifizierter Mitarbeiter. Aber die Sesselfurzer in der Verwaltung fahren dafür schöne Dienstwagen ..." Und schon wandte sie sich dem Zimmerkollegen zu. „Herr Wittek, wo verstecken Sie sich denn? Zeit zum Pflasterwechsel! Machen wir sofort hier am Bett, der Herr Dockter kann gewiss Blut sehen!"

Im Prinzip stimmte das zwar, aber er guckte trotzdem lieber weg. Sein Bett stand am Fenster, sie befanden sich im vierten Stock. Es gab einen durchgehenden Balkon. Die Zimmereinrichtung war zwar nicht die neueste, machte aber den Eindruck, als werde hier regelmäßig gereinigt. Ein einigermaßen sauberes Zweibettzimmer mit Bad inklusive WC – was wollte man mehr? Vielleicht ein wenig Ruhe ...

Schwester Ingeborg kannte jedoch keine Ruhe, weder was die Lautstärke ihrer Stimme betraf noch bei ihren Bewegungen. „So, Herr Wittek, mit Ihnen bin ich vorläufig fertig. Und nun zu unserem Herrn Dockter! Was macht das Näschen? Alles noch trocken?" Zwei schnelle Schritte, und schon stand sie vor ihm. Ein Griff in Richtung Nase, und schon hatte sie einen Streifen Mull in der Hand. „Oh, das wollte ich aber nicht!" Augenblicklich kam wieder Blut. „Da kenn ich mich aber gar nicht mit aus, da rufen wir lieber Hilfe!" Notklingel, dazu der ingeborgsche Alarmschrei, Galopp auf dem Gang, hektische Betriebsamkeit. Die Blutung erwies sich als beherrschbar, der Status quo konnte wieder hergestellt werden. „Herr Dockter, so was kann aber auch nur Ihnen passieren!" So lautete Schwester Ingeborgs Abschiedskommentar, als sie mit ungesunder Gesichtsfarbe das Zimmer verlies.

Endlich kehrte Stille ein, allerdings unterbrochen durch Ansgars Reizhusten, gelegentliches Röcheln und den einen oder anderen verschämten Furz. Ein Einzelzimmer wäre vielleicht doch besser gewesen.

Dann kam Kurt Erich. „Roddy, Roddy, du kannst ja Sachen machen!" „Komm du mir nicht auch noch so! Her mit der Tasche, ich muss mich umziehen, bin ja völlig eingesaut mit meinem eigenen Blut." Kurt Erich gehorchte, fuhr dann aber unbeeindruckt fort: „Lass dir jetzt bloß keine vorschnelle Operation aufschwatzen, auch wenn die sagen, du könntest dabei nur gewinnen. Die machen da ja fast alles heutzutage. Neulich kam einer im Fernsehen, dem war aus Versehen ein Arsch ins Gesicht genäht worden, was erst aufgefallen ist, als der zum ersten Mal gesprochen hat. Aber schön hast du es hier! Alles schon kontrolliert? Schrank diebstahlsicher? Klopapier vorhanden? Gute Qualität oder von der Sorte ‚Furchenfeind sägerau'? Aber wahrscheinlich hast du ja ein, zwei Rölleken vierlagige flauschige Ware in deiner Tasche. Darfst du was trinken? Ich hab noch schnell an der Tanke ein paar Dosen Bier gekauft."

„Bier", das war Ansgars Stichwort. „Vorsicht, gibt Ärger mit Schwester Ingeborg!" Kurt Erich drehte sich überrascht herum; Ansgar war dem anscheinend bis dahin nicht aufgefallen. Er machte die beiden miteinander bekannt, sprach sich dann aber für einen allgemeinen Alkoholverzicht aus. „Lass stecken, ich bin ja übermorgen schon wieder zu Hause, dann holen wir das in verschärfter Form nach." Enttäuschung bei Kurt Erich, aber offensichtlich auch bei Ansgar. Der wurde sogar richtig aufgeregt, fuchtelte mit den Armen, um sich zu Wort zu melden, kriegte dann aber kaum etwas Verständliches heraus. Stattdessen gab es Geräusche wie von einem schlecht geölten Elefanten. Endlich ging es etwas besser. Durch höchste Konzentration der Hörerschaft und Ergänzung der einen oder anderen verloren gegangenen Silbe konnte so der Inhalt von Ansgars Statement erschlossen werden: „Haltstoppverdammtnochmalscheißstimmejetztnochmal, her mit den Bierbüchsen!" Nachdem die wertvolle Fracht sicher in seiner Reisetasche versteckt worden war, vergrub sich Ansgar wieder in den Kissen seines Bettes.

„Armer Kerl, aber ein bisschen gestört", flüsterte Kurt Erich ihm zu, „oder siehst du das anders, Roddy?" Statt auf die Frage zu antworten, begann er in normaler Lautstärke mit einem ganz anderen Thema: „Schon was von Jacques gehört?" „Du meinst ‚Jacques, den Sack'? Ja, der hat gemailt." „Und, was schreibt er? Wo reibt der sich gerade rum? Hoffentlich fängt er sich nichts ein in der Fremde." „Ach was, der erbittet bestimmt täglich den Beistand vom heiligen Sackratticus von Venerien, dem Schutzpatron der Genitalversifften. Aber Spaß beiseite, Bilder aus New York hat der Sack geschickt, da ist er jetzt. Willst du mal sehen? Hab ich auf meinem Tablet." Zu zweit sahen sie sich die Aufnahmen an, machten die üblichen Bemerkungen und bastelten simultan an einem launigen Antwortschreiben. Als das dann erledigt war, schickte er Kurt Erich heim mit dem Auftrag, morgen nicht wieder zu kommen.

Ansgar hatte sich die ganze Zeit nicht mehr gemeldet. „Gestört", das war Kurt Erichs Wort hierzu gewesen – und als der „Gestörte" war Ansgar nun in seinem Gedächtnis abgespeichert.

Mittwoch

Ziemlich unausgeruht, aber dennoch gut gelaunt schritt er zur Morgentoilette. Da konnte Kurt Erich noch so lästern, es war einfach praktisch, in einer gut sortierten Notfalltasche alle benötigten Artikel in der gewohnten Qualität zur Hand zu haben. Auch die WC-Schüssel fand er in erträglichem Zustand vor, obwohl Ansgar in der Nacht mindestens dreimal dort zu Besuch gewesen war. Zumindest schien der „Gestörte" einigermaßen reinlich zu sein. Das war die gute Eigenschaft.

Weniger erfreulich war die Tatsache, dass Ansgar seine mangelnde Sprechfertigkeit durch nimmermüden Eifer zu kompensieren suchte. Gerade schien dieser wieder etwas Wichtiges vortragen zu wollen: „Hör mal, dein Name, so wie der auf deinem Patientenetikett geschrieben ist, den hab ich schon mal in der Zeitung gelesen. Da ging es um Mord und Totschlag. Bist du das?"

Er brauchte erst einmal eine Weile, um in dem Gehörten zunächst wieder einmal einige fehlende Silben sinngemäß zu ergänzen, sich dann zu gegenwärtigen, dass der „Gestörte" bereits seine Patientenetiketten irgendwie zu Gesicht bekommen hatte, und dann zu überlegen, ob er sich nicht doch besser verleugnen sollte.

Doch Ansgar nahm ihm die Entscheidung ab: „Jedenfalls siehst du so aus wie damals auf dem Foto, nur viel älter." „Ja, ja, und eine schlankere Nase hatte ich auf dem Bild auch. Stimmt, ich war das, ich konnte damals bei der Aufklärung der Verbrechen helfen." „Dann bist du so ein Hobby-Schnrrrchhhh ...". Räuspern, würgen, spucken ins Papiertaschentuch, dann neuer Anlauf: „... Hobby-Schnüffler. Da hätt ich was für dich, einen Mord!" „Ein Mord, an wem denn?" „An mir." „An dir? Du lebst doch noch!" „Ja, an mir. Ist zwar noch nicht ganz fertig, Ende kommt aber bald." „Wie das?" „Weil sie mich anfangs verpfuscht haben und mich jetzt nach und nach umbringen. Erst Kehlkopf weg, dann Komplikationen, dann Ernährung über Magensonde, bis jetzt übrigens. Dann Stent in den Hals. Macht mich verrückt, das Ding! Kann kaum sprechen deshalb, immer nur Schmerzen! Sieh mich doch an! Keinen Arsch mehr in der Hose, grau im Gesicht, die Haut schuppig wie ein Fisch in der Mauser!"

Ansgar hatte gewiss viel durchgemacht, aber wie er dastand, klein, dürr, aber energisch, wie sich die linke Hand unter seinem obligatorischen Schlauchschal hin und her bewegte, um die Stimme zu erzeugen, und gleichzeitig der rechte Arm wilde Gebärden ausführte – das hatte in all seiner Tragik auch etwas ungemein Komisches. Unwillkürlich musste er lächeln, was Ansgar gar nicht leiden konnte. „Das ist nicht lustig!" Jetzt stampfte der auch noch mit dem Fuß auf. Aus Lächeln wurde Lachen, das allerdings sofort erstarb, als Ansgar vor Wut einen Stuhl umwarf. „Jetzt hör mir zu, Roderich! Oder soll ich dich auch Roddy nennen?" „Nenn mich in Gottes Namen Roddy." „Also Roddy, ich hab hier eine Art Whistleblower ...", für dieses tückische Wort brauchte Ansgar vier Versuche, „... beim Reinigungspersonal. Der kriegt immer mal was von mir. Das Bier von deinem Kumpel ist auch für den. Und der erzählt mir immer, wenn die Ärzte was über mich sagen während er im Raum ist und putzt. Und der guckt bei mir in die Akte. Davon gibt es eigentlich zwei. Eine offizielle und eine mit handgeschriebenen Zetteln. Die ist beim Oberarzt im Zimmer. Der Trottel schließt aber seinen Schreibtisch nicht immer ab. Und da hat mein Informant was gefunden. Für hundert Euro will er mir Kopien machen. Heute kommt meine Tochter und bringt mir das Geld. Morgen weiß ich mehr." „Und was soll ich bei der Geschichte?" „Du, Roddy, du sollst das analysieren, wie ich damit den Oberarzt packen kann." „Aber da gehst du doch besser zu einem Anwalt, der kann Klage für dich einreichen." „Erst brauch ich einen mit Spürnase, der die Beweise erkennen und einordnen kann ..." Jetzt war von Ansgars Worten kaum noch etwas zu verstehen. Der Kämpfer war müde und wankte ins Bett. Außerdem wurde nun das Frühstück serviert.

Während er das übliche Krankenhaus-Standard-Geldspar-Frühstück verzehrte, bekam Ansgar einen Beutel Sondenkost angehängt. Ausführendes Organ war eine stämmige Schwester namens Monika, die in ihrem energischen Auftreten der guten Schwester Ingeborg in nichts nachstand. „So, Herr Wittek, da haben Sie Ihre Kalorien. Und lassen Sie bloß die Finger von der Tropfeinstellung!" Daraufhin versuchte Ansgar, eine Beschwerde loszuwerden. Es ging um seine Medikamente. Diese waren mal wieder alle zusammen in einem Gläschen Wasser aufgelöst worden, um als Additivum zur Sondenkost verabreicht zu werden, obwohl einige schon lange vor den anderen hätten eingenommen werden sollen. „Das geht hier nicht anders, sonst wären wir ja den halben Tag mit solchem Zeug beschäftigt. Außerdem", so das Urteil der Fachkraft, „hält sich das nicht so genau, das schreiben die nur auf den Beipackzettel, damit die Leute glauben, das wäre was Besonderes!" Eine eigenwillige Interpretation, die eine Einmischung des Patienten

Dockter verdiente: „Dann schreiben Sie doch einen Brief an den Hersteller und lassen den an Ihrer Expertise teilhaben." Ergebnis: ein bitterböser Blick von Schwester Monika, gefolgt von einem grußlosen Abgang.

Kaum war sie aus der Tür hinaus, fingerte Ansgar schon an der Mechanik. „Ich stell mir das mal schneller, dauert sonst ewig. Aber die Schwester Monika, die hat Haare auf den Zähnen. Guck mal, wie ich sie genannt habe." Ansgar schrieb etwas auf einen Zettel und hielt ihn hoch: „Mundhaar-Monika – ist doch gut, oder?" „Ja, ja, ich verstehe: Haare auf den Zähnen = Mundhaar. Gut, aber alt und geklaut, hatten wir schon vor Jahren im Fernsehen!" Ansgar antwortete nicht, sondern gab andere Geräusche von sich. Irgendwann sah er dann, dass sich der „Gestörte" eigenhändig von seinem Ernährungsschlauch befreite.

Nachdem sie beide noch ein wenig gedöst hatten, gab es laute Schritte auf dem Gang, kurzes Gemurmel vor der Tür, und hereinkam ein Trüppchen Weißkittel: der Chefarzt samt Gefolge.

Patient Dockter war schnell abgehandelt („Ein, zwei Tage beobachten, dann sehen wir weiter"). Beim Patienten Wittek dauerte es um so länger. Berichterstatter war Ansgars spezieller Freund, der Oberarzt. Aus dessen Monolog erreichten ihn immer wieder Worte wie „Nekrose", „persistierend", „Vorerkrankung", „schicksalhafter Verlauf". „Aber Sie müssen auch mithelfen, Herr Wittek, nicht nur permanent jammern. Zum Beispiel müssen Sie unbedingt Ihre Thromboseprophylaxestrümpfe tragen. Das ist sehr wichtig! Wo wir gerade davon reden – kennen Sie den? Sagt ein Pfleger zum anderen: ‚Wir hatten hier einen Afrikaner als Patient, der hatte so eine Riesengurke, als der länger liegen musste, hat er sich einen Stützstrumpf drüber gezogen.'" Ja, der joviale Dr. Bodendecker war zweifellos ein begnadeter Witzeerzähler.

Da hatte er seinerzeit dem alten Killer-Guntram anscheinend doch unrecht getan. Die unsäglichen Schwanz-Witze stammten damals wohl wirklich von dessen Schwager.

Am Schluss mischte sich der Chefarzt ein und wollte das anfangs Gesagte nicht so negativ stehen lassen: „Sie müssen Geduld haben, Herr Wittek, viel Geduld. Irgendwann wird es besser. Sie müssen positiv denken. Think positive!" „Ja, ja, wie beim HIV-Test", hörte man Ansgar noch grummeln, aber die Delegation war schon wieder durch die Tür hinaus.

„Da hast du die Arschlöcher kennengelernt", begann Ansgar mit letzter Stimmkraft, musste dann aber ab ins Bad zum ausgiebigen Spucken. Danach war ein weiteres Erholungsschläfchen angesagt.

Im Gegensatz zu Ansgar, der totenähnlich in seinem Bett lag, wälzte er sich unruhig hin und her. Nach einer halben Stunde beschloss er, aufzustehen und sich eine Tageszeitung zu holen. Kaum war er im Bad, um sich das verbliebene Haupthaar zu richten, da hörte er durch die angelehnte Tür, dass jemand ins Krankenzimmer kam. Der Stimme nach war es Oberarzt Dr. Bodendecker.

„Herr Wittek, was haben Sie sich dabei gedacht? Ihre Tochter hat den Chef eben angerufen und sich beschwert. Sie meint, dass es Ihnen immer schlechter geht statt besser. Als ob Ihre Tochter das als Laie beurteilen könnte. Wenn sie nicht zufrieden ist, soll sie doch mit Ihnen wo anders hingehen. Ist aber so bequemer, wenn das Krankenhaus ganz in der Nähe ist. Aber immer meckern. Wahrscheinlich haben Sie, Herr Wittek, das arme Mädchen wieder aufgehetzt. Dabei bin ich immer so freundlich zu Ihnen. Und Sie versuchen, mich hintenrum anzuschwärzen. Ich bin doch nicht dafür verantwortlich, dass bei Ihnen nichts funktioniert – keine Wundheilung zum Beispiel. Ich kann doch immer nur einen Versuch machen. Und ich sage Ihnen ja auch jedes Mal vorher, dass es wahrscheinlich nicht klappen wird, bei Ihren Vorerkrankungen, bei Ihrem morschen Gewebe! Und wo wir beiden gerade mal allein sind: Sparen Sie sich Ihr ewiges Genörgel von wegen mehr Lebensqualität. Für jemand mit Ihrer Krankengeschichte gibt es keine Lebensqualität mehr. Sehen Sie sich doch mal im Spiegel an, wo soll die denn herkommen? Seien Sie froh, dass Sie überhaupt noch leben, genießen Sie jede Viertelstunde, in der Sie gemütlich schlafen. Aber das reicht Ihnen ja nicht."

Er wagte nicht, sich in seinem Badezimmer zu bewegen. Jetzt bloß nicht als Zeuge enttarnt werden! Das war ja unglaublich, was dieser Mensch da losließ. Auch Ansgar schien wie gelähmt zu sein, man hörte jedenfalls nichts von dem. Dr. Bodendecker, nicht nur Guntrams Schwager, sondern ein echter Bruder im Geiste, fuhr jedenfalls fort:

„Herr Wittek, was soll ich denn mit Ihnen machen, so etwas gehört sich doch nicht." Jetzt hörte man doch Gemurmel aus Ansgars Richtung. „Wie bitte, ich verstehe Sie nicht, Sie müssen deutlicher sprechen, üben Sie doch mal mit Ihrer Logopädin anstatt immer Ihre Tochter vorzuschicken. So kommen wir nicht weiter. Das muss ich mir nicht antun hier mit Ihnen! Das habe ich nicht verdient!" Er hörte, wie der Oberarzt die Tür zum Flur öffnete, ein paar Schritte hinaus ging, dann aber sofort wieder herein kam und die Tür wieder schloss. „Und noch was: Seien Sie froh, dass jemand von meiner Qualifikation Sie überhaupt behandelt. Bei uns operiert der, der's kann. Und ich sage Ihnen: Ich kann's. Das muss Ihnen doch genügen! Aber Sie lassen ja Ihre Tochter zum Chefarzt laufen und ihn bitten, dass er Sie beim nächsten Mal höchstpersönlich selber operiert, statt das den bösen Dr. Bodendecker machen zu lassen. Und der Chef soll auch noch genau hinsehen, ob alles, was ich vorher gemacht habe, seine Richtigkeit hat." Und nun mit schriller Stimme: „Das ist so undankbar, das fasse ich gar nicht, das habe ich nicht verdient!" Noch einmal die Raus-und-rein-Nummer – es war das reinste Schmierentheater. Und weiter ging es:

„Dabei hätten Sie sich doch denken können, dass der Chef mir das sofort brühwarm weiter erzählt. Der wird sich nicht darein verwickeln lassen, so blöd ist der nicht. Der hat sogar gesagt: ‚Da unternehmen wir mal nichts, da müssen wir nur abwarten.' Das tut der nicht mir zuliebe, das weiß ich auch, der will sein Institut sauber halten. Aber, Herr Wittek, merken Sie sich das, wer nicht für mich ist, der ist gegen mich! Das hat schon Kaiser Wilhelm so gesagt. Passen Sie bloß auf, was Sie tun!"

Und damit verließ Dr. Bodendecker, Guntrams Schwager, der immer die lustigen Schwanz-Witze erzählte, endgültig den Saal.

„Hast du das mitgekriegt, Roddy, was der gesagt hat?", fragte ihn Ansgar, als er durch die Badezimmertür kam. „Ja, das meiste. Und ich muss sagen, ich bin schockiert! Was für ein wirres Zeug. Aber keine strafrechtlich relevanten Aussagen. Man könnte das als verletzte Eitelkeit abtun, obwohl auch das für einen Arzt schon äußerst ungehörig wäre." „Nein, nein, der wird mich umbringen, wirst es schon sehen …"

Bald darauf wurde das Mittagessen gereicht, was im Prinzip genau so ablief wie beim Frühstück. Kurz danach bekam Ansgar Besuch: seine Tochter, eine sympathische Frau in den Dreißigern, die ihrem

Erzeuger glücklicherweise überhaupt nicht ähnlich sah. Um den beiden etwas mehr Privatsphäre zu schenken, verließ er umgehend das Zimmer. Es war doch gut, dass er sich morgens im Gegensatz zu Ansgar umgezogen hatte (Trainingsanzug, Position 9 im Tascheninventar, das er übrigens wirklich als Liste führte). Damit konnte er sich im Haus bewegen, ohne sich halb nackt zu fühlen. Er kaufte im Kiosk eine Zeitung und setzte sich im Foyer in ein Eckchen. Hier konnte man lesen und immer mal wieder interessante Menschen beobachten.

Er fragte sich, wo die Leute alle herkamen oder hinwollten. Wahrscheinlich waren im Haus noch andere Belegstationen und auch Büros untergebracht. Das Gewusel erinnerte ihn an die Szenen im Speisesaal damals, als er nach seinem Balkonsturz in der Reha verweilte. Auch hier war wieder ein buntes Völkchen unterwegs. Es gab Besucher und Patienten, Krankenhauspersonal und externe Dienstleister. Man sah Eilige und Fußkranke, Familienverbände und einsame Wanderer, Lustige und Traurige. Herren im Businessanzug mit dunklen Köfferchen und blasierten Mienen schritten durch die Gänge, wobei sie tunlichst die Nähe zu jenen mieden, die mit Plastiktüten voller Nahrungsmittel unterwegs zu den Patientenzimmern waren. Es gab Kranke in jedwedem Zustand auf dem Weg nach draußen zu den Raucherecken, und solche, die mit aschfahlem, aber glücklichem Gesicht von dort zurückkrabbelten. Und vor allem gab es wieder Heerscharen von adipösen Körpern, gewandet in Trainingsanzüge aus unterschiedlichen Jahrhunderten mit interessanten Farben und Zuschnitten, auch in divergierendem Sauberkeitszustand – vor allem bei den Männern. Bei manchen Jogginghosen (ihm fiel ein, dass sie die Dinger früher in der Schule „Schnellfickerhosen" genannt hatten) war davon auszugehen, dass diese ihren Träger ein halbes Leben begleitet und bekleidet hatten.

Nach einer knappen Stunde sah er, dass Ansgars Tochter auf dem Weg nach draußen auf ihn zusteuerte. „Entschuldigen Sie, Herr Dockter, haben Sie fünf Minuten Zeit?" „Sicher, setzen Sie sich doch." „Danke, ich will Sie aber nicht stören, das macht mein Vater wahrscheinlich schon genug." „Halb so wild, er ist ja wirklich nicht gut dran." „Ja, es geht ihm schlecht, schlechter noch als es den Anschein hat. Bei ihm ist wirklich alles schief gelaufen. Und mit Ruhm bekleckert hat sich da keiner der Ärzte. Mein Vater meint ja, dass da mittlerweile Methode dahinter steckt, dass die ihn umbringen wollen. Manchmal glaube ich das fast auch. Andererseits kann ich mir das aber nicht vorstellen, hier bei uns, mit unserem Qualitätsmanagement, mit all den Zertifizierungen. Da könnte so etwas doch gar nicht verborgen bleiben. Was meinen Sie?"

„Ach, wenn immer derselbe Arzt operiert, dann muss der jedes Mal nur ein bisschen an der richtigen Stelle falsch machen. Dann kann der schon dafür sorgen, dass eine Wunde nicht richtig verheilt oder so. Und bei der Korrektur-OP kann man dann ein bisschen verschlimmbessern. Steter Tropfen höhlt den Stein. Irgendwann ist der Patient am Ende." „Glauben Sie wirklich, dass mein Vater recht hat?"

Das war jetzt verminter Boden. Natürlich war es denkbar, dass gerade ein Oberarzt, weit genug oben in der Hierarchie und dann noch ausgestattet mit genügend krimineller Energie und Kaltblütigkeit, mit so etwas durchkommt. Aber Dr. Bodendecker schien ihm eher vom Typ „beleidigte Leberwurst" zu sein. Andererseits: Etwas, was man so schön „narzisstische Kränkung" nennt, könnte bei dieser Heulsuse unter Umständen auch aggressive Handlungen gegen den vermeintlichen Urheber auslösen.

Doch schien es ihm unklug, die Familie Wittek auch noch in diesem Verdacht zu bestärken. Er flüchtete sich daher in Gemeinplätze, sprach davon, dass seiner Meinung nach ein Arzt keine höhere Verantwortung trage als Menschen anderer, aber weit weniger geachteter Berufsgruppen wie Bus- oder Taxifahrer.

„Nehmen wir zum Beispiel einen Chirurgen und einen Taxifahrer. Beide können durch eigene Fehler fremde Menschen verletzen oder gar töten. Doch wenn der Taxifahrer einen Unfall baut, dann sitzt er selbst mit im Auto und trägt dasselbe Verletzungsrisiko wie sein Passagier. Dagegen ist die Wahrscheinlichkeit für den Chirurgen, am OP-Tisch von der eigenen Hand mit dem eigenen Skalpell gefällt zu werden, doch nahezu null. Wenn der Chirurg etwas verbockt, zieht der einfach den blutigen Kittel aus und ruft seine Haftpflichtversicherung an. Außerdem: Bei einem durch den Taxifahrer verursachten Unfall ermittelt sofort die Polizei, der Chirurg kann sich bei einem geschädigten Patienten jedoch erst einmal auf einen ‚schicksalhaften Verlauf' berufen."

„Richtig," rief Ansgars Tochter dazwischen, „das sehe ich auch so! Man kann das auch noch weiterspinnen: Vor einer OP wird doch immer ein Aufklärungsgespräch geführt mit einem Protokoll, das man unterschreiben muss. Beim Thema ‚Komplikationen' sagen die dann jedes Mal, das müssen wir zwar jetzt besprechen, aber das passiert sowieso nie. Aber wie mein Vater und ich das mittlerweile kennengelernt haben, dient das vor allem der Absicherung der Ärzte, damit die hinterher bei einem Problem sagen können, das ist doch so eine Komplikation, wie sie in der Belehrung genannt worden ist. Und schon wagt man als Laie nicht mehr, sich offiziell zu beschweren. Wenn man das jetzt auf den Taxifahrer überträgt, dann wäre das so, als würde der jedem Kunden vor der Fahrt erzählen, was sich auf der Route schon für Unfälle ereignet haben, und dass jeder Autoinsasse immer mit dem Schlimmsten rechnen müsse. Und dann lässt er den Gast das per Unterschrift quittieren. Und wenn es dann wirklich einen Crash gegeben hat, erzählt er seinem demolierten Kunden noch schnell, dass der ja selber schuld wäre; er, also der Fahrer, wäre ja nur auf Wunsch des Fahrgastes dorther gefahren. Ich glaube nicht, dass unter solchen Umständen noch viele Leute ein Taxi nehmen würden. Aber die Ärzte nutzen eben aus, dass viele Patienten gar keine andere Wahl haben. Man fühlt sich als Betroffener so hilflos und ausgeliefert – besonders, wenn nicht mehr viel Zeit bleibt. Ich weiß, das klingt jetzt vielleicht polemisch, Herr Dockter, aber wir haben eben in den letzten Jahren so unsere Erfahrungen gemacht! Allein was sich dieser Dr. Bodendecker uns gegenüber alles erlaubt hat. Wie lange der selbst bei kleinen Eingriffen meinen Vater immer im Krankenhaus schmachten lässt. Und bei ambulanten Sachen wird mein Vater immer frühmorgens einbestellt und kommt dann als einer der Letzten dran. Darauf hab ich den Bodendecker mal angesprochen und gesagt: ‚Mein Vater wird vielleicht nur noch ein Jahr leben, aber Sie, Herr Dr. Bodendecker, statistisch gesehen wohl noch dreißig. Wenn mein Vater einen Tag von seinem Restleben vergeuden muss, dann ist das im Verhältnis für ihn also genau so schlimm wie dreißig Tage für Sie.' Und dann hab ich gefragt: ‚Würden Sie, Herr Dr. Bodendecker, etwa einen Monat umsonst im Krankenhaus bleiben?' Da hat der gelacht und gesagt, dass er ja nicht umsonst hier wäre, sondern er bekäme richtig viel Geld dafür. So ein Arschloch! – Entschuldigen Sie diesen Ausdruck, aber was will man sonst dazu sagen?!"

„Ja, gerecht ist das alles nicht, und ein Unsympath ist der Bodendecker zweifellos. Ich weiß, viele Beschäftigte hier wursteln nach dem Motto: ‚Die Arbeit in der Klinik könnte so schön sein, wenn bloß die blöden Patienten nicht wären!' Doch beim

Bodendecker ist es noch viel schlimmer, der sieht in jedem komplizierten Fall eine freche Zumutung und in einem kritischen Patienten eine persönliche Bedrohung. So eine Geisteshaltung ist in der Tat arschlochmäßig. Und sie ist eine Katastrophe für die Patienten. Aber bevor wir uns jetzt ganz in diesem hässlichen Thema verlieren, will ich Sie lieber fragen, ob wir nicht im Café gegenüber einen Cappuccino trinken wollen. Ich lade Sie ein."

„Vielen Dank, ein Viertelstündchen hätte ich noch Zeit." Es wurde fast eine Stunde. Sie unterhielten sich über alle möglichen Themen, lachten gemeinsam und hatten viel Spaß. Beim Verabschieden sahen sie sich dann um das entscheidende Quäntchen zu tief in die Augen.

Ziemlich durcheinander fand er sich wieder auf seinem Zimmer ein. Ansgar schlief anscheinend. Nach zwei Minuten kam urplötzlich die Frage: „Was willst du von meiner Tochter?" „Häh?" „War auf dem Balkon, hab euch ins Café gehen sehen!" Das war der Hammer. „Reg dich nicht auf, Ansgar, das ist nicht gut für dich." „Ich bin doch ganz ruhig, hättest mich mal früher sehen sollen, als ich noch beim Bund war!" „Beim Bund?" Ansgar ließ sich ablenken und beeilte sich, eventuelle Lücken in seiner gestern Abend kommunizierten Biografie umgehend zu füllen. Mit den üblichen Unterbrechungen wurden die Grundzüge seiner persönlichen Karriere als Z-Zwölfer bei der Bundeswehr und der anschließende staatlich unterstützte Wechsel in die hiesige Kommunalverwaltung („Finanziell meine beste Zeit!") dargestellt. Nicht unerwähnt bleiben durfte auch seine Einzelkämpferausbildung sowie seine spätere Tätigkeit als Kampfsportlehrer. „Sieht man mir heute nicht mehr an, aber täusche dich nicht!"

Ohne das Gehörte zu kommentieren legte er sich auf sein Bett, sah zu, wie sich Ansgar wieder in seinen Kissen vergrub, und dämmerte selbst ein wenig weg.

Schwester Ingeborg war es, die ihn weckte. Dabei wollte sie wieder nur gut. „Hallo Herr Dockter, schön, wenn man schlafen kann, wenn andere arbeiten. Genießen Sie die Zeit. Morgen Mittag fliegen Sie raus!" „Ist das offiziell?" „Wenn ich es Ihnen doch sage ..." Und fort war sie wieder.

Dann gab es Abendessen. Ansgar bekam seinen Beutel Nahrung sowie neues Wasser. Schwestern kamen und gingen. Als endlich wieder Ruhe eingekehrt war, wurde auch Ansgar wieder gesprächig: „Früher hab ich auch mehr über das Leben nachgedacht, besonders nachdem sie den Krebs festgestellt hatten. Ob das wirklich wahr sein kann. Ob die MRT-Bilder echt sind. Ob ich das nicht nur träume. Ich hab da tagelang drüber gebrütet, hab eine ganz neue Sicht entwickelt. Hab ich sogar aufgeschrieben, mit Beispielen und so. Trage ich immer mit mir herum. Heute glaube ich das, was da steht, zwar selbst nicht mehr so ganz, aber man weiß ja nie. Solltest du dir aber auch mal Gedanken drüber machen. Ich geb dir das mal."

Ansgar krabbelte aus seinem Bett, kramte in seiner großen Reisetasche, holte einen DIN A4 Briefumschlag hervor und warf diesen erstaunlich geschickt herüber. „Mein Manifest! Lies das!" Um des lieben Friedens willen gehorchte er. Der Inhalt des Kuverts bestand aus einem einzigen, eng bedruckten Blatt. Er machte es sich bequem und begann unter den kritischen Augen seines Zimmergenossen mit der Lektüre:

„Manifest von Ansgar Wittek

These: Es gibt keine fließende Zeit, es gibt keine dynamische Realität, keine materielle Umgebung. Alles, was es gibt, ist meine und nur meine Gegenwart im Sinne einer Momentaufnahme, festgehalten in einer gigantischen Informationsstruktur mit unendlich vielen Details, also mit allem, was ich weiß."

„Oh Gott, oh Gott", dachte er, „was will uns der Dichter damit sagen? Und was ein nicht mehr ganz Dichter?"

Im Text folgte ein Stilwechsel:

„Warum ist das so? Weil es die einzige logische Erklärung ist. Schon die Suche nach der Antwort auf einfache Fragen führte mich früher in eine Sackgasse. Fragen wie die folgenden: Ist mein Teppich rot oder grün? Für mich als Farbenblinden sieht beides gleich aus. Gibt es wirklich Milliarden von Menschen? Ich kenne nur wenige, habe gewiss noch keine hunderttausend gesehen. Wo ist der Rest? Stimmt das, was im Fernsehen in den Nachrichten gezeigt wird? In vielen Spielfilmen sieht die Welt genauso aus. Wenn unsere Welt wirklich vor 13,7 Milliarden Jahren entstand, was war dann am Abend davor?"

War das Verarschung? Er las weiter:

„Auf diese simplen folgten tiefer schürfende Fragestellungen: Gibt es meine Welt, meine Umgebung, meine Mitmenschen, meine eigenen Sinneseindrücke, meine Schmerzen wirklich? Fest steht nur, dass sie in meinem Hirn, also in meinen Empfindungen und Gedanken vorkommen. Sind es überhaupt meine Gedanken? Habe ich überhaupt ein physisches Hirn?"

An Letzterem konnte man nach dem bisher Gelesenen durchaus zweifeln.

„Mit dem alten Denkansatz kam ich da nicht weiter. Ich musste eine völlig neue Sicht entwickeln und dann das Ganze bis zum Ende durchdenken, was mich relativ verwirrt hat."

Häh? Das mit dem Verwirrtsein stimmte jedenfalls.

„Mein Fazit ist: Die Informationen, die mein gesamtes Wissen bilden, habe ich in der alten Sichtweise für das (wenn auch lückenhafte) Abbild einer absoluten Realität gehalten. Einer Realität, die eingebettet ist in ein Raumzeitkontinuum. Doch es ist ganz anders, es gibt keinen Raum und keine Zeit. Es gibt nur den kurzen Moment der sogenannten ‚Gegenwart', den Moment, in dem ich ‚denke'. Und es gibt einzig und allein eine nur auf diese spezielle Situation bezogene Ansammlung von Informationen. Informationen, die auf keiner materiellen ‚Realität' beruhen. Alles nur Bruchstücke, über deren Wahrheit ich keine Aussage machen kann, denn es gibt keine Wahrheit."

Ansgar konnte sich das doch nicht selbst ausgedacht haben! Und es war noch nicht zu Ende:

„Ein Beispiel: Man denke an ein Computerspiel, das so gestrickt ist, dass der Spieler zuerst im Setting einen Protagonisten samt einer von diesem ‚wahrgenommenen' Situation definiert – sagen wir mal: Dem Protagonisten wird eine ‚Gegenwart' zugeordnet, in der er gerade von seinem Arzt gesagt bekommt, dass er Krebs hat. Basierend darauf wird dem Spieler die Möglichkeit geboten, Verläufe und Randbedingungen zu konstruieren, die zu dieser Situation geführt haben. Aufgabe des Spielers ist es jedoch, eine gewisse Konsistenz zu erreichen; die ‚Erinnerungen' müssen im Ergebnis zu dem im Setting festgelegten Zielszenario passen. Fix ist nur dieses spezielle, am Anfang definierte ‚Hier und jetzt' – wie es dazu gekommen ist, das auszugestalten ist Inhalt des Spieles.

Aber selbst der Gedanke an so ein Computerspiel führt ja in die Irre, denn: Es gibt gar keine Computerspiele, nur Informationen darüber. Alles ist noch viel verwickelter! Es gibt auch das beschriebene Blatt nicht, auf dem dieser Text steht. Und das Beste ist: Es gibt auch mich nicht!!!"

Er musste sich zusammenreißen, um nicht laut loszulachen. Teile des Textes wirkten wie von völlig unterschiedlichen Quellen abgeschrieben, andere klangen dann wieder authentisch. Der letzte Satz hatte es ihm besonders angetan. Das passte wirklich zum „Gestörten". Der verlangte inzwischen nach einer Rückmeldung: „Und, was hältst du davon? Krass – oder? Solltest du dir auch mal Gedanken drüber machen. Am besten schreibst du die auch auf, so wie ich. Kannst sie ja dann deinen Kumpels zum Lesen geben. Alle Menschen sollten darüber nachdenken." „Ja, krass! Woher hast du denn all die schönen Fremdworte? Aber mit wem rede ich denn da? Es gibt dich doch gar nicht. Da schweige ich doch lieber." Ansgar, der längst wieder in seinem Bett lag, warf sich auf die andere Seite und rülpste etwas, das verdächtig nach „Arschloch!" klang, in sein Kissen. Dann war wieder Ruhe.

Aber so wirr das Geschreibsel auch war, der Grundgedanke wirkte wie ein bösartiger Virus. Und er war infiziert. Er konnte nicht anders, er musste darüber nachdenken. Als Erstes beschäftigte ihn die Aussage, dass es keine ihn umgebende Welt gebe. Er stellte sich vor, blind zu sein, aber vertraute Stimmen um sich herum zu hören. Das wäre beruhigend. Aber was wäre, wenn diese Stimmen nur alte Tonaufnahmen wären, tote Signale ohne Menschen? Er verallgemeinerte dieses Szenario auf sämtliche Sinneseindrücke. Was, wenn alles nur Fake wäre? Wenn das sogenannte „Leben" nur eine verfeinerte Art von Traum wäre, wenn man lediglich immer wieder neue Episoden einer nicht enden wollenden Telenovela direkt ins Bewusstsein überspielt bekommen würde? Man wäre in Wahrheit allein, gnadenlos einsam.

Diese Vorstellung löste eine leise Panik in ihm aus. Er musste sich zwingen, an etwas anderes zu denken. Das Computerspiel! Eine retrograde Lebensgeschichte basteln – und darum herum eine dazu passende ganze Welt. Faszinierend. Was man für Möglichkeiten hätte! Natürlich würde man das nicht alles bis ins Detail selbst entwickeln können, man würde Voreinstellungen brauchen (von „Glückskind" bis „Arschkarte"), so etwas wie vordefinierte Bausteine und einen Generator. Aber man könnte so schön gemein sein, Krankheiten erfinden, Schicksalsschläge, auch Verbrechen ... Das Perfideste wäre, dem Protagonisten die Erkenntnis über seine Situation (nämlich nur Figur in einem Spiel zu sein) zu geben, aber ohne die Chance, aus diesem Dilemma zu entkommen. Eine paradoxe Konstellation! Da durchzuckte ihn der Gedanke, dass er selbst ja jetzt in diesem Moment vielleicht in genau dieser Lage war: Selbst nur Bestandteil eines Spieles zu sein, dessen Verlauf von einem bösartigen Spieler gesteuert wird, dies zu erkennen, und sofort zu wissen, dass die Gewährung dieser Erkenntnis wiederum nur eine sadistische Idee des Spielers ist ... Alles, jedes Grübeln, jedes Hinterfragen, jede Suche nach einer Erklärung wäre von „oben" induziert, nichts wäre autonom. Ob man angesichts dieser Sachlage verzweifeln, resignieren oder aufbegehren würde, auch das wäre also gar kein eigenständiges Verhalten – ebenso wenig wie ein Selbstmord als ultimative Form des Widerstands. Es gäbe letztendlich keine Möglichkeit, gegen den Plan des Spielers aus dem Spiel zu entkommen!

An dieser Stelle hätte er am liebsten laut geschrien, besann sich aber und schluckte hastig zwei Schlaftabletten aus seinem Geheimdepot (Nr.1 auf der Inventarliste der Krankenhaustasche). „Danke, lieber Spieler", flüsterte er, während er wegdämmerte, „danke, dass du mir die Tabletten mitgegeben hast!"

Später hatte er einen absonderlichen Traum, in dem zwei ameisenähnliche Wesen vor Bildschirmen saßen. Das ganze Ambiente erinnerte jedoch frappierend an sein eigenes Jugendzimmer daheim – bis auf die beiden bizarren Akteure. Diese waren (im Habitus genau wie junge Menschenmännchen) schwer mit einem Computerspiel zugange, bei dem sie offenbar gegeneinander kämpften. Und auf den Bildschirmen war er selbst zu erkennen, wie er gestern in der Firma von der nachmittäglichen Sitzung zurück zu seinem Arbeitsplatz trottete. Plötzlich fing eine der komischen Ameisen an, etwas in die Tasten zu hämmern, was unheimlich schnell ging, da sie dabei vier Arme im Einsatz hatte. Dann tat sich was auf dem Bildschirm: Er selbst war wieder zu sehen, und zwar wie er seinen Anfall von Nasenbluten bekam. Daraufhin malträtierte die andere Ameise ihre Tastatur, was dazu führte, dass es genau so weiterging, wie es ihm, dem realen Roddy Dockter, am Dienstag anschließend ergangen war ...

Schweißgebadet wachte er auf. Um sich herunterzufahren versuchte er, den Traum vor dem Hintergrund seiner Überlegungen vom vergangenen Abend mit kalter Logik zu analysieren. Resultat: Es war auch eine Variante des Computerspiels denkbar, bei der zwei Spieler gegeneinander antreten. Diese Version wäre im Gegensatz zu der aus Ansgars Text nicht retrograd orientiert, sondern so angelegt, dass die Handlung ab einem definierten Startszenario weiter in Richtung Zielszenario entwickelt werden müsste. Spieler A könnte die Aufgabe haben, diese eigentliche Spielidee umzusetzen, für Spieler B könnte die Rolle des Verhinderers vorgesehen sein. Der könnte dann durch das Einfügen von Geschehnissen oder Strukturen den Verlaufsplan von Spieler A stören oder gar unmöglich machen, was diesen wiederum dazu zwingen würde, seinerseits durch trickreiche neue „Schicksalswendungen" die angestrebte Konsistenz in Hinblick auf das Zielszenario wieder sicherzustellen.

Dadurch, dass er seine Betrachtungen nun auf eine eher abstrakte, theoretisierende Ebene gehoben hatte, war seine Gemütsruhe leider auch nicht wiederhergestellt; in seinem Hirn rumorte es weiter. Die neue Spielidee würde zum Beispiel ein kompliziertes Regelwerk brauchen, sonst könnte der Verhinderer ja die Spielfigur einfach sterben lassen. Sehr wahrscheinlich hatte der aber einen speziellen Tastaturblock mit Funktionstasten für das kleine spontane Ärgernis zwischendurch, womit er Spieler A immer mal kurz ausbremsen konnte. Für die Spielfigur käme also auf Knopfdruck so etwas Destruktives zustande wie plötzlicher Juckreiz, akuter Zwang zu niesen, rülpsen oder furzen, Ejaculatio praecox, ...

Jetzt konnte er erst recht nicht aufhören, weiter darüber zu sinnieren und sich manches bis ins Detail auszumalen. Und je länger er das tat, desto sicherer war er sich, dass als Ergebnis der konträren Bemühungen von Spieler A und B genau so ein „Leben" herauskommen würde, wie er selbst es tagtäglich führte. Was für eine verzwirbelte Kacke!

Donnerstag

Auch die Zeit nach dem befremdlichen Albtraum war nicht gerade erholsam gewesen. Ansgar, der durch den Raum geisterte, die Nachtschwester, die auf dem Gang stundenlange Telefonate führte, die eigene Unruhe (verursacht durch Ansgars Text sowie den Traum und die Reflexion darüber, vielleicht aber auch ein bisschen durch Ansgars Tochter) – all das hatte dazu geführt, dass er jetzt, da die Klinik im Ganzen zu neuem Leben erwachte, abgrundtief müde war.

Der „Gestörte" war jedoch schon wieder auf den Beinen, kramte in seiner Tasche, durchforstete seinen Spind, schrieb zwischendurch ein paar Zeilen und tat insgesamt sehr geheimnisvoll.

Das nervte! „Ansgar, das ist ja nicht zum Aushalten, was machst du denn da?" „Mein Informant – gestern Nachmittag war Übergabe, als ihr im Café wart. Und jetzt brauche ich einen sicheren Ort für die Dokumente …" Hustenanfall, das übliche Spektakel. „… bis meine Tochter kommt und das Zeug mit nach Hause nimmt. Kannst du das nicht so lange verstecken?" Widerstand war bei Ansgar zwecklos, das wusste er mittlerweile. „Ja, mach ich, aber du weißt, dass ich heute entlassen werde?!" „Ist gut, Katharina will gegen Mittag kurz reinschauen. Die macht dann später Kopien von allem, schreibt ein paar Erklärungen daneben und schickt dir das zu. Und du bringst Ordnung da rein." „Wenn du das sagst … Ist denn wenigstens etwas Aussagekräftiges dabei?" „Das reinste Dynamit! Gib mir mal deine Adresse von zu Hause und vom E-Mail und, wo du dabei bist, auch deine Handynummer – für den Fall, dass Katharina dich mal anrufen muss."

Katharina hieß sie also – schöner Name. Der Gedanke, so mit ihr in Verbindung zu bleiben, ließ ihn schwach werden. Außerdem spürte er diese verflixte Neugier wieder in sich, Agent Roddy D. meldete sich aus dem Ruhestand zurück. Er schrieb seine Daten auf einen Zettel, faltete einen Flieger daraus und warf ihn zu Ansgar rüber. „Da hast du, was du brauchst. So, jetzt gib mir deine verdammten Dokumente." Die kamen postwendend geflogen, wieder in einem frischen DIN A4 Umschlag. Ansgar musste einen Vorrat davon haben. „Tu den einfach in deine Tasche, da sucht den keiner!" Wie es Ansgar verlangt hatte, versenkte er das Ding in seiner Krankenhaustasche. Leicht gereizt legte er sich wieder in sein Bett. „So, Ansgar, jetzt lass mich noch etwas schlafen, ich bin todmüde."

Kaum war er eingeduselt, wurde er auch schon wieder unsanft geweckt: Schwester Ingeborg!

„Bombenalarm in der Nachbarschaft – soll ein Riesending aus dem Zweiten Weltkrieg sein! Dieses Gebäude muss evakuiert werden. Aber keine Panik, wir sind ja bei Ihnen! Ziehen Sie sich etwas Warmes an, wir gehen dann gemeinsam raus. Draußen zählen wir noch mal durch und gehen dann ins Hauptgebäude. Da warten wir, bis die Bombe entschärft ist und wir wieder zurückdürfen. Da drüben gibt es auch etwas zu essen – und für unseren Herrn Wittek ein lecker Beutelchen. Aber jetzt dalli, in fünf Minuten geht es los!" Schwester Ingeborg, jetzt ganz Oberschwester, schien die Situation zu genießen. Endlich mal was anderes. Ihm selbst als mündigem Patienten und Entlassungsanwärter schwebte für sich eine bessere Lösung vor: „Da kann ich ja eigentlich auch sofort nach Hause gehen ..." „Das lassen Sie mal schön bleiben, erst wird der Katastrophenplan sauber abgearbeitet, da gibt es keine Deserteure!" Schwester Ingeborg kannte kein Pardon. „Außerdem, Herr Dockter, fehlt Ihnen ja noch das Entlassungsgespräch mit dem Stationsarzt."

Was nutzte es, sich mit ihr herumzueseln, auf die paar Stunden sollte es nicht ankommen. Er warf sich in seinen Trainingsanzug, nahm seine Wertsachen an sich und holte schon einmal den Mantel aus dem Spind. Der Rest der Büroklamotten war rot befleckt vom Nasenbluten, da war ein etwaiger Verlust zu verschmerzen. Auch seine Tasche ließ er zurück, wer sollte sich schon in der jetzigen Situation daran vergreifen. Ansgar hatte in der Zwischenzeit weiter mit seinen Papieren geraschelt, etwas geschrieben und schließlich einen normalen Brief fertiggemacht. Sogar die passenden Marken schien der in seinem mobilen Büro dabei zu haben. Als sie dann beim Verlassen des Gebäudes im Foyer am Briefkasten vorbeikamen, sah er, dass Ansgar den Brief hurtig einwarf.

Endlich waren alle draußen. Sie waren pro Abteilung aufgestellt, hier die Patienten, da das Personal. Es wurden Listen geschwungen, Häkchen gemacht. Dann kam der Befehl zum Abmarsch. Alle brachen auf, bis auf zwei: Oberarzt Dr. Bodendecker, der als offizieller Verantwortlicher die Aufgabe hatte, trotz rechnerischer Vollzähligkeit ein letztes Mal die Etagen zu kontrollieren, und ... Ansgar. Der hatte, kaum dass der Oberarzt im Gebäude verschwunden war, bemerkt, dass er in der Hektik seine

Filterkassette aus dem Button verloren hatte und deshalb dringend oben in seinem Zimmer Ersatz holen musste. „Dann kommen Sie aber mit Dr. Bodendecker nach, Herr Wittek!", rief Schwester Ingeborg. „Der Rest geht jetzt mit mir!"

Sie zogen los, erreichten das Hauptgebäude ohne weitere Verluste und wurden dort in einen kleinen Saal geführt, wo Sitzgelegenheiten bereitstanden. Hier sollte abgewartet werden, bis der Befehl zum Rückmarsch erging. Trotz strafender Blicke von Schwester Ingeborg entfernte er sich kurz von der Truppe, um sich irgendwo Lektüre zu kaufen. In aller Ruhe erledigte er seine Besorgung, verirrte sich danach ein wenig im Durcheinander der Gänge, musste sich zum Informationsschalter am Haupteingang durchkämpfen und dort den Weg erklären lassen. Bis dahin war er in Bereiche des Krankenhauskomplexes vorgedrungen, die gar keinen guten Eindruck mehr machten. „Heruntergekommen" war da der schiere Euphemismus. Da konnte man nur hoffen, dass „die normative Kraft des faktisch Abgefuckten" sich nicht auch in der HNO entfaltete.

Während all das geschah, hörte er draußen Sirenen und sah Polizeifahrzeuge durch schmale Gassen jagen. „Scheint Komplikationen zu geben mit der Bombe", murmelte er, „Das kann ja noch dauern, verdammter Mist!" Warum hatte er nicht darauf bestanden, vor der Evakuierung entlassen zu werden?!

Als er dann wieder bei den anderen ankam, merkte er sofort, dass etwas vorgefallen war. Das medizinische Personal der HNO hatte sich versammelt und tuschelte untereinander. Nur Schwester Ingeborg stand in einer Ecke und telefonierte. Kurz darauf kam sie auf ihn zu und sprach ihn an: „Herr Dockter, ich muss Ihnen etwas mitteilen. Der Herr Wittek …" „Was ist mit dem, wo bleibt der?" „Der Herr Wittek ist tot aufgefunden worden. Vor dem Gebäude – wie es scheint, ist er vom Balkon gefallen." Er war wie vom Donner gerührt. „Sie können deshalb vorerst nicht zurück in Ihr Zimmer, die Polizei ist da drin und ermittelt." Ansgar tot, Polizei vor Ort, am Ende ein Verbrechen?! Wie hatte Ansgar gesagt? „Wirst sehen, der bringt mich um" – hatte sich das so schnell bewahrheitet? Er spürte, wie sein Kreislauf verrückt spielte, die Beine wurden schwach, er sackte in sich zusammen.

Allzu viel bekam er nicht mit von dem, was sich dann tat: Schwester Ingeborgs Alarmschrei, ihr stählerner Griff, mit dem sie seinen Sturz abfing, die üblichen Notfallmaßnahmen. Ein bequemer Krankenstuhl wurde für den Patienten Dockter herangeschafft, ein Arzt kümmerte sich. Ergebnis war, dass er die heutige Entlassung vergessen konnte, morgen sehe man weiter.

Endlich kam die Nachricht, dass die Evakuierung aufgehoben und das HNO-Gebäude wieder zugänglich sei. Er hatte sich mittlerweile soweit berappelt, dass er ohne fremde Hilfe den Rückweg bewältigen konnte. Man wies ihm ein Einzelzimmer zu, sein restliches Eigentum wurde ihm gebracht. Nähere Auskünfte zum Fall Wittek wurden von den Schwestern verweigert, es hatte bereits von der Klinikleitung einen Maulkorberlass gegeben. Ach ja, der Stationsarzt kam kurz herein, entfernte nach oberflächlicher Untersuchung die letzten Tamponagen und zeigt sich sonst äußerst schweigsam. Dann war er wieder allein.

Er telefonierte mit der Mutter, gab aber keine über seinen Schwächeanfall hinaus gehenden Erklärungen ab und vertröstete sie auf morgen. Auch Kurt Erich wollte er eigentlich anrufen, legte das Handy aber wieder zur Seite, als ihm einfiel, dass der berufsbedingt wahrscheinlich bereits über das tragische Ereignis informiert war. „Wenn ich Pech habe, steht der heute Abend noch bei mir auf der Matte und löchert mich mit Fangfragen, die alte Reportersau!"

Er war müde, fand jedoch keine Ruhe. Tausend Gedanken gingen ihm durch den Kopf. Schon wieder ein Toter in seinem Umfeld, auf unnatürliche Art ums Leben gekommen. Roddy Dockter, der Mann, der Leichen produziert – nicht mit eigener Hand, aber doch auf irgendwie unheimliche Weise. Damals in der Firma der Geschäftsführer und die Qualitätsbeauftragte, dann im Dorf Hansi und Indy und jetzt sein Zimmergenosse Ansgar. Die Toten rückten ihm auch räumlich immer näher. Mit Ansgar hatte er sich sogar ein Badezimmer geteilt! Wie sollte das weitergehen?! Obwohl er bei den Ermittlungen seinerzeit mehrfach tätlich angegriffen worden war, hatte er bislang immer Glück gehabt und war jedes Mal unbeschadet davongekommen. Aber das musste ja nicht so bleiben.

Bei den zwei Toten in der Firma war Guntram der Täter gewesen, bei Hansi hatte Indy die Verantwortung übernommen, um dann selbst durch Hansis Witwe den Tod zu finden. An der Feststellung dieser Tatbestände war „Agent Roddy D." maßgeblich beteiligt gewesen. Aber wie sah mittlerweile die juristische Aufarbeitung aus?

Bei Guntram war die Ausgangslage eigentlich klar: Geständnis. Aber beim Prozess lief es dann schon nicht mehr so glatt: Zunächst hatte es eine halbe Ewigkeit gedauert, bis es überhaupt losging. Nach wenigen Prozesstagen gab es jedoch bereits eine Unterbrechung wegen Krankheit des Angeklagten – und soweit er wusste, kränkelte Guntram bis zum heutigen Tag. Jedenfalls hatte der Zeuge Dockter noch keine neue Ladung zur Einvernahme erhalten. Bei Hansis Witwe war die Sachlage noch komplizierter: Hier gab es eben kein offizielles Geständnis, denn bei allen polizeilichen Vernehmungen hatte sie, soweit Kurt Erich wusste, zum Hergang von Indys Absturz geschwiegen. Alles, was die Anklage vorweisen konnte, waren Zeugenaussagen sowie die diversen Livemitschnitte von Schlüsselszenen. Ob Letztere vor Gericht zugelassen würden, war wohl mehr als fraglich. Es gab auch noch keinen Prozesstermin. Man sprach von Überlastung des Gerichtes infolge Personalmangels.

Nach dem Finale bei der Glückseligkeit hatte er sich jedoch nicht mehr aktiv mit der Sache befasst, zu überdrüssig war er der Beschäftigung mit Verbrechen und Verbrechern. Menschen waren zu Tode gekommen aus banalen Gründen, ohne Sinn, in zufällig entstandenen Situationen. Es war absurdes Theater! Er selbst hatte nach der kurzen Euphorie, die auf die Verhaftungen folgte, beide Male eine Phase der Ernüchterung und der Selbstzweifel erlebt. Hatte er sich immer korrekt verhalten? Seine Ermittlungen im Fall Indy waren zumindest grenzwertig gewesen. Je mehr er nun im Nachhinein darüber nachdachte, desto unbefriedigender erschien ihm das Ergebnis seiner letztendlich doch dilettantischen Detektivarbeit. Jedenfalls hatte er nicht das Gefühl, die ganze Wahrheit zu kennen. Aber vielleicht war das ja immer so bei solchen Ermittlungen. Wenn die Kripoleute das aushalten konnten – für ihn war das nichts! Er hatte zudem schon nach den ersten vier Toten unter dem Gefühl gelitten, sich charakterlich verändert zu haben. Wie sollte es da einem ergehen, der beruflich jeden Tag mit so etwas zu tun hat?

Ansgars Tod hatte ihn heute wirklich schockiert – ein Tod quasi mit Ansage, vom Betroffenen selbst vorhergesagt. Schicksal? Vorherbestimmt? Ansgars „Manifest" fiel ihm wieder ein, die Stelle mit dem hinterhältigen Computerspiel.

Gesetzt den Fall, er wäre nun selbst der Protagonist, die Spielfigur, um die sich alles dreht, dann müsste der steuernde Spieler ein wirklich übler Sadist sein, wenn es denn so etwas wie Sadismus in dessen Kosmos überhaupt gab. Vielleicht fand man dort ein Szenario wie das, in dem er lebte, ja irgendwie lustig. Eine Welt voller Mord und Totschlag, deren Grundelement die Gewalt ist. Der Stärkere schädigt den Schwächeren – die Menschen untereinander, Mensch gegen Tier, Tier gegen Mensch, die Tiere untereinander, selbst Pflanzenfresser verschonen einander nicht. Sie alle töten und verletzen, ob bewusst oder unbewusst, und sei es nur aus Ignoranz, aus dumpfem Mangel an gegenseitiger Rücksichtnahme. So war das Setting, das war das Grundprinzip. Die Spielfigur Roderich Dockter in einer bizarren, bösen Welt der Gewalt! Und das Schlimmste war: Dieses Konstrukt mit der eigenen Existenz als digitale Marionette in einem abstoßenden Computerspiel erschien ihm viel logischer (und auch tröstlicher) als die Annahme, die Welt mit all ihren schrecklichen Grausamkeiten sei echt. Und sie sei von einem merkwürdigerweise dennoch als gütig gepriesenen Gott in dieser Ausprägung erschaffen worden oder aber das zufälligerweise so abscheulich geratene Ergebnis einer schon Jahrmilliarden andauernden Evolution. Was für fürchterliche Alternativen!

„Roddy, du Depp, du bist ja schlimmer als Ansgar, Schluss mit dem Blödsinn!" Er riss sich aus seinen Grübeleien. „Sieh lieber nach, ob du deine Sachen alle beisammenhast!" Der gleichermaßen zum Philosophischen wie auch zum Phlegmatischen neigende Teil seiner Persönlichkeit musste vom eher pflichtbewussten Rest beständig in der Spur gehalten werden.

Er überprüfte Soll- und Ist-Bestände anhand seiner Inventarliste für die Krankenhaustasche. Danach war alles vorhanden. Auch seine Kleidung war vollständig. Aber dann kam ihm Ansgars Brief in den Sinn. Der war weg! Auch eine zweite Durchsuchung änderte nichts am Ergebnis. Ansgars ach so wichtige Beweissammlung blieb verschwunden. Das war gar nicht gut. Das roch nach einem Verbrechen, das musste die Polizei erfahren. Aber wie?

Noch bevor er diesbezüglich eine Entscheidung treffen konnte, klopfte es an der Tür. Sofort anschließend wurde diese zackig aufgerissen und zwei dynamische Herren traten ein. Der mit der Glatze hielt eine Ausweiskarte empor. „Kriminalpolizei, wir müssen mal kurz stören ... Ach Gott, ein alter Bekannter, unser spezieller Herr Dockter, unser Mörderschreck! Hätte ich mir eigentlich denken können, den Nachnamen gibt es ja nicht so oft." Er erkannte den Beamten, zweimal hatte er schon mit dem zu tun gehabt. „Hallo Herr

Zottel! So trifft man sich wieder. Der Witz ist, dass ich gerade darüber nachgedacht habe, mit Ihrer Dienststelle Kontakt aufzunehmen." „Um Gottes Willen, spielen Sie schon wieder Detektiv? Wahrscheinlich im Fall Wittek, oder?" „Deshalb sind Sie doch gewiss zu mir gekommen, ich war ja der Zimmergenosse. Gehen Sie denn von Fremdverschulden aus?" „Dazu dürfen wir jetzt noch nichts sagen, aber erzählen Sie doch mal, wie der heutige Morgen abgelaufen ist."

In knappen Worten gab er Auskunft, um dann zum Wesentlichen zu kommen: „Ich muss einen Diebstahl anzeigen!" Er berichtete, dass der Umschlag, den er für Ansgar verwahren sollte, während der Evakuierungszeit aus seiner Tasche verschwunden sei. „Kennen Sie eigentlich schon die Hintergründe, also Herrn Witteks Vorwürfe gegen einen bestimmten Arzt hier im Hause?" Die Beamten verneinten, was ihm wenig glaubhaft erschien. „Wir wissen noch nichts, Herr Dockter, aber ich sehe schon, Sie stecken wieder mittendrin in dem Fall, also raus mit der Sprache: Was wissen Sie?" Der gute Kommissar Zottel hatte bereits einen gereizten Unterton in der Stimme.

„Eigentlich nicht viel. Zu den Vorwürfen von Herrn Wittek fragen Sie am besten seine Tochter. Es geht um Oberarzt Dr. Bodendecker. Ich muss allerdings sagen, dass Herr Wittek Angst hatte, von Dr. Bodendecker umgebracht zu werden. Aber auf die elegante medizinische Tour, durch fortlaufende kleine Behandlungsfehler. Ansgar, also der Herr Wittek, hat mir erzählt, dass er beim Reinigungspersonal einen Informanten hat. Der hätte Beweise dafür aus Bodendeckers Schreibtisch abgegriffen. Und die waren laut Ansgar in dem Umschlag, den ich für ihn aufbewahren sollte und der jetzt weg ist!" Das fanden die Kriminalisten hochinteressant. Der ihm unbekannte macht sich Notizen, während Kollege Zottel sich bedeutungsschwer über die Glatze strich. Der Mann war aber auch mit einem unglücklichen Nachnamen gesegnet. Zottel – und das bei einem Schädel glatt wie eine Billardkugel. Dazu der Vorname Karl-Heinz, der im örtlichen Dialekt wie „kahl Heinz" ausgesprochen wurde. Fürwahr kein leichtes Schicksal. Wahrscheinlich war der deshalb von einer leicht grimmigen Grundstimmung.

Wieder klopfte es an der Tür, wieder riss der Besucher diese sofort anschließend auf, ohne ein Wort der Einladung abzuwarten. Herein kam Kurt Erich. „Oh Gott, jetzt auch noch die Presse!" Zottel verdrehte die Augen. „Kollege, komm schnell weg hier. Herr

Dockter, da meine Karte, sagen Sie Bescheid, wenn Sie hier entlassen werden. Wir müssen uns gewiss noch einmal unterhalten, bis jetzt war das ja noch nicht sehr ergiebig." Das galt allerdings für beide Seiten, hoffentlich hatte Kurt Erich nun mehr zu erzählen.

Der legte, kaum dass die Staatsgewalt den Raum verlassen hatte, auch sofort los. Ein Kollege aus seiner alten Radaktion habe ihn angerufen und von einem tödlichen Balkonsturz während der Evakuierungsmaßnahme in der Uniklinik berichtet. Er, also Kurt Erich, habe daraufhin wiederum seinen Informanten bei der Kripo angerufen und erfahren, dass es sich um einen älteren Patienten aus der HNO handele. Der Name sei Ansgar Wittek, was jedoch nicht veröffentlicht werden dürfe. „Und deshalb bin ich jetzt hier. Nicht, dass ich selbst darüber schreiben will, ist nicht mehr mein Revier. Aber es berührt mich doch, weil ich Ansgar ja vorgestern noch kennengelernt habe. Außerdem war mein Spezi diesmal extrem wortkarg was den Ermittlungsstand angeht. Ich glaube, da steckt definitiv mehr dahinter als ein Unfall oder Selbstmord!" „Ach, Kurt Erich, wenn du wüsstest ..." Er konnte sich nicht verkneifen, die arme Reporterseele ein wenig zu quälen. „Roddy, du Arsch, lass dich nicht so feiern, sprich!" „Also: Ansgar lag mit dem Oberarzt Dr. Bodendecker im Clinch. Der Mann ist übrigens höchstwahrscheinlich ein Schwager von Guntram Futtermittel und passt charakterlich prächtig in die Familie." Er erzählte kurz von dem Gespräch, das er im Bad des Krankenzimmers mitgehört hatte. „Aber das ist noch nicht alles. Du musst mir allerdings versprechen, das nicht an deine Kollegen von der hiesigen Lokalredaktion weiter zu geben. Kurt Erich, das meine ich ernst. Ich will nicht schon wieder in eine Ermittlung verwickelt werden." Erst als Kurt Erich ihm das hoch und heilig zugesichert hatte, fuhr er fort. „Ansgar meinte sogar, dass der Bodendecker ihn umbringen wolle." Fast wörtlich wiederholte er nun, was er eben dem Duo von der Kripo gesagt hatte.

„Aber Roddy, da muss doch der Detektiv in dir vor Tatendrang vibrieren. Irgendwie bist du es Ansgar doch schuldig, kriminalistische Eigeninitiative zu entwickeln." „Und genau das will ich nicht. Die Polizei hat alles von mir erfahren, jetzt soll das Schicksal seinen Lauf nehmen. Deshalb Themenwechsel: Was macht Jacques, der Sack?"

Widerwillig folgte Kurt Erich der gewünschten Gesprächsrichtung, zumal nichts Neues zu berichten war. „Wer weiß, wo der Sack jetzt rumhängt, ich habe seit der Mail, die ich dir gezeigt habe, nichts mehr von dem gehört und gesehen. So gut hätte ich es auch mal gerne, aber das kannst du nur machen, wenn du Beamter bist und dann auch nur ab A13 aufwärts. Von unserem Hungerlohn können wir uns das nicht leisten, oder wie siehst du das, Roddy?!" „Wer von uns ist denn nun stellvertretender Hilfsmanager? Doch du, Kurt Erich, du alter Karrierist!" Sie striezten sich noch eine Weile gegenseitig mit den altbewährten Sprüchen, dann trollte sich der Rasende Reporter nach Hause.

Für heute reichte es ihm. Der Rest des Tages verging mit ein wenig Nahrungsaufnahme, allerlei selbstquälerischen Gedanken und der Suche nach Ablenkung.

Zuerst ein wenig Surfen im Internet. Nach fünf Pirouetten beim Google-Hupf landete er beim Stichwort „Sultan" und dann bei einem Gedicht, das wohl im Gefolge der Böhmermann-Affäre entstanden war, aber trotzdem nicht unlustig rüberkam. Es hieß „Oh Sultan!" und ging so:

„Oh Sultan!
Deine Klöten sind gigantisch
und dein Dödel elefantisch.
Jede Kreatur auf Erden
will von dir gepimpert werden.
Ob Mann, ob Frau, ob Mensch, ob Tier:
Alle wollen Sex mit dir.
In deinem Harem stehn sie Schlange
für einen Ritt auf deiner Stange.
Vorm Palast ein Knabenheer
bettelt um Analverkehr.
Anatoliens wilde Ziegen
lüstern ihren Leib verbiegen,
lutschen wie verrückt an Möhren,
wenn sie nur deinen Namen hören.
Ein Geschenk an Mensch und Tier
bist du, mein Sultan, Dank sei dir!"

Später war dann Fernsehen dran, was weniger lustig war. Da konnte (und wollte) man sich aber auch wirklich aufregen. Musste es immer sein, dass auf allen Kanälen jeweils das gerade lief, worauf man keine Lust hatte? Also Werbung, irgendwelche Uralt-Serien in einer Endlosschleife oder – noch schlimmer – Talkrunden. Ätzend!

Bei einer von Letzteren blieb er allerdings kurz hängen. Thema war „Islamismus in Deutschland". Da entwickelte einer der Teilnehmer gerade einen frischen Ansatz bezüglich der Einführung der Scharia: Man solle doch ermöglichen, dass erwachsene Menschen für sich eine verbindliche Erklärung abgeben können, dass sie zukünftig nach den Prinzipien der Scharia abgeurteilt und bestraft werden wollen. Das dürfe allerdings nur für die Betreffenden selbst gelten, keinesfalls jedoch für andere wie Partner oder Kinder. Wenn es für bestimmte Tatbestände keine Entsprechung in der Scharia gebe, müsse wie im Normalfall nach deutschem Recht und Gesetz verfahren werden. Was natürlich gar nicht ginge, sei, für andere Personen, die aus islamistischer Sicht einen Gesetzesverstoß begangen hätten, eine Bestrafung nach Scharia zu fordern, bei eigenen Verstößen aber auf die Anwendung der milderen deutschen Gesetzgebung zu pochen ... Weiter kam der Redner nicht, aus allen Lagern schallte ihm erbitterter Widerspruch entgegen. Nun ja, populistisch klang der Ansatz schon, aber irgendwie originell war er wirklich!

Also weiter zappen. Das Nächste, was kam, war der für dieses Jahr gefühlt siebenundneunzigste Bericht über Wölfe in Deutschland. Das Thema sowie die irritierende Sprechweise eines der Interviewten inspirierten ihn zu einem spontanen Gedicht:

„Ein Wolef namens Rolef
schlich einst durch Feld und Flur,
riss Rind und Schaf danieder,
es war der Terror pur!
Karl Marx in seinen Werken
erwähnte Rolef nicht –
weshalb vom Wolef Rolef
heut keine Sau mehr spricht."

Nach mehrmaligem Aufsagen erschien ihm sein Werk dann doch nicht wert, auch noch schriftlich für die Nachwelt festgehalten zu werden, und als er beim Weiterzappen auf einen Krimi stieß, hatte er die Reime auch schon wieder vergessen. Er liebte es, sich über Krimis zu ärgern. So auch hier; bereits nach wenigen Minuten hatte er genug gesehen. Schon wieder so ein Drehbuch, dessen Autor ein arger Frauenhasser sein musste. Das Grundschema einer solchen Story war immer ähnlich und ärgerlicherweise in der letzten Zeit auch immer öfter zu erkennen. Es war etwa folgendermaßen: Eine

Frau aus dem gehobenen Dienst treibt die polizeilichen Ermittlungen forsch voran, erweist sich aber schon am Anfang in ein, zwei Schlüsselszenen als zutiefst verhaltensgestörtes rabiates Machoweib. Unfähig zu kollegialem Miteinander, offenbart Frau Gnadenlos jedoch privat gerne ungefiltert ihre emotionale Verletzlichkeit. Unbeirrbar folgt sie bei den Ermittlungen ihrem Gefühl, legt sich bei der Tätersuche hurtig auf einen ihr unsympathischen Mitmenschen fest und treibt diesen durch ihre penetrante Art mehr und mehr sowohl in die Enge als auch in den Wahnsinn. Das führt dazu, dass der Betreffende in der Folge zu Gewalttätigkeiten neigt, denen der eine oder die andere aus dem persönlichen Umfeld der Kriminalistin zum Opfer fällt – und das oft bei dem Versuch, genau dieser das Leben zu retten. Die Heldin wiederum lässt sich durch solche Kollateralschäden zwar kurz zu Selbstmitleid hinreißen, ansonsten aber nicht vom eingeschlagenen Weg abbringen. Am Schluss wandert ihr Verdächtiger (für welche Verbrechen auch immer) hinter Gitter oder stirbt (oder tut so, als ob er sterben würde – Fortsetzung droht!), während die Heldin endlich einen gemütlichen Abend mit ihrem Haustier (gerne ein ausgestopfter Goldhamster) verbringen kann.

So einen Unsinn wollte er sich jetzt nicht antun – das wirkliche Leben war schon verrückt genug. Blieb also noch der Versuch, über ein Nickerchen in den Tiefschlaf zu finden. Das gelang nur zu gut, er landete direkt in der Traumphase und hier wiederum ausgerechnet (oder folgerichtig?) mitten in der Imagination eines Krimis, der ein bisschen anders war als diejenigen, die im Fernsehen gezeigt wurden, und deshalb eher seinem Geschmack entsprach.

Was er nach dem Aufwachen noch erinnerte, war, dass gerade ein am Rande einer herrlichen Steilküste (Rügen? Warum Rügen?) befindlicher Imbisskiosk ausgeraubt wurde. Der Täter verlangte mit energischer, aber nicht unsympathischer Stimme (Wo hatte er die schon mal gehört?) vom betagten Pächterpaar Bargeld und eine Currywurst – ein Ansinnen, auf das die Prinzipalin mit erstaunlich lauten Hilfeschreien reagierte, daraufhin jedoch durch ein trockenes „Plopp" aus der auf sie gerichteten schallgedämpften Pistole zum Schweigen gebracht wurde. Der Senior, der prompt einen Gegenangriff mit heißem Frittenfett versuchte, erlitt vor Vollendung desselben das gleiche Schicksal wie seine Gattin. Ein Kunde, der soeben von einem Urinierausflug hinter den Kiosk zurück zu seinen Pommes getorkelt kam und noch am Hosenlatz fingerte, dito. Der Täter wechselte nun ins Innere des Kiosks und klaubte die

Einnahmen zusammen, als urplötzlich eine Mutter mit zwei Kindern auftauchte. Man hörte die junge Frau noch rufen: "Bleibt schön bei mir, vorne ist es zu gefährlich bei dem Wind hier oben!", aber ihre unangenehm selbstbewussten Sprösslinge lachten sie aus und liefen in Richtung Klippe. Anstatt jedoch – wie aus tausend Fernsehszenen bekannt – einen verzweifelten Rettungsversuch zu unternehmen und dabei selbst ums Leben zu kommen, wandte sich die pragmatische Erziehungsberechtigte ab mit den Worten „Selber schuld!" Just in diesem Moment verschwanden ihre renitenten Gören, von einer heftigen Sturmböe erfasst, mit spitzen Schreien im Abgrund. Der Raubmörder, der Zeuge des Dramas geworden war, erfuhr einen abrupten Stimmungswechsel, sprach die junge schöne Frau mit sanfter Stimme an, stammelte etwas von „Seelenverwandtschaft" und „Liebe auf den ersten Blick", griff sich Geld und Angebetete und verschwand mit seinen Eroberungen im nächstgelegenen Schwarzen Loch des Universums aller Träume ...

Freitag

Heute würde er die Klinik verlassen, ob mit oder ohne ärztlichen Segen, da wollte er keine Diskussion zulassen. Doch er brauchte sich gar nicht erst hochzuschaukeln, denn gleich nach dem Frühstück war es schon soweit. Schwester Ingeborg erschien im Zimmer, hielt einen weißen Umschlag in die Höhe und rief: „Das ist Ihr Passierschein nach draußen, Herr Dockter! Darauf haben Sie doch gewiss schon gewartet. Steht wohl alles soweit wieder stabil bei Ihnen, jedenfalls das, was ich sehen kann." Witzig, diese kleine Anspielung auf ihre erste Begegnung damals, und so geschmackvoll. „Sie können uns also verlassen. Der Herr Wittek und unser Dr. Bodendecker sind ja schon fort. Der eine ist ab in die Rechtsmedizin, der andere ins Gefängnis. Da staunen Sie, nicht wahr? Der Dr. Bodendecker ist wirklich gestern Abend noch verhaftet worden. Er soll den Herrn Wittek vom Balkon gestoßen haben. Jemand vom Gebäude gegenüber, also von der Neurologie, hat den Sturz beobachtet und sofort danach den Bodendecker gesehen, wie er oben auf dem Balkon stand und runter guckte. Besonders beliebt war er ja nie, unser Oberarzt. Es gab wohl auch immer Gerüchte über Kunstfehler. Aber da weiß ich nichts Genaues, ich bin ja nur zur Aushilfe hier auf Station ‚Rotz & Kotz'."

Die gute alte Schwester Ingeborg, was die so alles wusste! Und so freimütig ausplauderte! So redselig hatte er die gar nicht in Erinnerung. Da war wohl mächtig Dampf im Kessel. Besser war jetzt, keine Fangfragen dazu zu stellen, sondern zum Abschied einen Fünfer für die Kaffeekasse zu zücken. Schwester Ingeborg nahm den Schein mürrisch dankend (es war wohl zu wenig) an sich, verabschiedete sich umgehend und jagte hektisch aus dem Zimmer, der Frühverrentung entgegen.

Er machte sich auf den Heimweg. Das hieß: Taxi zur Firma, kurzer Abstecher in die Personalabteilung, um die morgige Wiederaufnahme der beruflichen Pflichten anzukündigen, dann ab auf den Parkplatz zum Auto und Fahrt nach Hause. Als er dort endlich ankam, war es bereits nach Mittag. Um diese Uhrzeit hatte die Mutter schon gegessen und sich zur Siesta gebettet, Beppo ebenfalls. Beide wurden geweckt, reagierten auf die außerplanmäßige Entwicklung jedoch durchaus unterschiedlich. Während der alte Saupacker seinen positiven Emotionen (und leider auch seinem Sabber) freien Lauf ließ, gab sich die Mutter anfangs eher ungehalten: „Schön, dass du auch mal wieder hier bist. Mit Beppo zweimal täglich die Runde zu laufen, das ist für eine Frau in meinem Alter einfach zu viel. Aber jetzt ist ja alles gut, ab heute Abend wirst du dann wieder mit ihm Gassi gehen. Wo wir gerade vom Gehen sprechen – wie geht es dir übrigens?" „Danke der Nachfrage, alles wieder OK." „Ach Roddy, natürlich habe ich mir wegen dir auch Sorgen gemacht. Ich hab doch Angst, wenn du nicht da bist. Erst vor ein paar Tagen hatte ich so einen perversen Anrufer. Dem hab ich es aber gegeben mit der Trillerpfeife, gerade so, wie sie es im Fernsehen vorgemacht haben! Angst hatte ich trotzdem. Ich hab doch sonst keinen mehr außer dir. Ich muss doch morgen unbedingt einkaufen. Aber Schneidermanns haben kein Auto mehr, der Alwin kann doch nicht mehr fahren seit seinem Schlaganfall. Du weißt doch, wie sehr ich dich brauche." Er beschloss, nur den letzten Satz abzuspeichern, umarmte die Mutter schnell und überließ sie wieder ihrer Mittagsruhe.

Er setzte sich in die Küche, aß eine Kleinigkeit und studierte die Zeitung. In der Abteilung „Aus Stadt und Land" fand er einen recht oberflächlich gehaltenen Artikel zu Ansgars Tod, in dem allerdings schon von Verdachtsmomenten gegen einen Klinikmitarbeiter die Rede war. Dieser verdammte Kurt Erich!

Schon nach wenigen Minuten klingelte sein Handy. Auf der anderen Seite waren zuerst nur Hintergrundgeräusche zu hören, bis sich nach einigen Sekunden doch jemand meldete. „Hallo, ich bin es, Katharina, Ansgars Tochter." Damit hatte er nicht gerechnet. Sie habe anrufen wollen, um ihn als letzten Zimmergenossen ihres Vaters quasi offiziell von dessen Tod in Kenntnis zu setzen. Die Telefonnummer habe sie bei den Unterlagen in Ansgars Tasche gefunden.

Dann erzählte sie von der Benachrichtigung, von ersten polizeilichen Befragungen, davon, wie der Verdacht, dass es sich um „Fremdverschulden" handeln könne, immer stärker in den Vordergrund trat. Wie dieser Verdacht in ihrer Vorstellung ein Gesicht bekam, einen Namen: Dr. Bodendecker. „Roddy, ich will dem Mann nichts Böses, aber wer sonst sollte ein Motiv haben?!" Ohne dass sie beide das bisher verabredet hatten, war Katharina sofort zum „Du" übergegangen, was ihm zunächst gar nicht auffiel, weil es ganz einfach der Gesprächsatmosphäre angemessen war. Er wiederum erzählte von seiner Heimsuchung durch die Kripo und, als Topmeldung, von dem, was ihm Schwester Ingeborg über Bodendeckers Verhaftung hinterbracht hatte.

„Jetzt wird aus dem Tod von meinem Vater auch noch ein Kriminalfall, zusätzlich zu dem, was sowieso auf mich zukommt! Wie soll man denn da Abschied nehmen? Ich hatte mich ja schon damit abgefunden, dass es nicht mehr lange dauern würde – aber so ein Ende, daran hatte ich wirklich nicht gedacht. Trotz aller Hirngespinste von meinem Vater!" Sie schien mit den Tränen zu kämpfen. Er wusste nicht, wie er ihr beistehen konnte, sprach von der Zeit nach dem Tod seines eigenen Vaters. Die ganzen Formalitäten, das Suchen nach Dokumenten, die Entscheidungen, die zeitnah zu treffen waren – die Mutter war da keine große Hilfe gewesen. Katharina warf ein, dass sie aber ganz alleine dastehe, ohne Kinder, ohne Mutter, ohne nahe Verwandten, ohne Partner. Nach ihrer Scheidung vor zwei Jahren habe sie ihren damaligen Lebenskreis verlassen und sei wieder hier in die Stadt gezogen, wo sie zwar schnell wieder einen Job gefunden habe, bislang jedoch noch keine neuen Freunde. Sie habe eben viel Zeit mit ihrem kranken Vater verbracht. „Aber verstehe mich nicht falsch, Roddy, ich will dir nicht die Ohren voll heulen und dich dann für irgendwelche Hilfsdienste einspannen. So viel wollte ich dir eigentlich gar nicht erzählen. Besser, wir machen jetzt Schluss und reden später weiter. Ich melde mich wieder bei dir."

Bevor sie auflegen konnte, rief er: „Nein, nein, warte! Ich würde dir gerne helfen, und sei es nur, mit dir einen Kaffee zu trinken und dich auf andere Gedanken zu bringen. Wie wäre es denn morgen Nachmittag gegen fünf?" „Danke, Roddy, aber ich weiß nicht … Aber was soll es, doch ja, das machen wir. Wo sollen wir uns treffen?" „Ich muss morgen wieder arbeiten, da bin ich eh in der Stadt, ich kann dich abholen. Wo soll ich hinkommen?" Er ließ sie ihre Adresse zweimal wiederholen, um ganz sicherzugehen, dass er nichts Falsches aufgeschrieben hatte. Dann war das Gespräch zu Ende und er saß ziemlich aufgewühlt in Mutters Küche.

Ja, er war aufgewühlt, aber auch beseelt von plötzlichem Tatendrang. Ein Spaziergang mit Beppo wäre jetzt das Richtige. Das Wetter war einladend, der Hund gewiss dankbar. Schnell war die entsprechende Kleidung angelegt, der übliche Beutel mit ein paar Leckerchen bestückt. Letzteres war nicht unbemerkt geblieben. Man konnte hören, wie ein schwerer Körper hochgewuchtet wurde, Geräusche des Gähnens und Sichschüttelns folgten. Dann erschien die muffige Bestie im Flur. Vorsichtshalber legte er dem Hund die Leine an. Beppos Aversionen gegen gewisse kleinwüchsige, aber großschnäuzige Artgenossen waren mit zunehmendem Alter noch ausgeprägter geworden. So gutmütig der Dicke sonst auch war, es gab Situationen, wo man sich als Herrchen doch nicht nur auf die Macht des gebrüllten Wortes verlassen wollte. Als sie dann endlich reisefähig waren und er die Tür öffnete, musste sich Beppo natürlich noch mit einem eingesprungenen Nies-Spuck-Rülpser seiner verfügbaren Reste an Schleim und Sabber auf Fliesenboden und Tapete entledigen. „Beppo, du Sau, kannst du nicht einmal damit warten bis wir draußen sind?" Jetzt konnte es losgehen.

Er wählte den Weg zur Glückseligkeit. Seit den tragischen Ereignissen dort oben war er nicht mehr vor Ort gewesen. Von der Mutter hatte er gehört, dass auch viele andere im Dorf das vorher so beliebte Wanderziel jetzt meiden würden. Heute wollte er seinen Widerwillen überwinden und einen Schlussstrich unter diese Episode ziehen. Beppo schien sich zu freuen, als sie auf der Höhe ankamen. Er ließ den Dicken von der Kette, der sich umgehend seitwärts in die Büsche schlug. Soweit er es beurteilen konnte, waren sie allein auf weiter Flur. Er ging rüber zur Felsnase und genoss die Aussicht.

Dann begann sein Déjà-vu-Erlebnis, denn er bemerkte einen kleinen flachen roten Wagen, der die schmale Teerstraße, über die er soeben noch mit Beppo gelaufen war, hochgefahren kam. „Wenn das mal nicht der ‚glitschige Clemens' ist!" Das letzte Mal hatte er dem bei dem finalen Gerangel hier oben gegenübergestanden, in dessen Verlauf Kurt Erich das Dickerchen abgeräumt hatte. Danach hatte er kaum noch an Guntrams Erstgeborenen gedacht, wusste noch nicht einmal, ob gegen den inzwischen ein Strafprozess lief.

Schnell rief er Beppo zu sich. Gemeinsam harrten sie der Dinge, die da kommen mochten. Zunächst kam der bekannte „Masturbati" ins Blickfeld, der wieder auf den Parkplatz gelenkt und mühsam rückwärts eingeparkt wurde. Dann schälte sich der „glitschige Clemens" aus dem Fahrersitz, während sich auf der Beifahrerseite niemand anderes als dessen Onkel, der Oberarzt Dr. Bodendecker, seines Zeichens Hauptverdächtiger im Mordfall Ansgar Wittek, ins Freie quälte. Apropos ins Freie: Wieso war der nicht mehr in U-Haft?

„Tja, Herr Dockter, was für ein unerwarteter Besuch, nicht wahr? Meinen Onkel kennen Sie ja bereits. Wir beide waren ziemlich überrascht, als wir heute Mittag feststellen mussten, dass wir in Ihnen einen gemeinsamen Bekannten haben. Da habe ich zu meinem Onkel gesagt: ‚Mit dem müssen wir uns mal unterhalten', und in der Klinik angerufen, aber Sie waren schon fort. Also sind wir jetzt hier!"

„Wie schön für Sie, wenn auch weniger für mich. Ich wüsste auch nicht, wie das eine angenehme Unterhaltung werden könnte. Worüber sollten wir den sprechen? Über Ihren Herrn Vater, den geständigen Doppelmörder? Über Sie, den dilettantischen Attentäter und Möchtegernverschwörer? Oder über Ihren feinen Herrn Onkel, den aktuellen Mordverdächtigen? Alles prächtige Themen für einen Staatsanwalt, aber nicht interessant für mich."

„Herr Dockter, lassen wir meinen Vater aus dem Spiel. Den haben Sie doch schon fertiggemacht, der ist doch gestraft genug. Im Gefängnis sitzt er, meine Mutter lässt sich scheiden, mein jüngerer Bruder will auch nichts mehr von ihm wissen, nur mich hat er noch. Und auch ich werde von Ihnen mit Ihrem Hass verfolgt, bloß wegen einem blöden Steinwurf und weil ich mich mal kurz auf die falsche Seite geschlagen habe. Aber dass ich Ihnen das Filmmaterial gemailt habe, das zählt wohl nichts. Und jetzt stecken Sie auch noch hinter den falschen Anschuldigungen gegen meinen Onkel. Der ist nämlich kein Mörder, sonst hätte man ihn heute doch nicht wieder freigelassen."

„Moment, Moment! Ich stecke überhaupt nicht hinter irgendwelchen Anschuldigungen. Ich habe in der Sache bei der Polizei eine Zeugenaussage gemacht, sonst nichts. Und damit ist das Gespräch für mich jetzt beendet, ich empfehle mich. Schönen Tag noch, die Herren!"

Er wandte sich zum Gehen, aber die beiden anderen waren mit dieser Entwicklung anscheinend nicht einverstanden. Sie stellten sich ihm in den Weg. Dr. Bodendecker, der bisher geschwiegen hatte, legte los: „Womit habe ich das verdient, dass Sie gegen mich sind? Was hat Ihnen der Wittek für Lügengeschichten erzählt? Sie müssen doch gemerkt haben, dass der nicht mehr zurechnungsfähig war. Typisch für Multimorbidität in der Endphase. Krebs allein genügte dem ja nicht, hahaha. Der hat mich doch angefallen in … "

Das reichte. „Schnauze!", brüllte er Bodendecker an, „Schnauze, Sie Charakternull! Kennen Sie denn überhaupt keinen Anstand?" Er hatte sich trotz gegenteiliger Absicht doch noch richtig aufgeregt, musste aber feststellen, dass er sich das auch hätte sparen können. Bodendecker hatte sich gar nicht erst unterbrechen lassen, sondern einfach weitergesprochen, wovon das meiste aber zwangsläufig untergegangen war. Was man jetzt wieder verstehen konnte, lautete: „… irgendwie über die Brüstung gefallen." Damit hatte Bodendecker sein Statement beendet. Jetzt trippelt er auf der Stelle und ruderte mit den Armen. Es schien, als vermisse er eine Tür, um seine Raus-Rein-Nummer abziehen zu können. Dabei war das Gesicht kalkweiß und der Blick starr. Der Mensch war ja völlig daneben.

Der „glitschige Clemens" dagegen stand schon wieder kurz davor, die Beherrschung zu verlieren und in aggressive Handlungen überzugehen. Doch wie bei seiner ersten Begegnung mit dem Gecken stellte sich Beppo mit der Überzeugungskraft seiner massigen Erscheinung vor die feindliche Front, worauf der gegnerische Vormarsch sofort in einen ungeordneten Rückzug überging. Während Bodendecker die ersten Meter langsam rückwärtsging, war der „glitschige Clemens" schon in seinem üblichen Schweinsgalopp zum Auto unterwegs. Dort angekommen, schraubte der sich erstaunlich schnell hinters Steuer und rief noch wutentbrannt durchs Seitenfenster: „Ab jetzt herrscht Krieg! Und es gibt keine Gefangenen! Passen Sie gut auf Ihre Mutter auf, Herr Dockter!" Nun hatte auch Bodendecker den Wagen erreicht, der Motor heulte auf, und mit quietschenden Reifen verschwand der „Masturbati" von der Bühne.

Das war in der Tat ein ungewollt dramatischer Auftritt geworden. Dramatisch und komisch zugleich. Aber die letzte Drohung vom „glitschigen Clemens" gab ihm doch zu denken. Sollte er das ernst nehmen? Sollte er den Kripo-Zottel anrufen und fragen, warum der Bodendecker frei herumlief? Lieber rief er Kurt Erich an – mal hören, was der dazu erzählen konnte. Aber der wusste nichts, versprach jedoch, sich darum zu kümmern.

Seine euphorische Stimmung vom Beginn der Wanderung war jedenfalls mehr als getrübt. Auch Beppo schien zurück zur heimischen Lagerstatt zu wollen. Also begaben sie sich auf den Rückmarsch. Sie nahmen denselben Weg, den sie gekommen waren. Erst jetzt fiel ihm auf, dass die dialektische Installation der

Plakate pro und kontra geplante Umgehungsstraße verschwunden war. Auch die damals noch alle zwei Wochen angesagten Treffen der BI fanden ja mittlerweile nicht mehr statt, irgendwie war aus dem Ganzen die Luft raus. Kurt Erich hatte seinerzeit in seinem Lokalblatt den tödlichen Streit zwischen Indy und Hansi beziehungsweise Hansis Witwe und Indy als Aufhänger genommen, um einen Hintergrundbericht über die Umgehungsstraße und die in Aussicht gestellte Anbindung eines Factory-Outlet-Centers zu schreiben. Das hatte zunächst hohe Wellen geschlagen. Gegendarstellungen mussten veröffentlicht werden, dann wurden versöhnliche Interviews geführt. Danach war die offizielle Lesart die, dass es sich nur um rein theoretische Planspiele gehandelt habe, von einer Verwirklichung in absehbarer Zeit sei nie die Rede gewesen. Es sei der Verwaltung natürlich „ein Herzensanliegen", bei Projekten, die zur baldigen Realisierung anstünden, was allerdings bei dem nun in der Kritik stehenden eben nicht der Fall sei, „frühestzeitigst für die brutalstmögliche Transparenz" zu sorgen und so weiter, und so weiter, blablabla. Später kam der Hinweis, dass zu diesem Thema keine Leserbriefe mehr angenommen würden, und seitdem herrschte Ruhe an der publizistischen Front. Kurt Erich hatte einmal angedeutet, dass die Verlagsleitung den diesbezüglichen Wunsch geäußert habe, welchen abzulehnen ihm leider unmöglich gewesen sei ... „Du weißt doch wie das ist, Roddy: Die stecken doch definitiv alle unter einer Decke – Verleger, Landrat, Abgeordnete, Investoren. Da hackt keine Krähe der anderen ein Auge aus. Die haben alle irgendeine Leiche im Keller; das bleibt da oben nicht aus. Das ist wie beim Rudelbumsen mit Analverkehr – irgendwann hat jeder Dreck am Stecken!"

Mittlerweile hatten sie das Zuhause wieder erreicht. Der Unmut über den Zwischenfall bei der Glückseligkeit war inzwischen verraucht, er wollte sich seine gute Laune nicht verderben lassen. „Ärgern kann ich mich morgen in der Firma wieder, aber heute ist gute Laune angesagt!" Da durchzuckte es ihn: „Morgen, Firma? Morgen ist Samstag, du Depp", beschimpfte er sich, „da ist die Firma zu, da hast du frei. Und dann machst du für fünf Uhr nachmittags den Termin mit Katharina, du Hirntoter!" Was nun? Sollte er sie noch einmal anrufen, sich für seinen Irrtum entschuldigen und das Treffen auf Montag verschieben? Oder sollte er morgen stillschweigend hinfahren und so tun, als habe er Überstunden gemacht, weil sich in seiner Abwesenheit so viel auf seinem Schreibtisch angesammelt hatte? Warum hatte heute Mittag in der Firma niemand etwas gesagt, als er davon sprach, morgen wieder zur Arbeit kommen zu wollen? Jetzt fiel es ihm wieder ein: Er hatte mit diesem unerträglichen selbst ernannten „HR-Referenten" gesprochen, während der parallel telefonierte. Wahrscheinlich hatte der ihm überhaupt nicht zugehört. Empörend, dass der als Guntrams Günstling diesen Titel nach dessen Rauswurf überhaupt noch führen durfte! Aber zurück zum eigentlichen Problem ...

Da klingelte sein Handy und Katharina war die Anruferin! „Hallo, mir ist aufgefallen, dass morgen ja Samstag ist und du wahrscheinlich gar nicht arbeiten musst, also auch nicht in der Stadt bist." „Das ist ja gespenstig, diese Synchronifizität, äh ..." Er verhaspelte sich. „Synchronität", verbesserte sie milde. „... ja, ja, äh, diese Gleichzeitigkeit. Gerade wollte ich dich deshalb anrufen, hab es selbst eben erst bemerkt. Was machen wir nun?" „Wir können auch einen ganz neuen Plan machen, eigentlich muss ich mal raus hier aus der Stadt, wo man immer die Betontürme von der Klinik vor Augen hat." „Wenn es nicht so weit wäre, würde ich sagen, dann komm doch aufs Land zu mir. Aber es ist fast eine Stunde Fahrtzeit." „Ach, das ist mir egal, da komme ich auf andere Gedanken. Wenn es dir recht ist, nehme ich dein Angebot an." „Dann treffen wir uns am besten früher, vielleicht zum Mittagessen." Sie schien wirklich Gesellschaft zu suchen, denn sie ging auf diesen Vorschlag sofort ein. Nachdem sie sich beide noch einmal gegenseitig entschuldigt und bedankt sowie betont hatten, sich auf das morgige Treffen zu freuen, dabei jedoch erkennbar vermieden, als aufdringlich interpretiert werden zu können, wäre das Gespräch auch schon fast zu Ende gewesen, wenn sie nicht wieder mit dem Entschuldigen und Bedanken von vorne angefangen hätten. Irgendwann war es dann doch so weit, sie legten auf.

Was für ein Tag bisher! Da fiel ihm Kurt Erich wieder ein. Der hatte sich doch melden wollen. Und schon klingelte wieder sein Handy, und wirklich war es Kurt Erich. Hatte Magic Roddy jetzt übersinnliche Kräfte, konnte er Anrufe quasi erzwingen? Dieses Phänomen musste weiter beobachtet werden ...

Das folgende Telefongespräch verlief eher militärisch kurz: Nein, Kurt Erich hatte noch nichts Neues erfahren, sondern wartete auf den Rückruf seines Informanten. Ja, Kurt Erich beabsichtigte, heute Abend gegen neunzehn Uhr in der Dorfkneipe aufzuschlagen, wo er dann einen gewissen Roddy Dockter anzutreffen wünsche.

Bis dahin waren noch gut zwei Stunden Zeit. Vorerst wollte er noch nicht mit der Mutter über die eventuelle Gefährdung sprechen, aber er nahm sich vor, den Schutzhund Beppo in den nächsten Tagen soweit möglich bei ihr zu belassen. Vielleicht könnte er ja ihre Bereitschaft zur sicherheitstechnischen Kooperation durch den Hinweis erwecken, es seien durch den Ort vagabundierende Zigeuner gesichtet worden. Nicht, dass die Mutter zu Vorurteilen neigen würde. Vorurteile waren in ihren Augen Beschuldigungen, die jeder Grundlage entbehrten. Das sei bei den Zigeunern aber genau nicht der Fall, denn sie habe von Schneidermanns erfahren, dass der Vetter von deren Schwiegersohn, der doch bei der Polizei arbeite, dass der selbst schon eine Zigeunerin beim Diebstahl gestellt habe. „Es kann aber auch eine Italienerin gewesen sein aus Rom, also eine Roma". So war die mütterliche Argumentation beim letzten Streit über das Thema gewesen – wobei er sich aber immer noch nicht sicher war, ob sie ihn nicht doch beim letzten Teil ein wenig verarscht hatte.

Er wollte die verbleibende Zeit lieber allein in seinem Zimmer verbringen. „Mutter", „mein Zimmer" – diese Worte geisterten in seinem Hirn herum. Wie sollte er das Katharina erklären? Ein Ü40er wohnt seit über einem halben Jahr bei Muttern in seinem Jugendzimmer – wie würde das denn rüberkommen? Er konnte sie also nicht ins Haus lassen. Zuerst würden sie morgen sowieso irgendwo essen gehen. Das klappte aber nicht im Dorf, denn da hatte mittags nur der Imbissstand geöffnet. Daher würden sie in den nächsten größeren Ort zum dortigen Griechen fahren, der meist gar nicht übel kochte, und dann, ja dann würde er Katharina zu einem kleinen Spaziergang rund um die Glückseligkeit einladen. Das Wetter sollte laut Internet ja schön bleiben. Der Rest musste sich finden.

Diese Planungsarbeit war schon mal erledigt. Da könnte er eigentlich die kommende Stunde nutzen, sich doch endlich wieder seinen schriftstellerischen Versuchen zu widmen. Ihm schwebte eine kleine Begebenheit aus dem Leben von „Großtante Elvira" vor. Er war selbst überrascht, als er gegen halb sieben wirklich eine (wie es hoffentlich in den Rezensionen heißen würde) „fein ziselierte literarische Kostbarkeit" ausdrucken konnte:

„Meine Großtante Elvira zeigte sich schon in der Jugend als ein Mensch von außergewöhnlicher Willensstärke.

Nebenbei bemerkt: Da sie ja leider nie gelebt hat, konnte sie auch nicht nach vielen Jahren hochbetagt und allseits geachtet im Kreise ihrer Lieben dahinscheiden – worüber sie zeit ihres Lebens enttäuscht gewesen wäre, wenn sie denn ein solches gehabt hätte. Warum sie überhaupt Großtante genannt wurde, obwohl sie weder groß noch Tante war, entzieht sich ebenso meiner Kenntnis wie jene Tatsache, die ich jetzt nicht näher benennen kann, weil ich sie ja nicht kenne.

Diese meine Großtante Elvira hatte als Kind eines Morgens beschlossen, nicht zur Schule zu gehen, weil sie ihren Lehrer für einen ausgemachten Schwallschwafler hielt, der einem den ganzen Vormittag versauen konnte. Da ihr jedoch der strenge Herr Vater, nämlich ebenjener Lehrer, bei Androhung rohester Bestrafung untersagt hatte, die Schule zu schwänzen, ging sie einfach rückwärts ins Klassenzimmer, weil sie dann das Gefühl hatte, schon auf dem Nachhauseweg zu sein, und damit ihren Willen durchgesetzt hätte. Sehr viel später verliert sich ihre Spur bekanntlich im Ostharz …"

Beim Überfliegen der Zeilen überfielen ihn Zweifel. Hatte er das mit dem Rückwärts-in-den-Raum-gehen nicht schon mal irgendwo gelesen, bei Siegfried Lenz vielleicht oder bei Gregor von Rezzori? Egal, nichts würde er mehr ändern, kein einziges Wort – jedenfalls nicht heute.

Schon war es Zeit, in die Kneipe zu gehen. Beppo wurde als Bodyguard für die Mutter zurückgelassen und mit einem kurzen „Pass schön auf!" scharfgemacht, worauf der alte Saupacker ein bitterböses Gesicht machte – also so aussah wie immer. Wenn jetzt jemand an die Tür käme, den Beppo nicht kannte, würde dieser sofort ein tiefes, lautes Gebell hören lassen, gefolgt von einem schaurigen Geheule. Er selbst pflegte den verschreckten Besuchern dann immer zu erzählen: „Der ist so wachsam, der bellt schon, wenn ein Fremder auch nur anruft!"

In der Kneipe angekommen fand er am Tresen Kurt Erich vor und … Jacques, den Sack! „Quelle surprise, Frau Wattenscheid!", rief er „Was machst du denn hier, du Sack? Ich dachte, du bist in New York. Lange nicht mehr gesehen. Und groß bist du geworden!" „Witzig, witzig. Ich hab es eben vor Sehnsucht nach euch nicht mehr ausgehalten, so eine Fernbeziehung per Internet ist eben nichts für mich!" „Selber witzig! Also, warum bist du hier? Ist heute Happy

Hour mit Bier zum Schnäppchenpreis?" „Ist genug, Roddy", rief Kurt Erich dazwischen, „bring den Jungen nicht zum Heulen. Unser Jacques hat Liebeskummer." Und sofort plauderte Kurt Erich alles aus, was ihm Jacques wohl in der letzten Viertelstunde (zwei Striche auf dem Deckel) anvertraut hatte. Der habe schon auf dem Hinflug eine Leidensgenossin kennengelernt, natürlich auch Lehrerin auf der Flucht vor dem Burn-out. Man habe bereits im Flieger reichlich Rotweinchen genossen und sei sich nach der Landung quasi am Gepäckband schon in die Arme gefallen. Folgerichtig habe man im gleichen Hotel eingecheckt, an der Bar die Übung mit dem Rotwein fortgesetzt, und dann für die Nacht bereits nur noch eines statt zweier Hotelzimmer gebraucht.

Hier meldete sich Jacques wieder zu Wort: „Und am nächsten Morgen begann schon die Hölle. Sofort mussten die beiden Zimmer storniert werden, und wir sind in eine sündhaft teure Suite umgezogen. Dann ging es los mit dem endlosen Sightseeing. Eine Woche nur Sightseeing. Morgens, mittags, abends. Im Bett wollte sie dann nur noch kuscheln und schlafen. Das hatte ich mir anders vorgestellt. Vorgestern habe ich dann gesagt, dass jeder mal allein losziehen sollte. Das gefiel ihr zwar gar nicht, aber ich hab es durchgedrückt. Ich bin dann ab in eine Musikkneipe und hab den ganzen Tag da gesessen, Musik gehört, die Leute beobachtet und Bier getrunken, also Urlaub gemacht. Als ich spätabends dann ins Hotel kam, war sie weg. Auf dem Bett lag ein Zettel, dieser Zettel." Jacques legte ein Blatt auf die Theke. Da stand: „Lieber Gernot, leider harmonieren wir doch nicht so, wie ich mir das gewünscht hätte. Deine kulturhistorischen Interessen sind wohl doch nicht so tief in Dir verwurzelt, wie es mir bei unserem ersten Gespräch vorgekommen ist. Vielen Dank dafür, dass Du mich in den letzten Tagen zu den schönen Ausflügen eingeladen und mir das Erlebnis dieser wunderschönen Suite ermöglicht hast. Etwas traurig bin ich schon, aber ich ziehe jetzt weiter. Pass auf Dich auf! Deine Regine"

„Von wegen Liebeskummer – ich bin sauer, stinksauer. Die Woche hat mich ein Heidengeld gekostet. Ich habe mir in irgendwelchen Museen die Hacken abgelaufen für die Frau. Und dann schreibt sie mir so einen Zettel! Hier …", Jacques zeigte auf die entsprechenden Zeilen, „sie schreibt, ich hätte ihr ,das Erlebnis dieser wunderschönen Suite ermöglicht' – das ist doch Verarschung, so naiv kann doch niemand sein. Ich hab zu allem Ja und Amen gesagt, damit wir eine Woche durchvögeln. Was sonst?" Der alte Charmeur verstand die Welt nicht mehr. „Als ich mir am nächsten

Morgen den Zwischenstand von meiner Rechnung habe geben lassen, wär ich fast zusammengebrochen. Da hab ich vor lauter Ärger den billigsten Flieger nach Hause genommen. Und hier bin ich wieder!"

Kurt Erich hatte zumindest noch so viel Mitgefühl, dass er sofort eine Runde Bier bestellte. „Auch für dich, Roddy, obwohl du keines verdient hättest. Konspirative Treffen mit Mordverdächtigen, das geht definitiv gar nicht!" Jacques schien froh über den Themenwechsel zu sein, jedenfalls wollte der mehr dazu wissen: „Agent Roddy D. schon wieder im Einsatz? Sprich!"

Auch wenn er keine Lust dazu hatte – er musste die ganze Story erzählen (natürlich ohne Katharina dabei zu erwähnen), konnte aber den Stab direkt an Kurt Erich weiterreichen: „Und, was haben deine Kripo-Quellen zu Dr. Bodendecker ausgespuckt?" „Nur heiße Luft. Freilassung: ja – warum: kein Kommentar. Irgendein Gemauschel auf höchster Ebene. Mein Boss hat mich auch schon zurückgepfiffen, wir müssen die Pressekonferenz der Staatsanwaltschaft abwarten."

Damit war auch dieses Thema abgehakt. Inzwischen war es nach acht Uhr, und die Kneipe füllte sich schlagartig. Jacques wurde andauernd auf seine unerwartete Heimkunft angesprochen, was diesen sichtbar immer mehr verärgerte. Kurt Erich sah den Freund leiden und eilte ihm beim nächsten Kandidaten zu Hilfe: „Entschuldige, aber das ist nicht Jacques, das ist dessen heimlicher Zwillingsbruder. Die Eltern von Jacques wollten doch immer eineiige Zwillinge, und als Jacques dann doch alleine kam, haben sie versucht, irgendwas Passendes dazu zu adoptieren. Roddy hilf mir, du kennst die Geschichte besser als ich." Typisch Kurt Erich, immer den Schwarzen Peter schnell weitergeben. Er musste jetzt improvisieren: „Ja, also, das war so: Sie haben einen gefunden, nur sah der ganz anders aus als Jacques und war auch viel älter. Da haben sie sich überlegt, da muss der Jacques eben dem anderen ähnlich gemacht werden. Deshalb musste der so spindeldürr und lang werden und immer so eine komische Frisur tragen. Freiwillig würde der ganz anders aussehen, viel hübscher, etwa so wie ich. Ging aber nicht. Und jetzt ist der Jacques seinem Zwillingsbruder mittlerweile so ähnlich, dass man die nicht mehr auseinanderhalten kann. Jetzt kann von denen immer einer Urlaub machen, und der zweite Zwilling arbeitet. Jacques ist also in Urlaub und der hier, der Gernot, der muss gerade arbeiten." Der andere, der zugegebenermaßen noch nicht lange im Dorf wohnte und die Eingeborenen noch nicht so genau kannte, guckte komisch und trollte sich weiter.

„Was sagst du da, Roddy, ich will in Wirklichkeit so aussehen wie du, du moppeliger Hilfszwerg", giftete Jacques, „da bleibe ich doch lieber so wie der Gernot, und als derselbige trinke ich dir jetzt dein Bier weg." „Da macht man und da tut man, und dann das ..."

Die Stimmung besserte sich wieder, und gegen zehn war sie schon so gut, dass er einsah, dass er nun unbedingt den Absprung finden musste. Ansonsten würde es eine lange Nacht werden, ein kurzer Schlaf und morgen Mittag ein zerknittertes Gesicht. Er zahlte also und verabschiedete sich, was seine Freunde überhaupt nicht verstehen wollten.

„Was ist denn los mit dir, Roddy?" fragte Kurt Erich, „Hast du etwa Angst, dass jemand ein Attentat auf dich verübt, wenn du nachher besoffen durch dunkle Straßen nach Hause krabbelst?" „Ach was, das wäre nun wahrlich kein Grund, aber ich muss heute Abend noch raus auf die Kackwiese." „Dann nimm doch den Hund dabei gleich mit, dann hat der es auch schon hinter sich! Und die zwei Tütchen nicht vergessen!" Aber er ließ sich auf kein Wortgefecht mehr ein und überließ die beiden ihrem, wie er immer sagte, „feucht-fröhlichen Schicksal".

Beschwingt erreichte er das mütterliche Eigenheim, schnappte sich den Dicken und ging die kleine Defäkationsrunde. Beppo war irgendwie aufgeregt, hielt öfter inne, drehte sich gegen die Laufrichtung, reckte den Kopf gen Himmel und sog die Luft ein. „Als ob du groß was riechen könntest mit deiner Stupsnase, du Dicktierchen. Geh, mach dein Geschäft, ich will nach Hause!" Beppo ließ sich nicht beeinflussen, sondern fing sogar noch an zu knurren, worauf sich entfernende Schritte zu hören waren. Er hatte natürlich sofort den „glitschigen Clemens" und dessen Drohung im Sinn, dazu Kurt Erichs blöde Bemerkung über das Attentat. „Roddy, du Depp," schnauzte er sich innerlich an, „das grenzt doch schon an Verfolgungswahn! Das war gewiss der schöne Udo mit seinem Jack Russell Terrier."

Der Rest der Runde verlief ordnungsgemäß – bis auf die Tatsache, dass es anfing zu regnen. Eigentlich war es nur ein Tröpfeln, inspirierte ihn jedoch zum „Dramatischen Gedicht vom Starkregen", welches aber in Wirklichkeit auch nur ein Dreizeiler war:

„Tropfen hämmern auf den Boden.
Peitschten sie auf meine Hoden,
würden sie mein Sackhaar roden!"

Daheim wurde der feuchte Beppo wieder auf seiner miefigen Matte geparkt, im mütterlichen Wohnzimmer der Fernseher leise gestellt (die Besitzerin schlief bereits im Sessel), sowie ein kleiner Schlaftrunk aus dem Keller geholt. Dann setzte er sich in seinem Zimmer an den Schreibtisch, trank ein, zwei Gläser Rotwein und begann mit seinen Betrachtungen.

Die spontanen Verse von eben – sollte er sich literarisch nicht doch auf die Poesie spezialisieren? Schönklingende Kalenderweisheiten etwa waren schnell formuliert:

„Als wir noch viel von der Welt wussten,
aber wenig vom Leben,
war alles leichter.
Als wir das Verliebtsein kannten,
aber nicht die Liebe,
war alles schöner.
Als unsre Biografie kurz war,
aber die Träume gewaltig,
war noch so viel Zeit für die Zukunft!"

Bei der letzte Zeile war er sich allerdings nicht sicher, dass er sie wirklich einer aktuellen persönlichen Eingebung zu verdanken hatte. Vielleicht hatte auch ein pragmatischer Zugriff auf sein hirninternes Archiv für Fremdsprüche stattgefunden. Egal, auf jeden Fall war das doch schon mal bester Mainstream-Kitsch, damit ließe sich sicher auch Geld verdienen.

Stücke mit Reimen waren kaum schwieriger. Man musste nur an eine Situation denken (etwa an die in der Kneipe eben), die Eindrücke auf sich wirken lassen, Stichworte dazu aufschreiben und dann den Synonyme-Finder vom PC einsetzen – irgendwas reimt sich immer. Und am Ende kommt etwas raus wie das hier:

„So viele Menschen, so viele Stimmen,
so wenige Worte, deren Sinn sich erschließt.

So viele Gläser, so viele Biere,
so wenig Verstand, der den Vorrang genießt.

Hörst Du Dein Lallen, spürst Du Dein Taumeln,
taucht ins Erbrochne Dein neuer Schuh?
Wer wird sich erinnern, wer will daraus lernen?
Ein andrer vielleicht - aber nicht Du!"

Das reimte sich zwar hier und da, würde aber zum Beispiel von Kurt Erich als „würzlose Oberlehrer-Scheiße" abgetan werden, da zweifellos noch viel zu bieder und auch zu konventionell in Machart und Message. Also mehr Moderne, mehr Experiment wagen:

„Modriges Laub liegt auf der Seele
wie Sünde.
Der Gärtner mit ehernem Rechen
tilgt die Schuld."

Jetzt noch mehr Mut auch im Formalen:

im düstren zuhause
errichtet vom vater
funkelt das dunkle schon nah

und das verborgne
wird nur zu bald mich
lippenlos schlingen

Aber halt, hallo Geistesblitz! Man könnte die letzten Verse doch auch anders enden lassen:

Und die verdorbne
wird nur zu bald mir
einen feuchtlippig blasen

Da wäre dann alles drin, nicht nur die unvermeidlichen abstrusen Wortkombinationen, nicht nur die obligatorisch grau getönte Grundstimmung, nicht nur die Einbeziehung der psychoanalytisch so wichtigen Figur des Übervaters, sondern auch das, was das große Publikum eigentlich will, nämlich Sex. Ja, genau – erst das Obszöne der neuen letzten Zeile machte das Ganze volksnah, prall und lebensecht!

So weit, so gut. Jetzt erst noch mal Wein. Dann wurde es philosophisch:

Diese Telefonate von Katharina und Kurt Erich – kaum hatte er sich vorgenommen anzurufen, da klingelt auch schon das Telefon und die beziehungsweise der Betreffende ist dran. Was für eine seltsame Gleichzeitigkeit der Gedanken! Aber Beispiel Kurt Erich: Wenn man den jetzt fragen würde, wann dieses Telefonat stattgefunden hat, würde der die Uhrzeit nennen, die ihm dazu spontan einfällt (sagen wir mal 16:00 Uhr). Und der würde sich von nichts in der Welt davon überzeugen lassen, dass es in Wirklichkeit (also so, wie man es selbst abgespeichert hat) eine Stunde später gewesen ist, also 17:00 Uhr. Für Kurt Erich wäre jetzt gerade die Stunde acht nach dem Gespräch statt Stunde sieben n.d.G., der lebte jetzt schon in einer anderen Zeitrechnung. Und in Zukunft würde das folgendermaßen ablaufen: Finge man an, von dieser Begebenheit zu erzählen, würde sich Kurt Erich einmischen und sagen, dass er „definitiv" nicht um 17:00, sondern schon um 16:00 Uhr angerufen habe, und die anderen Zuhörer würden glauben, dass man die Geschichte von der geheimnisvollen Koinzidenz nur erfunden habe, um die ganze Story etwas aufzupeppen. Soviel zum Thema „Gleichzeitigkeit im Spiegel der individuellen Erinnerung".

Er überlegte, ob diese tiefsinnigen Überlegungen es nicht verdienten, für zukünftige Generationen festgehalten zu werden, verwarf diese Idee jedoch (wie so oft) aus Faulheit und nahm lieber noch einen kräftigen Schluck Wein.

Und wenn man nun die Flasche noch leer trinken würde und morgen früh beim Rekonstruieren des gestrigen, also jetzt noch heutigen Zeitstrahls durcheinander käme, hätte man schon eine andere Lebensgeschichte als die, die man jetzt aufschreiben würde.

Der Wein schmeckte wirklich nicht schlecht.

Und wenn man morgen überlegen würde, an was von heute man sich noch erinnern konnte, und diese Erinnerungsfilmchen quasi aneinanderreihen würde, käme man in der Summe nie auf vierundzwanzig chronologische Stunden, noch nicht einmal auf ein Zehntel davon! Und doch hatte der heutige, also dann gestrige Tag gewiss auch vierundzwanzig Stunden gehabt, die man auch durchlebt haben musste, um im morgigen, also dann heutigen Tag ankommen zu können. Verschlafen hatte man aber nur sieben oder acht Stunden davon. Vergangene Stunden mussten also irgendwie kürzer sein als gegenwärtige. Komplizierte Sache, das mit der Zeitrechnung …

Ein guter Wein schärft die Geisteskräfte, heißt es. Wo war er stehen geblieben?

Stichwort Vergangenheit: Gab es vielleicht gar keine? Wie hieß es in Ansgars „Manifest"? „Es gibt keine fließende Zeit, keine Vergangenheit, sondern einzig und allein meine verdammte Gegenwart mit meinen Pseudo-Erinnerungen" – oder so ähnlich. Hätte er den Blödsinn doch nie gelesen! Aber es war wirklich wie ein Virus, oder, das traf es besser, wie ein Fußpilz, den man nicht mehr los wird. Und dass man das selbst wieder aufschreiben und weitergeben sollte – wie bei einem Kettenbrief! Wo hatte der „Gestörte" bloß seinen Text her? Und woher stammte der hochinfektiöse Urtext? Welche dunkle Macht wollte hier die Menschheit verunsichern? Google? Facebook? Die Chinesen? Oder doch … Fritz Kunzelhans? Den kannte er aus dem Studium, das war ein ganz schräger Vogel gewesen, dem war so etwas zuzutrauen!

Jetzt war die Weinflasche leer, und er ging zu Bett.

Samstag

Am nächsten Morgen war er erschreckend gut gelaunt. Der Kopf war klar, das Frühstück schmeckte, die Sonne schien. Kein Kater, nur ein dicker Hund, der ins Freie strebte. Nachdem der Ausflug in die Büsche erledigt war, konnte der Mittag kommen. Doch da gab es noch einiges vorzubereiten.

Zuerst musste der mütterliche Zeitplan mit dem eigenen synchronisiert werden: „Wie war das noch mal heute mit deinem Einkauf?" „Ach, Roddy, bis du mal so weit bist, haben längst die Geschäfte zu. Schneidermanns haben schon um sieben Uhr angerufen, dass ihr Schwiegersohn gleich käme und mit ihnen in den Supermarkt fahren würde – ob ich denn mit wollte. Also bin ich mit denen gefahren. Um neun waren wir schon wieder da. Da standest du noch unter der Dusche. Was meinst du denn, wo das alles hergekommen ist, was du eben zum Frühstück gegessen hast?" Zack!

Als Nächstes musste er sich vom mütterlichen Mittagstisch abmelden: „Ich will übrigens gleich weg und bin zum Essen nicht zu Hause." „Ich auch nicht, die alte Frau Kraut hinten im Dorf wird heute achtzig und hat mich für zwölf Uhr ins Bürgerhaus eingeladen bis zum Kaffee." „Was, die Sauerkraut wird achtzig, das ging aber schnell! Was schenkst du ihr denn?" „Ach, nur eine Kleinigkeit, die hatte mir zum Siebzigsten auch nicht viel." Zackzack!

Bis jetzt lief ja alles wunderprächtig! Die Mutter aus dem Haus, das bedeutete: keine dummen Fragen hinterher – zumindest solange sie keinen Kontakt zur Nachbarschaft gehabt hatte. Er ging hoch in sein Zimmer, um sich noch mal bei Katharina zu melden. Er erreichte sie, freute sich zu hören, dass es bei der Verabredung bleibe, gab ihr noch einmal seine Adresse für das Navi, erklärte ihr vorsichtshalber noch einmal, wo sie auf der Strecke mit Radarkontrollen zu rechnen hätte, wo mit einem Stau, um dann endlich zur wesentlichen Frage vorzustoßen: „Und wann bist du circa hier?" Kurz nach zwölf habe sie gedacht, ob das passe. Es passte sogar sehr gut. Um halb zwölf würde die Mutter aufbrechen, bei dem schönen Wetter heute höchstwahrscheinlich zu Fuß. Aber auch wenn er sie fahren müsste, wäre er rechtzeitig wieder zurück.

Was sollte er eigentlich anziehen? Sakko? Lederjacke? Er entschied sich für männlich-lässig. Also Lederjacke, gutes Hemd, neue Jeans, frisch geputzte Schuhe.

Pünktlich um 12:50 Uhr stand Katharina vor der Tür. Er musste erst in höchster Eile seine Hose säubern, denn er hatte während der Warterei aus schierer Verzweiflung angefangen, mit Beppo im Flur Nachlaufen zu spielen, was den Dicken zu Begeisterungsstürmen getrieben hatte. Das wiederum hatte zur Folge, dass Beppos Speichelproduktion gigantische Ausmaße annahm – Material von schleimig-schaumiger Konsistenz, das sich seinen Weg in die Umwelt gebahnt hatte.

So kam es, dass er nun in einem Beinkleid die Haustüre öffnete, das dummerweise an entscheidenden Stellen dunkle Flecken der Nässe aufwies. Neben ihm hockte eine Bestie, die so aussah, als habe sie gerade den Kopf in einen Eimer mit schmutzigem Teppichschaum gesteckt. Der Flur sah aus, als sei der Eimer danach durch den Raum getreten worden. Kurzum: Das Ambiente zeugte davon, dass hier gerade ein depperter Kindskopf mit einer grobmotorischen Schleimschleuder Ringelpiez mit Anfassen gespielt hatte.

„Komme ich zu spät?" fragte Katharina unschuldig, musste dann aber laut lachen. Er entschuldigte sich tausendmal, stellte Beppo mit den bewährten Witzchen vor und drängte dann auf die sofortige Weiterfahrt zum Griechen. Der Dicke musste als Hüter des Hauses zurückbleiben.

Natürlich nahmen sie sein Auto. Während der Fahrt versuchte er sich im üblichen Small Talk, bis er bemerkte, dass Katharina den Sonnenschutz heruntergeklappt hatte und dauernd in den Spiegel auf dessen Rückseite sah. Irgendetwas hinter ihnen auf der Straße schien ihre Aufmerksamkeit zu beanspruchen. „Ist was, hab ich unsere Garage im Schlepptau?", scherzte er. Aber Katharina sagte, dass wirklich etwas Komisches im Gange sei. „Zwei Autos hinter uns fährt ein roter Sportwagen. Ich bin mir sicher, dass der eben auch schon hinter mir hergefahren ist." Roter Sportwagen – das klang verdächtig nach dem „glitschigen Clemens". Leider konnte er durch seinen Rückspiegel nicht viel erkennen, außerdem waren sie schon fast am Ziel. Er bog ab auf den Restaurantparkplatz. Als sie ausstiegen, war der rote Flitzer verschwunden.

Drinnen war noch nicht viel los. Sie fanden einen schönen Tisch und vertieften sich in die Speisekarte. Irgendwann hörte man im Hintergrund Geräusche, neue Gäste waren gekommen. Gewohnheitsmäßig drehte er sich um. Das durfte doch nicht wahr sein: Der „glitschige Clemens" und sein Onkel waren gerade dabei, sich an einem Tisch gar nicht so weit von ihnen entfernt niederzulassen. Die besaßen sogar noch die Frechheit, herüberzuwinken. „Oh Gott, das ist doch der Bodendecker," stöhnte Katharina, „wer ist denn der andere?" „Das ist eine lange Geschichte, aber ich will versuchen, mich kurzzufassen." Er erklärte schnell die verwandtschaftlichen Verhältnisse, schilderte dann stichwortartig die Geschehnisse in der Firma und bei der Glückseligkeit sowie seine eigene Rolle bei dem Ganzen. Ja, er habe bei der Aufklärung helfen können. „Stimmt, mein Vater hat da kurz vor seinem Tod noch von gesprochen; er nannte dich ‚Doktor Sherlock.'" Dann erzählte er noch von dem Auftritt der beiden Clowns gestern bei der Glückseligkeit, erwähnte aber die Drohung des „glitschigen Clemens" lieber nicht. „Und, was machen wir nun?", fragte Katharina. Seine Antwort: „Wie sagt man so schön: ‚Gar nicht ignorieren!'" Er fühlte sich mutig und stark.

Es wurde dann trotzdem noch eine amüsante Stunde. Das Essen war gut, das Gespräch locker, auch wenn sie beide doch immer wieder zu dem gegnerischen Tisch hinüberblickten. Dann schlug er vor, zu zahlen und noch einen kleinen Spaziergang zu machen. Katharina stimmte zu. Als sie beim Hinausgehen bei den anderen vorbeikamen, sprach er Dr. Bodendecker, den er für den Intelligenteren hielt, halblaut an: „Sie wissen, dass Stalken ein Straftatbestand ist?!" Keine Reaktion, Onkel und Neffe taten so, als hätten sie nichts gehört.

„Wo fahren wir denn hin?", fragte Katharina, als sie im Auto saßen. „Lass dich überraschen" sagte er nur, denn er wollte sein Ziel, die Glückseligkeit, lieber nicht nennen. Er hatte ja eben noch von all den hässlichen Ereignissen berichtete, die sich in der letzten Zeit an diesem so schönen Ort zugetragen hatten. Unterwegs blickte Katharina wieder dauernd in den Spiegel, aber von einem roten Sportwagen war anscheinend nichts mehr zu sehen.

Er parkte nicht auf dem Platz oben am Aussichtspunkt, sondern stellte den Wagen einen halben Kilometer weiter unten seitlich in einem Waldweg ab. Dann schlenderten sie in Richtung Glückseligkeit, blieben hier und da stehen, erzählten sich gegenseitig irgendwelche Schwänke aus der Jugend. Es stellte sich heraus, dass Katharina in der Friedensbewegung aktiv gewesen war, was Ansgar, ihrem Vater, als vormaligem Zeitsoldaten überhaupt nicht gefallen hatte. „Damals, vor fast zwanzig Jahren, waren wir in der Stadt ja akzeptiert. Aber wenn man in die Vororte kam, wurde es finster. Unsere Jungs sagten dann immer: ‚Mit der einen Hand Plakate geklebt, mit der anderen die Wölfe abgewehrt!'" Aber es sei eine lustige Zeit gewesen. Sie hätten viele Aktionen gemacht und auch einiges angestoßen.

Jetzt erzählte er von seiner Mitarbeit in der BI gegen die geplante Umgehungsstraße, vom gescheiterten Factory-Outlet-Center. „Schade, dass du unsere dialektische Installation nicht mehr besichtigen kannst!" „Eure was?" Er beschrieb den Plakatierungskompromiss, thematisierte Hansis Geschäftssinn („Indy hat das immer ‚Geldgeilheit' genannt"), ging aber sonst nicht weiter auf die beiden ein. Lieber erzählte er dann vom Infoabend „Isegrim – halb so schlimm?!" aus dem Frühjahr, von den verschiedenen Interessengruppen und den ignoranten Fragestellern. Er erwähnte auch das „Buch der Brüller" und versprach, ihr Jacques und Kurt Erich bei Gelegenheit einmal vorzustellen. Was er nicht erwähnte war sein Plan, dafür zu sorgen, dass sich diese Gelegenheit so schnell nicht ergeben konnte. Und was das „Buch der Brüller" anging, so wäre dazu eigentlich noch abschließend zu bemerken gewesen, dass im letzten Jahr nicht viel Neues dort Aufnahme gefunden hatte. Dem Autorentrio war irgendwie die „Leichtigkeit des Seins" abhandengekommen.

Mittlerweile hatten sie fast die Glückseligkeit erreicht. Das Auto bemerkten sie erst, als der Motor aufheulte, weil der Fahrer stark beschleunigte. Es war der rote Sportwagen, der „Masturbati" vom „glitschigen Clemens", der da von vorne auf sie zuraste und mit kaum einem halben Meter Abstand an ihnen vorbeischoss.

Der gleichen Regung folgend sprangen Katharina und er sofort in die Mitte der schmalen Straße, reckten die Arme und brüllten den Idioten einige unschöne Worte hinterher. Doch der „Masturbati" verschwand nicht um die nächste Kurve, sondern wurde mit einer Vollbremsung gestoppt, mit einer Schleuderbewegung gewendet und stand ihnen nun in fünfzig Meter Entfernung gegenüber. So ungefähr musste es damals auch bei Hansi und Indy gewesen sein. Links und rechts kamen jetzt zwei Hände aus dem Seitenfenster und zeigten offenbar den Stinkefinger. Der Motor heulte wieder auf, dann wurden die vorwärts strebenden Kräfte von der Kette gelassen.

Und diesmal war es ein ernst gemeinter Angriff!

Instinktiv reagierte er richtig, hechtete zur Seite, griff im Sprung noch zu und riss Katharina mit sich in den Straßengraben. Der „Masturbati" donnerte vorbei. Sofort anschließend war ein lautes metallisches Knirschen zu hören. Was sie noch sehen konnten, war ein roter Sportwagen im Gleitflug quer über die Straße, der anscheinend den vermaledeiten Haufen Pflastersteine als Abschussrampe benutzt hatte. Sekundenbruchteile später landete der Wagen auf dem Vorplatz des Aussichtspunktes, schoss zwischen den letzten Bäumen und dem Geländer hindurch und verschwand von der Bildfläche. Sie sahen sich ungläubig an. War das wirklich geschehen? Sie kletterten aus dem Graben, beide waren sie unverletzt. Wie in Trance liefen sie zur Unglücksstelle hinüber. Der Wagen hatte eine Bresche durch das Gestrüpp geschlagen und war dann abgestürzt. Sie wagten kaum, sich der Kante zu nähern und hinunter zu blicken. Als sie es dann endlich taten, erkannten sie eine Sachlage, die doch hoffen ließ. Das Auto war glücklicherweise nicht vom Abhang weg, sondern parallel dazu nach unten geflogen. Anders als bei der Felsnase des Aussichtspunktes war hier kein blanker Basalt, sondern der Hang war zwar steil, aber mit Bäumen bewachsen. Und da hing der „Masturbati" jetzt in den Kronen. Ob die Insassen lebten, war nicht zu erkennen.

Er musste sich zwingen, jetzt nicht in Panik zu verfallen. Echte Panik, kein Erschaudern bei Gedankenspielen. Das hier war real, ein real stattgefundener Mordanschlag. Sie beide waren nur knapp dem Tod entgangen! Genau so eine Situation hatte er vermeiden wollen. Musste denn immer alles in Chaos und Gewalt enden? Dabei hatte er sich doch aus diesem Fall heraushalten wollen. Zog er wirklich das Unheil an? Katharina stand doch bestimmt unter Schock. Aber weit gefehlt: Die hatte schon das Handy in der Hand und war dabei, Hilfe herbeizurufen. Er hörte, wie sie ruhig die nötigen Angaben machte, selbst der Name des Ortes fiel ihr ein. „Respekt!", dachte er, „Das hättest du selbst nicht so hingekriegt in einer fremden Umgebung. Also nimm dir ein Beispiel und reiß dich zusammen, du Depp!"

Aber als er sie danach in den Arm nahm, musste sie weinen und er mit ihr.

Sonntag

„Das war wirklich ein verdammt harter Tag gestern für uns beide. Hast du denn wenigstens gut geschlafen?" Es war kurz vor Mittag, er saß gemütlich an seinem Schreibtisch und telefonierte mit Katharina.

„So kann man es nicht nennen. In der Summe sind schon einige Stunden zusammengekommen, ich bin ja gerade erst aufgestanden. Aber erholsam war das nicht. Ich bin immer noch völlig fertig." Sie klang auch wirklich noch müde. „Du hättest eben gestern nicht mehr alleine nach Hause fahren sollen. Ich wollte dich ja fahren, aber ich durfte ja nicht …" „Ach was, ich bin doch schon ein großes Mädchen!"

„Willst du über gestern reden, soll ich dich auf den neuesten Stand bringen? Mein guter alter Freund Kurt Erich hat mich schon angerufen. Von dem hab ich dir doch erzählt: der Ex-Footballspieler, der Rasende Reporter." „Genau, ich erinnere mich. Und was wusste der? Kannst mir ruhig alles sagen, vergiss nicht: Ich bin schon groß!" „Dann versprich mir, dich nicht aufzuregen." „Leg los, Roddy, quäl mich nicht so!"

„Also gut. Kurt Erich hat ja seine Quellen überall. Danach waren der ‚glitschige Clemens' und der ‚böse Bo' …" „Wer?" „Der böse Dr. Bodendecker, der ‚böse Bo', wie ich ihn heute getauft habe. So ein dummer Spitzname macht den Gegner direkt schon kleiner. Also: Der ‚glitschige Clemens' und der ‚böse Bo' waren zwar schwer angeschlagen, aber bei Bewusstsein, als sie gestern dann endlich geborgen werden konnten." „Sagt man ‚geborgen' nicht nur bei Toten?" „Dann sind sie eben gerettet worden. Wie auch immer – sie konnten jedenfalls sprechen. Und sie haben zu Protokoll gegeben, dass wir beide schuld an dem Unfall gewesen sind, weil wir plötzlich vor dem Auto auf die Straße gesprungen wären und sie beim Ausweichen die Kontrolle über den Wagen verloren hätten."

„Das ist ja eine bodenlose Frechheit! Dein komischer Clemens hat doch voll auf uns draufgehalten!" „Du sollst dich nicht aufregen, Katharina! Kurt Erich hat schon erfahren, dass die Polizei diese Aussagen infrage stellt, da das Spurenbild etwas anderes zeigt. Ich glaube auch nicht, dass der ‚glitschige Clemens' sich das ausgedacht hat, dafür ist der zu dämlich. Das war gewiss der ‚böse

Bo'!" „Gut, dann war es eben der ‚böse Bo'. Und weiter?" „Viel mehr ist nicht. Kurt Erich meint, dass die Polizei trotzdem aus formalrechtlichen Gründen dieser Beschuldigung nachgehen muss. Morgen steht einiges dazu bei uns im Lokalblättchen. Ich werde den Artikel einscannen und dir zumailen. Aber jetzt genug davon! Sehen wir uns heute noch?"

„Ach Roddy, einerseits wäre das schön, aber andererseits bin ich wirklich zu müde dazu. Ich befürchte, ich werde heute nichts anderes mehr machen als schlafen und vielleicht noch ein bisschen weinen. Was für eine fürchterliche Geschichte. Erst wird mein Vater umgebracht, dann wir beinahe. Und der Täter meint, er kommt auch noch damit durch. Aber der soll mich kennenlernen, der ‚böse Bo'. ‚Böser Bo' klingt eigentlich viel zu harmlos für dieses Arschloch! Aber zumindest hat er wohl ziemlich was abbekommen – geschieht ihm recht! Ach Roddy, ich glaube, ich muss jetzt doch sofort mal ein Ründchen weinen. Ruf mich lieber morgen an, vielleicht können wir uns ja nach der Arbeit treffen ..."

Epilog

An diesem Morgen klingelte der örtliche Zusteller an der Tür statt grußlos die Post einzuwerfen, wedelte mit einem Brief und schien freudig erregt: „Hallo Roddy, was hast du denn hier fabriziert?" Der gute Mann war auch Stammgast in der Dorfkneipe, man duzte sich also. „Die Anschrift stimmt nicht, die Person gibt es nicht. Und was für ein komischer Name, ‚Ansgar Posthumer'. Und als deine Absenderadresse hast du auch noch dein Zimmer in der Uniklinik angegeben. Warst du da nicht vor zwei, drei Wochen? Hat einige Mühe gemacht, bis die Kollegen deine richtige Anschrift rausgefunden haben. Hast den Brief wohl nach der Heimfahrt in der Kneipe geschrieben." Es folgten einige hämische Ausführungen zu alkoholbedingten Fehlleistungen aus dem gemeinsamen Bekanntenkreis. Dieser Mensch gehörte bekanntermaßen zu denjenigen unter den Kneipengängern, die jeden Abend an einer anderen Theke stehen, aber immer nüchtern genug bleiben, um Ausfallerscheinungen von Mittrinkern noch abspeichern zu können. Aus diesem Fundus fremder Peinlichkeiten kann man dann schöpfen – am nächsten Tresen, vor neuem Publikum …

Kaum zehn Minuten später war auch das überstanden, er saß an seinem Schreibtisch und konnte sich endlich dem ominösen Brief widmen. Von ihm selbst stammte der jedenfalls nicht. Das hätte er eigentlich eben sagen müssen, aber die Neugier war mal wieder stärker gewesen. Er öffnete den Umschlag. Der Inhalt bestand aus einem gefalteten weiteren Umschlag mit Briefmarke, adressiert an Roderich Dockter mit korrekter Anschrift. Absender war Ansgar Wittek! Außerdem war da noch ein weiterer ebenso versandfertig gemachter Brief an Katharina. Er ahnte Schlimmes. Mit steifen Fingern öffnete er nun den für ihn bestimmten Umschlag, stieß auf ein Blatt Briefpapier, das mit der Hand beschrieben war, und begann zu lesen:

„Lieber Roddy!

Ich musste diese zeitliche Verzögerung in die Postzustellung einbauen, damit mein Plan aufgehen kann. Wenn Du dies liest, bin ich schon längst tot. Gestorben am Tag des Bombenalarms, Opfer eines heimtückischen Mordanschlags. Das jedenfalls wird die Polizei herausfinden – wie ich denke mit Deiner Unterstützung. Ich hoffe, Dr. Bodendecker sitzt bereits in U-Haft. Verdient hat es dieser Arsch.

Lass mich Dir alles erklären. Heute habe ich schon frühmorgens auf dem Flur von der bevorstehenden Räumung gehört. Die Schwestern haben alle so laute Stimmen. Auch dass der Bodendecker als Letzter noch mal rein muss ins Gebäude. Da habe ich gewusst: jetzt oder nie. Also habe ich Dir sofort diesen Brief geschrieben. Denn das ist mein Plan:

- Den DIN-A4-Umschlag vorbereiten, wo angeblich die Dokumente von meinem Informanten drin sind, und Dir geben. Da tue ich aber nur ein paar leere Blätter rein. Dafür sorgen, dass Du den nimmst und in Deiner Tasche versteckst – und dafür, dass Du Deine Tasche in unserem Zimmer zurücklässt.
- Nach der Evakuierung unter einem Vorwand dem Bodendecker ins Gebäude folgen.
- Oben in unserem Zimmer sofort meinen Umschlag aus Deiner Tasche holen, Inhalt raus und alles wieder in meine Tasche tun.
- Wenn der Bodendecker auf meiner Etage ist, ihn ins Zimmer locken, ihm das Namensschild abreißen, und dann rückwärts auf den Balkon stolpern und mich runterstürzen.
- Hoffen, dass die Polizei das Namensschild bei mir findet, dass es Augenzeugen von meinem Sturz gibt, und dass der Detektiv in Dir auf den Fall anspringt.

Mein Plan ist zwar nicht besonders originell, aber was Besseres ist mir nicht eingefallen. Mit mir geht es eh zu Ende, da will ich mit meinem Abgang wenigstens noch was erreichen.

Wenn dieser Brief dann bei Dir ankommt, musst Du das Ganze aufdecken. Ich denke, Dr. Bodendecker, das Weichei, hat bis dahin alles andere, was er mir angetan hat, bereits gestanden, da muss er nicht wegen einem falschen Mord angeklagt werden. Der ist dann hoffentlich sowieso erledigt! Tut mir leid, dass ich Dich da mit hineinziehen muss. Aber ich brauche einen, der die Ermittlungen vorantreibt!

Katharina weiß von nichts. Bring es ihr schonend bei. Gib ihr den anderen Brief aus diesem Umschlag.

Vielen Dank für Deine Hilfe!
Ansgar"

„Ach Ansgar", dachte er, „hättest du dir mal weniger Krimis im Fernsehen angesehen oder zumindest keine Ideen von denen geklaut. Den ersten Teil von deinem Plan hast du ja noch prima hinbekommen, so blöd das auch klingt, aber der Rest ist echt scheiße gelaufen. Und wieder habe ich die Arschkarte! Was soll ich gleich Katharina erzählen?"

Zwar hatten der „glitschige Clemens" und der „böse Bo" den Absturz ja überlebt, aber so schwere Verletzungen davongetragen, dass sie, so wie er erfahren hatte, noch lange Zeit im Krankenhaus bleiben mussten. Wahrscheinlich würden sie bleibende Schäden behalten. Natürlich waren die beiden selbst schuld. Um ein Haar wären Katharina und er ja die Opfer gewesen. Was sollte dieser Angriff mit dem Auto überhaupt? Warum hatten die zwei sich so hochgeschaukelt, dass ihnen nichts anderes mehr einfiel als diese idiotische Aggression? Irrsinn!

Und dann quasi von der Tragbahre falsche Anschuldigungen machen gegen Katharina und ihn. Der „böse Bo" hatte inzwischen sogar noch eine zusätzliche Klage gegen sie eingereicht – wegen übler Nachrede oder so ähnlich. Damit gab es also jetzt drei Fälle: den Mordfall Ansgar Wittek, bei dem Dr. Bodendecker immer noch als Verdächtiger galt, den Unfall bei der Glückseligkeit, bei dem sich die beteiligten Parteien gegenseitig beschuldigten, und eben die private Klage vom „bösen Bo".

Und jetzt war da Ansgars Geständnis aus dem Jenseits, das die Rollenverteilung von Gut und Böse wieder durcheinanderbrachte! Hätte der nicht seinen Teil des Planes so gnadenlos durchgezogen, wäre dieses Drama bei der Glückseligkeit nie passiert.

Auf den Tag waren heute zwei Wochen seitdem vergangen. Ansgar war beerdigt, Katharina hatte etwas Frieden gefunden, weil sie glaubte, dass derjenige, der für den tödlichen Sturz ihres Vaters verantwortlich war, also Dr. Bodendecker, durch den selbst verschuldeten Unfall seine Strafe schon erhalten habe. Nur deshalb sah sie den juristischen Auseinandersetzungen mit einer gewissen Gelassenheit entgegen. Wenn nun aber die Mordanklage gegen Bodendecker wegfiele, konnte es sein, dass alles, was nach Ansgars Tod geschehen war, im Prozess zur Unfallsache von einem Gericht ganz neu bewertet werden würde. Sie hatten sich ja mittlerweile bereits einen Anwalt nehmen müssen, ganz so eindeutig war das Spurenbild auf der Straße wohl doch nicht. Da konnten Katharina und er schnell als Schuldige hingestellt werden und die beiden Täter als Opfer! Solange jedoch der Mordverdacht gegen Bodendecker bestand, war ihre Aussage, nämlich dass sie vor dem Unfall vom Duo Futtermittel/Bodendecker mit dem Auto angegriffen worden seien, glaubhaft, da man unterstellen konnte, es habe sich um den Versuch gehandelt, „feindliche" Zeugen auszuschalten.

Was zum Teufel sollte er also Katharina nun erzählen? Und was sollten sie beide dann tun?

Nachtrag: Klausi und seine Leichen – ein Perspektivenwechsel

oder:

Schicksalsknoten führen zu Toten

Klausi 12

Es war 2003, Klaus war im Februar zwölf Jahre alt geworden. Er war ein unhübsches, dickliches, altkluges Kind. Viele Freunde hatte er nicht. Mit dem analytischen Blick des Erwachsenen wusste Klaus heute: Die Zahl war exakt 0 gewesen und hatte sich auch später nie mehr verändert. Aber er hatte seine Mutter. Feinde brauchte er da keine. Schon damals hasste er es, dass sie ihn – auch und besonders vor Fremden – immer „Klausi" rief und, wenn sie über ihn berichtete, immer sogar „unser Klausi" sagte. „Unser Klausi räumt freiwillig sein Zimmer auf" – wie oberpeinlich. Klausi war ein Scheißname und mit dem Zusatz „unser" wurde er noch schlimmer. Ein Klausi war ein Loser. So sahen das jedenfalls die anderen Kinder, mit denen er zu tun hatte. Meist spielte er deshalb alleine.

In diesem Sommer sah Klaus fast täglich eine fremde Katze durch den Garten schleichen. Sie war recht klein und abgemagert, wahrscheinlich hatte sie kein Zuhause. Versuche, zu ihr Kontakt aufzunehmen, scheiterten. Die Katze flüchtete sofort, meist auf das Dach des alten Schuppens, der hinten auf dem Grundstück stand. Sein Vater hatte sich da eine Werkstatt eingerichtet, für Kinder war der Eintritt verboten. Klaus' Vater war ein strenger Vater gewesen, einer, der seine Rolle als Erziehungsberechtigter allzu ernst nahm. Glücklicherweise war er früher oft fort und jetzt tot. Er war Polizist bei der Kripo gewesen und daher Feind all derer, die sich nicht an die gegebenen Regeln hielten. Bei einer Verfolgungsjagd war er im letzten Jahr mit seinem Dienstfahrzeug verunglückt und gestorben. Klaus hatte immer noch Angst vor ihm.

Die Katze hatte Angst vor Klaus. Das gab Klaus ein gutes Gefühl.

Dann war sie verschwunden. Tagelang ließ sie sich nicht blicken. Klaus durchstöberte das Grundstück. Zuletzt suchte er sogar bei Vaters Schuppen. Als er bei dem alten Bauholz nachsehen wollte, das unter dem Dachüberstand an die Wand gelehnt stand, wäre er fast über ein kleines Katzenkind gestolpert, das über den Boden kroch. Klaus wollte sich gerade zu ihm hinunter beugen, da hörte er ein wütendes Fauchen. Er schreckte hoch und sah die Katzenmutter über die Wiese heranspringen. War das seine scheue, ängstliche Katze von früher? Sie schien doppelt so groß wie sonst und alles andere als friedlich. Das war ein Angriff! Augenblicklich trat Klaus den Rückzug an. Als er das Haus erreicht hatte, zitterte er und weine. Selbst vor dieser armen Katze hatte er Angst! Seitdem sagte Klaus, er hasse Katzen, ja, Tiere überhaupt.

Noch im gleichen Jahr fing Klaus an, mit Steinen zu werfen. Er hatte sich überlegt, dass er Waffen brauche. Pfeil und Bogen erschienen ihm zu unhandlich, Steine aber gab es wohl überall. Fast täglich übte er, und manchmal traf er sogar die Gegenstände, die sich neben dem anvisierten Ziel befanden. Das Ziel selbst traf er nur einmal – und das tat ihm hinterher richtig leid.

Er war wie immer allein durch die Gegend gestreunt. Am Seeufer machte er Rast. Er fand ein paar schöne Steine, die er übers Wasser springen lassen wollte. Das klappte überraschend gut. Dann sah er plötzlich eine Kröte, die in ein paar Metern Entfernung über das kurz geschorene Gras hüpfte. Reflexartig warf er einen Stein in ihre Richtung. Natürlich verfehlte er das Tier, hatte es auch gar nicht treffen wollen. Weitere Steine folgten. Die Kröte war mittlerweile auf der Flucht. Irgendwie automatisch wurden seine Würfe präziser. Dann, die Kröte hatte fast das rettende Wasser erreicht, flog der letzte Stein – und der saß. Die Kröte war sofort tot. Klaus weinte, das hatte er doch nicht gewollt.

Wenn er sich später an das Ereignis erinnerte, sah er das anders, da war er sogar davon überzeugt, dass er damals tief im Innersten das Vieh treffen und auch umbringen wollte.

Klausi 16

Klaus erinnerte sich auch heute noch fast täglich an die Szene, die damals seine restliche Jugend beeinflussen sollte.

Er war sechzehn und mit seiner Mutter auf einer feierlichen Veranstaltung seines Gymnasiums. Alle Schüler waren irgendwie herausgeputzt, er selbst trug einen Anzug und blank polierte schwarze Schuhe. Nachdem er die Mutter zu einer Gruppe von anderen Eltern begleitet hatte, wollte er quer über den Rasen zu seinen Mitschülern laufen. Das entsprach nicht den mütterlichen Vorgaben, und schon hörte er sie mit ihrer piepsig-schneidenden Stimme schreien: „Klausi, pass auf deine Schuhe auf, die sind frisch gewichst!" Und dann war wahrscheinlich auf dem gesamten Hof zu verstehen gewesen, dass sie zu der neben ihr stehenden Frau in kaum geringerer Lautstärke sagte: „Das ist echtes Leder, da ist regelmäßiges Wichsen wichtig. Aber unser Klausi macht das schon seit Jahren selber und er macht es gerne." Klaus wusste sofort, dass diese Äußerung für ihn nicht ohne Konsequenzen bleiben würde. Am selben Abend war komischerweise noch gar nichts passiert, aber am nächsten Schultag umso mehr. Von allen Seiten schallten ihm ohne Unterlass blöde Sprüche entgegen, in denen sein Name und das Wort „wichsen" vorkamen. Die in der Folgezeit beliebtesten waren: „Klausis Mutti sieht's richtig: Wichsen ist wichtig!" sowie „Unser Klausi wichst so gerne!" Und es hörte nicht auf. Bis zum Abitur wurde im Unterricht immer mal wieder kurz ein Schild hochgehalten mit der Aufschrift „W.I.W.", und dann lachten alle außer Klaus.

Obwohl es gewiss nichts Weltbewegendes war, und obwohl Klaus sich immer wieder sagte, dass in jeder Minute anderen Menschen weiß Gott Schlimmeres passierte als sich dumme Sprüche anhören zu müssen, und obwohl es sonst noch viele weitere Argumente dafür gab, diese Scheiße zu ignorieren – er schaffte es einfach nicht. Er war vorher schon nicht freudig zur Schule gegangen; nun wurden die verbleibenden Jahre zu einer Strafe, die es mühsam abzusitzen galt.

Klausi 20

Als Klaus zwanzig Jahre alt war, starb seine Mutter einen überraschenden Tod. Sie starb diesen ruhigen, kampflosen Tod allein zu Hause, während Klaus ein Wochenende in Berlin verbrachte. Die Reise war ein Geschenk zum kürzlich bestandenen Abitur. Dass er diese Fahrt nun nicht unternahm, um die Schönheiten der Hauptstadt kennenzulernen, sondern weil er endlich mit professioneller Hilfe seine Unschuld verlieren wollte, brauchte die Mutter nicht zu wissen – und hat sie auch nie erfahren. Leider starb sie schon in der ersten Nacht nach seiner Abreise und wurde am Folgetag auch noch so rasch von der Putzfrau gefunden, dass ihn deren Anruf erreichte, bevor er seinen Plan in die Tat umsetzen konnte. Als trauernde männliche Jungfrau kehrte er heim. Er war immer noch ein Klausi.

Die nun folgende Zeit war ein einziges Chaos. Die Beerdigung, die Formalitäten, der Schriftverkehr ... Zum Glück gab es Bestattungsunternehmen. Allein wäre er mit allem gescheitert.

Er war der einzige Erbe. Alles gehörte ihm, das Haus, die Konten, das Geld. Nur: Auf den Konten war kaum Geld. Die Auszüge, die er jetzt zum ersten Mal in seinem Leben studierte, zeigten ein nicht gerade üppiges Witweneinkommen. Die Mutter hatte sich in finanziellen Fragen immer sehr bedeckt gehalten; Klaus wusste eigentlich nicht, wovon sie beide all die Jahre seit Vaters Tod so gut gelebt hatten. Komischerweise war aber immer genug Geld da gewesen.

Eigentlich hatte er nach dem Abitur die Mutter verlassen und zum Studium fortgehen wollen. So war der Plan noch letztes Jahr gewesen. Doch dann hatte er Angst bekommen. Schon vor dem Abitur hatte er sich daher anders entschieden. Erst mal eine Lehre in der Heimat machen, danach konnte man ja immer noch studieren. Das war auch billiger, da konnte er zu Hause wohnen bleiben. Die Mutter war überglücklich, er selbst nicht. Die Angst hatte mal wieder gesiegt.

Nach Monaten begann Klaus, das Haus zu entrümpeln. Mutters Kleidung gab er weg, ein paar Möbelstücke landeten im Sperrmüll. Von den Büchern, Fotos und Schriftstücken behielt er alles. Mutters persönliche Sachen versammelte er in ihrem Schlafzimmer. Ihr Bettzeug, in dem sie gestorben war, verbrannte er hinter dem Haus.

Die meisten Bilder hängte er ab und verstaute auch sie in Mutters Schlafzimmer, das fortan abgeschlossen blieb. Einige Wände im Erdgeschoss strich er neu an mit heller Farbe. Die Wohnung wirkte nun viel luftiger, obwohl die Möbel alt waren. Jetzt fühlte er sich ein wenig befreit.

Er hatte eine Lehrstelle in der Buchhaltung von einem in der Nähe ansässigen Industrieunternehmen gefunden, der Tochter eines japanischen Großkonzerns. Da sprangen zwar tatsächlich erschreckend viele Japaner herum, aber Ausländer gab es ja überall. Insgesamt gefiel es ihm weniger schlecht als er gedacht hatte. Von den deutschen Kollegen fand er die meisten ganz in Ordnung, und mit den Managern hatte er ja nichts zu tun. Einer von denen, der mit dem komischen Nachnamen Futtermittel, war allerdings allseits gefürchtet. Der schien wiederum den Kollegen Roddy aus dem Controlling auf dem Kieker zu haben, jedenfalls machte dieser Herr Futtermittel immer hämische Bemerkungen über Roddy, wenn er mal in die Buchhaltung kam und der Roddy nicht dabei war. In der Kantine saßen die beiden aber komischerweise meist am selben Tisch. Klaus hielt sich an den alten Rat seiner Mutter, sich aus allem rauszuhalten und mit keinem Kollegen anzufreunden – was ihm nicht schwerfiel.

Nach der Eingewöhnungsphase in der Firma, es war inzwischen Herbst geworden, setzte Klaus zu Hause die Inbesitznahme seines Erbes fort. Da war ja noch der alte Schuppen hinten auf dem Grundstück. Bezeichnenderweise hatte er den noch nie in seinem Leben betreten – das Gebot des Vaters hatte über dessen Tod hinaus weiterhin Bestand gehabt. Auch die Mutter hatte darauf verwiesen, und außerdem war die Hütte gesichert wie Fort Knox. Fenster mit schweren, von innen gesicherten Läden, eine stabile Eingangstür mit modernem Schloss – wer da einbrechen wollte, musste schon eine gewisse kriminelle Energie mitbringen. Klaus hatte diese Energie definitiv nicht besessen. Er hatte das elterliche Diktum hingenommen und auch nie nach dem Warum gefragt. Er wollte auch jetzt nur deshalb in dieses unbekannte Reich vorstoßen, weil er zufällig in Mutters Sachen einen Schlüssel gefunden hatte, der sonst zu keinem Schloss im Haus passte.

Und er hatte recht mit seiner Vermutung, der Schlüssel gehörte zum Schuppen. Klaus öffnete die Tür. Im Halbdunkel bemerkte er einen Lichtschalter. Sogar elektrischen Strom gab es also hier. Als die Deckenleuchte erstrahlte, erkannte Klaus, dass die Wirklichkeit mit seinen romantischen Vorstellungen, die er in den letzten Tagen zum Inhalt der Hütte entwickelt hatte, leider ganz und gar nicht übereinstimmte. Es standen ein paar leere Regale herum, ein ausgemusterter Küchentisch und ein alter, klappriger Blechschrank. Auch der war leer. Das sollte das so fürchterlich wichtige Geheimnis sein, das die Eltern so konsequent verteidigt hatten? Bitter enttäuscht drehte sich Klaus abrupt um und wollte so schnell wie möglich raus aus dem Muff ins Freie. Aber er blieb mit dem Fuß am hintersten Regal hängen, strauchelte und fiel gegen den Schrank. Leicht wie es war, wurde das alte Blechding dadurch um einen halben Meter zur Seite verschoben. Was nun zum Vorschein kam, war doch noch spannend.

Da, wo bis eben noch der Schrank gestanden hatte, war die Bodenverbretterung nicht mehr intakt. Ein Brett stand irgendwie hoch. Klaus griff danach. Es war lose und ließ sich zusammen mit dem Nachbarbrett herausziehen. Darunter war ein Hohlraum, darin lag eine Aktentasche. Und die hatte es in sich: Als er sie auf dem Tisch ausleerte, kamen zunächst zahlreiche Bündel mit Geldscheinen zutage. Hieraus hatte die Mutter also heimlich eine Art Zusatzrente bezogen. Anscheinend war sie mit den Jahren jedoch unvorsichtig geworden; zumindest beim letzten Besuch hatte sie die Bretter nicht mehr richtig eingebaut.

Dann folgte, eingeschlagen in ein Tuch, eine Pistole mit Schalldämpfer samt Munition. Ganz unten fand sich noch ein ausgeschnittener Zeitungsartikel. Klaus kam das Foto bekannt vor, es zeigte seinen Vater. Er las den Text. Da schau her! Nun glaubte er auch zu wissen, woher das Geld stammte – nämlich aus der Beute eines Raubüberfalls, des spektakulärsten Verbrechens, mit dem sein Vater als Polizist zu tun gehabt hatte. Der war damals zufällig als Erster am Tatort gewesen und hatte den zu Fuß flüchtenden Täter auch noch verfolgt, ihn dann aber (seinen späteren Aussagen zufolge) in unwegsamem Gelände aus den Augen verloren. Alle Zeitungen hatten darüber berichtet. Der Fall konnte nie aufgeklärt werden.

Klaus zählte das Geld. Es waren noch mehr als hunderttausend Euro. Das gab Sicherheit für die Zukunft. Auf den Gedanken, den Fund der Polizei zu übergeben, kam er nicht.

Klausi 22

Zwei Jahre nach dem Tod der Mutter hatte Klaus sich in seinem Leben so gut wie möglich eingerichtet, ohne dass es ihm sonderlich gefallen hätte. Er sah älter aus als er war, aus dem Babyspeck war in der Zwischenzeit ein erhebliches Übergewicht geworden. Er war zwar groß, wirkte aber unsportlich und plump. Sein dünnes, aschblondes Haar hatte immer noch die gleiche Frisur wie vor zehn Jahren. Schön war das nicht. Im Grunde sah er so aus, als käme er direkt aus einem Casting-Album für Triebtäter.

Dennoch war es ihm mittlerweile gelungen, seine Unschuld zu verlieren, zwar nicht in Berlin, aber doch auf die damals geplante Weise. Es war ein ziemlich unerotischer Akt gewesen, für den er auch noch, wie spätere Erfahrungen zeigten, viel zu viel Geld hingelegt hatte. Oft gönnte er sich auch jetzt dieses Vergnügen nicht – ein zweifelhaftes Vergnügen, bei dem er keinesfalls ertappt werden wollte. Er fuhr stets in eine über hundert Kilometer entfernte Großstadt, parkte dort in einem Außenbezirk, zog sich im Auto um. Für den Rest der Anreise nahm er den Bus. Gekleidet in Klamotten, die er sonst nie trug und in denen kein Bekannter oder Kollege ihn je vermuten würde, erreichte er dann die einschlägige Adresse und schlich sich ins Haus. Er nahm immer eine kleine, zierliche Frau, der er sich körperlich überlegen fühlte, und benutzte nur selbst gekaufte Kondome. Fellatio erlaubte er nicht, man konnte ja nie wissen, ob so eine Hure nicht plötzlich in einem Anfall von tobsüchtiger Verzweiflung zubeißen würde. Nach all dem Stress im Vorfeld war er dann kaum noch zu einem Orgasmus fähig, eine nachhaltige Befriedigung erreichte er durch eine solche Expedition ins Reich der Sünde jedenfalls nie. Er tat es eher aus einer Art von Pflichtbewusstsein, als ob so etwas von ihm als erwachsenem Mann erwartet würde.

Sex mit Menschen, die er nicht dafür bezahlt hatte, war ihm bislang noch nicht vergönnt gewesen. Er onanierte regelmäßig. Wie hatten damals nach Mutters unsäglichem Auftritt in der Schule die beliebtesten Sprüche gelautet? „Unser Klausi wichst so gerne" und „Wichsen ist wichtig". Falsch waren sie nicht. Und außerdem: Auch wenn er täglich und für jedermann sichtbar in den Puff gehen würde – anscheinend war es sein Schicksal, für immer ein Klausi zu bleiben.

Wenn Klaus ehrlich zu sich gewesen wäre, hätte er zugeben müssen, dass sein Wichsen noch nicht einmal primär sexuell gesteuert war. Nein, in Wirklichkeit benutzte er es, um sich abzulenken – abzulenken von seiner allabendlichen Angst. Schon tagsüber fühlte er sich oft nicht wohl so ganz allein im Haus. Die Dunkelheit potenzierte diese Empfindung – oft bis an die Schwelle zur Panik und nicht selten darüber hinaus. Früher hatte die Anwesenheit der Mutter gereicht, um ein Gefühl des Geborgenseins bei ihm auszulösen. Nicht, dass sie ihm bei einer realen Gefahr eine Hilfe gewesen wäre. Im Gegenteil: Wahrscheinlich hätte ihre hysterische Reaktion eher den gemeinsamen Untergang besiegelt. Aber zu wissen, dass ganz in der Nähe jemand war, der zu ihm gehörte, das gab den Ausschlag.

Die Angst vor einer konkreten Bedrohungssituation (durch Einbrecher etwa) war auch nicht sein Problem. Die Sachlage war komplizierter. Ihm war in solchen Momenten, als ob ein nicht greifbarer Feind im Haus unterwegs sei, unsichtbar, aber doch bemerkbar durch die Geräusche, die plötzlich überall zu hören waren. Diesem Feind glaubte er sich schutzlos ausgeliefert. Ohne dass er es verhindern konnte, reagierte sein Körper auf die vermeintliche Bedrohung: Kalte Schauer liefen über seinen Rücken, die Augen waren dann weit aufgerissen, er hatte das Gefühl, als stünden ihm tatsächlich die Haare zu Berge. Er hatte schon die Pistole aus dem Schuppen geholt und versucht, mit der Waffe in der Hand zu schlafen, aber auch das gab ihm keine Sicherheit. Einen unsichtbaren Angreifer konnte man nicht erschießen! Natürlich schloss er sich jeden Abend in seinem Zimmer ein. Dass er zusätzliche Verriegelungen nicht nur an den Außentüren, sondern auch an seiner Zimmertür angebracht hatte, verstand sich von selbst. Dass er im halben Haus das Licht angeschaltet ließ, dito. Sogar eine Campingtoilette hatte er in seinem Zimmer aufgestellt, um den Raum nachts nicht mehr verlassen zu müssen.

Überraschenderweise war er morgens nach dem Aufwachen viel mutiger, selbst wenn es im Winter dann noch dunkel war. Er fand die Situation zwar nicht angenehm und frühstückte in der Firma, aber Panikattacken bekam er morgens nie.

Mit so einem Krankheitsbild zum Arzt zu gehen, kam für Klaus nicht infrage. Er hatte daher selbst Strategien entwickelt. Da war zum Beispiel die Erfahrung, dass eine Flasche Rotwein am Abend die Situation schon zuverlässig entschärfte. Wenn er sich dann im Bett noch durch Onanieren auf andere Gedanken brachte und der Körper seine Automatismen abspulte, konnte es gelingen, das Grauen aus dem Kopf auszusperren und in den Schlaf zu finden.

In den schlimmeren seiner Nächte, wenn er trotz aller Tricks nicht schlafen konnte, grübelte er zwischen den Angstattacken darüber, wie er aus dieser Sackgasse seines Lebens wieder herausfinden könnte. Er spielte schon mit dem Gedanken, ins Kloster zu gehen. Er war zwar nicht gläubig, aber das konnte man ja lernen. Allein war man da jedenfalls nicht und Wein würde wohl auch getrunken.

Tagsüber lachte er über solche Pläne. Da dachte er weltlicher. Als ihm im vorletzten Oktober durch seine schöne Entdeckung dieses unerwartete Vermögen beschert worden war, hatte er beschlossen, sich monatlich eine Apanage von 500 Euro aus dem Schuppendepot auszuzahlen, zumindest solange er nur sein Lehrlingsgehalt verdiente. Damit kam er gut zurecht, obwohl er inzwischen nicht mehr den billigsten Rotwein kaufte.

So war Klaus' Leben irgendwie zweigeteilt. Solange er das Gefühl hatte, eine Situation kontrollieren zu können, ging es ihm einigermaßen gut. Das war immer dann der Fall, wenn er im wahrsten Sinne des Wortes alles im Blick hatte. Wenn es dunkel war, fehlte diese Sicherheit. Dann konnte jederzeit irgendetwas Bedrohliches in der Finsternis lauern. Allein der Gedanke daran, durch einen Unfall zu erblinden, versetzte ihn in Panik.

Seine Eltern sah Klaus indessen nun mit anderen Augen. Vor dem Fund hatte er sie für Langweiler gehalten (seinen Vater für einen hartherzigen, ungerechten Langweiler, seine Mutter für eine bigotte, peinliche Langweilerin). Jetzt wusste er: Sie waren auch kriminelle Langweiler gewesen. Und er selbst schien all diese Schwächen geerbt zu haben. Nur, dass er zusätzlich auch noch feige war.

Dann, aus heiterem Himmel, kam die Erlösung.

Es war an einem Sonntagnachmittag im Herbst. Die Sonne schien, und Klaus hatte einen langen Spaziergang um den See gemacht. Er hatte Tiere und Menschen beobachtet. Alle, ob Enten, Schwäne, Hunde, Männer, Frauen, Kinder, alle schienen glücklich und unbeschwert. Er war länger unterwegs gewesen als geplant, es wurde schon langsam dunkel. Klaus wählte eine Abkürzung für den Heimweg. Ein Pfad am Bach entlang, der aber fast direkt zu seinem

Grundstück führte – selten begangen, auch jetzt war niemand zu sehen. Es war hier dunkler als am Seeufer, richtig unheimlich. Um ihn herum knackte und raschelte es. Und gerade heute hatte er keine Taschenlampe dabei, er hatte ja auch nicht vorgehabt, so lange zu wandern. Klaus wusste, was nun passieren würde: Eine Panikattacke stand unmittelbar bevor. Und plötzlich kam von der Seite auch noch etwas Großes, Weißes, Zischendes auf ihn zu. Klaus brüllte vor Angst – und dieses Brüllen zeigte augenblicklich Wirkung. Der Angreifer stoppte ab. Es war einer der Schwäne. Klaus schämte sich für seine Hasenfüßigkeit, ihn packte die Wut. Er versuchte nun selbst so zu zischen wie der Schwan, das klappte aber nicht. Er dachte an die kleine Katze und daran, wie sie ihn damals wild fauchend angegriffen hatte. Also versuchte er ebenfalls zu fauchen. Auch das funktionierte nicht. Der Schwan hatte sich mittlerweile vom ersten Schock erholt und startete eine neue Attacke. Da fing Klaus an zu knurren wie ein böser großer Hund (vor denen hatte er auch immer Angst). Komischerweise gab ihm das Mut. Er zwang sich dazu, selbst auf den Schwan loszugehen. Sofort war alles anders. Jetzt war er der Jäger und der Schwan das Opfer.

Der Schwan drehte sich um und wollte fliehen. Ohne nachzudenken warf Klaus sich von hinten auf das Tier. Immer noch knurrend packte er dessen Hals und riss daran so fest er konnte. Er war wie im Rausch. Am liebsten hätte er dem Vieh den Kopf abgebissen. Als er endlich von ihm abließ, war der Schwan tot. Klaus selbst aber erlebte Gefühle, die unvergleichlich waren. Kein Orgasmus reichte da heran, nichts, was er jemals erlebt hatte. Er hatte die Macht besessen, die Macht über Leben und Tod, und er hatte für den Schwan den Tod gewählt. Und dieses Todesurteil hatte er höchstpersönlich auch direkt vollstreckt. Niemand hatte ihn aufhalten können. Triumphierend stemmte er den schweren Körper hoch und warf ihn in den Bach. Auf dem restlichen Heimweg war er eins mit der Nacht, bewegte sich geschmeidig wie ein Wolf und war sich sicher, in der Dunkelheit jetzt viel besser sehen zu können als vorher. Schade, dass ihm kein anderes Lebewesen mehr begegnete, nur zu gerne hätte er noch einmal Beute gemacht.

Klaus würde nie mehr ein Opfer sein! Klaus würde nie mehr ein Klausi sein!

Schon am nächsten Morgen musste er feststellen, dass sich seine Hoffnung leider nicht erfüllen würde. Dabei hatte er doch so gut geschlafen. In euphorischer Stimmung war er nach Hause gekommen, war furchtlos durch finstere Räume gestreift. Nachdem er das erste Glas Rotwein getrunken hatte, war er zu einem Kontrollgang in den Keller aufgebrochen – ein bis dato in der Nacht nie gewagtes Vorhaben. Zwar standen ihm die Nackenhaare hoch, aber nicht aus Angst! Es war die pure Aggression, die jede Faser seines Körpers durchzuckte. Wehe dem Feind, der es gewagt hätte, sich Klaus entgegenzustellen! Später in seinem Zimmer hatte er sogar mit dem Gedanken gespielt, die Tür offen zu lassen. Aber das war ihm dann doch nicht gelungen. Zumindest war er gleich eingeschlafen.

Als er aufwachte, war der alte Klausi wieder da. Irritiert und sich der eigenen Erinnerung nicht sicher, versuchte er den gestrigen Abend zu rekonstruieren. Der Mord an dem armen Schwan – das war doch gewiss eine Straftat. Er musste unbedingt die Spuren beseitigen. Vorher rief er in der Firma an und meldete sich krank. Ohne gefrühstückt zu haben machte er sich auf den Weg zum Tatort. Diesmal war er froh, dass wieder niemand sonst dort unterwegs war. Der Schwan war weg, wahrscheinlich vom Bach in den See geschwemmt. Ganze Haufen von Federn lagen am Kampfplatz, die sammelte er auf und entsorgte sie nachher zu Hause im Mülleimer.

Tage später las er im Lokalblatt, dass ein toter Schwan aus dem See gefischt worden sei. Dem Tier seien anscheinend alle Knochen im Leib gebrochen worden. Für solche Verletzungen ohne Bissspuren könne nur ein Mensch verantwortlich sein, die Polizei ermittle wegen Tierquälerei. Die nächsten Wochen erlebte Klaus in steter Angst: tagsüber, weil er seine Verhaftung fürchtete; abends und nachts, weil er sich der gesichtslosen, dunklen Macht, die ihn bedrohte, jetzt um so mehr ausgeliefert fühlte. Erst als die Meldung kam, die Ermittlungen seien eingestellt worden, besserte sich sein Zustand. Die allabendliche Angst aber blieb zunächst.

Doch Klaus war angefixt. Die Erinnerung an die Stunden voller Selbstbewusstsein, an das Gefühl der Unbezwingbarkeit, an die Allmachtsfantasien, die blieb wach, die konnte ihm niemand mehr nehmen. Und die Saat ging auf. Als die Gefahr der Strafverfolgung abgewendet war, keimte in ihm der Gedanke, noch einmal auf die Jagd zu gehen. Anfangs erschrak er über sich selbst, nannte sich ein perverses Schwein. Dann gestattete er sich solche Überlegungen, schwor sich aber, dass er nie mehr töten werde. Angst einjagen, erschrecken, verscheuchen – damit wollte er es in Zukunft bewenden lassen.

Einen Monat nach seinem Initialerlebnis trat Klaus an einem Samstagnachmittag in der Dämmerung aus dem Haus. Er trug die neuen schwarzen Joggingsachen und die Sturmhaube, die er mittags gekauft hatte. Er machte ein paar albern aussehende Dehnungsübungen, dann ging es den besagten Pfad entlang bis zum See. Nichts und niemand begegnete ihm. Er lief zurück, versuchte, den Körper unter Spannung zu halten. Wieder waren die Geräusche der Natur zu hören, hier und da bewegte sich ein Busch. Klaus schwankte zwischen zwei sich widersprechenden Gemütszuständen. Einerseits wollte er wieder Beutegreifer sein, ein Jäger auf der Suche nach seinem Opfer. Andererseits fühlte er sich selbst als potenzielles Opfer, und das umso schlimmer, je dunkler es wurde und je mehr Zeit verstrich. Um nicht in diese Richtung abzugleiten, hielt er alle zehn Meter inne, knurrte, bleckte seine Zähne und simulierte einen Angriff. Kurzzeitig wirkte das, überzeugend war es nicht. Also knurrte er jetzt durchgehend. Plötzlich bekam er Antwort, und sofort wusste er: Das kam von einem richtigen Hund, einer wirklichen Bestie, dem Rottweiler von Schwenkmeiers ein paar Häuser weiter. Wenn der freilaufend war, gab es keine Rettung. Klaus stand da wie erstarrt. Dann die Entwarnung: „Atze, bei Fuß! Keine Angst da drüben, ich hab ihn fest. Machen Sie Ihren auch fest. Warten Sie kurz, ich gehe zurück." Glücklicherweise hatte der alte Schwenkmeier ihn nicht erkannt. Offenbar meinte der, ihm käme ein fremder Hundeführer entgegen. Das war knapp. Klaus riss sich die Sturmhaube vom Kopf, atmete tief durch und lehnte sich gegen einen Baum. Diese verdammten Hunde! Die Tölen gehörten in den Kochtopf und nicht auf die Straße. Da waren die Chinesen weiter. Wie sagte Kollege Roddy immer: „Der Chinese mag den Beagle am liebsten knusprig aus dem Tiegel."

Zehn Minuten verharrte Klaus dort, dann wagte er den Heimweg. Er fürchtete sich jede Sekunde, bis es am nächsten Morgen wieder hell wurde. Und es wurde erst spät hell.

Mittags ging es Klaus besser. Dieser arbeitsfreie Sonntag war wie geschaffen für eine mutige Analyse der Gesamtsituation. Wie in der Firma gelernt machte Klaus zunächst eine Aufstellung zur Ausgangslage:

„Istzustand
1. Ich habe Angst vor der Dunkelheit.

2. Ich habe Angst in der Dunkelheit.
3. Meine Angst ist irrational.
4. Wenn es mir gelingt, mich abzulenken, geht es besser.
5. Die beste Methode war bisher der Sieg im Kampf mit dem Schwan.
6. Fakt ist: Aggression schlägt Angst!!!!!"

Danach formulierte Klaus Leitlinien:

„Ziele
1. Ich muss mich bewaffnen.
2. Meine körperliche Leistungsfähigkeit verbessern, also Ausdauer und Kraft.
3. Meinen Aktionsradius vergrößern."

Dann suchte er nach Wegen, wie er diese Vorgaben möglichst rasch erreichen könnte. Das Ergebnis schrieb er wieder auf:

„Methoden zum Erreichen der obigen Ziele 1 bis 3
1. Pistole mit Schalldämpfer. Schießübungen im Kellerflur. Kellerflur vorbereiten: Sichtschutz, Schallisolierung, Kugelfang.
2. Mountainbike kaufen. Ins Fitnessstudio gehen.
3. Mountainbike (vgl. 2.) benutzen, Rucksack für Waffe."

Das Ergebnis seiner Bemühungen war zwar formal nicht ganz so, wie es seine Ausbilder wohl erwarten würden, aber das war ihm egal. Auf den Inhalt kam es jetzt an. War das wirklich der Weg aus seiner Krise? Klaus grübelte noch eine Stunde über den Text und überlegte sich im Detail, wie er vorgehen würde. Dann verbrannte er den Zettel.

Schon in den nächsten Tagen kaufte er ein Mountainbike und meldete sich im Fitnessstudio an. Am folgenden Samstag begann er mit den Arbeiten im Keller – ohne auf die Idee zu kommen, sich zu fürchten. Es ging voran!

Inzwischen im tiefsten Kongo

Im „tiefsten Kongo" vorne links thronte bereits der „witzige Willi" auf seinem Stammplatz an der Theke und schien zu warten. Natürlich hieß der „witzige Willi" nicht Willi und witzig war er auch nur sehr bedingt. Eigentlich hieß er Walter. Viele Jahre, im Grunde von Kindesbeinen an, war er folglich mit dem Spruch „Mein Gott, Walter!" gequält worden. Um sich zu rächen, war er schon früh dazu übergegangen, selbst Witzchen zu machen – immer und überall sowie in nervtötenden Wiederholungen. Leider war es ihm später nicht mehr gelungen, diese üble Angewohnheit wieder abzulegen. Die meisten Menschen hätte das sehr einsam gemacht, aber der „witzige Willi" hatte zwei Vorteile: Erstens war er ebenso reich wie großzügig, und zweitens war er der Gründervater, Eigentümer und Wirt dieser äußerst beliebten Kneipe namens „Im tiefsten Kongo". Wenn er Lust hatte und Thekendienst verrichtete, konnte kein Gast, der Bier trinken wollte, der Endlosschleife seiner Witzeleien entgehen.

Den Spitznamen verdankte Walter seinem alten Freund, Studienkollegen und ehemaligen WG-Zimmernachbarn „Zappa-Philipp", der natürlich auch weder Zappa noch Philipp hieß sondern Olli. Allerdings war Olli in der Tat ein treuer Jünger des großen Frank und trug noch heute dessen Barttracht. Die Schicksale von Olli und Walter waren insbesondere seit jenem glücklichen, über dreißig Jahre zurückliegenden Samstag eng miteinander verwoben, an dem sie zusammen fast zwanzig Millionen DM im Lotto gewonnen hatten. Gemeinsam war es ihnen gelungen, dieses Ereignis bis heute als Geheimnis zu bewahren.

Man hätte Walter unrecht getan, wenn man in ihm nur einen nervtötenden Dauerdummschwätzer gesehen hätte. In seinem nunmehr fast sechzig Jahre währenden Leben hatte er vieles mit- und durchgemacht, hatte sich aber seinen wachen, mit einem Doktortitel in Philosophie prämierten Geist trotz aller Exzesse bewahren können. Was Walter sagte, hatte, wenn er es denn wollte, Hand und Fuß, öfter jedoch Arsch und Titten, denn irgendwann landete er selbst im abgedrehtesten Philosophendiskurs bei diesem seinem Lieblingsthema. Und immer waren in seine Ausführungen alle seine aktuellen Lieblingswitzchen eingebettet. Dadurch, dass er trotz hoher Bildung und Gedankenschärfe an entscheidenden Eckpunkten seines Lebens eher schwanzgesteuert agiert hatte, war sein Weg nicht leichter geworden. Nur beim Geld hatte immer der Spaß aufgehört, und diesem Charakterzug war es geschuldet, dass Walter nie geheiratet und auch sonst keine ökonomischen Fehler gemacht hatte. Er war heute reicher als nach Erhalt seines Lottogewinns.

Das war seinem Kumpan Olli zwar nicht gelungen, aber selbst dessen Verluste hielten sich in Grenzen. Es würde wohl bis ans Lebensende reichen.

Mit einem Stöhnen warf sich Olli neben Walter auf einen Barhocker und begann augenblicklich damit zu schaukeln. Als Willkommensgruß maulte ihn Walter an: „Einmal Zappelphilipp, immer Zappa-Philipp! Bei dir wird selbst die Urne wackeln. Und zu spät bist du auch wieder."

Olli zeigte sich unbeeindruckt. „Ist ja gut, zum nächsten Leben komm ich pünktlich. Hab ich was versäumt?" Natürlich hatte er nichts versäumt, denn es war gerade 14:32 Uhr und damit für den typischen Kongolesen noch zu früh. „Eigentlich wär ich ja pünktlich gewesen, aber grad als ich gehen wollte, ist in China ein Sack Reis umgefallen, das war mir nicht egal. Da musste ich mich erst ganz neu aufstellen." Auch Olli konnte Witzchen machen.

„Nee, versäumt hast du nix, abgesehen von der wertvollen Zeit mit mir. Wie war das Wetter bei euch in der Pampa?"

Olli wohnte zwanzig Kilometer außerhalb in ländlichem Umfeld und kam zum Treffen immer mit dem Zug angereist.

Walter erwartete keine Antwort und sprach, jetzt wieder ganz der „witzige Willi", sofort weiter: „Apropos Wetter - wie nennt man das Wetter, wenn der Himmel schwarz ist? Neger-Tief!", wobei er „Neger-Tief" mehrfach wiederholte und immer mehr wie „negativ" aussprach.

„Witzig, witzig! Negativ - Neger-Tief - schwarzer Himmel. Du bist und bleibst nun mal der anbetungswürdige Gottvater des intelligenten Humors! Aber gibt's wirklich nichts Neues? Keine neue Lebensabschnittsgefährtin?"

Schon damals im Studium hatte Walter erstaunlich großen Erfolg bei den Frauen gehabt, und das war heute noch genauso. Dabei war

Walter kein Adonis. Er war ein rundlicher, fast kahlköpfiger Mann, kleiner als der Durchschnitt, aber er hatte das „kongenitale Selbstbewusstsein des Schwanzriesen" (wie Olli es mal beschrieben hatte). Und er konnte – zumindest kurzzeitig – äußerst charmant sein.

„Nee, nee, bin ja froh, dass ich die Letzte los bin. Die hatte sich ja so verändert. Am Schluss war das ja ne richtige Tyranntel - oder wie heißen diese herrschsüchtigen giftigen Biester, die einen nicht mehr aus ihrem Netz lassen wollen? Jetzt mach ich das anders. Internet sag ich da nur. Nix Langwieriges mehr. Sich sofort ausziehen statt später einziehen. Und, wie sieht's bei dir aus, hast du ne neue Lieblingsziege?"

Olli hielt in der Tat Ziegen auf dem Biohof, den er seit vielen Jahren bewirtschaftete. Und Hühner und Enten und Gänse und seit Kurzem Alpakas. Nur seine Frau hatte er nicht halten können, seit zwei Jahren war sie weg.

„Hast du jetzt nicht auch Lamas?", fuhr Walter fort.

„Alpakas."

„Ahl Pakas, was willst du denn mit den alten Pakas? Halt dir lieber Guanakos, da kannst du dir aus der Wolle Guanackenröllchen stricken, abends für den Fernsehsessel, soll sehr gemütlich sein, wird gerne genommen." Der „witzige Willi" war wieder mal in seinem Element. Glücklicherweise verlangte er nicht, dass auf jeden seiner prächtigen kleinen Einwürfe inhaltlich eingegangen wurde.

„Wollen wir ne Kleinigkeit essen, Walter? Dann können wir mehr Bier trinken. Geht doch wie immer aufs Haus, oder?" „Ja, ja, ist schon gut. Den Tag will ich erleben, Olli, an dem du freiwillig sagst, heute geht alles auf mich." „Ich bin eben noch zu jung für Altruismus." „Sag mal, was machst du plötzlich unaufgefordert Witze? Willst du mir beim Sprücheklopfen Konkurrenz machen? Bestell dir schnell was zu essen, dann kannst du dir selbst das Maul stopfen, bevor ich das tue."

So geschah es. Wie immer hatte Olli als Erster seinen Teller leer geschaufelt und beobachtete mit nervösen Zuckungen, wie Walter seine Mahlzeit zelebrierte. „Da kann ich gar nicht hingucken. Wenn ich so langsam essen würde wie du, ich bekäm überm Kauen wieder Hunger." „Du bist eben kein Genießer." „Was kann man denn an dem Zeug genießen, das deine Küche anbietet? Wie das schon aussieht." „Es kommt eben nicht immer nur aufs schöne Aussehen an. Ich sag dir mal ein Beispiel aus dem Tierreich: Die Biene ist am Arsche konisch – und dennoch macht sie guten Honig! Apropos Arsch: Meine letzte Internetbekanntschaft, also diese Frau hatte einen Arsch, da könnte ich jeden Tag ‚happy birdsday' feiern, nen fröhlichen Vögeltag. Und Brüste hatte die, also das waren zwei wirklich hervorstechende Eigenschaften." „Mein Gott, Walter, jetzt ist aber mal gut, du witziger Willi. Wenn uns jemand zuhört. Du wirst bald sechzig, bist Akademiker und unterschreibst jeden Antidiskriminierungsaufruf, der auf deinem Tresen rumliegt. Und dann solche Sprüche. Das ist doch schizophren." „Das kommt nur, weil dem witzigen Willi immer der dicke, alte Willi von weiter unten reinredet. Du weißt doch: schwanzgesteuert …"

„Alter Walter, ich sag's dir noch mal: Du wirst bald sechzig, da müsstest du doch so langsam aus dem Gröbsten raus sein, auch triebtechnisch. Willst du eigentlich deinen Geburtstag groß feiern?"

„Hatte ich vor. Und wenn du mir versprichst, dann keine Zeit zu haben, lad ich dich auch ein."

„Danke, danke, zu gütig! Aber wenn du alle deine Stammgäste einlädst, dann gibt es bestimmt wieder Tumulte am Büffet. Da sind welche dabei, die kennen da keinen Spaß. Wenn die vor den vollen Platten warten müssen, dann fließt Blut. Ausgehungerte Hyänen sind nix dagegen! Die haben ja den Mund schon voll, wenn sie vom Büffet zurück zu ihrem Platz laufen. Und man weiß nie, worauf die dann kauen. Stammt das jetzt vom Büffet – oder von einem, der im Weg war? Was den Beifang angeht, funktionieren die doch wie triggergesteuerte Kannibalen." Aber auch der „witzige Willi" reagierte wie getriggert: „Kannibalen – weißt du, wie der Begriff entstanden ist? Das war in einem abgelegenen süddeutschen Bergdorf, als beim Leichenschmaus jemand rief: ‚Kann i bal' en Stück vom Opa hann?'"

Olli stöhnte. „Mein Gott, war der schlecht! Und mir wird schlecht. Zurück zur Feier: Gibt's denn wenigstens was Richtiges zu trinken – nen echten Champagner zum Beispiel?" „Für dich gäb es eh nur billigen Sekt Marke ‚Fürst mecker nicht'!"

„Weißt du was, statt ne Feier zu machen fahr du lieber in der Zeit weg in Urlaub, Türkei ist derzeit billig."

„Apropos Urlaub", fing Walter jetzt an, „neulich hatte ich hier ein paar Jungs an der Theke, die erzählten schon von den Urlaubsplänen für nächstes Jahr. Die Burschen waren gewiss nicht älter als fünfundzwanzig. Aber unter fünf Sternen tat sich da gar nix. Möglichst ein Appartement mit Whirlpool. Mit Whirlpool!!! In dem Alter! Das Einzige, was wir damals an Sternen hatten, waren die am Himmel, wenn der Himmel überhaupt aus dem Fenster von unserer Absteige zu sehen war. Jawoll! Wenn wir uns denn überhaupt ein Zimmer leisten konnten. Whirlpool? Wir waren froh, wenn unser Badezimmer ne Wanne hatte. Und den Whirl mussten wir uns selber furzen!" Und dann beide zusammen: „Nix hatten wir damals, gar nix – und das auch nur einmal im Monat!" „Ja, ja, damals ..."

So ging es ein paar Stunden weiter.

Irgendwann, nachdem die Herren sich wirklich schon circa drei Minuten angeschwiegen hatten, stand Olli abrupt auf. „So! Das war's. Kinder, wie die Zeit vergeht! Oder, wie der Metzger sagt: Rinder, wie die Zeit vergeht!" „Ja, ja, aus Kindern werden Leute und aus Rindern werden Häute ..." „Schluss jetzt! Also: Wie verabschiedet sich der Urologe? Piss dann!" „Und was antwortet der Proktologe? Tschüss, du Schiss!" Damit wäre alles gesagt gewesen, wenn sie nicht gerade noch mal zwei Bier bekommen hätten. So dauerte es noch eine halbe Stunde, bis sie sich mit einem letzten Wortwechsel („Tschau!" – „Chow-Chow!" – „Saubracke!") wirklich trennten. Diese Form des Abschiedes war von einem Comedian geklaut, der vor einiger Zeit mal im „tiefsten Kongo" gastiert hatte, und der „witzige Willi" hatte sie unverzüglich in sein Repertoire aufgenommen – und Olli damit notgedrungen auch.

Beschwingten Schrittes steuerte Olli den Bahnhof an, erreichte pünktlich den Zug nach Hause und hatte dann von seiner Haltestelle, die er fast verschlafen hätte, noch eine gute halbe Stunde Fußmarsch bis zum Zentrum seiner Ländereien. Die frische Luft tat ihm gut. Es war mal wieder schön gewesen. Mindestens einmal im Monat trafen sie sich, meistens im „tiefsten Kongo". Gut, dass ihre Freundschaft all die Jahre gehalten hatte. Nach dem Lottogewinn hatten sie sauber durch zwei geteilt und sich danach nie mehr geschäftlich aneinander gebunden. Komischerweise war Walter, der Philosoph, ökonomisch viel erfolgreicher gewesen als

Olli, der sich doch Diplomvolkswirt nennen durfte. Das galt besonders, seit Olli das Landleben für sich entdeckt hatte. Ein Hobby muss eben Geld kosten. Leider konnte seine Ex dieses Hobby nicht teilen. Schade. Wirklich schade.

Er selbst fand es einfach saugut hier draußen „in der Pampa", wie Walter die Gegend nannte. Und die Leute im Dorf waren auch ganz nett – zumindest einige. Andere waren allerdings mit Vorsicht zu genießen. Deren Erscheinungsbild und Wortbeiträge konnte man skurril nennen, wenn man ihnen wohlgesonnen war. Kritische Beobachter würden dagegen andere Adjektive wählen. Genannt würden wahrscheinlich: ungebildet, unhöflich, unsensibel und oft auch übelriechend. Wer zudem so einem Alteingesessenen als Feind kennengelernt hatte, der würde diesen Menschenschlag vermutlich zusätzlich charakterisieren als dummschlau und bigott, hinterhältig und nachtragend, sowie als empathielos, dabei aber voller Selbstmitleid. Vielleicht würde abschließend ein Satz fallen wie der folgende: „Fünfhundert Jahre Inzucht müssen sich ja auch charakterlich irgendwie bemerkbar machen!" Diesen Spruch hatte Olli seinerzeit geprägt, nachdem er mit so einem Typ in eine heftige Auseinandersetzung geraten war. In der Folge hatten sich damals all die schönen Vorurteile bestätigt, besonders das mit der Rachsucht. Aber so waren wirklich die wenigsten, und Arschlöcher gab es auch in der Stadt an jeder Theke.

Es war Olli natürlich klar, dass ihn die indigene Bevölkerung auch nach all den Jahren nicht als einen der ihren betrachtete und schon deshalb eine gewisse Distanz wahrte. Das hatte durchaus Vorteile, da man so nicht in eine der regelmäßig wiederkehrenden Familienfehden hineingezogen wurde. Außerdem wusste er, dass man ihn für reich hielt, was er ja auch war. Und sein Auftreten war in der Tat das eines Menschen, der sich seiner ökonomischen Potenz durchaus bewusst ist. So blöd ihm das auch vorkam, aber seit er genug Geld hatte, war bei ihm ein angenehmes, gelassenes Selbstbewusstsein entstanden, eine entspannte Souveränität, die er so zuvor nicht gekannt hatte. Vor dem Lottogewinn war er eher gehemmt, ja fast scheu gewesen – ganz anders als Walter mit seinem „kongenitalen Selbstbewusstsein". „Kongenital" war das eigentlich in doppeltem Sinne: zum einen, weil es in der Größe mit Walters Genital korrelierte, zum anderen, weil der eigentlich schon immer so dominant gewesen war, das heißt, es war eine angeborene Eigenschaft, was „kongenital" eben bedeutet.

Nur hin und wieder gab Olli seinem Affen Zucker – etwa, wenn er in Arbeitsklamotten in der Dorfkneipe an der Theke stand und aussah wie ein nervöser Holzfäller mit dem Kopf von Frank Zappa. Dann zog er zwischen zwei Knobelrunden auffällig unauffällig sein Smartphone aus der Tasche, um aktuelle Börsenkurse zu checken, die er daraufhin mit gedämpfter Stimme, aber noch laut genug, damit ihn die anderen verstehen konnten, wie im unbewussten Selbstgespräch kommentierte.

Während er so vor sich hin grübelte, hatte Olli inzwischen fast die Grenze zu seinem Besitz erreicht. Das Haupthaus war schon zu sehen. Alles wunderbar renoviert, vieles von ihm selbst. Er hatte wirklich weder Zeit noch Mühen und auch keine Kosten gescheut, um ausgehend von einer rustikalen Fachwerkstruktur durch die Einbindung moderner Stilelemente eine gelungene Symbiose von alt und neu zu erschaffen. Kurz: Er hatte hemmungslos aus allen einschlägigen Zeitschriften die besten Ideen abgekupfert. Selbst seiner Ex hatte das Ergebnis gefallen – aber es kam zu spät. Das jahrelange Leben in einer Baustelle hatte ihr die Lust am Eigenheim vergällt.

An der gewohnten Stelle machte Olli eine Pause. Hier stand eine Ruhebank, und wie immer setzte er sich kurz hin, um den Blick auf sein Reich zu genießen. Ganz in der Nähe gab es Geräusche, und dann, keine fünf Meter von ihm entfernt, erschien ein Igel, trippelte über den Weg und verschwand auf der anderen Seite in den Brombeeren. Igel – das war das Stichwort. Der „witzige Willi" und sein Lieblingsspruch. Den hatte der heute gar nicht vorgetragen, wie konnte das passieren?! Normalerweise fand der immer eine Gelegenheit, diese seine Lebensweisheit loszuwerden: „All animals are equal – alle Tiere sind Igel, aber einige haben mehr Stacheln als die anderen!"

Leider dämmerte es bereits. Schlagartig wurde ihm klar, dass er noch seine Viecher zu versorgen hatte. Ein Endspurt war angesagt.

Kaum war er wieder auf der Strecke, da kam ihm ein Radler entgegen. Er kannte den sogar, der war oft hier oben unterwegs. „Kennen" war eigentlich das falsche Wort, das Gesicht hatte Olli noch nie gesehen, der Typ trug immer eine alberne Sturmhaube, selbst wenn es warm war. Man grüßte sich kurz mit einem Kopfnicken; ohne innezuhalten setzte jeder seinen Weg fort. Wenige Sekunden später hörte Olli jedoch, wie hinter ihm das Fahrrad scharf abgebremst wurde, wieder näherkam und dann wieder abrupt gestoppt wurde. Olli überlegte, ob er sich umdrehen sollte. Dann ertönte eine Art von Knurren. Fast hätte Olli auch das nun folgende „Plopp" noch erkannt und richtig gedeutet, ein Geräusch wie gestern im Fernsehkrimi, als der fiese Killer von nebenan eine Pistole mit Schalldämpfer benutzte. Aber für eine solche Gedankenkette war Olli jetzt bereits viel zu tot ...

Rentnerglück

Ignaz war schlecht gelaunt. Gundula war beleidigt. Sonst war niemand da. Die beiden saßen am Kaffeetisch, und der Kuchen schmeckte nicht – jedenfalls zeigte sich Ignaz alles andere als begeistert. „Immer dieses trockene Zeug, das krieg ich ja kaum noch runter! Kannst du nicht mal was anderes backen? Eine richtige Torte, das wäre mal was." „Musst du denn überhaupt so viel Kuchen essen? Und ich soll mich dann stundenlang mit dem Backen beschäftigen." „Ja, soll ich mich denn selbst an den Herd stellen? Als ob ich nichts Besseres zu tun hätte." „Aber ich hab also deiner Meinung nach anscheinend nichts Besseres zu tun, als dir irgendwas zu backen, während du im Wohnzimmer auf der Couch liegst. Du kriegst ja noch nicht mal deinen dicken Hintern hoch und läufst mal ein paar Schritte durch den Garten …" „Ach, ich soll raus an die Luft? Das kannst du haben. Ich geh nämlich jetzt gleich."

So hatte Ignaz mal wieder elegant die Kurve gekriegt. Ob Gundula überhaupt gemerkt hatte, dass sie ihm da eine Steilvorlage gegeben hatte? Heute war doch Stammtisch um halb fünf draußen in der Waldklause. Jetzt war es halb vier, mindestens dreißig Minuten brauchte er für den Fußmarsch. Also musste er sich langsam fertigmachen. Er überlegte, ob er nicht noch aus Rache Gundulas Autoschlüssel verstecken sollte, natürlich so, dass er es morgen auf Gundulas eigene Schusseligkeit schieben könnte. Dann würde er ihr einen Vortrag darüber halten, wie wichtig feste Plätze für die Gegenstände des täglichen Gebrauchs seien. Und Gundula würde klein beigeben müssen, weil sie wirklich ihre Sachen überall ablegte und hinterher suchen musste. Aber heute ließ er das lieber sein. Es war besser, wenn sie den Schlüssel nachher gleich zur Hand hatte. Wahrscheinlich würde sie aus Frust sofort nach seinem Abgang einkaufen wollen – statt morgen, wie es geplant war. Und morgen würde er sie dabei chauffieren müssen, wozu er weiß Gott keine Lust hatte. Also legte er den Schlüssel sogar dort hin, wo Gundula ihn auf jeden Fall sehen würde.

Nachdem er sich umgezogen hatte, stahl sich Ignaz grußlos aus dem Haus. Wie immer hatte er seinen alten Wanderstock dabei. Damit fühlte er sich sicherer. Man konnte ja nie wissen, wer oder was einem begegnete. Nach einiger Zeit erreichte er das vor dem Ort liegende alte Hofgut, das dieser komische Olli gekauft hatte. Aber der war ja jetzt tot, vor zwei Tagen erschossen, quasi vor der eigenen Haustür. Ignaz weinte dem Kerl keine Träne nach. Der hatte sich vor Jahren mal mit ihm angelegt wegen gepachteter Viehweiden. Seitdem hatte Ignaz immer wieder Löcher in den Drahtzaun von Ollis Ziegenweide geschnitten, meistens, wenn er vom Stammtisch kam. Die kleine Zange dafür hatte er auch heute bei sich. Mal sehen, wie ihm nachher zumute war.

Dann war er am Ziel. Mitten im Wald auf einer Lichtung stand eine große Blockhütte, die an bestimmten Tagen bewirtschaftet wurde. Und dort trafen sich in der Saison jede Woche die üblichen Rentner, um sich gegenseitig die Hucke vollzulügen. Obwohl man schon Jahre hier zusammenkam, war man nicht wirklich befreundet, ja, gegenüber einigen hegte Ignaz sogar eine unheilbare Abneigung. Er war eben nicht der Mann, von dem posthum gesagt werden würde: Außer seiner Ehefrau hatte er keine Feinde. Nein, Ignaz hatte es von Kindesbeinen an verstanden, sich jederzeit und überall immer neue Feinde zu machen. In der Kneipe im Ort zum Beispiel. Da stand Ignaz an jedem Abend, an dem die Kaschemme geöffnet hatte, für ein, zwei konfliktträchtige Stunden an der Theke. Dass er hier wie dort während seiner Abwesenheit nicht Ignaz, sondern „der Ick-Nazi" genannt wurde, wusste er, und irgendwie war er sogar stolz darauf.

„Na, Ignaz, da bist du ja schon. Wie kommt das denn? Hast du heute bei deiner Gundula endlich den G-Punkt gefunden, den Punkt, an dem sie sagt: ‚Geh, geh hurtig fort und bleib lange weg'? Oder hatte sie heute nur vergessen, deinen Käfig abzuschließen? Oder wird sie im Alter etwa großzügig? Am Ende bekommst du dieses Jahr zu Weihnachten eine Leselampe für dein schattiges Eckchen unterm Küchentisch." Die anderen wussten, dass Ignaz es hasste, wenn an seiner Stellung als Herr im Haus gezweifelt wurde.

„Sei du bloß ruhig, du läufst doch deiner Alten hinterher wie ein Hündchen! Wenn du es noch könntest, würdest du sogar mit dem Schwanz wedeln." Ignaz war sofort im Spiel.

Bei dem, was in der Folge gesagt wurde, wusste ein Außenstehender nie, ob es gelogen war, als Witz gedacht oder einfach aus schierer Ignoranz dumm dahergeschwätzt. Wahrscheinlich wussten es die Wortführer selbst nicht. Hauptthema heute war natürlich der Mord an Olli, dem reichen Zugereisten, der für die Mehrzahl der Anwesenden immer ein Alien geblieben war. Gegen Ende brachte es Ignaz auf den Punkt: „War ja schon ein komischer Kerl, dieser Olli. Was suchte der hier eigentlich, der stammte doch gar nicht von hier. Und ein richtiger Bauer war der auch nicht. Was wollte der also mit den vielen Tieren? Die Frau weggelaufen – und dann ganz allein mit den Ziegen ... Kam der etwa aus Anatolien?" Hässliches, bösartiges Lachen war der Lohn. Die Ziegenficker-Fantasien hatten allem Anschein nach die Hirne der gesamten männlichen Bevölkerung des Landes durchdrungen.

Für Ignaz war es schon wieder Zeit für den Abmarsch. Es dämmerte bereits, also beeilte er sich. Wie immer hielt er sich auf den Wegen scharf auf der rechten Spur, gerade so wie sonst im Leben auch. Begegnungen liebte er jetzt nicht. So war er auch nicht erfreut, als er ein Fahrrad von hinten herankommen hörte. Diese verdammten Radler mit ihren komischen, sündhaft teuren Vehikeln, die wie die Irren durch den Wald rasten. Und dann noch diese abartig engen, klöten- und arschbetonten Hosen! Wahrscheinlich waren die alle schwul, diese Schweine. So etwas hätte es früher nicht gegeben, als Deutschland noch ein Reich war. Ignaz bedauerte immer, dass er damals nicht gelebt hatte. Das wäre seine Welt gewesen, da hätte er sich wohlgefühlt, anders als heute!

Normalerweise pflegte Ignaz jetzt in Laufrichtung innezuhalten, den Spazierstock mit der linken Hand in den Boden zu rammen, mit kleinen tänzelnden Schritten vorwärts einen Viertelkreis um diesen Fixpunkt zu schlagen, den Kopf dann nach links zu drehen und den Näherkommenden in dieser Haltung zu erwarten, um ihn, wenn er dann vorbeifuhr, bei Bedarf schnell zu beleidigen. Stattdessen fiel Ignaz diesmal um und war tot. So herzlos er sich sonst auch gab, ein Schuss ins Herz hatte ihn umgebracht.

Klausis Finale

Fast drei Jahre waren vergangen, seit Klaus wusste, wie er seine Angst besiegen konnte. Er hatte inzwischen im Keller schießen gelernt, hatte kräftig abgespeckt, hatte viel trainiert, war körperlich stark geworden. Sein Haar trug er nun kurz geschnitten. Er sah eigentlich völlig anders aus als früher. Auch in der Firma war das aufgefallen. Immer wieder wurde er inzwischen von den Kollegen gefragt, wer denn die Frau sei, der er seine positive Veränderung zu verdanken habe. Leider gab es keine. Er ging immer noch hin und wieder in den Puff. Und er onanierte, wenn auch bei Weitem nicht mehr so häufig. Diese Ablenkung wurde einfach nicht mehr so oft gebraucht. Die nächtliche Angst war zwar als Grundstimmung noch da, aber die Panikattacken waren substanziell weniger geworden. Er hatte gelernt, sich seine entscheidenden Höhepunkte dadurch zu holen, dass er seine angestauten Aggressionen bewusst und zielgerichtet explodieren ließ. „Aggression schlägt Angst", das hatte er damals aufgeschrieben. Und es stimmte, im Anschluss an ein solches Erlebnis gab es jeweils einige Tage der Furchtlosigkeit.

In diesen drei Jahren hatte Klaus allerdings feststellen müssen, dass seine Angstbewältigung eine ungute Eigendynamik entwickelt hatte. Nach dem Gemetzel an dem Schwan hatte er sich ja für die Zukunft jegliche direkte körperliche Gewalt gegen andere Lebewesen verboten. Nach anfänglichen Misserfolgen war es ihm tatsächlich gelungen, seine Streifzüge so zu steuern, dass er in der Dämmerung auf irgendwelche Kleintiere stoßen konnte, die sich dann widerstandslos in die Flucht jagen ließen. Obwohl er sich durchaus bewusst war, dass seine Prädator-Inszenierungen im Grunde nur armselig waren, gaben sie ihm dennoch jedes Mal einen Kick. Er fühlte sich wirklich groß und stark, wenn kleine, schwache Kreaturen möglichst mit Angstschreien vor ihm flüchteten.

Nach einiger Zeit hatte er jedoch erkennen müssen, dass die Wirkung nachließ. Der nächste Schritt war, die Opfer wenn möglich zu verfolgen. Aber dazu kam es nur selten, meist waren die Viecher in irgendein Versteck gehuscht, bevor er überhaupt reagieren konnte.

Inzwischen benutzte er sein Mountainbike für die Jagdausflüge, die ihn dadurch auch weiter von zu Hause fortführten. Einmal war er auf einem abschüssigen Weg bergab unterwegs, als er in fünfzig Metern Entfernung eine kleine junge Katze mitten auf der Fahrspur sitzen sah. Das Tier wandte ihm den Rücken zu und schien durch etwas vor ihm Liegendes wie gebannt. Rasend schnell näherte sich das Rad. Normalerweise hätte Klaus abgebremst und versucht, einen möglichst weiten Bogen um das Tierchen zu machen. Aber diesmal verspürte er sofort das brennende Verlangen, einfach draufzuhalten. Die Katze hatte ja ihre Chance. Survival of the Fittest. Und schon war er da, und die Katze hatte, als sie die Gefahr endlich bemerkte, eben keine Chance mehr.

Weit hinter dem Tatort kam Klaus zum Stehen. Das Tier war tot, das war offensichtlich, für diese Erkenntnis brauchte er nicht zurückzufahren. Außerdem würde ihm wahrscheinlich beim Anblick des kleinen, zerquetschten Körpers übel werden. Also setzte er seinen Weg fort, fühlte sich jedoch so aufgewühlt, dass er den direkten Kurs nach Hause nahm. Seine Gefühle waren zwiespältig: So schön es auch gewesen war, diesen Automatismus des Beutegreifers zu durchleben: Ziel erkennen, zum Angriff übergehen, finaler Zugriff – es gab eben auch noch die andere Sicht, die des Opfers. Dass die Katze zu Tode gekommen war, hatte er eigentlich nicht gewollt. Aber, das hatte die Erfahrung von eben wieder gezeigt, ein solches Ende gehörte nun mal dazu. So war nun mal das Leben. Es gelang ihm, sein schlechtes Gewissen zu beschwichtigen. Hätte die Katze nur etwas schneller reagiert, wäre sie früh genug weggesprungen, dann hätte sie überlebt. Survival of the Fittest eben. Oder Schicksal. Zur falschen Zeit am falschen Ort. Und er selbst war nur der Scharfrichter des Schicksals gewesen. Wie sagten die Leute immer? „Es hat so sollen sein!"

Klaus zwang sich in der Folgezeit, nur in diese Richtung zu denken. Und er trieb diesen für ihn so hilfreichen Ansatz ins Extreme. Jedes Tier, das auf seinen Exkursionen in seine Reichweite kam, betrachtete er fortan als eine Offerte des Schicksals, als Aufforderung, es sich zur Beute zu machen. Sein rationales Denken war aber immer noch soweit aktiv, dass er jeweils sofort die Situation analysierte: Konnte er das Opfer einfach und ohne Gefahr für sich selbst töten? Wie groß war die Gefahr, von anderen Menschen dabei beobachtet zu werden? Wie groß war die Gefahr, Spuren zu hinterlassen? Dieses Abwägen musste in Sekundenbruchteilen geschehen, da ja das Fahrrad als Mordwerkzeug diente. Oft ließ er eine Chance aus, aber auch das bestätigte ihn in der erregenden Vorstellung, in einem solchen Moment Herr über Leben und Tod zu sein.

Auf diese Weise hatte Klaus in den vergangenen Monaten noch zwei weitere Katzen, einen sehr jungen Fuchs und an die zwanzig Schlangen, Eidechsen oder Kröten überfahren. Manchmal musste er wenden und sein Opfer ein zweites Mal überrollen. In solchen Fällen hatte er hinterher doch wieder ein schlechtes Gewissen. Dagegen gab es aber ein Mittel: Wenn er dann schon am nächsten Tag wieder losfuhr und auch Beute fand und sie ohne Komplikationen töten konnte, überlagerte diese frische Erinnerung die unmittelbar vorausgegangene, negativ besetzte. Und jede solche Tat, die hinzukam, brachte mehr Normalität, ließ das alles zu einer ganz alltäglichen Gewohnheit werden.

Parallel zu dieser Entwicklung hatte Klaus weiter fleißig mit der Pistole trainiert. Anscheinend war er ein Naturtalent, auf zehn Meter (länger war der quer durchs Haus verlaufende Kellerflur nicht) traf er inzwischen regelmäßig sein Ziel. Leider waren aber die Patronen nun fast alle. Zeit also für den ersten Jagdausflug mit Schusswaffe.

Er hatte sich eine Tasche besorgt, die man an der oberen Querstange befestigen konnte und die sich mit einer Hand während der Fahrt öffnen ließ. Die Pistole passte so gerade hinein. Dann hatte er im Kellerflur geübt, mit dem Fahrrad anzuhalten, die Pistole zu ziehen, sofort zu zielen und zu feuern, alles in einem flüssigen Bewegungsablauf. Als das klappte, hatte er das Training erweitert: Er drehte erst eine große Runde mit dem Rad, bis er schon leicht ermüdet war, fuhr durch die Kellertür direkt in den Flur, um dann nach der bereits verinnerlichten Methode einen möglichst präzisen Treffer zu setzen. Die Durchführung gelang ihm allerdings nicht ganz realitätsnah, da er ja beim Eintreffen vor der Schussabgabe erst einige zusätzliche Manöver bewerkstelligen musste: die Kellertür aufschließen und auch gleich wieder hinter sich verschließen, am anderen Ende des Flurs den Schrank mit der Zielscheibe und dem selbst gebauten Kugelfang öffnen, ... Klaus war mit dem Übungsaufbau nicht zufrieden, aber besser ging es nicht. Es war eh schwierig genug, seine Aktivitäten vor dem Rest der Welt geheim zu halten.

Trotz alledem: Klaus arbeitete konsequent an sich, denn der innere Druck war mittlerweile immens und wurde mit jedem Tag größer. Schließlich setzte er sich einen Termin. Am kommenden Montag sollte es endlich passieren. Laut Wetterbericht sollte es bis dahin und sogar noch mehrere Tage darüber hinaus einigermaßen trocken bleiben. Das passte schon mal. In der Firma wollte er an diesem

Tag nach der Mittagspause eine Magenverstimmung vortäuschen und schon um drei Uhr gehen.

Aber daraus wurde an dem besagten Montag dann doch nichts. Die Wirtschaftsprüfer waren mal wieder im Haus und wollten Unterlagen von ihm. Er war ja mittlerweile kein unwichtiger Azubi mehr, diese Zeit war längst vorbei. Er war als Buchhalter in ein festes Anstellungsverhältnis übernommen worden. Und Klaus nahm seinen Beruf ernst. Er fühlte sich wohl dabei, stundenlang nach festen Regeln irgendwelche Geschäftsvorfälle zu eindeutigen Buchungssätzen zu verdichten. In dieser so erfreulich geordneten Welt der Zahlen gab es keine Loser und auch keine dunklen, Furcht einflößenden Mächte. Er war emsig, aber sein Fleiß zeigte leider Züge einer maschinenhaften Unerbittlichkeit. Das nahmen die Kollegen im besten Fall mit Befremden zur Kenntnis, oft sogar mit Verärgerung – besonders diejenigen Kollegen, die bei der persönlichen Work-Break-Balance andere Schwerpunkte setzten.

Durch das Auftauchen der Prüfer stand für Klaus sofort fest, dass er seinen Zeitplan ändern musste. Der Job hatte die oberste Priorität. Ja, diese Firma! Er hätte nie gedacht, dass er so viel Gefallen an seiner Arbeit finden würde. Und was alles passiert war in den letzten Jahren. Der Geschäftsführer Tasaki damals erstochen, die Chefin vom Qualitätswesen totgetrampelt. Und Guntram Futtermittel war der Täter gewesen, dingfest gemacht von seinem Kollegen Roddy Dockter! Dann die Umstrukturierung – bis heute noch nicht fertig. Und Roddy, so wurde erzählt, habe noch bei ganz anderen Todesfällen heimlich ermittelt; erst kürzlich habe der nur knapp einen Mordanschlag überlebt, als ihn der Sohn vom alten Futtermittel überfahren wollte. Genaues wusste Klaus nicht, dafür hätte er mehr mit seinen Kollegen tratschen müssen, was er aber aus Prinzip nicht tat. Er hatte seine eigenen Probleme. Jetzt war ein weiteres dazugekommen. Er musste einen neuen Termin finden für seine erste Feindfahrt unter Waffen. Morgen auf jeden Fall, das nahm er sich vor. Keinen Aufschub mehr! Morgen musste es klappen, und wenn auch alle Prüfer dieser Welt vor seinem Schreibtisch stehen würden.

Und es klappte. Er konnte den Plan vom Vortag wirklich umsetzen, man glaubte ihm. So schnell wie möglich fuhr er nach Hause, zog sich direkt um. Als er seine Ausrüstung zum Mountainbike trug, war er mehr als aufgeregt. Sein Plan war, zum übernächsten Ort zu fahren und dort im Bereich eines einsam gelegenen Hofgutes zu kreuzen, bis sich eine Chance ergab. Er war schon mehrfach dort gewesen, an Katzen mangelte es da jedenfalls nicht.

Nachdem er die erste Runde um den Komplex gezogen hatte, wurde es ernst. Bisher war er auf nichts Passendes gestoßen; die kommende Runde musste zum Erfolg führen, denn es wurde schon dunkel. Klaus fasste während der Fahrt immer wieder in die Tasche, berührte die entsicherte Pistole. Kalte Schauer zogen in Wellen über seinen Körper, er stand richtiggehend unter Strom. Hin und wieder knurrte er. Aber es war wie verhext, außer kleinen Vögeln war kein gottverdammtes Tier unterwegs. Abbrechen wollte er auf keinen Fall, irgendein Opfer musste jetzt her. Dann sah er den Fuchs vor sich auf dem Weg. Er wusste eigentlich sofort, dass er den nicht erwischen konnte, die Entfernung war zu groß. Trotzdem spulte er das so oft trainierte Programm ab: Abbremsen mit gleichzeitigem Griff zur Waffe. Aufstellen. Zielen. Schießen. Natürlich war der Fuchs schon nicht mehr dort, wo die Kugel einschlug. Klaus wurde wütend, feuerte dem Tier hinterher ins Unterholz. Er steigerte sich in einen gnadenlosen kalten Zorn, bleckte die Zähne, pumpte sich förmlich auf. Jetzt war ihm alles egal. Er würde heute noch Beute machen, koste es, was es wolle.

Klaus sprang wieder aufs Fahrrad und trat wutentbrannt in die Pedale. Die körperliche Anstrengung hielt seine Erregungskurve oben. Auf einer kleinen Anhöhe machte er kurz halt. Das einzige Lebewesen, das er in der Dämmerung noch erkennen konnte, war ein Mann, der einsam den Weg entlang auf ihn zu kam. Ein Gedanke durchzuckte Klaus, so abartig, so krank, dass er selbst davor zurückschreckte: Dieser Mensch da vorne war ihm vom Schicksal geschickt, damit er geopfert werde. Wie ferngesteuert fuhr Klaus ihm entgegen. In den wenigen Sekunden bis zum Aufeinandertreffen fiel eine Entscheidung, die noch vor einer Stunde undenkbar gewesen wäre: Ja, er würde diesen Auftrag des Schicksals annehmen, er würde seine Aufgabe als Henker erfüllen. Beim Passieren wagte er nicht, dem anderen ins Gesicht zu sehen, erwiderte aber reflexartig dessen genickten Gruß. Als er dann nach dreißig Metern sein Rad wendete und den Rücken seines Opfers als Ziel vor sich sah, war dessen Ende besiegelt. Der Rest war einfacher als er dachte, fast schon wie beim Training zu Hause.

Der Mann war nach vorne auf sein Gesicht gefallen. Die Pistole noch in der Hand, umkurvte Klaus den Körper. Das blutige Loch in der Kleidung saß genau da, wo er hingezielt hatte. Ein schneller, schmerzloser Tod musste das gewesen sein. Jetzt anzuhalten und genauer nachzusehen, das getraute er sich allerdings nicht. Stattdessen packte er die Pistole schnell wieder in der Tasche und fuhr zügig, aber kontrolliert, jedenfalls gewiss nicht fluchtartig nach Hause. Niemand, der ihn sah, hätte vermutet, dass soeben etwas Außerordentliches geschehen war. Noch war sein Hirn überflutet von grandiosen Glücksgefühlen, eine Euphorie, die ein neues Allzeithoch erreicht hatte. Frei von Schuldgefühlen wähnte er sich im Olymp der Prädatoren. Er meinte sogar noch eine Stufe über den gewöhnlichen Beutegreifern zu stehen, da er nicht tötete, um sich Nahrung zu beschaffen, sondern weil er es konnte und es tat, wann immer er es wollte – ohne Notwendigkeit, nur kraft einer Vorsehung, die genau das mit ihm vorzuhaben schien.

Dann schloss er die Kellertür auf, und das Grübeln begann.

Dreimal hatte er heute geschossen. Wäre es nicht besser gewesen, sofort nach den Kugeln zu suchen? Hätte er nicht alle Spuren vernichten müssen? Warum nur hatte er sich in diesen Blutrausch hineingesteigert? Er war doch kein Mörder. Das war doch keine Tat aus niedrigen Beweggründen. Nein, sie beide hatte der Zufall oder Gott oder welche Macht auch immer heute zusammengeführt und jedem eine feste Rolle zugewiesen. Der andere hatte eben Pech gehabt. Und es hatte sich gezeigt, dass er selbst eben nicht als Loser-Klausi vorgesehen war! Stundenlang drehten sich die Gedanken so im Kreise, und Klaus dämmerte erst in den Schlaf, nachdem er bis zur Erschöpfung gewichst hatte. Es war fast wie früher, nur dass die Angst als zu neutralisierende Macht nun abgelöst war durch andere sehr heftige, sich jedoch widersprechende Gefühle: einerseits der kaum noch beherrschbare Drang, sich den nächsten Aggressions-Kick zu holen, und andererseits das Erschrecken und die Reue angesichts der gerade begangenen Tat.

Die folgenden beiden Arbeitstage verbrachte Klaus mit fahlem Gesicht an seinem Schreibtisch, arbeitete und sprach wenig. Er machte einen leidenden Eindruck, die Kollegen forderten ihn immer wieder auf, doch zum Arzt oder nach Hause zu gehen. Klaus litt wirklich, da die zwei Seelen in seiner Brust heftig miteinander kämpften. Am Donnerstag gewann dann eine davon endgültig die Oberhand, und es war nicht die gute: Er musste wieder raus in sein Revier, musste mit einem neuen Jagdzug alle schlechten Erinnerungen an den letzten vertreiben.

Wieder verließ er vor der Zeit seinen Arbeitsplatz; es folgte dasselbe Programm wie am Dienstag. Wieder drehte er eine weite Runde um das Anwesen, ohne ein potenzielles Opfer zu finden. Und Klaus war sich bewusst, dass er jetzt als Opfer kein Tier mehr suchte. Dennoch gab es tief in ihm noch ein zartes Gefühl der Erleichterung, als sich abzeichnete, dass er wohl ohne Erfolg bleiben würde. Aber wieder schien die Vorsehung in letzter Sekunde eine Wende bereitzuhalten: Wieder tauchte urplötzlich ein Wanderer aus dem Halbdunkel des Waldes auf, ein alter, im wahrsten Sinne des Wortes am Stock gehender Mensch. Ein Mensch, der ihm außerdem schon den Rücken als Ziel präsentierte. Wenn das keine Einladung des Schicksals war! Klaus meinte, von jeder Faser seines Körpers die Botschaft zu bekommen: „Tu es!" Und so nahm er die Einladung an und tat es.

Hinterher waren Ernüchterung und Reue schon nicht mehr so stark wie vorgestern beim ersten Mal. Dennoch schlief Klaus schlecht und fühlte sich am nächsten Morgen wie gerädert. Er rief in der Firma an und meldete sich krank. Symptome wie bei einem Kater quälten ihn, er hatte Kopfschmerzen und konnte keinen klaren Gedanken fassen. Eine innere Unruhe, die er in dieser Intensität noch nie erlebt hatte, ließ ihn förmlich vibrieren. Gegen fünfzehn Uhr hielt er es nicht mehr aus, er musste nach draußen, musste in die Nähe der Tatorte. Gewiss war noch Polizei dort unterwegs. Aber dieses Risiko wollte er eingehen, wenn bloß diese furchtbare Anspannung dann nachlassen würde.

Diesmal wählte er schon für die Anfahrt eine andere Route, sodass er quasi durch die Hintertür in sein Revier geleitet wurde. Ganz zum Schluss musste er zwar noch eine viel befahrene Bundesstraße queren, aber dann kam bis zum Hofgut fast nur noch Wald. Wenn er irgendwo auf eine Absperrung treffen würde, wollte er sofort umkehren.

Je näher er seinem Ziel kam, umso mehr verwandelten sich seine Beklemmungen in eine sehr spezielle Art von freudiger Erregung. Reflexartig fasste er in die Fahrradtasche. Die Waffe war noch darin! Er hatte doch wirklich gestern Abend vergessen, die Pistole wieder in ihr Versteck zu bringen. Klaus erzitterte, es lief ihm kalt den Rücken hinunter. Das konnte doch kein Zufall sein! Schlagartig ging er in den Jagdmodus über. Es kam ihm zwar selbst lächerlich vor, aber er knurrte laut und blitzte mit den Augen. Was noch fehlte, war ein Opfer.

Wie besessen trat Klaus in die Pedale, das Mountainbike schoss über die holprigen Pfade. An einer Kreuzung in der Nähe des letzten Tatortes machte er halt. Wirklich war der Zugang etwa fünfzig Meter weiter unten mit Flatterband abgesperrt. Davor sah er einen Mann in Zivil stehen, wahrscheinlich von der Kripo. Klaus nahm eine andere Abzweigung, hielt aber nach der ersten Kurve schon wieder an. Schwer atmend stieg er vom Rad, lehnte es an einen Baum und hockte sich daneben. Er musste nachdenken. Wie sollte es weitergehen? Auch wenn der Kick unvergleichlich war, er konnte ja nicht jeden Tag einen Menschen erschießen, immer im selben Areal und mit derselben Waffe. Es wäre nur eine Frage der Zeit, bis er verhaftet würde. Jedes Gericht würde ihn als Mörder verurteilen, oder sie würden ihn für verrückt erklären. So oder so würde er für lange Zeit weggesperrt, und das würde er nicht überleben. Also musste er aufhören mit dieser Prädator-Scheiße, diesem ebenso kindischen wie todernsten Jäger-und-Beute-Spiel. Er musste in die Realität zurückfinden. Er musste in ein normales Leben finden. Er musste es zumindest versuchen!

Erleichtert darüber, dass er diese Entscheidung nun getroffen hatte, stand Klaus auf, streckte sich, machte gedankenverloren ein paar Dehnungsübungen und ging zu seinem Rad. Er griff in die Tasche und holte die Pistole hervor. Gleich heute Abend würde er das verdammte Ding zusammen mit den restlichen Patronen vergraben, und um sich selbst ein Stoppsignal zu geben, wollte er die Waffe jetzt auf der Stelle sichern und entladen.

Doch dazu kam es nicht mehr. Wie dorthin gezaubert stand auf einmal sein Kollege Roddy Dockter vor ihm, der coole Roddy aus dem Controlling. Der Mann da vorhin am Flatterband, das musste Roddy gewesen sein. War der alte Hobbydetektiv mal wieder heimlich auf Tätersuche? Warum machte der Mann so etwas? Warum musste der gerade jetzt hier auftauchen? Der wohnte doch ganz woanders, weit weg von hier. Wie konnte der nur so dumm und unvorsichtig sein? Das war nicht nur ungeheuer leichtsinnig, das war selbstmörderisch!

Ihre Blicke trafen sich. Minutenlang verharrten sie bewegungslos, sahen einander nur schweigend in die Augen. Plötzlich schnellte Klaus' Hand mit der immer noch schussbereiten Pistole nach oben.

Ohne zu zögern drückte Klaus ab, schoss das gesamte Magazin leer, erst in die Brust und zuletzt, als er schon eine übel zugerichtete, blutüberströmte Leiche vor sich hatte, noch mitten ins Gesicht. Dann steckte er die Pistole seelenruhig zurück in die Tasche, schwang sich auf sein Mountainbike und radelte zurück zur Bundesstraße. Er fühlte nichts.

Bereits am nächsten Abend waren beide in den Fernsehnachrichten. Erst wurde über die Mordserie berichtet, da habe man vor Ort ein drittes Opfer gefunden. In der Nähe sei außerdem ein gewisser Klaus S. beim Versuch, mit dem Mountainbike eine Fernstraße zu überqueren, von einem Lkw erfasst und tödlich verletzt worden. Am Unfallort habe man dann in dessen Ausrüstung genau die Pistole gefunden, mit der die drei bedauernswerten Menschen erschossen worden waren. Das letzte Opfer des Radlers, Roderich D., sei zudem jemand, der sich nach Informationen aus Polizeikreisen schon öfter in die Ermittlungsarbeit der Behörden eingemischt und nun anscheinend dieses Hobby mit dem Tode bezahlt habe ...

www.ingramcontent.com/pod-product-compliance
Lightning Source LLC
Chambersburg PA
CBHW030632030726
47497CB00006B/1751